新☆ハヤカワ・ＳＦ・シリーズ

5048

メアリ・ジキルと マッド・サイエンティストの娘たち

THE STRANGE CASE OF THE ALCHEMIST'S DAUGHTER

BY

THEODORA GOSS

シオドラ・ゴス

鈴木 潤・他訳

A HAYAKAWA
SCIENCE FICTION SERIES

カバーイラスト　シライシユウコ
カバーデザイン　川名 潤

この本の最初の読者、オフィーリアに

ここに怪物(モンスター)あり

メアリ　この本にふさわしい題辞(エピグラフ)とは思えないけど。
キャサリン　じゃ、あんたが自分でろくでもないことでも書けば。だいたい、あたしいったいなんでこんなことに同意しちゃったんだろ。
メアリ　お金が必要だからよ。
キャサリン　やっぱりそれか。

目次

メアリ・ジキルとマッド・サイエンティストの娘たち

おもな登場人物

メアリ・ジキル……………………ロンドンに住む令嬢。父親はヘンリー・ジキル博士
ダイアナ・ハイド…………………身よりのない少女。父親はエドワード・ハイド
ベアトリーチェ・ラパチーニ……〈毒をもつ娘〉。父親はジャコモ・ラパチーニ
キャサリン・モロー………………〈猫娘〉。父親はモロー博士
ジュスティーヌ・
フランケンシュタイン…………〈アダム・フランケンシュタインの花嫁〉。父親はヴィクター・フランケンシュタイン

ミセス・プール……………………ジキル家の家政婦
アリス………………………………ジキル家のメイド
シャーロック・ホームズ…………ロンドンの名探偵
ドクター・ワトスン………………ホームズの相棒
レンフィールド……………………パーフリート精神科病院の患者
セワード……………………………パーフリート精神科病院の院長
エドワード・プレンディック……科学者

1　鏡のなかの娘

メアリ・ジキルは母親の棺をじっと見下ろしていた。

「われはよみがえりなり、いのちなり、と主は言われた」また雨が降り出した。本降りではなく、わびしげにそぼ降る、ロンドンの春を象徴する小糠(こぬか)雨だ。

「傘をお差しになってくださいな、ねえ(ディア)、濡れてしまいます」と家政婦のミセス・プールが言った。

メアリは傘を広げたが、濡れようが濡れまいがどうでもよかった。聖メリルボーン教会の灰色の庭、地面に掘られた長方形の穴を、全員で取り囲んでいた。ウィタカー牧師は祈禱書を読み上げている。アダムズ看護婦が厳しい表情を浮かべている。でも、これはいつものことじゃなかったかしら？　厨房を任せているクックがハンカチで洟をかむ。メイドのイーニッドはジョゼフの肩にもたれてすすり泣いている。メアリはつねに心のどこかで支払いのことを考えたり、ミセス・プールと使用人のことを話し合うのが癖になっていたから、それを見てつい思ってしまう――イーニッドに下僕とあんまり親しくするのはおよしなさいって注意しておかなくては。厨房メイドのアリスはミセス・プールの手を握っている。蒼ざめた顔に神妙な表情が浮かんでいる。でも、これもいつものことじゃなかったかしら？

「主に結ばれて死ぬ者は幸いである。霊も言う。かれらは労苦を解かれ、安らぎを得るのだ」

長方形の穴の底には棺がある。その棺のなかにはメアリの母親が横たわっている。瞳の色とおなじ、青い絹のウェディング・ドレスを身につけて。その瞳は、もう二度と開かれることはない。ミセス・プールと力を合わせてドレスを着せたときに、母の体が最後の数週間でげっそりと痩せ細ってしまったことに気づいた。それからメアリは母の白髪まじりの髪を、まだところどころ金髪の筋が残った髪をとかし、華奢な肩のうえに丁寧に広げたのだった。

「われらを創りたもうときのたまわく、汝塵(ちり)なれば塵に還るべし。さればわれらみな塵へと還りゆき、だが墓にありても歌をうたわん。ハレルヤ」

「ハレルヤ」ミセス・プール、アダムズ看護婦、クック、ジョゼフ、そしてアリスがいっせいに声をあげた。イーニッドはまだすすり泣いている。

「ハレルヤ」メアリがまるで手順を誤ったみたいに、やや間があいたのちに声を出した。

メアリはミセス・プールに傘をあずけると、手袋を脱いだ。地面に膝をついて手のひらで土をすくいあげ、棺のうえに散らした。指先で優しく叩くような雨音のなかに、小石があたる音が鋭く響いた。午後には墓守が棺をしっかりと埋めるだろう。墓石が届くまでは、ただの盛り土のように見えるのだろう。

アーネスティン・ジキル、愛されし妻にして母

まあ、少なくとも部分的には真実だ。

スカートとストッキングに雨が染みてきてもなお、メアリはしばらく膝をついたままでいた。やがて立ち上がり、傘を受け取った。「ミセス・プール、先にみんなを屋敷に連れて帰ってくれる？　わたしはウィタカー牧師に支払いをしなくては」

「ええ、お嬢様」とミセス・プールは言った。「でも、お嬢様をおひとりで置いていくのは……」

「お願いよ。きっとアリスはお腹をすかせているわ。すぐに帰るから。約束します」メアリはウィタカー牧師を追って教会の建物に入り、聖メリルボーン教会修繕基金に寄付金を納めるつもりだった。でも、その前に少しだけ母とふたりきりになりたかった。雨の雫(しずく)に優しく叩かれている木製の棺に納まった、アーネスティン・ジキルの亡骸(なきがら)とふたりきりに。

メアリ　ほんとにお葬式の場面から始めなきゃいけない？　もっと何かべつの場面から始められない？　なんにしたって前置きなしで本筋に入るべきだと思うわよ――つまり、物事の核心(イン・メディアス・レス)に。

メアリが止める間もなく、ダイアナがモリー・キーンの死体の脇にしゃがみこんだ。ドレスの裾とブーツの爪先が血に染まった。ダイアナは身を乗り出して殺された娘の胸元に置かれた手をつかみあげると、固く握られた指を力まかせに開き、冷たい手のひらのなかから、娘が握りしめていたものを取り上げた――金属製のボタンだ。

「ダイアナ！」メアリが叫んだ。

メアリ　そういう核心じゃなくて！　そんな場面から始めたら、どんな物語かさっぱり理解できないわよ。

キャサリン　じゃ、書き方に口出しするのはよして。

こうして立ちつくしていてもむだだ。なんにも片が付かない。メアリには今日じゅうに片を付けなければいけないことが山ほどあった。時計に目をやった。もうすぐ正午だ。メアリは向きをかえて歩き出し、灰色のアーチをくぐり抜け、聖メリルボーン教会の聖具室に向かった。ウィタカー牧師はそこにいるはずだ。教会の修繕基金に十ポンド……でも、かりにもわたしはジキル家の娘。この教会で洗礼と堅信礼を受けた身として、これより少なくはできない。

メアリはひっそりと静かな聖メリルボーン教会から、せわしなくにぎやかなメリルボーン・ロードに出た。四輪馬車や荷馬車が行き交い、道の両脇で呼び売り商人が声をはりあげて品物の名を叫んでいる。メアリはふだんの通り道をはずれ、遠まわりしてリージェンツ・パークをよこぎった。いつもは公園を歩くと明るい気分になるのだが、今日はほころびはじめたばかりの薔薇たちも雨にうなだれていたし、池のアヒルさえも元気がないように見えた。地味で品のいい煉瓦造りの屋敷、生まれてこのかた過ごしてきたパーク・テラス十一番地にたどり着いたときには、くたびれはて、傘を差していたのに濡れそぼっていた。

メアリは家のなかに入った。きっとミセス・プールに見られたらお小言が飛んでくるはずだ。傘立てに傘を入れ、廊下の鏡の前で立ち止まって帽子を脱いだ。ふとそこに自分の姿を見て、動きを止めた。メアリはしばらく鏡のなかの娘に目を奪われた。

こちらを見つめ返している顔は蒼白く、両目の下に黒いくまができている。ほんとうならいくらか深みのある茶色の髪さえ、玄関の扉の両脇の細長い窓から差し込む光のせいで色あせてしまったみたいに、今朝は白っぽく見える。まるで死体のようだ。

ここでわざわざメアリが鏡をのぞきこんでいるところをみなさんにお見せするのは、この物語が怪物(モンスター)のおはなしだから。モンスターが出てくる物語というのは、かならずモンスターが鏡に映る自分を見る場面が登場するもの。フランケンシュタインの怪物を思い出してみて。森の池の水面に映った自分の姿を見てびっくりするでしょう？　彼はあそこで自分がいかにもモンスターだと気づくわけ。

メアリ　わたしはモンスターじゃないわ。それにあの本は嘘だらけよ。シェリー夫人のおかげでどれだけ迷惑をこうむったか。もしここにいたら、ひっぱたいてやるところよ。

ダイアナ　そりゃ見てみたいもんだ！

「どうするつもり？」メアリは鏡のなかの娘に訊ねた。

「独り言はよしてくださいな、お嬢様」ミセス・プールの声に、メアリははっとして振り返った。「お気の毒な奥様を思い出してしまいます。ご自分のお部屋のなかを行ったり来たり、絨毯に穴があきそうになるまで歩かれていました。得体の知れない何かに話しかけながら」

「心配しないで、ミセス・プール」とメアリは言った。「正気を失うつもりはないわ。少なくとも今日のところは」

「まあ、いったいどうして茶化したりできるんでしょ！　奥様は埋葬されたばかりだというのに」ミセス・プールはそう言って首を振った。「応接間でお茶を召し上がりますか？　火をおこしてありますよ。クックはあと半時間もすれば昼食の支度ができると言っています。それと、お嬢様宛てに、ゲストさんからお手紙が届いておりました。戻ってみたら、郵便受けに押し込んであったんです。ティーテーブルの上に置いてあります」

ゲスト氏はメアリの母の事務弁護士だ。まあ、これからはメアリの事務弁護士になるわけだ。もっとも、彼がこちらを顧客にしたいと考えているとは思えないけれど。母が生きていたころとは、だいぶ事情が変わってしまったから……。

「ありがとう、ミセス・プール。みんなに応接間に集まるように言ってもらえる？　そうよ、アリスも。それと、持ってきてちょうだいな——わかってるでしょう。こういうことはすぐに済ませてしまうのがいちばんよね」

「お嬢様がそうおっしゃるなら」ミセス・プールは見

るからに気乗りしないようすだった。でもほかにどうすることもできない。ただし、もしゲストさんからの手紙が万が一……メアリの置かれている状況に何か変化があった、という内容だったりすれば？

メアリは応接間にいってティーテーブルから手紙を取り上げ、開封した——レターナイフこそ探さなかったけれど、丁寧に。ひょっとしたら……いいえ、やっぱりだめだ。「ご都合がつき次第、事務所にお越しいただければ、お母様の資産について最後にいくつか重要事項がございますので、ご相談したく存じます」それだけだった。メアリはソファに腰かけ、手を伸ばして火にかざした。血の気のない痩せた手には、血管が青く浮いている。ここ何週間かで体重が減ったにちがいない。心労と、アダムズ看護婦がいくらかでも睡眠がとれるようにと、毎夜のように遅くまで母のことを看ていたせいで。できることなら今すぐ、ほんの少しでもいいから横になりたかった。葬儀はとても……とてもつらかった。でもだめ。やらなければいけないことは、できるだけ早く済ませてしまわないと。先延ばしにしたって意味がないんだから。

「全員そろいました、お嬢様」アダムズ看護婦の声がした。メアリはその行列を見て、おとぎばなしのようだと思った。調理人に、下僕に、メイド、憐れな皿洗いが最後尾にちんまりとついてくる。ミセス・プールが行列のあとから入ってきて、扉の脇に立った。組み合わせた両手と表情のない顔は、召使なりの不服申し立てだ。

さあ、いよいよだわ。こんなことをするのがどんなにいやか。だけど、ほかに選択肢はないのだ。

「みんな、葬儀に参列してくれてどうもありがとう」メアリは話しはじめた。「それから、みんなの——心遣いと忠誠にも感謝します。とくに、この数週間は」ジキル夫人が悲鳴をあげ、髪をかきむしり、食べることを拒み、衰弱してついに最後の病へと倒れた数週間。

「感謝を言うだけのためにみんなに集まってもらったのならどんなにいいでしょう。でも、ほかにも伝えなければいけないことがあるの。そう、みんなにここを辞めてもらわなくてはいけないんです。ひとり残らず、みんなに」

クックは老眼鏡をはずして拭った。イーニッドは洟をすすり、ジョゼフから手渡された大判のハンカチに顔をうずめて泣きはじめた。アリスはびっくりしたウサギみたいな顔をしている。

なんてひどい気分だろう！　想像していたよりずっと胸が痛む。だがメアリは続けた。「母が息を引き取る前に、ゲストさんと会って、わたしの財政状況を説明してもらったの。クックは父が生きているときから勤めているから覚えているかもしれないけれど、そのほかのみんなは知らないでしょうね……わたしの父は資産家だったのよ。でも十四年前に亡くなったとき、その資産がすべて消えていることがわかった。イングランド銀行の有価証券を売って、ブダペストの銀行の口座に送金していたことが判明した。当時の父の事務弁護士だったアタースンさんが、その口座の保有者はジキル博士ではないということを突き止め、銀行側はジキル博士という人物には心当たりがないし、オーストリア・ハンガリー帝国政府の命令でもないかぎりは顧客の情報は明かせないと返答してきた。アタースンさんはその命令を取りつけようと試みてくれたのだけれど、だめだった。オーストリア・ハンガリー帝国政府は遠くロンドンに暮らす寡婦と幼子のことなんてどうでもよかったのね。わたしはまだ七歳だったから、そのことをほとんど覚えていないの。でも、わたしが大きくなるにつれ、そしてお母様がどんどん……その、お金を管理するのがどんどんむずかしくなっていくうちに、アタースンさんがわたしに説明してくれたの。お母様はご自分のお父様が遺していった財産から収入を得ていた。それがあったから、みんなと慎ましくも快適な暮らしを送ることができたんです」

どれほどの慎ましさだったかを話してきかせる必要はないだろう。この家の懐（ふところ）具合にはみんな勘づいていたはずだ。精一杯、みんなに十分な食事をさせ、不自由のないようにと努めてはきたけれど。毎週日曜には肉を食べたし、地下室には石炭を欠かさなかった。だけど、図書室の本棚からつぎつぎに蔵書が消えていき、銀が銀めっきになっていくのは隠しようがなかった。数年のうちに、メアリは女羊飼いの陶製の人形を売り払い、金めっきの時計類を売り払い、すべての銀製食器を売り払った。母がヨークの大司教から結婚祝いにもらった飾り皿（イパーン）も例外ではなかった。壁のあちこちに、絵画が飾られていた四角い痕跡が残っていた。いちどイーニッドが、埃（ほこり）を払わなければいけないものが減っていってありがたい、と口を滑らせたことがあった。それからあわてて「すみません、お嬢様！」と詫びて、逃げるように厨房に駆け込んでいった。母の収入は家計のやりくり、母の薬代、そしてアダムズ看護婦の給料をまかなうには十分ではなかったのだ。

「でも、その収入は終身制のものだったの。お母様が亡くなれば、そこで終わり。わたしには入ってこないのよ」

しばらく沈黙があり、暖炉の火がはぜる音だけが部屋に響いた。

「じゃあ、お嬢様は完全に〝破滅〟してしまうってことですか？」イーニッドが言った。彼女は陳腐きわまりないロマンス小説を愛読しているのだ。

「そうね、そういう言い方もできるかもしれない」とメアリが答えた。なんて言い草だろう！　でも、言い得て妙だ。破滅とまではいかなくとも、ほとんどそんなような状態だ。祖父は何年か前に他界していたが、まさか自分の遺産の割り当てで、孫娘が爪に火を灯すような暮らしを強いられるとは夢にも思わなかっただろう。祖父はメアリにとって唯一の親戚だった――もう頼れるひとは誰もいないのだ。つまり、図星だ。破滅という表現も、結局のところそれほど間違った言葉ではないのかもしれない。

ベアトリーチェ　女性の相続権にまつわるこの国の法律はほんとうに遅れているわね。どうして男性の相続人はまるごと受け取れるのに、女性の相続人は終身制なの？　もし夫に捨てられたらどうするの？　そんな目に遭ってる女性はごろごろいるでしょうに。あるいは、夫が資産をブダペストの口座に移していたら？　いったい誰が子どもたちの面倒を見なきゃいけないっていうのよ？

ダイアナ　ああもう！　よりによって彼女にその話をさせたら、はてしなく聞かされることになるよ。

「ミセス・プール、封筒を持ってきてくださる？」それは家政婦の部屋にきのうのうちから保管されていた。メアリが銀行にいってお金を引き出したあと……額のことは考えたくない。ミセス・プールはエプロンのポケットから封筒を取り出すと、メアリに手渡した。

「封筒には二週間分の賃金が入ってるわ。それから、それぞれへの推薦状も。なにも二週間いなくてもいいのよ。新しい、願わくばここよりいい働き口を見つけ次第、出ていってかまわないわ。祝福します。ほんとうにすまないわね」メアリは静かに坐ったまま、みんなの顔を見つめた。ほかに言うべき言葉が見つからなかった。

「あの、わたくしに関しては」とアダムズ看護婦が真っ先に口を開いた。「正直に打ち明けますと、ミス・ジキル、まったくの不意打ちというわけではございません。奥様が窓辺の顔がどうこうとぶつぶつ言いはじめたときから、わかっていました。ああいう症状が現れるのが――こんな言い方をするのをお許しくださいませ――存在しないものが見えはじめるのが、兆候なんです。お気の毒に奥様はもはや一カ月はもたないだろうと思いましたが、事実そのとおりになりました。ああした病は見慣れているんです！　ですので、仲介所に話をしたところ、ちょうどドイツの温泉場にいく高齢の紳士の付き添いの仕事の口があるということでした。というわけで、お嬢様がかまわなければ、わたくしは明日にでもお暇させていただきます」

「もちろんよ」とメアリは言った。「あなたには心から感謝しています。最後の数週間は、ひどく苦労をかけたわね」アダムズ看護婦がいなかったら、どうなっていたことだろう？　自分とミセス・プールだけでは、とてもじゃないけれど、悲鳴をあげながら窓辺に顔がある、真っ白い顔が、と泣いて訴える母を抑えつけることはできなかっただろう……最期の数日、もはやベッドから起き上がることもできなくなってもまだ、ジキル夫人は窓辺の顔を怖がって眠りながら涙を流していた。

「あっしとイーニッドですが」とジョゼフが言った。「大変なご苦労をされてるときに切り出すのはどうかって気が引けてたんですが、じつはあっしら所帯をもとうって話してまして。兄貴がベイジングストークで宿屋をやってるんですが、客足が絶えなくてひとりじゃ切り盛りできないっていうんです。だもんで、あっしも商売に加わろうかって。お嬢様が祝ってくださるといいんですが」

「なんてすてきなニュースでしょう」とメアリが言った。ああよかった。イーニッドのためにもよかった。ただいちゃいちゃとふしだらな真似をしていたわけじゃなかったんだ。「もちろん二人の門出を心から祝福するわ。それで、クックは？」いちばん心配していたのがクックだった。

「はい、正直なところ、まだしばらくいさせてもらえたらって願ってましたがね」とクックは答えた。「でも姉にヨークシャーに戻ってきて一緒に暮らそうってずっと言われてまして。亭主が去年死んで、娘たちも大きくなって奉公に出ちまったんで、ひとりぼっちってわけです。ばあさん二人で一つ屋根の下——きっと退屈で涙が出ちまうでしょうね、ロンドンのにぎわいとおさらばだなんて。編み物でも始めますかね！　でも、お嬢様が大変なときにあとに残していくなんて、気がとがめてしかたがないですよ。なんたって、お嬢様がまだほんのおちびさんだったころから知ってるんだから。ジャム・タルトを探して厨房によちよち入ってきたころからね！」

「気がとがめるだなんて、それはこちらのほうよ」とメアリが言った。みんなほんとうに心優しい。そのおちびさんは今こうして、もうあなたがたに居場所はないだなんて告げているっていうのに。少なくともアリスは、田舎の家族のもとに帰ることができる。「お母さんにまた会えるのよ」メアリは厨房メイドのアリスに話しかけた。「お兄さんたちにも。それに、あなたが恋しがってた雌鶏にも。なんて名前だったかしら？」元気づけるようにほほえみかけたが、アリスは何も言わないでエプロンに手をいじいじと絡ませているだけだった。

全員に封筒を渡すと、ミセス・プールがみんなを階下に促して昼食をとらせた。アダムズ看護婦だけはさっそく荷造りに取りかかれるよう、食事を自室に運ばせた。メアリはソファに背中をもたせかけ、マントルピースの上に飾られた母の肖像画をながめた。アーネスティン・ジキル。長い金髪を垂らし、矢車菊色の瞳でこちらにほほえみかけている。生きているあいだにこんなふうに口元をほころばせていたかどうか、思い出せない。メアリがはっきりと記憶をたどれるかぎり、母はすでに大きな寝室にこもりきりだった。生まれ故郷のヨークシャーからロンドンに出てきて、ジキル博士と結婚したその晩から使っている寝室に——部屋じゅうを歩きまわっては、目に見えない誰かに話しかけていた。血がにじむまで肌をかきむしることもあった。髪の毛をごっそり引っこ抜いてしまうこともあった。だから、寝室の床には長い髪の房が紐のようにちらばっていた。いちど、アダムズ看護婦に母の身の安全のためにも施設に入れたらどうかと提案されたことがあった。メアリは拒絶したが、亡くなるまでの数週間、自分の判断は間違っていたのかもしれないと悩んだ。いったい何が、あの暴力的なまでの発作や真夜中の絶叫を引き起こしていたのだろう？　何が母をみるみる衰えさせていったのだろう？

　小さなときから、メアリはそう簡単には泣かなかった。ずっとむかしから、人生は困難なものだと身をもって学んできたから。勇気と常識をもって、それを生きなければいけない者もいる。それは感傷などに報いてはくれないのだ。母が枕にもたれ、数年のうちでまれに見るほど穏やかな表情を浮かべたとき、メアリは母の両手に頭をうずめたものだ。でも、泣きはしなかった。葬儀でも泣かなかった。

ダイアナ　なぜなら、われらがメアリは泣くことを知らないから。

ミセス・プール　メアリお嬢様は淑女（レディ）ですからね。誰かさんのようにすぐ激したりしないんですよ。

メアリ　泣かないのはわたしのせいじゃないわ。あなたたちなら、よくわかってるでしょう。

キャサリン　うん、わかってる。

　ゲスト氏は手紙に「都合がつき次第」と書いていたが、メアリの都合がついたときにはすでに一週間が過ぎていた。まずアダムズ看護婦の見送りがあり、つぎにジョゼフとイーニッドを、そしてクックを見送らなければいけなかった。ある日の午後、メアリが居間（モーニング・ルーム）の母の机で家計簿に目を通しているとミセス・プールがやってきた。「アリスの姿がないんです」

「え?」メアリが言った。「どういうこと、姿がないって?」

「つまり、持ち物をまとめて出ていったんです。お別れの挨拶もしないで。朝の仕事はいつもどおりこなしていました。ひと言も喋りもしないで。しばらくしてあの子の部屋をのぞいて、お茶の支度ができたって声をかけにいったら、もぬけの殻だったんです。持ち物なんてさほどありはしませんがね、でもとにかく空っぽです」

「そうねえ、きっとお兄さんたちが迎えにきたんじゃないかしら。そういう手筈(てはず)になってるって言ってなかった?」

「いいえ。それにしたって、さよならのひと言くらいあったっていいじゃありませんか。あの子を雇って、丹念に仕事を仕込んでやったのに。まさかあのアリスがこんな恩知らずなことをするなんてね! 行き先の住所すら書き残していかないんですから。クリスマス・カードくらい送ってやりたかった」

「あの子はまだまだ若いのよ、ミセス・プール。あなただって十三歳のころには、分別のないこともしたでしょう。うーん、きっとあなたのことだからそんなわけないか。ともかく、アリスが可哀想だわ。たぶん二、三日じゅうに手紙が届くんじゃないかしら。ぶじに家に着いたとか、田舎に戻れてとってもうれしいとか。さてと、ここまで。ゲストさんに会いにいく時間よ。また雨だわ。雨外套(マッキントッシュ)をもってきてくれる?」メアリは帳簿を閉じ、溜息をついた。事務弁護士との面会なんて、何よりも気乗りしない用事だったが、やるべきことはなるべくすみやかに済ませるべきなのだ。少なくとも、住み込みの家庭教師だったミス・マリーからはそう教えられていた。

ミセス・プールが雨外套と傘を用意して廊下で待っていた。「辻馬車をお呼びになってくださいまし。雨に濡れてしまいますし、あの通りをおひとりでお歩きになるなんて……」

「馬車を使うお金なんてないってわかってるでしょ。それに、キャベンディッシュ広場に行くだけのことよ。とにかく、なんたってもう九〇年代なんだから。立派なレディはみんなひとり歩きくらいするわ。でなきゃ、公園で自転車に乗ってるか！」

「そう、あのおぞましい姿」とミセス・プールが言った。「どうかあのキュロットなんて代物をお穿きになって、珍妙な装置にまたがるなんてことをお考えにならないでくださいよ！」

「そうね、今日のところはよしとくわ。わたし、きちんとして見えるかしら、あなたのお眼鏡にかなう？」

メアリは鏡に映った自分の姿をちらっと見て、帽子をかぶり直した。いつもの習慣でやったまでで、実際にかぶり直す必要があったわけではない。たとえ見栄えよくみせようとしても、無駄骨に終わるだろう。こんな、幽霊でも見たような顔をしているんじゃね――とメアリは胸の内でつぶやいた。

「お嬢様はいつだってきちんとしていらっしゃいますよ、ねえ」とミセス・プールは言った。「生まれながらのレディですから」

ミセス・プール　あら、とんでもない！　わたしはこれまでいちどだってメアリお嬢様に「ねえ」なんてなれなれしい口のききかたをしたことはありませんよ。

ダイアナ　おーや、よく言うよ！　気づいてないだけでいつもそう呼んでるって。

「レディだったらちゃんと肉屋への支払いくらいできるわ」とメアリは言った。十二ポンド五シリング三ペンス。それが現時点の預金残高だ。その額を几帳面に家計簿に記入して以来、その額が頭にこびりついて離れない。毎度おなじ時間しか告げなくなった時計みたいに、その数字がずっと頭のなかで鳴り響いている。居間にある母の机には請求書が山積みになっている。どうやったらすべて支払いきれるのか、メアリには見当もつかなかった。

「バイルズさんは、いずれちゃんと支払いがあるって承知してくれてますよ」とミセス・プールが言った。「バイルズさんは旦那様がお亡くなりになる前から、この家に肉を納めてきたんじゃないですか」

「それはきちんとした家庭があったときのこと」メアリは雨外套のボタンを留め、廊下のテーブルの上からハンドバッグを取り上げ、傘を腕にかけた。「ミセス・プール、ほんとうに考え直してくれても……」

「お嬢様のおそばを離れるつもりはありません」とミセス・プールは言った。「この大きなお屋敷に、ひとりぼっちで取り残すだなんて。わたしの父はジキルの旦那様の執事、母はジキルの奥様の生まれ故郷から奥様とともにロンドンにやってまいりました。奥様の子守だったんです。お嬢様がエプロンドレスを着ていたころ、わたしがお世話役をさせていただいていたのとおなじです。ここはわたしの家なんです」

「でも、あなたに支払えるものは何もないの」とメアリは途方にくれたように言った。「クックとジョゼフとほかのみんなに二週間分の賃金を渡すのが精一杯だったわ。バイルズさんみたいにつけ払いにしてもらうわけにもいかない。それに、熟練した家政婦とあれば、このご時世でもきっと職は見つかるはずよ。わたしみたいな娘こそ、職業斡旋所にしたらお呼びでない人材でしょうね。への字口をした女のひとたちが言うのよ。住み込み家庭教師になるには物を知らなすぎるし――そのとおりよ――かといって売り子は『お嬢様みたいな方のつく職じゃありません』って！」

「それはもっともです」とミセス・プールは言った。

「もし十シリング払って二週間のタイピスト養成講座

を受けたら、そのうち何かしら探してくれるかもしれない。でもその十シリングを払う余裕もなければ、二週間の猶予もない！　レーベンサールさんに訊ねてみたんだけれど、こんな不景気では、この屋敷が売れる望みはまずないだろうって。だけどね、話によれば、屋敷を分割してフラットにする費用を先方持ちという条件で売りに出せばうまくいくかもしれないって」

「フラットだなんて！」ミセス・プールが呆れたような口調で言った。「紳士（ジェントルマン）の屋敷を分割してフラットにするだなんて！　いったい世の中どうなってしまったんでしょう。まあまあ、きっとゲストさんが何かよい報せを授けてくれますよ」

「それは」とメアリが言った。「ありそうもないけど」もういちど鏡に映る姿をたしかめた。傘に、雨外套に、ゴム製のブーツ。まるで大洪水への備えだ。

　事実、洪水のようなものだった。雨が容赦なく傘に叩きつけた。側溝を濁流が走っていた。ロンドンの街はいつもと変わらなかった——店々は商い中で、通りを荷馬車ががたがたと走り抜け、新聞売りの少年が叫んでいる。「またおっそろしい人殺しだあ！　今度ぁ（こんだ）、休暇中のメイドが首なしで見つかったんだ！　詳しくは《デイリー・メイル》を読んだ読んだ！」だが、通りすぎる清掃人は濡れそぼってむっつりしているし、二輪馬車（ハンサム）の馬は耳から雨粒をふり落とそうと頭を振っている。歩道には傘がひしめきあっている。

　まるで神様がまた大洪水を起こそうとしているみたい——メアリは思った。どうかそうしてくださいと、胸の内で祈っているようでもあった。ときどき世界は大水に沈むべきだと感じることがあった。だがそんな無慈悲な考えは脇に押しやって、時計に目をやり、約束の時間に間に合うかどうかをたしかめた。ブーツを濡れた敷石にぴちゃぴちゃいわせながら、メリルボーン・ロードを抜けた。

〈アタースン＆ゲスト弁護士事務所〉はキャベンディ

ッシュ広場にほど近い、閑静でこぎれいな通りにあった。メアリはよく磨かれた真鍮のノッカーを叩いた。事務員が重い木製の扉を開け、板張りの壁の長い廊下の先にあるゲスト氏の事務室にメアリを案内した。母が生きているあいだは、ゲスト氏のほうから家を訪ねてきたものだが、文無しに落ちぶれたメアリ・ジキル嬢など、わざわざ足を運んでやる価値もない相手だということだろう。

ゲスト氏のひょろっとしたはげ頭の姿はあいかわらずだった。その姿はどこか死体を思わせた。メアリは革張りの本がずらりと並んだ板張りの事務室は、まるでゲスト氏が納められている棺のようだと思った。ゲスト氏はメアリの手をとってお辞儀をすると、やっぱり死人を思わせる声で言った。「書状にてのお呼び立てにご足労をいただき、まことにありがたく存じます、ミス・ジキル。しかもこの土砂降りのなかを！」

「わたくしの財政状況には無関係のご用件とお見受けしましたが？」メアリは言った。ここは単刀直入にいったほうがいいだろう。どうせ相手はこちらが文無しだということを知りつくしているのだから。

「ええ、ええ、残念ですがお嬢様の財政状況に変化はございません」ゲスト氏はさも嘆かわしそうに首を振ってみせたが、声にはどこかほくそ笑んでいるような気配が感じられた。「どうかお坐りになってください。この用件にはいくぶん時間がかかるやもしれません。お呼び立てしたのは、こちらを受け取ったからなのです」ゲスト氏は机の向こう側に腰を下ろし、インク壺の横に置かれた革製の紙挟みをメアリのほうに押しやった。

「あなたのお母様の銀行から連絡を受けまして──イングランド銀行ではございません。ジキル夫人はクラーケンウェルにある、いわば協同組合のようなところに口座をもっていたのです。わたくしには内密に、とつけくわえておきましょうか」どうやら顧客が自分のあずかり知らぬところで口座を開いていたことに不満を覚えているようだ。しかも、クラーケンウェルなどといういかがわしい地区の銀行に。

メアリは驚いて相手の顔を見つめた。「べつの口座ですって？　そんなわけないわ。母は亡くなるまで、何年もずっと部屋の外に出ていなかったんですよ」

「おっしゃるとおりです」とゲスト氏は言った。「しかしこの口座はあなたのお母様が……完全に世と交わりを絶ってしまわれる以前に作られたにちがいありません」つまり、正気を失う前、ってことね――メアリは思った。

「口座開設と同時に、あなたのお母様はまとまった額をお預けになり、毎月決まった額が指定の受取人に支払われるよう取り決められました。当の銀行の取締役が《タイムズ》の訃報欄で夫人が亡くなったことを知り、まことに適切な判断を下し、わたくしに接触を図ってきたのです。わたくしは入手できるかぎりのすべての書類をこちらに送るよう依頼し、一週間後にこれらを受け取ったというわけです。なかには通帳も入ってございます」

ゲスト氏は紙挟みの留め具をはずし、銀行の事務員が口座の管理に使うような帳面を取り出して、メアリの目の前に置いた。メアリはゲスト氏が顧客のために用意した坐り心地のあまりよくない椅子に腰かけると、ハンドバッグを膝の上に置いて、その最初のページをめくった。ページの先頭にはこう書かれていた――日付／取引／金額／用途。取引はすべて月初めにおこなわれており、記録もすべておなじだった――聖メアリ・マグダレンへの支払い／一ポンド／ハイドの世話代として。

ハイド！　その名前を見て、メアリははっと息をのんだ。子ども時代の記憶がよみがえった。父の友人、エドワード・ハイドと呼ばれていた男――蒼白くて毛深い、不格好な男。あのいやらしい流し目を送られるたび、メアリの背筋に怖気（おぞけ）が走ったものだ。

メアリ　ちょっと大げさに書きすぎじゃない？

キャサリン　まあね。でも、あの男を見るたびあなたは不愉快になったっていうのはほんとでしょ。それに、そいつはがまんならないくらい下品だった。

「この口座はあなたのものとなります」とゲスト氏が言った。「ご覧のとおり、最初に百ポンドが預けられております。以来、月々引き落とされ、わたくしの存じ上げない何らかの目的に支払われているわけですが？」ゲスト氏は言葉を止め、メアリからの説明を促そうとした。だが、たとえメアリにどんな目的なのか見当がついていたとしても、この男の疑問を晴らしてやる筋合いはない。ゲスト氏は続けた。「先月の引き落とし以降の残高があります。現時点でおそらく二十三ポンドになるはずです。残念ながら、たいした額ではありませんが」

そう、たいした額ではない。でもメアリは突然目の前が開けたように、肉屋への支払いをし、食料品店への支払いをし、そしてもちろんミセス・プールに賃金を払うことを思い描いた。もしかしたらクックを呼び戻してまた働いてもらえるかもしれない。そしたらヨークシャーのお姉さんと同居せずに済むかもしれない！　そうすればミセス・プールだって、オーヴンと格闘したり、使い方も教わったことのない料理書のレシピから、かろうじて食べられるものを生み出したりしなくて済む。いいえ、だめ。それは夢の見すぎだ。二十三ポンドは手持ちの額にくらべれば大きいけれど、たとえ短いあいだでもあてにして暮らせるほどの額ではない――パーク・テラス十一番地では。それでも、内心抱えていたパニックはいくらか和らいだ。しかし疑念は残った。

「ハイドのために？」メアリは言った。「いったいどうして母がハイドと関わり合いがあるというんです？　わたしはまだほんの子どもでしたが、それでも警察が家まできて、父にあの男のことを訊ねていたことを覚えています」

「当時、わたくしはアタースンさんの事務員をしておりました」とゲスト氏が言った。「あのときの状況ははっきりと覚えております。幸いにも、直接ハイド氏に会ったことはございませんが。至急おいでくださいとお願いしたのはまさにこのためでしてね。もっとも、喪に服されているところにそのような申し入れをするのは気が引けましたが、ミス・ジキル」ゲスト氏は重々しい顔をしてみせたが、メアリはその職業上の仮面の下に薄ら笑いが浮かんでいるのを見抜いた。この男は他人の不運を楽しむような人間だ。「しかしほかにもございます。あなたのお母様は件の銀行に、書類の保管を頼んでいたのです」

ゲスト氏は紙挟みをメアリのほうに押しやった。そこにはさまざまな種類の書類が収められていた――もう一冊の帳面、手紙が入っているとおぼしき封筒、領収書のような紙切れ。メアリは紙挟みから帳面を取り出してみたが、ふとゲスト氏の好奇に満ち満ちた目つきに気がついた。きっと顧客の私的な書類に勝手に目を通してはいけないと自制していたのだろう。ほんとうは見たくてうずうずしていたのに。さて、母が何を隠したがっていたにせよ、この男の目にさらしてやるつもりはない。

メアリは紙挟みを閉じ、留め具をかけた。「ありがとう、ゲストさん。これでぜんぶ済んだかしら？」

「ええ、済みました」ゲスト氏は眉間に皺を寄せた――がっかりして不満なのね、とメアリは思った。「ミス・ジキル、失礼ですが、この件についてどのように対処なさるおつもりですか？」

「もちろん、口座を解約します」とメアリは言った。明日にでもクラーケンウェルに行って――乗合い馬車で行けるかしら？――残高を引き出してこよう。三十五ポンド五シリング三ペンス。この新たな数字を、メアリは胸をなでおろしながら何度も噛みしめずにはいられなかった。

「たしかに、それが最善の策でしょうね」とゲスト氏が言った。「何のために作られた口座であれ、これ以上は関わり合いにならないようお勧めいたします。さらに申し上げるならば――あなたのような境遇の若いご婦人は往々にして、ご自身の問題をもっと世知に長けた、そうした事情に明るい者の手に任せることで安らぎを得られるものです。要するに、ミス・ジキル、あなたは先ごろ成人なさったのですから、ご結婚という道を選ぶこともできるわけです。あなたのような魅力的な若いご婦人なら、妻の財産の有無に固執しない男が容易に見つかりましょう」ゲスト氏は意味ありげにメアリを見つめた。

あらまあ、とメアリは思った。これってわたしにプロポーズしてるんじゃないの？ 笑いがこみあげてきたが、先週のいろいろなできごとのあとでは、頭がどうかしてしまったみたいに聞こえるほどの大笑いをしてしまいそうだった。ずっと何もかもが……いささか度が過ぎていたから。「ありがとう、ゲストさん」メアリは立ち上がって手を伸ばした。「きっとあなたは世事によく通じてらっしゃるとても賢い方なのね。ご忠告にも感謝します。それでは、事務員にわたしの雨外套と傘をもってくるよう言ってくださる？」

弁護士事務所を出たころにも、まだ雨は降りつづけていた。メアリはひとびとでにぎわう通りを抜けて屋敷に向かった。紙挟みは片腕でしっかりと抱え、濡れないようにしていた。家に着いたときにはくたくたでびしょ濡れで、ミセス・プールがすでに応接間の暖炉に火を焚く準備をしていてくれたことがありがたかった。

ベアトリーチェ　まったく、あなたがたのロンドンの雨ったら！　初めてロンドンに来たときは、もう二度と太陽が見られないのかしらって思ったわ。とても寒くて、じめじめしていて、陰気だったんですもの！　パドゥアが恋しい。

ダイアナ　ここがお気に召さないんなら、さっさと帰ればいいじゃんよ。誰も止めたりしないっての！

キャサリン　ねえ、コメントは物語に関係のあるものだけにしてくれないかな。それに、言っとくけど〝あたしの〟じゃないから。あたしもベアトリーチェとおなじくらいロンドンの雨がきらい。

メアリはボンバジン地の喪服から着古した普段着のドレスに着がえ、スリッパを履き、母のものだったショールで肩をくるんだ。マントルピースの上の箱からマッチを取り出して火をつけた。なんてみすぼらしい応接間だろう！　調度品・骨董品店を営むミスター・マンディに何か売りに出せるものはないか訊ねたとき、マンディ氏は首を横に振って、もう買い取れるものは何もないと告げた。もしお嬢様が、応接間の暖炉の真上に飾られたみごとな肖像画を売りに出したいというなら話はべつですが？　でも、母の肖像画を売り払う気はなかった。

メアリはソファに坐り、ティーテーブルを手前に引き寄せると、紙挟みの留め具をはずして書類をあけてみた。母の机で仕分けするほうがはかどりそうだ――メアリはあの机をどうしても「母の机」と思ってしまう。実際にはもう何年も自分が家計簿をつけるのに使っていたのに。でも、居間の暖炉には火を入れていないし、貯蔵庫の石炭も底をつきそうだ。それに、あの請求書の山と向き合う気分にはなれなかった。今のところは。

その帳面は、ノートブックといったほうがふさわしかった。お父様の研究室のノートだ、メアリはぱらぱらとページをめくりながら気づいた。手書きの文字は、父が蔵書に残した書き込みの文字とおなじように角ばっている。封筒には、パーク・テラス十一番地、ヘンリー・ジキル博士、とある。生前の父に宛てられた手紙が入っていたのだろう。おそらく、父の科学実験に関する手紙？　父はイングランド、ヨーロッパ各地にいる科学者仲間たちと頻繁に手紙のやりとりをしていた。何通もの封筒にまぎれているのは、種々雑多な受領書の紙片。多くはモー&サンズ商会のものだ。父は実験に使う化学薬品をそこから調達していた。メアリは書類の仕分けに熱中しはじめて、ミセス・プールが骨付き肉とエンドウ、ジャガイモの夕食を運んできてもすぐには気がつかなかった。書類をソファに移し、ミセス・プールにトレイをテーブルに載せてもらい、上の空のまま礼を言った。

　ミセス・プールが食器の片付けに顔を出したとき、メアリはソファにもたれかかりながら言った。「あのね、今日ゲストさんにプロポーズまがいのことを言われたような気がするの。あるいは、わたしはあれこれ用件を任せられる殿方と結婚するべきだって、やんわりと忠告されたのかも。なんでも、若いご婦人は世知に長けていないからなんですって」

「奥様のお名前を署名できるようになって以来、お嬢様がこの家を取り仕切っていらしたのに！」ミセス・プールは言った。「殿方に賛同したことはいちどもございませんし、それは揺らぎません。下僕なんて白いストッキングを穿いて晩餐の給仕をする飾り物にすぎなくて、気のきく厨房メイドほども役に立ちませんからね。ジョゼフはまあまあ役に立ちました、それは認めます」

「気のきく厨房メイドを雇う余裕があったらいいのに！」メアリが言った。「アリスをくびにしたくなかったわ。でもあの子はきっと家族と暮らすほうが幸せよね。ミセス・プール、ちょっとここに坐ってくれない？　わかってる、わかってます、あなたの坐る場所じゃないって。でもお願い、訊きたいことがあるのよ」

ミセス・プールはしぶしぶ暖炉脇の肘掛け椅子に腰をおろし、膝のうえで神妙に両手を組み合わせた。まるで聖メリルボーン教会の信徒席にでも坐っているみたいだ。「なんです、お嬢様？」

メアリは身を乗り出して、暖炉の火をじっと見つめた。どう切り出していいものか……でも、こういうときは単刀直入に訊くにかぎる。ミセス・プールのほうを向くと、メアリは言った。「エドワード・ハイドのこと、覚えてる？」

作者の註記　メアリとほかのみんなにこの書きかけの原稿を見せたことをどんなに後悔しているか、とても言い表せない。あたしが書いたものにいろいろ口を出しはじめたかと思うと、しまいには自分たちの意見を反映させて書き換えろなんて言ってきたの。もちろん、書き換えるつもりなんてない。彼女たちの意見は、語りのなかにそのまま残すことにするわ。親愛なる読者のみなさんは、ほとんどのコメントがいかにうっとうしくてくだらないかよくわかってくれるでしょう。でも、ときどきそこからキャラクターの本質が垣間見えることもあると思う。きっとこれがいずれ新しい小説作法になるわ、なってしかるべきじゃない？　なんたって、時代は九〇年代なんだもの。メアリも言っていたようにね。今こそ新世紀に向けて新しい小説の書き方を編みだすべきとき。もうチャールズ・ディケンズやジョージ・エリオットの時代じゃない。あたしたちは現代的（モダン）。それにそう、怪物的（スター）でもある……

2 ホームズ氏に相談へ

「まあ、ずいぶんひさしぶりにその名前を聞きましたよ!」とミセス・プールは言った。「でもハイドさんという方をいちどでも見たことがあれば、けっして忘れることはないでしょうね。お嬢様はまだ小さくて、ちょうど育児室を出て勉強部屋で過ごされるようになったところでした。ほんとうにまじめな子でしたねえ。ふつうの子どもたちと違って聞き分けがよくて物静かで。灰色のくりくりしたおめめは、いつも何かを訊ねたがっているみたいでしたよ。ミス・マリーのことは覚えてらっしゃいますか、地理とフランス語の文法を教えていた? お嬢様ったら動詞の活用だったか語形変化だったか、とにかくそんなものに飽き飽きしてしまうと、いつだってわたしのとこにやってきたものです。そのたびにわたしはジンジャー・ケーキを差し上げましたっけ。お嬢様があの方をご存じだったとは初耳ですね。あの方はよくこの屋敷に出入りしていたものですけれど」

「ええ、いちど会ったわ」とメアリが言った。「でも、あなたがあのひとについて覚えていることを聞かせてちょうだい。こんなことを訊くのには特別なわけがあるのよ」

「その時分のわたしは部屋係のメイドでしたから、紳士のお客様にお目にかかることはめったにありませんでした。まだ生きていた父が――どうか安らかに――言ってましたね。『旦那様の客人のことをとやかく言う資格などないが、しかしあのハイド氏という御仁を見ると、すぐにでもシャワーを浴びたい気分になるもんだ。石鹸をたっぷり使ってな!』って。ハイドさんはたいてい旦那様と一緒に実験室にこもられていました。でも一度か二度、あの方が階段を忍び足でお降りになってくるところを見たことがあります。悪意に満ちた顔つきで。その姿を見て体がぞくっとしましたよ。今でもけっして忘れません！」

「わたしも見たことがあるの」とメアリは思いにふけるように言った。「あのひとはお母様の寝室の前に立っていた。片手を上げて、扉をノックしようとしているみたいだった。でもふと脇を見てわたしに気づくと、なんとも言えない表情を浮かべたわ——罪の意識を感じているような、でも、どこかで悦びも覚えているような。あのひとはにやっと笑った。わたしはおそろしくなって、走って自分の部屋に戻ったわ。あとでミス・マリーに、この目でルンペルシュティルツヒェン（ドイツの民話に出てくる小人）を見たって話したものよ」メアリはソファに広げた書類に目を落とした。「殺人事件のことは覚えてる？」

「心底驚いたものですよ！」とミセス・プール。「年配の紳士、ダンヴァーズ・カリュー卿が杖で殴り殺されたんです。なんて残忍な事件でしょう！」

「そしてハイド氏に容疑がかけられた」とメアリ。

「あら、あのひとの仕業だというのは疑いの余地はないと思いますがね！　おそろしい日々でした。警察がやってきて、屋敷の全員を尋問したんです。まるで犯罪者みたいに。間違いなく、あの事件のせいで旦那様は命を縮めることになったんです。ところがハイドは行方をくらまして、それっきり音沙汰なし。厄介払いができてせいせいしましたけどね！」

「今まではね。見て、ゲストさんに渡されたの」メアリは数字の一覧が見えるように帳簿を広げてミセス・プールに差し出すと、事務弁護士に告げられたことを家政婦に向かってくりかえした。

　ミセス・プールは目を落として帳簿を見つめ、やがて頭を上げてメアリを見た。顔にはありありと驚きの色が浮かび、しばらくあぜんとしていた。やがてミセス・プールは口を開いた。「これはいったいどういうことなんです、お嬢様」

「わたしにもわからないわ。ただ、お母様はハイドの居場所を知っていて、毎月彼にお金を送っていた。もしかしてあの男に脅迫されていたのかしら?」

「何を脅されるっていうんです? 奥様にはやましい隠しごとなどけっしてございませんでしたよ」

「でもお父様にはあったのかもしれない。この手紙を読んでいたんだけど」メアリは一通の手紙を取り上げ、それをじっと見つめて眉間に皺を寄せた。「わたしには理解できないことが書いてあるの——なかには科学的な事柄も書かれているわ。でも、お父様は何か奇妙なことに関わっていたんじゃないかって思えてきたのよ、ミセス・プール」

「そうですね、旦那様は秘密主義のお方でしたから。食器を下げてもよろしいですか、お嬢様? コンロの薪に灰をかぶせる前に洗い物を済ませておきたいんです」

「ごめんなさい」とメアリは言った。「わたしったら自分勝手なことを。この屋敷にはわたしとあなた二人きりだってこと、つい忘れてしまって——あなた一人で家事をすべて切り盛りしてくれているのに。わたしにも手伝わせてくれたらいいのに」

ミセス・プールは断じてそれは承服できないといったようすで皿やナイフやフォークを下げた。ミセス・プールにはひと言も言葉を発することなく自分の考えを表明するという才能がある。まったく嫌味な才能だ。だめ、ここにはコメントを挟むことはできませんからね、ミセス・プール。

「あんまり夜更かしなさいませんようにね」と家政婦は言った。「暗くなったらガス・ランプをつけてくださいさい。目を悪くなさるといけませんから」

「夜更かしはしない」とメアリは言った。「けど、この書類に目を通してしまいたいの。ちょっと考えがあって……ねえミセス・プール、ハイドの逮捕につながる情報の提供者には報奨金が出るんじゃなかったかしら?」

「ええ、百ポンドの。どうしてです? あの男を警察に引き渡して百ポンド手に入れようとお考えなんですか? もうずいぶん昔のことですからね。もうそんな額を支払いはしないと思いますけど」ミセス・プールは誰が支払うのかを言わなかった。

「どうかしら」とメアリは言った。「でも誰に訊くべきか知っている気がするの。ずっと昔のことだけれど、まだ覚えてる……」

メアリは最後まで言わなかった。ミセス・プールがトレイを持ち上げ、応接間を出て扉を閉めた。お母様が墓場までもっていった秘密はいったい何なのだろう。メアリの頭にあるアイデアが芽生え、取るべき行動が見えてきた。明日になったら……

でもだめ。それを考えるのはまだ早い。まずは残りの書類に目を通してみないと。もしかしたら、そのとき何が起きていたのか、もっと手がかりが見つかるかもしれない。メアリは父のノートを取り上げ、読みかけの部分に戻った。暖炉の火が弱くなってきたころ、メアリはようやく紙挟みに書類をしまい直し、立ち上がって階段を上がり、育児室を出たときから使っている寝室に入った。

ベッドに横になったものの、眠りにつくことができなかった。この家はなんて静まりかえっているんだろう! これまではずっと何かしらの物音が聞こえていた。母が夜中に起き出す音、アダムズ看護婦がミルクを温めに階段を降りていく音。それが今は、どこまでも空っぽになってしまった気がする。ミセス・プールは二階下にある、厨房脇の家政婦部屋に寝ている。メアリは下に降りてアリスの使っていた部屋で眠りたい気持ちに駆られた。そうすれば、壁越しにミセス・プールのいびきが聞こえるかもしれない。だけどわたしは、パーク・テラス十一番地のメアリ・ジキル嬢。レディたるもの、恐怖を感じることはあっても、それに屈したりはしない。少なくとも、家庭教師のミス・マリーにはそう教えられた。だからメアリは静かに暗闇を見つめ、やがて眠りに落ちた。そして、あのいやらしい目つきのハイド氏がガス燈の灯るロンドンの通りを歩き、残忍な杖を振りまわしている夢を見た。

ミセス・プール　わたしはいびきなんてぜったいにかきませんよ！

メアリ　そんな夢を見た覚えはないわ。覚えていないのに、どうしてそんな夢を見たって言えるの？

キャサリン　夢を見ていないことも覚えてないんでしょ？　とすればよ。何かしら夢を見たはずでしょ。「メアリは何だったか覚えていないけれどとにかく夢を見た」なんて書けないのよ。あんたってほんとにドラマ作りのセンスがないんだ。

メアリ　そうね、わたしは法螺（ほら）は吹かないもの。そういうことを言ってるなら。

翌朝、トーストと紅茶で早めの朝食を済ませたあと、メアリはミセス・プールに頼んで実験室の鍵を出してきてもらった。肩をショールでくるんで、屋敷の裏手の庭をよこぎり、実験室の扉の鍵を開けた。解錠するのはもうずいぶん——いったい何年ぶりだろう？　母の病状が悪化して召使たちに面倒を見てもらうようになり、そしてメアリがアダムズ看護婦を雇って以来だ。かれこれ……七年はたっている。それ以前だって、メイドが年に一度の大掃除のために入るくらいだった。

はっきりしたあてがあってきたわけではないけれど、たぶん父はここに何かを残しているはずだ。あの紙挟みのなかの書類を調べてから、メアリの頭のなかに芽生えはじめた疑問に答えてくれるような何かを。

かつて公開手術室として使われていた父の実験室に、円天井の天窓から明かりが差し込んでいた。雨の日のロンドンの灰色がかった光が、円形劇場のように階段状に配された木製の机と椅子に注いでいる。学生に解剖の実演を見せるための座席も、今では分厚い埃の層におおわれている。中央にはかつて手術台として使われていたテーブルが置かれ、父はそこで化学実験をおこなっていた。メアリは今でも当時のことを覚えている。もう何年も前、いろいろな装置にかこまれて過ごした時間を。ブンゼンバーナー、二台の顕微鏡、さまざまな大きさの乳鉢と乳棒。父の背後の黒板には数式が走り書きされていた。部屋の両脇の本棚は本がぎっしり詰め込まれていた。実験室に入ることはめったになかったけれど、ときどき父はメアリを呼んで実験を見学させてくれた。理解できればじつに有意義な記号が並んだ元素周期表。父が化学薬品を通すと、色つきの炎をあげるブンゼンバーナー。何か実用的な目的があったわけではなく、娘を楽しませるためにやっていたことで、メアリにはそれがまるで魔法のように見えた。そんな実演を見るたび、メアリは笑い声をあげながら手を叩いたものだ……。

もう何も残っていない。劇場は完全に空っぽだった。

メアリは階段教室を昇り、父の事務所のある中二階にたどりついた。扉はまるで力ずくで開けられたように、蝶番（ちょうつがい）がはずれかけている。裏通りに面した窓は埃におおわれ、部屋の四隅に蜘蛛の巣が張っている。事務所はまだ家具がそろっていた。机、椅子、ソファ、一角に据えられた鏡。化学薬品が収められていたガラス張りの戸棚は、実験室の本棚とおなじく空っぽだ。でも、やはり埃はたっぷりと積もっている。メアリは机の抽斗（ひきだし）のなかを見てみた……何もない。一階に戻ろうと階段を降りていると、ミセス・プールが戸口から顔をのぞかせた。

「どうです、お嬢様？　何か見つかりましたか？」

「いいえ、なんにも。お父様の書類がどこにいったか知ってる？　いつも机は書類でおおいつくされていた記憶があるんだけど……」

「あらまあ、お嬢様」ミセス・プールは埃だらけの実験室をプロとしては許せないとでも言いたげな表情で見まわしながら答えた。「旦那様が亡くなられたあと、何もかも燃やされたんですよ。あの晩のことはまだ覚えています。ずっと昔のことですけどね。わたしの父とアタースンさんが扉を打ち破って事務所に入って、しばらくしてから父が召使たち全員に旦那様が亡くなったと告げたんです。事故で、って言ってましたけど、みんな自殺って言葉をささやいてましたね。アタースンさんは夜中まで奥様についてらして。翌日、父とアタースンさんが旦那様を質素な木製の棺に納めて、自分たちで運んでいったんです。それを見て、きっと旦那様は自殺なさったんだって確信したものです。でなきゃ、葬儀に召使が一人も呼ばれないなんてありえますか？　参列したのはアタースンさんと奥様だけでした。旦那様はどこに埋葬されたかちゃんとした墓石も立てられないまま、ただ聖メリルボーン教会に記念額が掲げられただけでした。そのあと、一切合切が処分されたんです――化学薬品から、書類から、本まで。奥様はよく耐えてらっしゃいました。お体を壊されたのはそのあとです。きっとずっと張りつめていらしたせいでしょうね」

「それじゃあ、お母様が銀行に預けていた書類だけがわたしに残されたものってことね」とメアリは言った。残されたものは、父とその人生と……死の謎だけということだ。

「そのようですね、お嬢様。何かほかにご入用のものはございますか？　ここを開けたからには、空気を入れ換えたいですね。あとで箒(ほうき)をもってきましょう。それにありったけのぼろ切れも。見てくださいな、これを」ミセス・プールは机の天板に指先を走らせてから、それを掲げてみせた。指先は積年の埃で灰色になっている。

「雨外套と傘だけでいいわ。ええ、また出かけます。朝のうちに用事があるのよ」

「例の銀行ですか?」

「うーん、それはまだ。帰ったら話すわ」

メアリ　あのときに真相がわかっていたらよかったのに……
ジュスティーヌ　べつの行動を取った?　わたしはそうは思わないわ。
メアリ　でも、もっと違った気分だったかもしれない。だからってたいして変わりはなかったかもしれないけれど。あのね、小さいころのわたしは自分の父親を魔法使いだと思っていたの。この世で誰よりもすばらしい男性なんだって。
ジュスティーヌ　そのあとに起こったことが、そのときのお父様の記憶まで壊してしまうことにはならないわ。
キャサリン　勘弁してよ、ジュスティーヌ。あんた、寛大すぎるって。

二十分後、メアリはベイカー街221Bの呼び鈴を押していた。

その建物の玄関にたどりついたとたん、まるで奇跡のように、ひさしぶりに雨がやんだ。リージェンツ・パークの外周を歩いてさほど遠くないところだった。メアリは聖メリルボーン教会に立ち寄ってつかのま信徒席にひざまずき、母のために祈りを捧げようとした……そしてそう、父のためにも。壁に掲げられた記念額の前で立ち止まると、そこには〈寄贈者　ヘンリー・ジキル〉とだけ書かれていた。父がどこに埋葬されているかもわからなかった。アタースンさんからはお父様は聖地にいらっしゃるのだと聞かされてはいたけれど。父の霊がどこにあろうとも、どうか安らかにあってくださいとメアリは祈った。しかし、祈りに集中することはできなかった。謎の支払い、昨夜読んだ手紙、実験室のノート、それらが頭のなかをよぎりつづけた。何もかも少しでもはっきりすればいいのに！　はたしてここにきたのは正解だったのだろうか？　その答はまもなくわかるだろう。

メアリ　なんだか大衆小説のヒロインみたいに書くのね。わたしはあのときそんなこと考えていなかったわよ。

ベアトリーチェ　じゃあ何を考えていたの？

メアリ　新しいブーツを買うにはいくらかかるかしらって。この調子でロンドンを歩きまわらなきゃいけないなら、もっと頑丈なブーツが必要になるだろうけど、そのお金が出せるかどうかわからなかったから。わたしの祈りを妨げていたのはそのことよ、ほんとうに知りたいならね。履き物の具合を心配していたの。

メアリはブーツの値段のことなど考えていなかった。なぜならそんなのつまらないから。彼女はぎこちない手つきで傘をたたんだ。ゲスト氏がよこした紙挟みを片腕にかかえていたのだ。呼び鈴が鳴り響いているあいだ、外に立ってドレスの裾についた泥を払い落とそうとしながら、ウォーキング・スーツ（上下に分かれ、スカートがくるぶし丈の実用的な婦人服）を着てくればよかったと後悔した——でも黒いスーツを買う余裕はなかった。こんなことをしてもあまり意味はない。どうせ帰り道にはまた泥だらけになってしまうのだ。それを証明するかのように、荷馬車が脇を走り抜け、その車輪が水たまりからはねあげた泥水が弧を描いてメアリをかすめた。

一瞬、自分が淑女（レディ）なんかじゃなければよかったのに、とメアリは思った。そうすれば馭者（ぎょしゃ）に罵声（ばせい）を浴びせてやれるのに。

メアリ　そう、少なくともそう思ったのは間違いないわ！

どうして誰も出てこないのだろう？　メアリはもういちど呼び鈴を押した。

「ごめんなさいね、お嬢さん」扉を開けたのは、白髪まじりの頭に昔風の室内帽(モブキャップ)をかぶった女性で、どうやら掃除の最中だったようだ。片手にダチョウの羽根のはたきをもったままだ。「三階にいたものでね。近ごろ耳が遠くなってしまって。最初に呼び鈴を聞いたときには、聞こえた気がしただけかしらって思ってたんですよ。そしたらもういちど鳴ったものだから……」

「ミスター・ホームズに会いにきたんです」とメアリが言った。「申し訳ないのですが、面会のお約束は取り付けていなくて。でもどうしても大切なご相談があるんです。お目にかかれるでしょうか？」

「おやまあ、お気の毒に」と女性は言った。家政婦かしら？　いいえ——かの有名なハドスン夫人に違いない！　「ホームズさんなら上にいますよ。きっと力になってくれるでしょう、あなたがどんな厄介ごとに巻き込まれていようとね。約束がなかろうが気になどしませんよ。つまり、あなたが何か事件の相談にきたのなら。そうお見受けしましたけれど。あの方は事件に目がないから」

メアリは思わず頬をゆるめてしまった。ハドスン夫人はメアリが〝囚われの乙女〟のような立場で、一刻も早く偉大な探偵への面会を求めているのだと思い込んでしまったらしい。たぶん偉大な探偵は突然の訪問者を迷惑がるだろうが、メアリとしてはそうするよりほかなかった。

「どうもありがとうございます、ミセス……」

「ハドスンです。ハドスン夫人。上にいる殿方たちに間貸ししてお世話をしてるんです。といいますか、あの方たちがさせてくれれば、お世話をするところなんですけど。言っておきますけど、お嬢さん、上の部屋はひどい散らかりようですからね」

メアリはハドスン夫人のあとについて狭い階段を昇り、二階についた。

階段を昇りきると、ハドスン夫人は扉をノックした。「若いご婦人が面会にいらしてますよ、ホームズさん」夫人は扉の外から室内に呼びかけた。

銃声が一発、さらにもう一発響いた。

メアリは一発ごとに縮み上がった。しかしハドスン夫人は気づいていないようだ。

しばらく待ってから夫人は言った。「急用なんです、ホームズさん」

また銃声が一発、二発——

「いいでしょう。その方を通してください」その方というのが誰であれ、我慢ならない邪魔者だと言っているような口調だった。

ハドスン夫人が扉を開けた。「さあ、どうぞ」夫人はメアリに言った。「ホームズさんに怖じ気づかないようにね。あなたの問題の解決の力になれるのは、あの方をおいてほかにいませんから」

ハドスン夫人はそこで間をおいて、メアリが問題を打ち明けはじめたら耳を貸す準備をした。父親が怒り狂っている？　婚約者が失踪した？　でもメアリは「どうもありがとうございます、ハドスンさん」と言って部屋のなかに入った。

たしかに、それはすさまじい散らかりようだった。

暖炉の真上、マントルピースの上には頭蓋骨がずらりと並んでいる。メアリが見たところどうやら人相学上それぞれ異なるタイプの骨をそろえているようで、面長のものから短いものへと順番に並べてある。列の最後はあきらかに猿の頭蓋骨だが、ユーモラスに見せようとしているのか、シルクハットをかぶらされている。窓辺にはカメラが据えられ、それにくるぶしまである夜会マントがひっかけてある。おそらく、あのシルクハットの持ち主が身につけるものだろう。窓の前に置かれた長テーブルの上は、父の実験室のテーブルのように、種々さまざまな装置におおいつくされている。小型の携帯用カメラ、ブンゼンバーナー、顕微鏡、広口瓶は液体で満たされ、なかに人間の耳らしきものがぷかぷか浮いている。手形や指紋の標本。淡い紅色から真っ黒なものまで、いろんな色の土をおさめた箱。暖炉の向かいの壁には本棚が置かれ、そこから本があふれだしている。床に、ソファに、そして肘掛け椅子の一つに、本が山と積まれている。もう一つの肘掛け椅子には、ヴァイオリンが置かれている。

　部屋のなかほどにいた男は拳銃をもっていた。背が高く、額が秀で、いわゆる鷲鼻（わしばな）の持ち主だ。まるで探究心旺盛な鷲みたい、とメアリは思った。男はシャツの袖をまくり上げ、拳銃を壁に向かって構えていた。

ダイアナ　まさかあいつを英雄（ヒーロー）扱いするつもりじゃないでしょうね？　そんなのって胸糞悪いよ。

ベアトリーチェ　あら、わたしはホームズさんならすてきなヒーローになると思うわ。

ダイアナ　あんたっていつもそう！

炉棚の脇の壁紙にぽつぽつと銃弾の穴が並び、何かの模様を作っていた。VR、VR、VR、ヴィクトリア女王（レジーナ）。一瞬、メアリはスコットランド・ヤードに駆け込むべきだろうかと考えた。

　部屋にいた二人目の男がソファの上の本の山のうしろで立ち上がった。「何を考えてるんだ、ホームズ？　お嬢さんが怖がるじゃないか」男はホームズよりも背が低く、いくぶんずんぐりしていて、口髭（くちひげ）をたくわえていた。友人とは違って、上着にネクタイという、きちんとした身なりだ。

「怖がっておりません、ドクター・ワトスン」とメアリは言った。「あなたが書いておられるホームズさんの事件簿を読んでおりますから、特異な気質のお方だということは承知しております。でも、フラットの室内で発砲するというのは、いくぶん芝居がかっているような気もいたしますわね？　正直に申し上げて、あなたは劇的な雰囲気をかもしだすためにそんな場面をでっちあげたんじゃないかと思っておりました」

「ふん！　一本取られたな、ワトスン君」拳銃を手にした男が言った。「それともぼくが取られたのかな。現代的な若いご婦人の明快な皮肉ほど、ひとを滑稽な気分にさせるものはないね。しかし誓って言うが、これは実際的な実験なんです。たとえどんなふうに見えようとね。それでは、マダム。あなたが何者で、本日はどんな助力を求めてやってきたのか、教えていただけますか。パグかポメラニアンが行方不明になりましたか？　どうやら最近、行方不明のペット捜しが稼業になりつつあるようだな。私はシャーロック・ホームズ。そしてこちらは、あなたのご明察どおり、わが友、ドクター・ワトスンです」

「いいえ」とメアリが言った。「パグかポメラニアンが行方不明なんてとんでもないわよ！「今日は十四年前に起こった殺人事件についてお訊きしたいことがあって伺いました。あなたはかつてその捜査に関わっていたはずです。わたしはメアリ・ジキルと申します」

「そらきた！」ホームズは言った。「お坐りください、ミス・ジキル。事件のことは覚えてますよ。あなたのお父上、ヘンリー・ジキル博士のこともね。もっとも、ずいぶん前のことになりますが。私は化学に興味があったんですが、お父上はその分野でもっとも優れた人物とされていました。その理論は健全とは言えないかもしれないが、ともかく誰よりも優れていると。ダンヴァーズ・カリュー卿殺害事件のことを覚えているかい、ワトスン君？　ちょうどきみと一緒に仕事をしはじめた時期に起きたんだ。ぼくがまだ駆け出しの私立探偵だったころにね。そのころミス・ジキルはきっと……」

メアリは傘を傘立てに入れた。そこにはフェンシングの剣が一組差してあった。

「こちらにどうぞ、ミス・ジキル」とワトスンが言い、扉に近い肘掛け椅子の上から本の山を移動させた。メアリは腰をおろし、肘掛けにある煙草の焦げ跡に目をやりながら、膝の上に紙挟みを置いた。

「およそ十四年前のことです」とメアリは言った。「わたしは七歳でした」

「そうだ、娘さんがいたっけ。そして母親と」

「母は先日亡くなりました」とメアリが言った。

「お悔やみを」とワトスンが言い、彼女に向かって頭を下げた。「いやしかし、ぼくはその事件のことは覚えていないよ、ホームズ」

「ありがとうございます」今ここで母の死のことを話すのだけはいやだった。メアリはホームズのほうを向いて言った。「当時、たしか報奨金が出ていたと……」

「ぼくが直接事件に関わったわけじゃあないが、きみもきっと新聞で読んだはずだぞ。きわめて残忍な性質の事件だったし、被害者の社会的地位も高かったからね。ダンヴァーズ・カリュー卿は国会議員で、グラッドストーンの個人的な友人でもあった。アイルランド統治法の支持者としても有名だった。事実関係を簡潔に説明するとこうだ」ホームズはソファの上に山積みになった本を押しのけると、腰をおろして膝に両肘をつき、両手の指先をテントを張るように合わせた。そして、メアリの頭のちょうど真上の壁をじっと見つめた。まるで口にしている事件が実際にそこに見えているかのようだった。

「ダンヴァーズ・カリュー卿はソーホーの通りで容赦なく撲殺され死体で発見された。頭を杖で殴打されたんだ——凶器の杖が死体のそばで折れていた。財布も時計も奪われていなかったが、ほかに身分証明書のたぐいはなく、ポケットにアタースンという弁護士に宛てた手紙が入っていただけだった。このアタースンという男が呼び出され、死体の身元を確認した。警察はすでに殺人犯が誰かをつかんでいた。ある家のメイドが、求婚者がくるのを待ちながらガス燈の灯る通りを部屋からのぞいていてね。その男がハイド氏だと気づいたんだ。近所に、妻ではないらしい女と住んでいたそうだ。そのメイドはその男が通りを歩く姿を観察していた。男が一度、街燈の下で時計を見るために足を止めたんで、はっきりとハイド氏だと確認できたわけだ——やがて男は通りの角でダンヴァーズ・カリュー卿と落ち合った。会話がやがて口論になった。ハイドは相手の頭部を殴りつけ、彼が舗道に倒れて動かなくなってもなお殴りつづけた。アタースンの供述によれば、ハイドは彼の顧客の一人で、リージェンツ・パーク近くに住んでいるジキル博士の雇い人だということだった。ベイカー街からそう遠くない場所だ。お見受けするに、ミス・ジキルはここまで歩いてこられたようだ。ただし、公園を突っ切ってこられたわけではない。リージェンツ・パークの土はとても特殊でしてね。花壇用の物質がまじっているせいです。それはメリルボーン通りのありふれた土ですね、側溝からはねあがった」

メアリはブーツを見下ろした。いいわ、今度くるときはホームズさんのために特殊な土を集めてきてあげましょう！　それはさておき、どうしてここでカリュー卿の殺人事件をこんなに詳細におさらいしなければいけないのだろうか？　メアリはだんだんいらいらしてきた。

「しかし、どうやら難問が立ちはだかったようだな」とワトスンが言った。「でなきゃ、きみは事件についてそこまで詳しく説明したりしないだろう」

「さすが、ぼくのことをわかってるな」とホームズが言った。「アタースンは警官をハイドのソーホーの住まいに案内した。通りの角にある建物だ——ところが男は行方をくらましていた。警察がロンドンじゅう、やがてはイングランドじゅうをくまなく捜しまわっても、ハイドは見つからなかった。まるで跡形もなく消えてしまったように。これにはおおいに興味をそそられたね。自分で事件を捜査してみようと思ったくらいだよ。われらがイングランド警察はたとえほかにどう評されようと、完璧主義にかけては類を見ない。そこまで徹底的に彼らの目をかいくぐるのは至難の業だ。当時、ぼくはまだ警察と公式の関係になかった。しかし兄のマイクロフトがジキルを知っていてね、だから紹介してくれないか頼んでみたんだ。ジキル博士は快くそのことを話してくれた。なんでもハイドは博士の助手のようなもので、化学実験の手伝いなんかをしていたそうだ。ところが博士の話によれば、殺人事件が起こって以来、奴の姿を見ていないというじゃないか。それからしばらくして、ジキル博士が自殺した」

そう、メアリが覚えているとおりだった。最後の晩、背の高い男が父の書斎にいて、鋏のように脚を交差させながら部屋のなかを行ったり来たりしていた。執事のプールはメアリに、邪魔をしてはいけない、お父上は大事なお客様、私立探偵とお話しされているのだから、と言われた。きっとあの有名なホームズさんだわ、とメアリは思ったものだ。ホームズの手がけた事件の顛末はよく《ストランド》に大きく取り上げられていたのだ。

「ホームズ！」ワトスンが言った。「ミス・ジキルの気持ちも考えたまえ！」

「大丈夫ですわ、ありがとう」とメアリは言った。「でもわたしが知りたいのは、まだ報奨金がかけられているかどうかということなんです。つまり、もしかしたらわたしはある情報をつかんでいるのかも……」

「この事件のことはずっと心に引っかかっていました」とホームズが言った。「ハイドは見つからず、そのうちスコットランド・ヤードも捜索を打ち切ってしまった。私はジキル博士が自殺して以来、この件をさらに追及するのも、聞き込みをするのもやめてしまいました。さっきも言ったとおり、探偵として身を立てはじめたばかりのころの話でしてね。対応しなければいけない事件がほかにもいくつかあったんです」

「ホームズさん！」メアリは言った。「ハイド氏の逮捕につながる情報への報奨金はまだあるんですか、もうないんですか？　事件が起きた当時、広告が出ているのを見たんです。でももうずいぶんたってしまったから、それがどうなっているのか……」

「たしかに、報奨金がかけられていました」とホームズ。「殺人犯の逮捕に直接結びつく有力な情報を提供した者には百ポンド支払うと。ダンヴァーズ・カリュー卿の遺族が出資者でした。あの一家にまだその額を支払うつもりがあるか？　さあどうでしょう。でも問い合わせてみましょう。スコットランド・ヤードのレストレード警部に訊くのがいちばんですよ。ちょうど一時間後にホワイトチャペルの連続殺人の件で警部と落ち合うことになっているんです。新聞売りの小僧たちが叫びつづけている、例の〝おっそろしい人殺し〟ですよ。ワトスン君、残念だがエイヴベリー卿の動物園の謎はひとまず後まわしにしなければなるまい。なんたって同時に二件抱えているんだ。どちらも迷子の動物たちのコレクションなんかよりもずっと興味深い事件なんだからね。レストレード警部本人が知らなくても、きっと一家の誰に問い合わせればいいのか教えてくれるでしょう。しかし、いったい何をご存じなのです？　こんなことを言うのをお許しいただければ、ミス・ジキル、あなたは犯罪者と付き合いがあったり、連中の居場所を知っていそうなタイプとはお見受けしませんが」

「ええ、でもわたしはハイドが隠れているところを知っているかもしれないんです」とメアリが言った。
「なるほど？」ホームズはそう言ってほほえんだ。信じていない証拠だ。「それでは、ミス・ジキル、私にお話しいただけますか？」
メアリはじつに要領を得た口調で話しはじめた。

ダイアナ　「じつに要領を得た口調」？　メアリはいつだって会議で指示を出してるみたいな話し方をするじゃんか。それを言うなら「最高に偉そうな口調」だと思うよ。

ジュスティーヌ　ダイアナ、メアリがあなたに言いきかせていることは、あなたのためを思ってのことなのよ。誰かがお目付役になって、あなたが悪さをしないようにしなくてはいけないの。たとえば、わたしたち全員の下着を切り刻んだりね。たいくらメアリに今回はウィーンに連れていかないって言われたからって。

メアリ　この子に何かしなさいって言っても効果はないわ。それにミセス・プールが切れ端を縫い合わせてみてくれるって。でも、最後に見たときはかぶりを振っていたけれど……。

ダイアナ　効果あるって！　ぜったいそうはするもんかって思うもん。あたしがメアリの言うことをおとなしく聞くようになった日には、自分のブーツだって食べてるだろうね。

メアリ　そうしたら少なくともしばらくは静かにしていてもらえるわね。

メアリはいつもの要領を得た口調で話しはじめた。
「母が亡くなったあと、わたしの弁護士が」――ゲスト氏はもうメアリの弁護士ではないが、そう言ったほうがより正式な感じがした――「報せてきたんです。母は聖メアリ・マグダレン協会（ソサエティ）に定期的に送金していたと。ハイドの世話代として、週に一ポンド。ご覧ください」メアリは帳簿を取り出して該当のページを開くと、テーブルの上に積まれている本の山のてっぺんに置いた。二人の男が身を乗り出す。「あの男が父の下で働いていたときに仕入れた何らかの情報をだしに、母を脅迫していたのではないかと疑っているのです。今朝、住所録を調べてみましたが、聖メアリ・マグダレン協会というのはホワイトチャペルにある慈善団体でした。そこでハイドを見つけられるのではないでしょうか」

「それはまた非常に興味深い」とホームズが言った。「さらなる捜査に乗り出す価値がありそうだ。残念ながら、今日は一日じゅうレストレードの奴に付き合うことになりそうでしてね。あの連続殺人はまさに見ものですからね――フリート街の新聞屋連中はまだまだ飽き足らないようです。どの新聞も一面扱いです。今度は死体のどこがない、と書き立てています。両腕のない犠牲者、頭部のない犠牲者……しかし最後にはあっけない答が出てくるはずです。派手な事件というのは、たいてい最初に見えていたよりもずっとシンプルで、おもしろみのない解決を見るものなんです」

「正気を失った奴の仕業に違いないさ」とワトスンが言った。「でなきゃ誰が若い女性を殺して体の一部を切り取っていったりするんだ？　犯人はあきらかに頭がどうかしている」

「しかし常軌を逸した者にもその者なりの筋道というものがある」とホームズが言った。「ワトスン君、ミス・ジキルと一緒にこの協会を訪ねてみてくれるかい。ハイドがそこにいるのかどうか突き止めてくれ――もちろん、悟られないようにね。あとで落ち合って結果を話してくれたまえ」

「二人で行けだって？」ワトスンが言った。「危険な犯罪者を探しにミス・ジキルをホワイトチャペルに連れていけだなんて本気じゃあないだろうな！　いくらなんでも軽率すぎるぞ、ホームズ。それに協会の名前をよく考えてみろよ。そんなところに……」
「もちろん行きますわ」とメアリは言った。「協会の名前が意味するところはよくわかっています。聖書を読んでいますし、マグダラのマリアのこともよく知っています。ロンドンに住んでいれば、下町（シティ）の通りに売春婦がいることや、彼女たちのための更生施設があることに気づかずにいられるわけがありません。ワトスンさん、わたし新聞を読んでますのよ」生まれてこのかたロンドンに住まっていたが、メアリはイーストエンドには一度も足を踏み入れたことがなかった。ミセス・プールから、ホワイトチャペルやスピタルフィールズには、邪悪の巣窟があるから近づいてはいけないと言われていた。そこが聞かされていたほどに邪悪なのか、自分の目でたしかめてみたかった。

ミセス・プール　お嬢様をあんなところに送り込むだなんて、あの方もなんて不謹慎なことを！
キャサリン　まだ彼がメアリを送り込む部分まで書いてないのよ、ミセス・プール。読者に展開がバレるようなこと言わないで。
メアリ　読者がいればの話でしょう。わたしたちに興味をもってくれるひとなんて、ほんとうにいると思う？　わたしたちがどうやって知り合って、どんなふうに一緒に暮らしているかに？
ベアトリーチェ　モンスターにはいつだって関心が集まるものよ。キャサリンはちゃんとわかっていると思うわ。
キャサリン　うん、わかってる。

「だから、彼女の護衛役としてきみに行ってほしいのさ」とホームズは言った。「きみはハイドを見たことがないが、彼女はある——奴はジキル博士の実験助手だったんだからね。ミス・ジキル、姿を見れば奴とわかりそうですか？　あなたは当時、ほんの子どもだったということですが」

「もちろんです」とメアリは言った。「ハイドさんのような方はひと目でも見たら忘れることはできません」

「それでは」とホームズは言った。「捜査開始だ。ミス・ジキル、あなたにはハイドがまだ存命中かたしかめていただきたい。そして生きていたとしたら、奴が逮捕されるように策を講じ、あなたの報奨金を確保しましょう。ワトスン君、きみの務めはミス・ジキルがぶじに帰還できるよう、しっかり護衛して差し上げることだ。何もすることはない——そう、ないんだ——ハイドが生きているか否かをたしかめるだけでいい。協会を訪れたあと、つぎの行動を考えようではないか」

「よろしい、ホームズ」とワトスンは言った。「できればミス・ジキルを直接関わらせたくはないが、しかしハイドが生きているのだとしたら、もちろん逮捕されるべきだろう。危険な犯罪者をロンドンに潜伏させておくわけにはいかないからな」

「では参りましょうか？」メアリは時計を見た。「そろそろ正午です。たどり着くまで多少時間もかかるでしょうし」いったいどれくらいかかるのか、そこまでどうやって行けばいいのか、メアリには見当もつかなかった——もちろん、歩いていくわけじゃないわよね？　だがここまでの長い議論にほとほと疲れていたし、とくに自分が行くか行かないかについてごちゃごちゃ言われるのはうんざりだった。少なくとも、ホームズはその点に関しては実際的だった。

ミセス・プール　そして不謹慎でしたよ！
キャサリン　はいはい。よくわかったから。もう結構よ、ミセス・プール。

「ここに戻ってくればいいのかい、ホームズ?」ワトスンが訊いた。外套を着ながら、拳銃をポケットにするりとしまい込んだ。

「いいや、スコットランド・ヤードを訪ねてきてくれ。もしそこにいなければ、レストレード警部と行動を共にしているはずだ」

つまり、メアリは今日一日でホワイトチャペルからスコットランド・ヤードまでまわるのだ! 家でじっとしてお金のことでくよくよしているより、たしかにずっとおもしろい。メアリは帳簿を紙挟みにしまって立ち上がった。「午後にご報告しますわ、ホームズさん。ワトスンさん、もう出かけられますか?」

「ベイカー街で辻馬車を拾います。では行きましょうか、ミス・ジキル?」

メアリは傘立てから傘を取り、部屋のほうに振り向いて、ホームズにうなずいてみせた。彼の顔にはほほえみが浮かんでいた――どういう意味だろう――やがてワトスンのあとを追って部屋を出た。階段を降りながら、メアリは突然心配になった。ホワイトチャペルまでの運賃はいくらだろう。どうやって支払おう。財布に入っているのはちょっきり二シリング。ホームズを訪ねる前に、母の銀行に立ち寄ってくるべきだった。でも辻馬車に乗ることになるとは思ってもいなかったし、ハイドの謎を解きたい一心だったのだ。いずれにせよ、銀行のあるクラーケンウェルへの行き方もまだはっきりとはわかっていなかった。たぶん今日の午後、この捜査が終われば、母の口座を解約して残高を移すことができるはず。そうすれば、少なくとも突然の遠出に動揺したりしなくて済むようになるだろう。

「ワトスンさん、運賃のことですけど――」

「ああ、ご心配なく」ワトスンは建物の入口の扉を開けながら言った。「あなたはわれわれの捜査の手伝いをしてくれているんです。かかった経費はもちろんぜんぶホームズ持ちですよ」

二人がベイカー街に出ると、行き交う馬車が騒音をたて、行商人たちが声をはりあげていた。「活きのいい鱈はいらんかねぇ！」「リンゴ、一ポンドで半ペニー！　さぁ買った買った！」左手にはリージェンツ・パークの樹々と芝生が広がり、一方、右手にはシティの喧騒が渦巻いている。

メアリは父のノートや手紙の数々に書かれていたことを思い出した。まだそのことはホームズに話していない。彼に教える必要はない、少なくとも今はまだ。だが、そんなことを案じている暇はなかった。ワトスンが手を振って辻馬車をとめると、先に乗り込むように促した。メアリはスカートの裾を上げて革張りの座席に腰を下ろした――いったい、ホワイトチャペルに何が待ち受けているのだろう。

3　マグダレン協会

辻馬車が東に向かうにつれ、大通りはどんどんごみごみしていって、交差する道はどんどん狭くなっていった。そうした横丁は、バルコニーや窓からぶら下げられた洗濯物のせいで薄暗かった。メアリが見慣れているのは、緑の多いおごそかなメリルボーン・ロードだった。ホワイトチャペル・ハイ・ストリートは、その界隈とはぜんぜん違っていた。道路には荷馬車や乗合い馬車がひしめき合い、おなじような建物が息苦しそうに立ちならぶだけで、街路樹はない。馭者がホワイトチャペルの曲がりくねった横丁まで入っていくのをいやがったので、二人は馬車を降りて残りの道を歩いていくことになった。

戸口で煙草をふかしている男や、みすぼらしい店先で縫い針や半端物を売っている女に道を訊ねながら歩いていくうち、メアリは自分がどこにいるのかさっぱりわからなくなってしまった。ようやく、中央に公園のある陰気な広場に出た。数本の木が砂利におおわれた一画に影を落とし、子どもたちが輪まわしに興じていた。公園は三方を住宅用の建物に囲まれていたが、それらの窓ガラスは割れ、雨戸はひしゃげていた。残る一方には灰色の石造りの教会の建物があった。看板の薄れた飾り文字を見るに、これが「聖メアリ・マグダレン」教会のようだ。教会の隣には石壁がそびえ、その向こうに、蔦（つた）におおわれた高い石造りの建物の上方の外壁が見えた。アーチ状の門の真上には、「聖メアリ・マグダレン協会」という文字が刻まれている。

「いったいぜんたい、あの男はどうやってここに潜り込めたのかしら？」とメアリが言った。

　メアリはワトスンと一緒に門の文字を見つめた——


堕落したキリストの姉妹の救済を使命として。面会は二時から四時まで許可。ただし、休息日をのぞく。殿方の訪問者は許可せず。


「やはり堕落した女のための施設でしたか。こんなところに足を踏み入れてはいけません、ミス・ジキル」とワトスンは言った。ミセス・プール、ここであなたにコメントさせるつもりはないわ。あなたがなんて言うかはわかりきってますから。

「なぜです？　不適切だから？　選択の余地はないと思いますけど」とメアリは言った。「あなたが入れてもらえるとは思えませんもの」そして門に歩いていくと、呼び鈴を鳴らした。

　しばらくすると女性が門を開けにきた。修道女のように質素な灰色のウールのドレスを身につけている。髪は頭のうしろにまとめられ、一房でもほつれるのを恐れているかのように、きつく丸め結わえられていた。女は甲高い、どこか不自然な声で言った。「通りがかりに呼び鈴の音を聞きまして。表に掲示があったかと思いますが、今は決められた訪問時間外です。わたくし、シスター・マーガレットと申します。誰かをお探しにいらしたのでしょうか？」

「わたしはメアリ・ジキルです」とメアリは言った。「そしてこちらは――」

「ジキルですって！」シスター・マーガレットはさらに甲高い、まるで金切り声のような声をあげた。「すぐにお入りください。ミセス・レイモンドはきっと一刻も早くお話しになりたいことでしょう」

シスターが門を開けると、油を差したほうがよさそうなキイッという耳ざわりな音が響いた。彼女はすばやく手招きをしてメアリをなかに促した。

「ミセス・レイモンドってどなたです？」メアリは石壁のなかに足を踏み入れるのをためらいながら言った。ここにいる誰かが自分と話したがっているって、どういうことだろう？　誰かと間違えられているのかしら？

「ミセス・レイモンドは院長ですよ」とシスター・マーガレットはさも当然のように答えた。だが、それはメアリの疑問には答えていなかった。どうしてこういう施設の院長が自分と話したがっているのだろう？　なぜそのひとはわたしのことを知っているのだろう？

違う――メアリはすぐに気づいた。わたしがどうこうではなく、シスター・マーガレットはジキルという名前を聞いたとたんに仰天したんだわ。

「ミス・ジキル、よろしければ私も……」とワトスンが言った。

「あなたはだめです」とシスター・マーガレットは鼻であしらうように言った。まるで泥のなかを転げまわってきた犬でも追い払うみたいに。「殿方の訪問は許可されていません。親類だとしても例外は認めておりません」

「わかりました」とメアリは言った。「ではわたしがその……ミセス・レイモンドにお話をしにまいりましょう」

ワトスンがメアリの肘をつかんだ。「ミス・ジキル、これはいけません」彼はメアリにしか聞こえないよう、声をひそめて言った。

「でも行かなきゃ」メアリはワトスンのほうを振り返り、おなじくひそひそ声で答えた。「協会の院長だったら、きっとハイド氏のことを知っているはず。何があったのか突き止めないと。お金はここに送金されているわけだし、それにさっきわたしの名前を聞いたときの、あのシスターなんとかの反応を思い出してください。これ、あずかっててくださる？」彼女はワトスンに紙挟みと傘を手渡した。紙挟みを手放したくはなかったが、それを持ったままハイドが潜んでいるかもしれない場所に入っていくよりも、ワトスンにあずけたほうが安全なような気がした。

「わかりました」とワトスンが言った。「ですが、お持ちいただきたいものが」

傘を受け取りながら、ワトスンはメアリの手のなかに何かを滑り込ませた。見ると、それは彼がポケットに忍ばせてきた拳銃——連発拳銃（リヴォルヴァー）だ。「こういうものの使い方はご存じですか？」

「はい」とメアリは答えた。実際、知っていた——リンカンシャーの猟場番人の息子であるジョゼフが教えてくれたのだ。じつのところ家にも連発拳銃を持っていて、机の抽斗にしまっていた。父の所有物だったが、メアリはジョゼフを説き伏せて使い方を教えてもらった。レディなら守ってくれるひとがつねに一緒にいてくれるはずです、と言って、ジョゼフはなかなか教えたがらなかった。そうとはかぎらない、とメアリは思ったものだ。こうなってみると、やっぱりあのときジョゼフに訓練してもらっておいてよかった。

「一時間しても戻らなかったら、探しにいきますよ。どういうことだか見当がつきませんが、ともかくハイドは危険な犯罪者だった。あるいはひょっとすると、生きているかもしれない。この敷地のなかに潜んでいる可能性があるのだとしたら、何かしら護身の手段を用意しておいてほしいんです」

メアリはうなずいた。「わかりました」ワトスンに悟られたくなかったのだ、この娘は危惧しているのではないかと。うん、この言葉がいい。

ダイアナ　われらがメアリが怖くて震えあがってることにはできないもんね。

メアリ　ばかなこと言わないで。震えあがることなんていくらでもあります。だいたいあなたはいつだってわたしを震えあがらせているじゃないの。ウィーンであなたがもう少しで精神科病院を丸焼けにさせてしまいそうになったときのこと忘れたの？　それからあなたがジュスティーヌとわたしが言ったのと正反対のことをして、死にそうになったときのこと？

ダイアナ　あのね、だいたいあんたがあんなクソみたいな――［以下のダイアナのコメントは、願わくば成人のみならず青少年の読者にも届けたい本の内容として不適切なので省略］

キャサリン　ダイアナ、そういう汚い言葉をこの本に書くつもりはないからね。あざけり文句や罵り言葉を使うのはよしといたほうがいいわよ。

ダイアナ　［コメント省略。まったくもう、いい加減にしてほしい］

しかし、マグダレンたち――つまりロンドンのとくにイースト・エンドのあちこちにいる売春婦たちの救済のための神聖な施設で、自分の身にどんなことが起こるのだろう？　シスター・マーガレットの視界に入らないよう彼女に背中を向けたまま、メアリはこっそり拳銃をハンドバッグに滑り込ませた。実用的なバッグでよかった。おしゃれなレディが持っているような、ほとんどタッセルと刺繍でできているようなハンドバッグじゃなくて。門のほうに向き直り、内心気が進まないのを悟られないようにしながら、アーチ状の門をくぐり中庭に入った。背後で門ががちゃんと閉まる音を聞いたとき、一瞬だけうしろを振り返った。ワトスンが鉄柵ごしにこちらを見ている。時計を指差した——一時間だ、と念を押しているのだ。

メアリは彼に小さく手を振って、シスター・マーガレットのあとについていった。どこに向かっているのか、何が待ち受けているのかを、あまり考えないようにして。なかに入ったということは、この冒険に踏み切ったということ。たとえそれがどんな結果になろうとも。

二人は中庭をよこぎって歩いた。全面が舗装されているが、建物の石壁の周辺だけが土を残し、そこにはびこったイチイが日差しに身を乗り出している。鬱蒼と茂った蔦が三階まで這い上がり、そのせいで建物がいっそう不吉に見える。シスター・マーガレットは鉄製の蝶番や取っ手がついた大きな木の扉を押し開けた。メアリはなんだかオトラントの城に入っていくような気分になり、思わず小さく身震いしてしまった。室内の空気はロンドンの通りの外気よりもじめっとして冷たかった。メアリはシスター・マーガレットについて石造りの階段を二階まで上がった。階段の先には長い廊下が続いていて、その先にもうひとつ大きな木製の扉が見えた。どうやらマグダレン協会にはこの手の扉がいくつもあるようだ。まるで「大きくて不吉」がこの建物の装飾様式みたいだ。シスター・マーガレットがノックした。

「お入り！」なかから呼び声がする。

シスター・マーガレットが扉を押すと、キイッと大きく軋む音がした。「ミセス・レイモンド」とシスターは言った。「こちらはミス・ジキルです」

銀灰色の髪の美しい女性が机の向こうに立ち上がった。シスター・マーガレットのように灰色のドレスに身を包んでいるが、生地はウールではなく波紋絹で、腰のまわりに帯飾りの鎖を巻きつけている。おびただしい数の鍵がそこからぶら下がっている。

「いらしてくださって助かりました、ミス・ジキル」と院長が言った。「もうあの子を置いておくのは金輪際御免です。あの子は手のほどこしようがないとはっきりしました。あなたのお母様に、どうかダイアナを迎えにきてくださいと何度も手紙を書きましたが、一度も返事はありませんでした」

「ダイアナ?」メアリは面食らって言った。「誰です、ダイアナって?」いったいなんのことだろう?

「あなたはジキル夫人のお嬢様ですよね?」この娘は頭が大丈夫なのかしらといぶかるみたいに、院長はメアリの顔をじっと見つめた。

「そうです」

「では、あの子を引き取りにいらしたのですよね。ジキル夫人は物惜しみのないお方でしたが、それでも、あの子をこれ以上ここに置いておくわけにはいきません。あの子はつねに騒ぎを引き起こしています。お祈りの最中に冒瀆的な言葉をつぶやくんです。それに、礼拝中に聖メアリ・マグダレンの洗礼のボウルに何をしたと思います? とてもわたくしの口からは言えません」

メアリはあっけにとられて目を見開いた。院長はいったいなんの話をしているの? それに、これのどこがどうなってハイドとつながっているの? 「わからないわ」とメアリは言った。「母に手紙をお出しになっていたんですか?」

「弁護士を通してです、もちろん。ゴーント街のミスター・アタースン宛てに」

「でもアタースンさんは数年前にお亡くなりになりました。それに彼の事務所の住所はゴーント街ではありません――ひょっとして、ご自宅のほうに送っていたのではないですか？　それなら、わたしの母のもとには一度も届かなかったことにも説明がつきます」

「それは」とミセス・レイモンドが眉間に皺を寄せながら言った。「こちらの問題ではありません。あの子は夕食の席で不謹慎な歌をうたった罰で部屋に閉じ込めてあります。荷物は十五分もあればまとめられますから」

「さっきから『あの子』っておっしゃいますけど――」メアリは言いかけたが、ミセス・レイモンドはすでに背を向けて部屋を出るところだった。あの子、っていったい誰のことです？　ダイアナというのは何者ですか？　メアリはそう訊きかけていたのが、こうなっては院長を追いかけるしかなかった。二人のうしろにシスター・マーガレットがついてきた。廊下を階段まで戻ると、今度は三階に上がった。地味な灰色のドレスに白いエプロンと帽子をつけた二人の女が階段の石段を磨いていたが、院長を先頭にした一行が通ると、立ち上がって会釈をした。「あの二人はライムハウスの売春宿から救い出されたんですよ」とミセス・レイモンドが言った。「わたくしどもはすばらしい仕事をしているのです、ミス・ジキル。さまよえる魂を主の導かれる道に連れ戻しているのです」メアリは聞き流しながらうなずいていたが、階段を昇りきって三階の廊下を歩いているうちに、通りすぎる部屋のなかがだんだん気になってきた。おなじ灰色のドレスを着て、白いエプロンと帽子をつけた女たちがずらっと一直線に並んで縫い物をしている。「マグダレンたちの仕事がわたくしどもの使命を支えているのです」と院長が言った。メアリにはずいぶん陰気な使命に見えた。女たちは黙って仕事に励んでいる。女が集まるところにはおしゃべりがつきものだが、そんな声はいっさい聞こえない。メアリが通りかかるとふと顔を上げはするものの、すぐに頭を下げて仕事に戻る。とうとうミセス・レイモンドはある部屋の扉を開けて言った。「ダイアナ、あなたに面会のご婦人が見えたわ。あなたを連れていってくれるそうよ」

「今ごろになってかよ」と声がした。

メアリは部屋に入った。ベッドの上に、白いシュミーズ一枚を身につけ裸足であぐらをかいている女の子がいた。赤い巻き毛は腰まで伸び、顔はそばかすだらけ。部屋の中はめちゃくちゃだった。隅に置かれた化粧簞笥(だんす)の抽斗は引き抜かれ、服が床じゅうに散らばっている。本棚からはすべての本が抜かれ、床の上で服とごっちゃになっている。どれも宗教関係の本のようだ——聖書に、『スロックモートン牧師の説法集』。背表紙に『聖なる思考と善なるおこない』と書かれた本は、開いたページを下に床に寝かされている。テーブルは壁から引き離され、椅子はひっくり返っている。床には水差しや洗面器の破片、真鍮の蠟燭(ろうそく)立て、ヘアブラシが散らばっている。壁には赤い色ででかでかと文字が書かれている——**ここから出せ　このギゼン者ども！**

「今度は何をやらかしたの、この恩知らずの不届き者！」とミセス・レイモンドが冷たい声で言った。

女の子はにやっと笑い、腕を上げてみせた。どうやらあの赤文字の出どころはそこのようだ——切り傷をシュミーズの切れ端でくるんでいるではないか。布に染みた赤が乾いて固まっている。

「まあ、なんておそろしいこと！」シスター・マーガレットが叫び、今にも気を失いそうな表情になった。

「さあ、これからはもうわたくしの知ったことではないですからね」とミセス・レイモンドが言った。「すぐにトランクに持ち物を詰めなさい。ミス・ジキルをお待たせするんじゃありません」

「ミス・ジキルだって？」女の子は言った。「ああ、あの金持ちの。どうも、初めまして、ミス・ジキル。あたしをどこに連れてってくれるつもりなのか教えてほしいね。つぎは頭のお医者の病院？　それとも監獄？」

「この子は誰です？」メアリはミセス・レイモンドに訊いた。ひどく困惑していた。そろそろ答を聞かせてもらってもいいころだ。それにこの子が誰であれ、早く傷口の手当てをしたほうがいい。

「ダイアナ・ハイドですよ」ミセス・レイモンドは驚いたようにメアリを見ながら言った。「もちろんご存じでしょう？　この子の母親が亡くなったあと、ここに連れてこられたんです。この子の面倒を見て育ててほしいという、ジキル夫人のお手紙とともに。以来、あなたのお母様はこの子の世話代を支払いつづけてこられました。お聞きになっていないんですか？」

「母は先週亡くなりました」とメアリは答えた。どうしてお母様はこんなことを？　さっぱりわからなかった。

「まあ！」とシスター・マーガレットが言った。「なんてことでしょう！」

「お悔やみ申し上げます」とミセス・レイモンドは言ったものの、ほんとうにそう思っているようには聞こえなかった。むしろ、なんだかよろこんでいるようだ。自分に直接関わることがないかぎり、他人の死をよろこぶひともいるのだ。「だからといってわたくしの立場は変わりません。この子は出ていかせます」

「でも、説明くらいしてくださってもいいじゃありませんか？」メアリは言った。「母がこの子をあなたがたにあずけて世話代を手配していたということはわかりました。父の助手を務めていたハイド氏と何らかの関係があるということも察しがつきます。でもなぜ？」どうしてお母様はこの子のことをそんなに気にかけたの？　きっと慈悲の心からだろう。アーネスティン・ジキルが胸を打たれそうな話だ。でもどうしてメアリにこの子の存在を内緒にしていたのだろう？

年のころは十三か十四歳くらいだろうか。年のわりに小柄だけれど――たぶん聖メアリ・マグダレン協会の食事が十分ではないのだろう。

ダイアナ　十分じゃないどころじゃなかったよ！　あいつら、あたしたちを餓死させててもおかしくなかった。あの神聖ぶった……

キャサリン　その手の言葉遣いについてはもう警告ずみですからね。

「じゃ」とダイアナが言った。「この場所から連れ出してくれるんだね？」

わたしが？　メアリは答に詰まった。どうして母が長年にわたってこの子の支援をしてきたのかわからない。でもそれは事実だし、ということは自分にも義務のようなものがあるような気がした。結局、銀行の口座を解約してしまえば、世話代は支払われなくなるわけだ。そうしたら、聖メアリ・マグダレン協会はこの子にどんな扱いをするだろう？

「もし彼女がここにいたいなら――」メアリは口を開いた。

「あら、置いておくことはできませんよ、ミス・ジキル」とミセス・レイモンドが言った。「ここは主の堕天使のための協会です。つむじまがりな子どもの居場所はありません。残念ですが、問題外です」院長はそう言ってほほえんだ。ぞっとするような、無慈悲な笑みだった。

メアリはもういちど女の子を見た。腕を早く手当てしなきゃ。あきらかに、ここにいる者にはそんなことをするつもりは毛頭ないようだ。それに、出自と名前の謎もある。この子とハイドはどんな関係なのか？　この子を置いていってしまったら、永遠にその謎が解けない。ちょうど、ハイドに娘がいたらこんな年頃だろう……もしそうだとしたら、父親の居場所について何か手がかりを知っているかも？「わかりました」

とメアリは言った。「一緒に連れていきます」

「感謝します、ミス・ジキル」とミセス・レイモンドが言った。厄介払いが済んだとたん、ずいぶんと丁重な態度になった。「たぶん、この子には体で分からせることも必要でしょう。わたくしどもはこの子に有益な仕事を教え込もうと試みましたのに、まるで無駄骨でした。最初は家政婦の仕事か、もしくは尼僧になる心構えくらい身につけるだろうと思って引き取ったのですが――」

「なわけないじゃん、このクソばばあ！」ダイアナはそう言って立ち上がると、ベッドの上で踊りはじめた。あまりに激しく踊るものだから、そのうち転げ落ちやしないかとメアリははらはらした。

「一緒に出ていきたいんなら、荷造りなさい」とメアリは言った。女の子は言うことをきこうとしない。いったいこんな子を連れて帰ってどうするつもりなんだろう？

ダイアナはベッドから飛び降りると、床からドレスを一枚引っ張って、残りのドレスを化粧箪笥の隣にあるトランクに投げ込みはじめた。まあ、あとで整理すればいいわ。今はとにかくここを出て、ワトスンさんとこの状況について話し合うこと。

「ブーツも履きなさい」とミセス・レイモンドが言った。

「やだね」とダイアナ。

「好きになさい」とミセス・レイモンド。「もうわたくしの責任ではないんですから」

「でも、代わりにわたしのものになったみたいですね」とメアリが言った。「ブーツを履いて。じゃないと連れていかないわよ」

ダイアナはメアリをぎろっと睨(にら)んだが、ベッドの下からブーツを取り出すと、素足のままで履いた。「さてと。用意できたよ。あのブスの顔を二度と見なくて済むよう、早くあたしをここから出してよ」ダイアナはシスター・マーガレットに向かって舌を突き出すと、シスターは傷ついて、ちょっと怖がるような顔つきになった。

「もういいから」とメアリが言った。「来たいなら来なさい」

ダイアナ それそれ、それが彼女の物言い。それを「要領を得た」って表現するならお好きに。

メアリ わたしはもう少しであなたを置いていくところだったんだから。そうされなかった幸運に感謝したほうがいいわよ！

ダイアナ あいつらこそ自分たちの幸運に感謝しろっての！ あと少しでも長くあそこにいたら、建物まるごと燃やしてたとこだよ。

ミセス・プール おや、あなたのことだからきっとやったでしょうねえ。ときどき、子どもの姿をした小鬼なんじゃないかって思うことがありますよ！ はいはい、あかんべーは結構。もう慣れっこになって気にならなくなりました。

メアリとシスター・マーガレットでダイアナのトランクを一階まで運び下ろしているあいだ、ダイアナは歌みたいなものを口ずさみながら、二人の前で跳ねまわっておどけていた。ミセス・レイモンドは玄関まで三人のあとから降りてきて、三人が中庭を門までよぎっていくのを見届けた。メアリとダイアナがほんとうに出ていったかをちゃんとその目で見届けてやろうとするみたいに。

門の外で待っていたワトスンは、メアリの姿を見るとほっとした表情を浮かべた。

アーチ状の門を抜けると、シスター・マーガレットはさっさと荷を下ろし、そそくさと中庭に戻り、がちゃんという音とともに門を閉めた。錠に鍵を差し込んでまわしながら言う。「神のご加護と、どうか――二度とここに戻ってきませんように、この鬼っ子！」

「クソったれ！」ダイアナは言い返し、下品なしぐさをしてみせた。

「ワトスンさん」とメアリは声をかけた。あんぐり口を開けている彼の顔を見て思わず吹き出しそうになった。「協会の言い分によると、こちらはミス・ダイアナ・ハイド。今日からわたしがお目付役を務めます」もちろん笑いごとではない――ただワトスンの面食らい方があまりにも絵に描いたようだったのだ。その顔はメアリ自身の心境を完璧に表現していた。

「どうも」とダイアナが言った。「姉さんの紳士の友だちはあたしの紳士の友だち」

「姉さんですって？」メアリが言った。「いったいそれはどういう意味――」

「ワトスンさん！　ワトスンさん！」少年が通りからこちらに駆け寄ってきた。典型的なロンドンのわんぱく小僧で、膝に穴の開いただぼだぼのスーツに、ぼろぼろの帽子をかぶっていた。少年は立ち止まり、腰に両手をあてて、息を整えようとした。

「どうした、チャーリー？」ワトスンがポケットから一ペニーを取り出しながら言った。

「ホームズの旦那がすぐに来てくれって」少年はそう言って、目にも止まらぬすばやさとしなやかさで硬貨をかすめとった。「また死体が見つかったんだ。こっからそう遠くないとこだよ。でもずっと走ってきた」

「残念だがあなたの話はのちほど伺いましょう、ミス・ジキル」とワトスンが言った。「メリルボーンまでお送りしなければ。しかしどうしたものか。このあたりには辻馬車も見当たらないし……」

「ご一緒しますわ」とメアリが言った。「ホームズさんにもお話がありますから。すぐにでも」メアリは一刻も早くマグダレン協会で起きたことをホームズに話したかった。きっと彼なら、そこから何か手がかりを見つけてくれるはずだ。「トランクと、この子を一緒に家まで送り届けられないかしら？」

「うっそでしょ！」ダイアナが言った。「そう簡単に追い払おうったってそうはさせないから。あんたが行くとこにあたしも行くもん。あたしのお目付役だって、そう言ってたじゃん？」

「ミス・ジキル、あなたを殺人現場に連れていくわけにはいきませんよ」とワトスンが言った。

「選択の余地はないと思います。だってわたし、ここからどうやってメリルボーンへ戻ったらいいか見当もつきませんから」厄介な状況だというのに、メアリはまた笑いたくなってきた。ホワイトチャペルのまんなかで、ドクター・ワトスンと汚い女の子の姿をした謎の存在と一緒に、殺人現場に行く行かないと議論している。ミセス・プールだったらなんて思うかしら？

ミセス・プール 言うまでもありませんよ！

「ああ、わかりました」とワトスンが言った。「チャーリー、トランクを頼めるか？　ミス・ジキルに住所を聞いてくれ。荷馬車を見つけて、お嬢さんの家まで届けるんだ。壊したり失くしたりしないようにな。それから、ホームズの居場所を教えてくれ」

「わかったよ、旦那」とチャーリーが言った。ダイアナのほうをちらちら見ている。ドレスの裾からのぞいている裸足のくるぶしが気になるらしい。どうやらドクター・ワトスンともあろうものが彼女みたいな子を連れているのに驚いているようだ。ダイアナはチャーリーに向かって小鬼のように顔をしかめてみせた。少年は鼻をつんと上げて澄まし顔になり、それ以上ダイアナに注意を払おうとしなかった。

ワトスンがチャーリーに一シリング手渡すと、それはペニー硬貨とおなじくするりと視界から消えていった。チャーリーはホワイトチャペルの横丁に駆けていった。「旦那、すぐ戻らぁ！」と言い残して。少年を待っているあいだ、メアリは紙挟みと傘をワトスンから受け取り、拳銃を彼に返し、護衛をありがとうと礼を言った。それからなるべく手短に、聖メアリ・マグダレン協会の中で起こったことを話して聞かせた。ダイアナがしつこく邪魔に入っては、協会の悪口を言ったり罵声を吐いたりした。ワトスンはダイアナの切り傷のことを知ると、フラスコに入れて持ち歩いていたウィスキーで傷口を消毒した――緊急用ですよ、と彼は言った。傷にウィスキーをかけられると、ダイアナはよく通る声でじつに独創的な罵り言葉を叫んだ。認めたくはなかったが、メアリでさえ、彼女のすぐれた言語能力には感銘を受けた。

メアリ　受けてません！

ダイアナ　おーや、ぜったい受けてたね。

ワトスンはポケットナイフを使ってダイアナの破れたシュミーズからあらたに端切れを切り取って、傷口に包帯を巻いた。ちょうど巻き終わったとき、チャーリーが手押し車をおした男と連れ立って戻ってきた。トランクがそれに積み込まれ、男はコヴェント・ガーデンで野菜売りをしている兄貴に頼んで、かならずパーク・テラス十一番地に届けるようにすると請け負った――「うまそうな蕪（かぶ）にキャベツでさぁ、お嬢さん」。チャーリーはワトスンに道順を教えた。メアリは「前庭で鶏を飼ってる家の角を曲がって」なんて説明を聞きはしたものの、それでわかるのかどうか自信が持てなかった。やがてチャーリーは、すきっ歯のあいだで口笛を吹きながら、手押し車の男についていった。

ワトスンは二人のほうを向き直った。「ミス・ジキル、それから……ミス・ハイド？　もしも一緒に来るのなら、ホームズに引き合わせるよう手は尽くします。しかし彼があなたがたの存在をどう思うか、それはなんとも保証しかねます」

「で」とダイアナが言った。「これってあの連続殺人に関係あんの？　聖メアリ・マグダレンじゃその話題で持ちきりだったよ。ま、おしゃべりが許される時間にだけど。両腕をもがれた娘、頭のない娘……みんな事件のせいで悪夢を見るんだって。今度の娘は何がないの？」
「まだわからないわ」とメアリが言った。「それに、言葉遣いに気をつけないと、あそこに連れ戻すわよ。ミセス・レイモンドがなんと言おうとね。お願いだから、静かにしてばかな真似はよしてちょうだい！」今はその時間がないが、あとでダイアナ・ハイドの謎を解かなければいけない。この女の子の正体は？　どうしてわたしの母はこの子を長年世話してきたのだろう？　それに、どうしてこの子はわたしのことを姉さんなんて呼んだんだろう？　ワトスンはすでにチャーリーが教えてくれた狭い道を歩きはじめ、ダイアナ・ハイドはその脇をスキップでついていく。文字どおりのスキップだ。まるでゲームだとでも思っているみたいに。メアリは急いで二人のあとを追った。

ジュスティーヌ　ダイアナ、いつも思ってたんだけど。あなたいったい洗礼のボウルに何をしたの？

ダイアナ　おしっこしてやったんだ！

ジュスティーヌ　そっか。きっとそんなことだろうと思った。

4　ホワイトチャペルの殺人

　聖メアリ・マグダレン協会のあるホワイトチャペル・ハイ・ストリート界隈を離れ、一行はイースト・エンドの中心部へと歩いていった。裏通りは進むにつれひどいありさまになっていった。舗装は剥げ、ごみがあちこちに山積みになっている。女たちは洗濯物を干し、男たちは集合住宅の入口の階段に坐ってトランプに興じたり新聞を読んだりしている。子どもたちは裸足で駆けまわっている。鬼ごっこをしているのか、ただおたがいを叩いては逃げまわっているのか、メアリにはわからなかった。空気には工場の煙と、料理と、排泄物のにおいが入り混じっている。太陽の光さえ心もとなく、何層もの靄の向こうから差しているように薄ぼんやりとしている。

　これがロンドンの暗部だ。貧困と犯罪の温床――きらびやかで豊かなウェスト・エンドの陰に、このもう一つのロンドンが存在するのだ。さあどうぞ、メロドラマ調にすぎるって言いたいなら言ってちょうだい。わたしたちみんな、あの界隈の社会状況はよく知っている。それにもちろん、政治批判の物語じゃないってちゃんと心得てますから。ありがとう、メアリ！　ご忠告いただかなくても結構よ。

　メアリは歩きながらワトスンの質問に答え、マグダレン協会のなかで起こったことを伝え、さっきは話しきれなかった細かな点まで説明した。通りすぎる街角で脚のない兵士が物乞いをしていた。角を曲がって新たな横丁に入ると、鎖に繋がれた犬が彼らに向かって吠えたてた。やがてどこからか「うるさい！　黙んな、このクソ雌犬！」という怒声が飛んでくると、犬は身を伏せて耳を垂らし、クンクンと弱々しく鼻を鳴らした。

「ミス・ジキル、やはりあなたをここにお連れすべきではなかった」とワトスンは言った。

「へえっ、こっち半分に住んでるひとたちがどんなふうに暮らしてたか知らなかったんだ？」ダイアナがあざけるように言った。「で、あたしにはお似合いだけど、このひとみたいな淑女（レディ）には似つかわしくないってわけか。よくわかったよ！」

これ以上この子が何か言ったらぶってやるから——とメアリは思った。彼女がワトスンと話している最中、ダイアナはひっきりなしに割り込んで、聖メアリ・マグダレンでの暮らしぶりをことこまかにまくしたてた——ひどい食事のこと。どの修道女（シスター）がとくに嫌いだったか。あいつらにこんなことを言ってやったら、無理やり口のなかを石鹸で洗われた。そのあと嚙みついてやったら、あいつらがこんな言葉を吐いた。もし石鹸があれば——メアリは思った——わたしがあなたのその口を洗ってやるところよ。もちろん嚙みつかせなんかしないから、この小憎らしい小娘。

ダイアナ　ふん、嚙みついてみせるって！　あんたなんてあたしよりずっと鈍（のろ）いんだから。

「きみだってこんなところにいるべきじゃない」とワトスンは言った。「子どもが来るような場所ではないからね」

「ふーん！」ダイアナが言った。「あたしはこんなところで生まれ育ったんだよ。おなじ路地に肉屋の親爺が住んでたんだけどさ、そいつが酔っ払うたんびに女房をぶってたの。ところがある晩、へべれけになってひっくり返って、玄関前で階段に頭を打ちつけちゃったんだ。あっけなくあの世ゆき！　朝にはネズ公たちに骨だけ残して齧（かじ）りつくされてたよ。肉屋がそんな死に方するなんて笑っちゃうよね？」

「ダイアナ」とメアリが言った。「鼠だって一晩で骨だけ残してきれいに食べつくしたりできないわよ。作りばなしをするなら、せめてもう少しほんとうらしく話しなさい」

「そんじゃ」とダイアナが言った。「その親爺は翌朝まで息があったんだけど、ネズ公たちが奴を齧りはじめてた！　女房は葬儀屋を呼ぶ金がなかったから、亭主をそのまんま放っておいたんだ。三日後にやっと伝道協会がやってきて死体を運んでいったよ。ああ、路地じゅう臭かったのなんのって！」

「もう結構よ」とメアリは言った。「ワトスンさん、わたしたち、どこに向かっているんですか？」

「その角を曲がったところのはずなんですが」とワトスン。「チャーリーに道案内させるべきだったな――ああいう小僧たちは、シティの隅から隅まで知りつくしてますからね。しかしきみのトランクを運ばせなければならなかったからね、ミス・ハイド。さもなくば、トランクが行方不明になっていたかもしれない」

ダイアナ　そうこなくちゃ、ミス・ハイド！　礼儀ってものをわきまえてるひともいることはいるもんだよね。それとさ、道案内ならあたしがしてやったのに――ホワイトチャペルなら、あのチャーリーなんかよりずっと詳しいんだから。でも、おたくらあたしに訊ねたっけ？　もちろん訊ねなかった。

「チャーリーの道案内をちゃんと理解していたのだといいのですが」とワトスンが言った。「この界隈の横丁はまるで迷路ですからね。角を曲がるたびにミノタウロスが待ち受けているような気がして、アリアドネの糸があればと祈るような気持ちですよ！」

　つぎの角を曲がると、これまで見てきたどの路地よりも狭くて薄汚い横丁に行き当たった。細い通りのなかほどに、シャーロック・ホームズの姿があった。三人の男が傍らにいる――二人は制服を着たロンドンの警官、あとの一人は私服で、鮮やかな赤毛とブラシみたいな口髭をたくわえた小柄な男だ。彼らの足元に横たわっているのは……ああ、布がかぶされていてよかった。全身をすっかり覆うには足りなかったようだけれど。メアリは女の靴とストッキングを穿いた足首を見た。死体の頭部のほうに目をやると、布の端が血に濡れているのがわかった。メアリは息をのんだ。どうしておもしろいだなんて考えたんだろう？　こんなのおもしろくない――おそろしいことだ。

ダイアナ　おそろしくて、おもしろいこと！

メアリ　おそろしいことよ。でもダイアナの言うとおり、たしかに興味深くもあった。あの女の靴をまだ覚えているわ。踵がすり減っているのを見て思った。頓着しなかっただけなのか、それとも修理に出すお金がなかったのかしら、って。ストッキングの片方には繕われた跡があった。そんな細かいことを考えるなんて奇妙よね、とても――そう、やっぱり、とてもおそろしいことを目の当たりにしている最中に。

「ワトスン君！　すばらしいタイミングで登場だ」とホームズが言った。「もっとも、ミス・ジキルをお連れするとは驚いたが。辻馬車でご自宅に送り届けることはできなかったのかね？　お許しください、ミス・ジキル。ごみ屑か何かのようにつまみだそうとしているわけではありません。しかし、レディにご同伴いただくような場所ではないのでね。それと、こちらはいったい何ものです？」ホームズはあからさまにダイアナを睨みながら言った。
「こちらが、われわれが聖メアリ・マグダレン協会で見つけた代物だよ」とワトスンが答えた。

「名前はダイアナ・ハイド」とメアリが言った。「母が世話代を送金していたハイドというのはこの子のことだったんです。年は十三か十四でしょう。そのわりにちょっと貧相ですけれど。どう思われます――」

「何が貧相だ、こんちくしょう！」ダイアナが言った。「それにあたしは十四だから。道端で生まれた物乞いと一緒にしないでよ――ちゃんと自分の誕生日だって知ってるんだ」

「――するとつまり、この子がハイド氏の娘だと思うかと？」とホームズが言った。「無論、その点については彼女自身が説明をしてくれるでしょう」

「そういえば、この子には直接なんにも訊ねてなかったですね、ワトスンさん？」とメアリが言った。

「時間がなかったもので」とワトスン。

「なんでまるであたしがここにいないみたいにあたしの話をするのさ？」ダイアナは腕組みをしてぷんぷんしている。

「この場合、もっとも簡単な手順は、まず訊ねてみることでしょう」ホームズはそう言ってダイアナのほうを向き、その肩に手をのせ、ちょうどいい具合に彼女の動きを封じ込めた――まさにメアリの向こうずねに蹴りを入れようとしていたのだ。「きみはエドワード・ハイド氏の娘なのかい？」

ダイアナは身をよじってホームズの手をふりほどくと、三人を睨みつけた。「ママはあたしの父さんは紳士で、ハイドって名乗ってたって言ってた。紳士の娘なんだから、淑女(レディ)らしく振るまわなきゃだめだって。でもそのひとは一度だってあたしに会いにきてくれたことはなかった。ママが生きてるあいだも、あたしが聖メアリに入れられてからも」

「それじゃあハイドが今どこにいるかは知らないのかい？」ワトスンが言った。

「おい、ホームズ、殺人現場にご婦人と子どもを連れてくるとは何事だ」と赤毛の男が言った。「ワトスンが役に立つのはわかる。もっとも、最近は死体を検分するよりきみの手柄ばなしを記録するのに精を出しているようだがな。しかし、ここは女や子どものいる場所じゃあないぞ」

「子どもじゃないよ」とダイアナが言った。「あんたこそ何様のつもりさ、このニンジン頭」

「ニンジン頭はおまえだろ！」赤毛の男が言い返し、ダイアナを睨みつけた。

「こちらはスコットランド・ヤードのレストレード警部だ」とホームズが言った。「警部は若い女性が無礼を働いたからといって連行したりするような男ではないが、彼を挑発するのは得策ではないだろうね。レストレード、こちらはミス・ジキル。例のカリュー殺しの関係者だったジキル博士の令嬢だ。ずいぶん前の事件だが、覚えているだろう。彼女は私に用があってここにきたんだ。残念ですが、ミス・ジキル、こちらの殺人事件のほうを優先させねばなりません。一時間前に報告を受けましてね。このあたりで雑用仕事をやっている男が、この路地にモリー・キーンという名の女性の死体があるのを発見したと。まだ私は死体を調査していないので、これから取りかかるところですが、いくぶん時間がかかります。お越しいただいた以上、あなたとミス・ハイドがここにいるのはかまいませんが、目をそらしておいたほうがいいと思いますよ。心臓が強くない方には、見るに堪えないでしょうから」

メアリは布の下にあるものを見るのがこわくて、心を決めかねていた。「頭がなくなっているんじゃありません？」

「それは前回の犠牲者ですよ」とレストレード警部が言った。「奴は体のおなじ部分を繰り返し奪っていくことはない。よく見てみれば、頭部の輪郭があるのがわかるでしょう。少なくとも大部分は残っている。いやしかしホームズ、やはり断固として反対だ。極めて異例なことだぞ」

ホームズはどこ吹く風で、布をつまみあげて巡査の一人に手渡した。巡査は制服に血がつかないよう、注意深くそれを畳んだ。

メアリは息をのんだ。

「なんて残酷な」とワトスンが言った。

「おっと、こりゃみごとにやったもんだ」とダイアナ。

モリー・キーンはちょうどメアリとおなじくらいの年頃だった。きっと美しい娘だったのだろう。顔の骨格ははっきりと整っているが、顔面には痣が残っていた。両頬の上と目の下に青痣が浮かんでいる。目は灰色の空を見上げ、虚ろだった。両肩に血が飛び散り、ドレスに染み込んでいる。朝方の雨で舗道がまだ濡れていたので、モリーの体のまわりの舗石はぬらぬらと赤く、舗石の隙間には血が溜まっていた。長い髪が舗道に流れる血をたどるようにほつれていた。メアリはぐっとこらえて振り返り、目をそむけていたものを見た――血の海のなかに頭が横たわっている。眉毛から上の頭頂部がすっかり失くなっている。

「奴は脳を切り取っていったんだ」とホームズが言った。

「そんな……そんなことをしてどうするつもりなんです？」メアリが訊いた。

「奴さんは正気を失っているに違いない」とレストレード警部が言った。「でなきゃ、どうしてこんなことをする？　モリー・キーンは――まあその、ご婦人がたの前で口にするつもりはないが。あなたがた、やっぱりここにいるべきじゃない」

「売春婦だった」とダイアナが言った。「見りゃわかるって。ほっぺたの紅をご覧よ」

「しかしふつうの娼婦ではなかった」とホームズが言った。「手を見ればわかる。手のひらが手作業のしすぎで硬くなったりしていない。それに服も上質なものだ。継ぎも当ててあるし繕った跡もあるがね。身を落としはしたものの、かつてはレディだったのだろう」

「そのとおりだ」とレストレードが言った。「きみが来るのを待っているあいだにデベンハム巡査がこの界隈で商売している娘の一人に話を訊いたんだ。角にある宿屋に待たせてある。それと、死体を発見した男も引き留めてある。地元の物乞いで、〝哀れな(プア)リチャード〟と呼ばれていて、調べたかぎりじゃそれ以外に名前らしきものはない。きっときみが話を聞きたがるだろうと思ってな。その仲間の娘によれば、モリー・キーンは住み込みの家庭教師をしていたそうだ。主人に誘惑された挙句、女主人に追い出されるまではな。赤ん坊はお産のときに死んだそうだよ。それから食っていくために通りに立つようになったらしい」

「悲しい話だが、珍しい話ではないな」ワトスンが首を振りながらつぶやいた。

「可哀想に」とメアリは言った。ロンドンのこちら側のひとびとの暮らしぶりについてあれこれ読んで知ってはいたが、こうして目の当たりにするのは初めてだった。メアリはショックを受けたが、おそらく感じてしかるべきほどのショックではなかった。これが人生というもの、そうでしょう？　パーク・テラスの屋敷の窓のカーテンの外をのぞきながら、つねづね想像していたような人生。

「ていうか、愚かな娘だよね」とダイアナが言った。「あたしは生まれてこのかたずっと娼婦たちと暮らしてきたんだ。現役の娼婦とも、足を洗った娼婦とも。商売女ってのは赤ん坊を孕(はら)まないための方法を知りつくしてるもんだよ。お客をどかしたり、羊の皮を使ったり――」

「ダイアナったら！」メアリが言った。

ダイアナ　それって子どもを孕んじゃうことよりショックなことなわけ？

メアリ　そんなこと口に出して話すものじゃないの、とくに紳士の前では。

ダイアナ　そんじゃ、そいつはモリー・キーン並みの愚か者ってことだね。

「彼女は道を誤りはしたが」とホームズ。「しかし果敢に死んでいった。右手を見たまえ。爪が割れている。あいだに肉が見える。命を守るため必死で抵抗したのだろう、気の毒に」

「左手には何を持っているのかしら？」メアリが言った。

メアリが止める間もなく、ダイアナがモリー・キーンの死体の脇にしゃがみこんだ。ドレスの裾とブーツの爪先が血に染まった。ダイアナは身を乗り出して殺された娘の胸元に置かれた手をつかみあげると、固く握られた指を力まかせに開き、冷たい手のひらのなかから、娘が握りしめていたものを取り上げた——金属製のボタンだ。

「ダイアナ！」メアリが叫んだ。

「なんてことをしてくれるんだ……」レストレード警部が泡を食ったように唾を飛ばしながらまくしたてた。「被害者の遺体にはみだりに触れるものじゃないんだぞ？　ホームズ、この責任は取ってもらうからな」

「よろしい、引き受けよう」とホームズは言った。「今の行動は慎むべきだったね、ミス・ハイド。指紋が残っている可能性だってあるんだ。もっとも、モリー・キーンのもの以外には見つかりそうにないが。しかしながらきみが——おや、これは？」

「何かのボタンのような……いいえ、懐中時計の鎖につける飾りのようです」とメアリは言った。ダイアナが持っていたものをハンカチのなかに受け取り、触れないように注意しながら、じっくり観察した。真鍮製で、手のひらにずっしり重みが感じられる。「鎖が途中までついているわ。それに何か……」金属製の飾りには血が固まってこびりついていたが、下部に刻まれた文字を判読することができた。「Ｓ・Ａ。頭文字かしら。それとも何かの略語――標語みたいなものの」

「なるほど」とホームズは言った。「この手の装飾品を科学協会や社交クラブやクリケットのチームのメンバーが身につけているのを見たことがあります。たいてい団結の証として使われていましたから、だとすると刻印にも説明がつく。被害者は犯人と揉みあううちに相手からこれを奪い取ったのでしょう。ミス・ジキル、ちょっと下がっていただけますか、死体を徹底的に調べてみたいのです。それから、あなたの被後見人も一緒にお連れください、よろしければ」

メアリはダイアナの腕をつかんで引っぱり、邪魔にならないようにうしろに下がらせた。ホームズは死体のまわりをぐるぐると歩きまわり、ほかのみんなは立ちつくして見守った。その姿はなんだか滑稽にさえ見えた。カマキリみたいに身をかがめ、殺された娘のまわりの地面をじっくりと調べ、死体の手をつかみあげたり、頭を左右にずらして痣を観察した。そしてとうとう、頭部の穴を調べはじめた。メアリは気分が悪くなって思わず顔をそむけた。やがてホームズは路地を丹念に探りはじめた。道が交差している一方から、窓も戸もない壁が立ちはだかる行き止まりの一方まで、舗石の一つ一つを観察しているようだった。殺人を犯すにはうってつけの場所だわ、とメアリは思った。路地は細長くて狭かった。壁のように取り囲む建物の外壁には、路地を見下ろせる窓は一つもなく、頑丈な煉瓦がただ高くそびえるだけだ。通りの近くでは、片側の建物が路地に覆いかぶさるような造りになっていて、光の一部を遮っている。その影の突き当たりに大きな扉がある。倉庫の裏口のようだが、ホームズが何度か取っ手をまわしてガチャガチャと音をたてたところをみると、どうやら内側から鍵がかけられているらしい。昨夜、誰も気づく者はなく、哀れなモリー・キーンには逃げ道もなかったはずだ。ホームズは大きな扉がとりわけ気になるようで、路地をすべて調査しおわると、またそこに戻っていった。

「どれだけ時間をかける気だ？」レストレードがついに口を開き、時計を見た。「プア・リチャードと仲間の娘を待たせてあるんだ。彼らがしびれを切らす前に尋問したいんだ」

「納得のいくまでさ」とワトスンが言った。「彼のやり方をよく知ってるはずだろ」

メアリには永遠に続くかに思われた。あとどれくらいダイアナをおとなしくさせておけるか心もとなかった――レストレード警部にニューゲート監獄の一番奥の真っ暗な監房に放り込まれて、鼠に耳を齧りとられちゃうわよ、とひそひそ声で叱りつけていたが、その脅し文句も効力を失いつつあった。だがついに、ホームズがみんなのほうにやってきた。

「それで？」レストレードが言った。

「連中は注意深いね」とホームズが答えた。

「連中だって？　頭のいかれた男の単独犯行だと踏んでいたんだが」レストレードは無意識に口髭の端を噛んだ。メアリは思わず笑いそうになったが、笑いごとではないと自分に言い聞かせた。

「いいや、犯人は二人だ。きみがもっと早くにこの事件の応援を頼んでくれていたらな！　ほかの犠牲者たちが発見された現場を調べることができていたら、もっと手がかりを見つけてやれたのに。あきらかに、連中は現場を一刻も早く立ち去る必要に迫られていたようだ。さもなくばサリー・ヘイワードやアナ・ペティンギルのときのように、死体を隠そうとしていたはずだ。しかし今朝方の雨で連中の痕跡はほとんど洗い流されてしまった。現場にはほとんど手がかりが残されていない。ワトスン君、彼女が殺されたのは何時頃だと思うね？」

「死体の状態からして、昨晩遅くから、明け方といったところだろうな」

「同感だ。連中は追跡される危険を冒したくなかったので、暗闇を利用して手をくだしたというわけだ。どちらかといえば明け方、まだ雨が降り始める前だろうな。彼女の服はまだ湿っている」

「どうして二人だとわかる?」レストレード警部が質問した。メアリもまさにおなじことを考えていた。

「建物が庇になっている一画の泥に、一方の足跡が二つ残っている。雨に打たれなかった場所だ」ホームズは手を伸ばして路地の入口にある建物の張り出し部分を指し示した。路地に入るとき、たしかにあの下を通ってきた。「足跡の間隔や深さからみるに、背丈は五フィートそこそこといったところだろう。さして体重もない。五十キロないしは五十七キロくらいだ。そして紳士用のブーツを履いていたことは間違いない」

「紳士だって!」ワトスンが声を上げた。「どうして紳士がこんなことをする?」

「ちょっと!」ダイアナが言った。「あたしはこの目で紳士がいろーんなことをするのを見てきた……」

「もう一人の男は?」メアリが訊ねた。

「そちらの痕跡は残っていない」とホームズが答えた。

「しかしモリー・キーンは首をへし折られている。さっきの男に、首をへし折るほどの力があるとは考えられない。男は小柄で軽い——それに片足が不自由だ」

「足が不自由だと!」レストレードが言った。「どういうわけだ、ホームズ?」

「泥の中に足跡が残っている。片方はまっすぐだが、もう片方は曲がっているんだ。ほぼ内反足と言ってもいい。奇形というほどではないが。じっくり調べたが、体がねじれた男に違いない。そんな男が、女の頭部に鋸を入れられるとは思えない——外科手術用の鋸がないか捜させているところだと思うがね、レストレード。そう、それと切れ味のいいナイフだ、脳を切り取った。おそらく手術用のメスだろう。ポーリン・ドラクロワのときよりずっとデリケートな手術だ。彼女の場合は頭部全体が切り取られていたからね。男が二人関わっていることはじつに明白に示されている。一方は女の首の骨を折って、頭蓋骨に鋸を入れられるほど屈強な男。もう一方はそこから脳を切り取るだけの知識と技術のある男。医療関係者、あるいは医学の心得のある者は捜査しているかい？」

「悪魔の所業だ！」ワトスンが言った。

「さよう」とホームズが言った。「残念ながらこれ以上の手がかりは得られなかった。雨がすっかり洗い流してしまったからね。モリー・キーンの身元を確認した娘と、そのプア・リチャードという男に話を聞いてみたい。近くの宿屋に引き留めてあると言ってたね？」

「わたしも行ってもよろしいでしょうか、ホームズさん」とメアリが言った。

「それは問題外もいいところです」とレストレードが言った。「これは警察の捜査なんですよ、お嬢さん。そもそもここにいるのだって間違いなんだ」

ホームズは興味深そうにメアリを見つめた。「どうしてです、ミス・ジキル？」

「あなたの男の描写を聞いていて――思い当たるんです、何かに。誰かに」

「ほう？　レストレード、もう一度だけわがままを聞いてくれないか。ミス・ジキル、ちゃんとミス・ハイドをおとなしくさせておけるなら、われわれの尋問に同席してもいいでしょう。だが彼女が行儀よくしているかぎりですよ、お忘れなく」

「またきみのわがままか！」レストレードが言った。「どれだけきみの思いつきを許してきたか……」

しかしホームズはすでに路地の出口に向かって歩き出していた。レストレードは巡査たちにモリー・キーンの死体をスコットランド・ヤードに運ぶよう指示を飛ばしながら、あわててホームズのあとを追った。ワトスンが続き、それからメアリがダイアナの手首をつかんでうしろに引きずるようにしてついていった。

宿屋はちょうど角地にあった。〈ベルズ〉という名前で、入口の真上に、色あせた黄色い鈴が描かれた看板が掲げられていた。警察が一階のパブの店内を占拠していたので、客は一人もおらず、バーのうしろに宿主が立って、客を追い出されて不機嫌そうにしていた。それから不愉快そうに退屈顔をしている警官が一人、派手だがいかにも安っぽい身なりの若い女が一人、そして白髪まじりの顎髭を生やした男が一人。これが例のプア・リチャードに違いない。ぼろ切れの寄せ集めを身につけているようだった。

ミセス・プール　パブだなんて！　メアリお嬢様がそんな場所にお入りになっただなんてね！

メアリ　ミセス・プール、お客は一人もいなかったのよ。警官だって立ち会っていた。それにホームズさん。ワトスンさんも。これほど品行方正な場所ってあるかしら。

ミセス・プール　殺人事件の捜査のどこが品行方正だっていうんですか。

「死体の第一発見者から始めよう」とホームズが言った。レストレードはプア・リチャードを呼び、店の隅に連れてきた。ホームズがそこにあるテーブルのまわりに何脚か椅子を集めて待っている。一脚はホームズ、一脚はレストレード、もう一脚は尋問を受ける者が坐る。メアリはホームズの背後に隠れるように置かれた椅子に坐らされていた。そこからは尋問を受けるプア・リチャードの顔がよく見えた。ダイアナはスツールの端っこにちょこんと腰かけ、ワトスンは壁に背をもたせて立っていた。メアリは声に出さずに祈りを唱えた――どうか、ダイアナが騒ぎ出しませんように。メアリはどうしてもプア・リチャードの話を聞きたかった。

ベアトリーチェ　よくダイアナをずっと静かにさせておけたわね？

ダイアナ　あたしは自分がそうしていたけりゃおとなしくできるの。あたしだってあいつらの話を聞きたかったんだよ。

「それでは」プア・リチャードが向かいに腰をおろすと、ホームズが口を開いた。「どうやってこの娘、モリー・キーンの死体を発見したのかね？」

「はあ、それはこんな具合でさ、旦那。一服つけようとあの路地に入っていったら、あの娘の体に出くわしましてね」プア・リチャードは甲高く弱々しい声で答えた。ぼろは着ているがそれでも体格のいい男がそんな声を出すとは、メアリは驚いた。「それで、あすこにいるジムに知らせたってわけです」――そう言うとバーのうしろにいる宿主のほうに頭を傾けてみせ、宿主はうなずいた――「でもってジムが当直のお巡りさんに連絡したんです。おいらに言えるのはそれだけです、旦那」プア・リチャードは充血した目でホームズを見つめた。メアリはテーブルに置かれた手が小刻みに震えていることに気づいた。

「それだけじゃない、わかってるな」とホームズが言い、相手に愛想よくほほえんでみせた。「きみの口から真実を聞きたいのだよ。それ以上でもそれ以下でもない真実を。外套の袖口に血が染みているようだ。どうやってモリー・キーンを発見したのか正直に話さないつもりなら、デベンハム巡査にきみを殺人容疑で逮捕してもらおうじゃないか」

驚いたことに、プア・リチャードは両手に顔をうずめてすすり泣きはじめた。ホームズの言ったとおりだ――メアリは彼の古びたツイードの外套の袖口が赤く染まっているのが見えた。わたしももっと注意深く観察しなければ、ホームズさんのように。初めて会ったとき、ホームズが壁に向かって射撃をするなんて芝居がかったことをしていたものだから、このひとはいかさま師みたいなものだと片付けてしまった。しかしいざこうして捜査に当たるホームズを間近で見ていると、メアリは彼の観察力と推理に尊敬の念を抱かずにいられなかった。自分にもそういう能力が身につけばいいのに……

ダイアナ　この章はあいつに見せないほうがいいよ。あの威張りんぼう、自分が「いかさま師」呼ばわりされているのをどう思うか。あいつ、ドクター・ワトスンと《ストランド》読者に崇拝されるのに慣れっこになっちゃってるから！

メアリ　初対面でわたしがどんな印象を持ったかなんて、彼にとっくに見抜かれているわよ。それがのちのち変わっていったこともね。

「いい加減にしろ」とレストレードが言った。「質問に正直に答えなければ、刑務所にしょっぴいていくぞ」

「いいさ」とホームズが言った。「なあ、親爺さん、この男にこの店で一番上等なエールを一パイントもってきてくれないか、私のつけで。よかったら私が話そうか、昨晩きみが取った行動を？　きみはそれが正しいか間違っているか教えてくれるだけでいい」

　プア・リチャードは顔を上げてうなずいた。エールを飲ませてもらえるらしいとわかって、気を取り直したようだ。

「きみはいつものごとく酔っ払っていた。赤鼻とくれば酒飲みだって、見誤る者はいないのさ。きみはあの路地裏に大きな扉があるのを知っていた。あそこなら人目につかないし、眠っているところを起こされてどかされることもないってこともね。おそらく以前にもあそこに寝泊まりしたことがあるんだろう——きみの定宿の一つなんじゃないかね。というわけできみはあの路地に入り、眠りについた。男たちがモリー・キーンを路地に連れ込んで彼女を殺しているあいだも、眠っていたのだろう。しかし連中はそうこうしているうちにきみを起こしてしまい、きみはびっくりして物音を立てた。おそらく、それで奴らは路地からあわてて出ていったのだろう。まさかあそこに誰かがいるとは思いもよらなかったのさ。連中の姿を見たり、声を聞いたりした覚えは？」

「旦那の言うとおりで」とプア・リチャードは言った。「おいらはあの戸口で寝込んじまった。しかし旦那になんでそれがわかったのか不思議ですが」

「一服しに、というところは真実だったようだな」とホームズは答えた。「きみは寝る前に戸口に腰を下ろして一服した。きみが放り投げたマッチを見つけたんだ。それから戸口には灰が落ちていた。あそこは雨に当たらないからね。きみの外套の胸と、襟巻きについているのとまさにおなじ灰だ。パイプ煙草の灰というのは、葉巻や紙巻煙草の灰と容易に見分けがつくものなんだ。それに、きみの胸ポケットにパイプの形が浮かび上がっている。路地の暗闇に坐ってパイプをくゆらせるひとはいないだろうが、夕暮れどき、眠りにつく前ならありうるかもしれない。きみはまだ明るいうちにあの路地に入り、戸口で眠ったのだ。その外套の糸が何本か扉のささくれに絡まっていたよ。というわけで、ツイードの外套を着たパイプ吸いの男を捜していたところに、きみが現れたのさ。きみが戸口で眠りこけていたというのはきみのズボンが証明している。膝から下がまだ湿っているようだ。広い戸口だが、きみは上背がある。体を斜めにしても脚がはみ出して雨に当たったのだろう。寒さにも雨にも、きみは目を覚ますことはなかった。それだけ酔っ払っていたんだ」

「まあ、目を覚ました覚えはないです」とプア・リチャードが言った。「もし女が殺されるのを見てたんなら、あすこで一晩過ごそうなんて考えやしません。考えただけで怖気が走ります。おいらが寝てる間に、暗闇に死体が横たわっていたなんて。おいら、あの娘に取り憑かれちまいますかね、旦那?」

「でも、あなたは彼女に触れているはずよ」とメアリが言った。「どうして袖口に血がついているのか考えていたのだけれど、それしか思いつかないもの」

「ほんとうなのか?」レストレードが言った。「もし殺人の犠牲者から何かを奪ったというんなら……」

「ああ、どうか憐れな老いぼれにご慈悲を!」プア・リチャードはあわてて外套のポケットのなかを探り、汚れたハンカチを取り出した。「さあ、おいらが取ったのはこれだけです!」ハンカチを振ると、ソヴリン金貨が転がり落ちた。縁に血がこびりついてはいるが、ぴかぴかの金貨だ。「こいつが死体の脇の地べたに落ちているのを見つけたんです。あの娘の手のひらか、それかポケットのなかから落ちたんでしょう。でもこんだけです! 人殺しにはいっさいかかわっていないです」彼はそう言って目を拭い、大きな音をたてて洟をかんだ。

「お見事、ミス・ジキル」とホームズが言った。「モリー・キーンはずいぶん気前のいい客の相手をしていたようだ。あきらかにそれが命と引き換えになってしまったわけだがね。きみには十分に話してもらったと思うよ。自由の身だと思ってくれ。レストレード警部がどうしても刑務所を埋める物乞いが欲しいというのでなければ、きみを引き留める理由はもうない」

レストレードはプア・リチャードを捕まえるつもりはなかった。老いた物乞いがあわててパブから出ていくと、レストレードは言った。「あの間抜けが女の脳を取り出したとは思えない。この界隈じゃよく知られているから、巡査が目を光らせておいてくれるだろう。今さっき白状したこと以外にも事件について何か知っているかもしれん。しかし、万一あの男が連中の共犯者だとしたら、刑務所に閉じ込めておくよりも、泳がせておいて奴らの居場所を突き止めたいからな。娑婆(しゃば)にいてもらったほうが役に立つだろう」

モリーの仲間の娘は、プア・リチャードとはまた違った手合いだった。「ケイトって呼んで」と娘は言った。「その名前で通ってるの。苗字は言いたくないわ、おたくがそれでかまわないならね。ここらじゃ輝く目(ブライト・アイズ)のケイトって呼ばれてるのよ。おたくにもそれで十分だと思うけど。警察なんかにぺらぺら喋ってもいいことなんてないのよね、わかってる。でも可哀想なモリーのことは喋るわよ。あの娘はたしかに立ちんぼしてたけど、でもあんな扱いをされていいわけがないわ」

「もちろん」とホームズが言った。「それで、あなたはモリーについて何を教えてくれるんでしょう?」

ケイトはばっちり化粧をほどこしてきれいだったが、よくよく観察すると見た目ほど若くはないことがわかったし、頬にはあばたが見えた。ほっそりしていて目がきらきらしていたが、どことなく詮索(せんさく)好きな鳥みたいにも見えた。メアリはしげしげと彼女を観察した。これが身を落とした女の姿なのね! 見たところふつうの女と変わりはない。ただ服装が派手で、全体に大胆な感じがする。こうなる前は、イーニッドみたいなメイドだったのだとしてもおかしくない。「そうね、モリーはいい娘(こ)だった。住み込みの家庭教師だったそうよ、雇い主が手前勝手なことをするまでは。ううん、どこでだかは知らない。彼女、言おうとしなかったし、もともとどこの出身なのかも知らないわ。赤ん坊が死んじゃったあと、通りに立つようになった。それなりに稼ぐようにもなったわ。紳士のお客はモリーみたいな教養のある娘を好んだわけ。いっときは商売から足を洗おうともしたんだけど、更生のための協会みたいなとこに入ってね、だけど一週間ともたなかった。なんでも、いかにも神聖ぶった態度で憐れみをかけられるのが我慢なんなかったとかで。ううん、どこの協会かは知らない。ホワイトチャペルかスピタルフィールズのどこかじゃないかな。あの娘、あんまり喋るほうじゃなかったのよ。昨日の晩もいつもとおなじだった。夜が更けてきて、冷えるわ雨だわでお客がつかなかったもんだから、二人して〈ベルズ〉に入って火にあたってた。そのうちモリーが、そろそろ帰るわ、ケイト、って言い出してさ。あたしはビールを飲み終えてからにする、って答えたんだ――モリーはまるでレディみたいなとこがあって、大麦湯しか飲まなかったの。で、あの娘は外套を着て外に出てった。しばらくしてあたしは思い直した。もうビールもいくらも残ってないから、さっさと飲み干して彼女と一緒に家まで歩いて、ゆっくり過ごそうって。あたしの部屋は彼女んとこより近いし、おたがい今の部屋が気に入らないから、フラットを一緒に借りようなんて話もしてたからね。でもいざ表に出てみると、モリーに客がついてた。男があの娘に声をかけてた――窓からこぼれる光でかろうじて見えたの。そいつがどんな男だったか知りたいんでしょ。通りすがりにちらっと見ただけだけど、小柄な紳士だったわ。なんていうか、体のねじれた。パンチを思い出させるような。ほら、〈パンチとジュディ〉って人形劇の男のほうよ。おかしなぼそぼそ声だった。話の内容を聞かれたくないみたいなね。なんて言ってるのかちゃんと聞き取れなかった。作りばなしだって思うかもしれないけど、でもその声を聞くと、なんていうか氷を刺されたみたいにぞくぞくっと寒気が走ったわ。あたしはモリーに声をかけずに二人の脇を通りすぎて家に帰った。客を逃させたくなかったの、わかるでしょ。でも今思えば、おやすみくらい言ってればよかった……結局、それがモリーとの最後になっちゃったんだから。このお巡りさんが、路地に横たわっている娘の姿を見てくれないかって頼んでくるまで。あの男がモリーにしたことを見て――奴を捕まえて、かならず縛り首にしてやってよね」

ケイトはテーブルの上に置いた両手のほうに目を伏

せたが、涙は流していなかった。涙なんてなんの役に立つというのだろう？　その階層の女たちは感情を表に出さないから無情だなんてよく言われるけれど、この世のすべてのケイトたちにとって、泣くことになんの意味があるというのだろう？　涙は安心も与えてくれないし、境遇も変えてくれない。彼女たちはそれをよくわかっているのだ。涙を拭ってくれるひとなどいないし、恐怖をなだめてくれるひとなどいないのだから。

メアリ　あらまあ。ケイトは何よりも役立つものを手に入れたわよ。ホームズさんはお礼を言ったあと、彼女にソヴリン金貨を渡したの。たとえ彼女に涙を拭ってくれるひとがいたからってなんになるっていうの？　ケイトはあなたみたいにセンチじゃないわ。

ジュスティーヌ　わたしたちはみんな、他人からの共感を必要としているのよ。

ダイアナ　あたしは要らない。

　席を立つ前に、ケイトが言った。「あんた、誰かに似てるな。ねえちょっと」メアリは彼女がまっすぐダイアナを見ているのに気づいて驚いた。ダイアナはスツールの上でぐるぐる回っていた。「商売してたことは？　それにしちゃ若すぎるけど、でもまだほんの小娘なのにこの世界に入ってる子もいるから、気の毒にね」

　ダイアナはケイトのほうを振り向いて、ふてくされたような顔をした。「母さんは金ぴか（ギルデッド）リリーって名前で、バーストー夫人の宿で働いてた」

「ああ、なるほどそういうわけか。リリーなら若いころに知ってたよ。あたしはバーストーさんとこには長いこといなかったけど。ちょうどつらい時期にさしかかってね――アヘンチンキが無害だなんて言われても耳を貸しちゃだめだよ。ありゃ嘘だから――そんで立ち直ったときには、もうあの宿は閉じてた。元気のいいひとだったよ、あんたの母さんは。若い娘たちによくしてくれたっけ。あんた、こちらの警察の紳士がたと面倒を起こしたんじゃないといいけど」

ダイアナが首を振ると、ケイトは言った。「よかった。そんじゃ、なんかあったら〈ベルズ〉のブライト・アイズ・ケイトのことを思い出して。あんたの母さんの友だちは、あんたの友だち。覚えといてね」

「どうやらここでの用はすべて済んだようだな」ケイトにソヴリン金貨を渡し、情報提供に感謝を述べると、ホームズが言った。「お茶の時間をずいぶん過ぎてしまった。ワトスンは私の習慣に慣れているが――捜査中は食事の時間がまちまちでしてね。しかしお二方はきっと空腹でしょう」ちょうどそのとき、ダイアナのお腹からぐるると低い音が聞こえた。「ワトスンがリージェンツ・パークまでお送りしますよ。私はレストレード警部に同行しなければ。話し合うことが山ほどありますから」

「でも、ホームズさん」とメアリが言った。「その男、パンチに似た低い声の体のねじれた紳士。それはまさにハイド氏の姿です。わたしはすぐに彼のことを思い浮かべました。モリー・キーンの死体を見たあとに。いいですか、ハイド氏は父の助手だったんです――外科手術の知識をもっているんです」

ホームズはほほえみを浮かべた。「それはおもしろい繋がりです、ミス・ジキル。そしてじつは私自身も思いついていたことです。だからあなたがここにとどまって聞き込みに同席することを許したのですよ。しかしいかんせん根拠が稀薄だ、そう思いませんか？メス使いの巧みな、小柄で体のねじれた男なら、ロンドンじゅうにいくらでもいるでしょう。それにハイド氏はカリュー殺し以来、姿を消しているんです。固定観念（イデー・フィクス）にとらわれぬようご注意を。あなたはずっとハイドのことを考えていた、だから彼が有力な容疑者に思える。しかしそうだとすると重大な問題が持ち上がります。われわれはハイドが生きているかどうかさえ知らないのです」

「そのハイドってのは何者だ？」レストレードが訊いた。「容疑者の一覧に加えておくべきかね？」

「覚えていないとは驚いたな」とホームズが言った。

「さっき話した事件の関係者だよ――ダンヴァーズ・カリュー卿殺害事件。自由党の国会議員で、一時は将来の首相とも目されていた。ハイドは信頼できる目撃者の証言から殺人容疑者とされたが、警察が彼のもとに赴いたときには姿を消していた。以来、消息不明だ。もっとも、ミス・ジキルは彼の所在をつかんだと一時的に考えていたのだがね」

「ああ、無論、もう何年も前のことだからな」レストレードは気分を害したような顔で言った。「もういちど記録を調べてみることにしよう。それで、きみはそのハイドがロンドンに潜んでいて、連続娼婦殺しを犯していると考えているのか？」

「その可能性は低い」とホームズは言った。「だが私は可能性の低いことを切り捨てることはしない。それが不可能だと証明されるまでは」

「たしか、前の犠牲者はメイドや売り子でしたよね？」メアリが言った。「ここ最近、新聞売りの少年たちがそんなことを叫んでいなかったかしら？

「いやまあ、新聞屋にはそう伝えていますがね。しかしじつのところ彼女たちはいわゆる夜の女と言えましょう。その事実もそろそろ隠してはおけなくなるでしょうな。性的な視点が持ち込まれると、どれほど見出しがでかでかと騒ぎ立てるか、想像してみてください！　やがて奴らはロンドン警察がなぜ一連の殺人事件をいまだ解決できないのかと書き立てるでしょう。無能な警察――いつだってそういう流れになるんです」レストレード警部は口髭を引っぱって苦々しい顔をした。

「あたしの父さんが娼婦を殺しまわってるって思ってんの?」ダイアナが言い、げらげらと笑いはじめた。

「さあお慎みを、お嬢さん」とレストレードが言った。「若いご婦人がばか笑いとは感心しませんな」

「どうやらミス・ハイドはわれわれと共有したい情報をもっているようだ」とホームズが言った。

ダイアナはまた声をあげて笑った。「ジキルは死んだんでしょ、ここにいるメアリお嬢様の話によると。ってことはハイドも死んだんだよ。母さんが言ってたもん。ハイドっていうのはジキルの別名なんだって。ハイドはジキルが人目を避けたいときに使ってた変装にすぎなかったんだ。マントをかぶるみたいにね」

「そんなことありえないわ」とメアリが言った。「お父様が生きているときにハイドに会ったことがあるの。うちの家政婦のミセス・プールもあの男のことはよく覚えている。ハイドはお父様とは似ても似つかないもの」

「あたしの母さんを嘘つき呼ばわりするつもり?」ダイアナが顔をしかめて言った。

「この場合はミス・ジキルの証言に拠るべきだろうね」とホームズが言った。「きみの母上は騙されていたのかもしれない。ハイドは母上に、自分がジキルだと吹聴していた可能性がある。紳士ごっこをするためにね。ジキル博士の信用まで利用するつもりだったのかもしれない」

ダイアナの顔つきが変わった――信じてもらえないという怒りの表情、そしてメアリが驚いたことに、まるで今にも泣き出しそうに顔をゆがめたのだ。

ダイアナ ふん、冗談でしょ!
メアリ いいえ、わたしが覚えているとおりよ。

「父にはいろいろ秘密がありました」とメアリは言っ

た。「父がハイド氏とどのような関係だったのかは知りません。もちろん、ダイアナが言ったようなことはありえませんけれど――ごめんね」メアリはダイアナのほうを向いて言った。「でも容貌がまるっきり異なる二人なのに、一人がもう一人の男になりすますなんてできっこないわ。ハイドは父より少なくとも一フィートは身長が低かったんです。でももちろん、二人のあいだにはわたしたちが知っている以上の何かがあったのは間違いないでしょう。でなきゃ、どうして母がこの子の支援をしていたのでしょう？　わたしの推理がありそうもないことは承知ですわ、ホームズさん。でも男の容貌を聞いていると、まさにハイドの姿にぴったり当てはまるんです。いまだにあの男の低い声を聞いて、背筋がぞっとしたことを覚えています。ケイトが言っていたとおり、まるで氷を刺されたように」

「ハイドがまだこのへんにいる可能性があるというなら、奴について知っておきたい」とレストレードが言った。「われわれとしてはロンドンの街を殺人犯が闊歩しているのを黙って見過ごすわけにはいかんし、カリューの報いも受けさせなければ。しかし、そいつはどこかに高飛びしている可能性もある。オーストラリアとか南米に」

「おそらくきみの言うとおりだろう」とホームズは言った。「しかしだ、ミス・ジキルにはぜひあらためて父上の書類を精査していただきたい。ミス・ジキル、お願いできますか？　そして結果を明日、私に知らせていただけますか？」

「もちろんです」とメアリは答えた。とくにノートをじっくり読んでみたいと思っていた。今度はもっと系統的に。たしかハイドについて何か書いてあったはず……でもどんな文脈だったか思い出せない。それに、ダイアナのことはいったいどうしたものだろう？

「ワトスン君、ご婦人がたを家に送り届けてくれるかい？　ぼくは警部と話し合いがあるから、そのあとべイカー街で落ち合おう」ホームズは一人一人の顔を見渡した。何を考えているのかはわからなかったが、メアリにはなんとなく……ホームズがおもしろがっているように見えた。

「行きましょう」メアリはダイアナに言った。ホームズをおもしろがらせるつもりはない。捜査に参加させてくれたことに感謝はしていたものの、苛立ちも感じていた——なぜだかはメアリにもわからなかった。

「やることがたくさんあるわ。それにあなたはお風呂に入らなくちゃ」

「やだ、入らない」とダイアナが言った。

「お風呂に入るか、さもなくば夕食抜きかよ」メアリはダイアナの薄汚れた手首をつかんで引っぱった。ワトスンは二人の脇を歩きながら、笑いを噛み殺していた。ダイアナはぎろっと睨みつけながら小声でぶつぶつ文句を言った。メアリは毅然として彼女を無視した。ミセス・プールに濃いお茶を淹れてもらおう。時間がかかるようなら夜更かししなくちゃ。あの書類にはどんな秘密が隠されているのだろう？　最初に目を通したとき、何を読み落としていたのだろう？　わからない。だからこそメアリはそれらを突き止めたかった。

5　イタリアからの手紙

メアリは辻馬車から降りながら、ついさきほどまでホワイトチャペルにいたなんて信じられないと思った——そんな場所が存在することさえ信じられなかった。パーク・テラスは広々として閑静で、聞こえる物音といえば、おとなしく足踏みをしている馬の蹄の音くらいだ。煉瓦造りの屋敷はジョージ王朝——何代目かは思い出せない——の時代に建てられたもので、通りに沿った上品な家並みに門を構えている。ジキル家の反対側に並ぶ家々の屋根や煙突の通風管の向こうに、リージェンツ・パークの木々のてっぺんが見える。

「ふうん、すごいじゃん」とダイアナが言った。

もちろん、メアリが午前中をシティのごみ溜めみたいなところで過ごしたたしかな証拠がある——隣にいる薄汚くてみすぼらしい娘だ。いったいわたしはダイアナをどうするつもりなんだろう?

玄関の扉が開いた。「さあさ、お入りになってください」とミセス・プールが言った。「舗道に突っ立っていたら風邪をひいてしまいますよ」

メアリは振り返ってワトスンに礼を言った。彼はメアリとダイアナが馬車を降りるのに手を貸してくれていた。「とんでもないです、ミス・ジキル」ワトスンはすでに馭者への支払いを済ませ、これは捜査費ですからと念押ししたが、メアリは気に病んだ。親切にしてくれるのはありがたいけれど、負い目を感じたくはなかった。かといって、今はどうすることもできない。

「しかし、愉しかったですよ」とワトスンはつけくわえた。「あなたのような——すばらしい知性を備えたお嬢さんと、その——ホームズの捜査に一緒に関われて、とても新鮮でした。明日、お目にかかりましょう

――正午でどうです？　ホームズと私がこちらに伺いましょうか？」

「ありがとうございます」とメアリは言った。その褒め言葉をどう受け取ればいいのかわからなかったが、彼が最初から用意していたものでないことはたしかだった。「こちらからベイカー街に伺うのが一番かと思います。それでは正午に、ワトスンさん」メアリはホームズに――もちろんワトスンにも――見られたくなかったのだ。剥き出しの壁や、絨毯の敷かれていない床を。かつては花瓶からあふれるほどの花が活けられていて、哲学者たちの胸像があった屋敷の成れの果てを。そうさせたのはプライドだ。プライドは罪だとわかっているけど、でもやっぱり……

「あんがと」とダイアナが言った。「じゃ、明日」

ワトスンはお辞儀をしたが、笑みを隠しきれていなかった。「こちらこそ、あんがと、ミス・ハイド」そう言ってメリルボーン・ロードへ大股で歩いていった。


「お入りなさい」メアリは屋敷とミセス・プールをじろじろ眺めているダイアナに声をかけた。「そんなふうに目を開いてたら、目玉が落っこちちゃうわ」

ダイアナはやがてメアリが〝あの目つき〟と呼ぶようになる目つきをしてみせた――軽蔑と苛立ちがまじったような目つきだ。が、メアリのあとについて表の階段を上がり、玄関広間に入った。

メアリ　この子ったらいつだって〝あの目つき〟をするんだから！

ダイアナ　あんたがカッカしなけりゃ、やらないのに。

ダイアナのトランクが玄関広間に置いてあった。また一つワトスンに借りを作ってしまった。

「お昼過ぎに届いたんですよ」とミセス・プールが言った。「野菜売りの手押し車で運ばれてきたんですけど、男がミス・ジキル宛てに間違いないって言うものだから、階段のそばに置いてもらったんです」

「ええ、どうもありがとう、ミセス・プール」メアリは家政婦に傘を手渡しながら言った。「わたしが送ったの――ごめんなさいね、メモをつけるべきだったわ。でもちょっと急いでいたものだから」書類を収めた紙挟みを玄関広間のテーブルに置くと、雨外套を脱いでそれもミセス・プールに渡した。ああ疲れた！　ここにきてやっと気づいたけれど、なんて長い一日だったんだろう。ホームズが言ったように、朝から何も食べていない。

「お客様ですか、お嬢様？」ミセス・プールがいぶかしげにダイアナを見ながら訊ね、ブーツからのぞく素足と、帽子をかぶってない頭に視線をやった。雨外套に染みがついていないか調べてから、丁寧にたたんで腕にかけた。

「こちらはダイアナよ」とメアリは言った。「この子をお風呂に入れなきゃ」

「風呂なんて入りたくない」とダイアナが言った。

「いいえ、入るの」とメアリ。「不潔にしてるのが好きなわけじゃないでしょう。ただ反対のことをしたいだけなのよ。ミセス・プールが準備してくれる。聖メアリ・マグダレンのお風呂なんかよりずうっと気持ちがいいわよ。上がったらお茶をいただきましょう。いいかしら、ミセス・プール？」

　ダイアナはにやっと笑った。「あーら、あんたと一緒に暮らすのってすっごく楽しそう、もうわかったわ。あの探偵とおんなじだね。ああしろこうしろまわりに命令して、みんな素直にそれを聞いてくれる。なぜなら命令されるのに慣れっこになってるから。でもあたしは違うからね」

「そのようね」とメアリは言った。「それでも、お風呂には入るんです。あなた臭うし、そんな汚いまま家具に触れてほしくないもの。まずお風呂に入ってこないと、お茶はなしよ」

「こっちに来なさい」とミセス・プールが言った。「メアリお嬢様がお風呂に入るよう言ってるんですから、入るんです。それからこの家にいるかぎり、お嬢様には礼儀をもってお話しなさい。メアリお嬢様はレディなんですから」ミセス・プールはダイアナの腕をつかんで階段のほうに向かった。

「じゃああたしはなんだっての、ごみ屑かよ？」とダイアナ。

「十分そのようなものです！」

二人が行ってしまうと、メアリは帽子と手袋を脱いで広間のテーブルの上に置いた。鏡に映る自分の姿が目に入った。まだ蒼白い顔をしているけれど、外の空気を吸ったおかげでだいぶ頬に赤みがさしてきた。ゲスト氏を訪ねる前にくらべて、ずっと生き生きして見える。

紙挟みをもって応接間に入った。ガス・ランプをつけようか？　部屋が暗くなってきた。でもどうしても必要になるまで、なるべくつけたくなかった。メアリは暖炉に火を入れた。またすでに石炭が準備してある――ありがとう、ミセス・プール！　彼女はほかの雇い主を探すべきなのだろうが、はたしてミセス・プール抜きで暮らしていけるのだろうか。そうなったらどんなに寂しいだろう……メアリはソファに腰を下ろして紙挟みを横に置き、手を温めながら暖炉の火を見つめた。ひどい一日だった――あのみすぼらしい女の子。しかしメアリは事件が気になって仕方なかった――この事件はまさしく謎（ミステリ）だ。誰もが謎には心を惹かれるものではないの？　そのさまざまな手がかりを解きほぐしてみたいと思うものでは？

その糸口の一つがソファの隣にある。メアリはまたティーテーブルを手前に引き寄せ、その上に紙挟みを載せると、中身をあけた――帳簿、実験室のノート、手紙と領収書の束。それらが、父が遺していったもののすべてだった。父の生と死の謎を解き明かすための手がかりだけ。メアリは書類を丁寧に積み重ねて整理した。昨日の夜にも見ていたが、そのときは帳簿と、ハイドがまだ生きているかもしれないという可能性にばかり気を取られていた。今度はもっと注意深く調べてみなくては。

ダイアナが言い張ったことが真実であるはずはない。でも、じゃあどうして父はハイドを、あんなに不愉快で信頼の置けない男を雇っていたのだろう？　しかも、蓋を開けてみれば犯罪者だったではないか。そして母はどうしてずっとダイアナの支援をしていたのだろう？　メアリはホームズと警官がいる前でダイアナに質問したくなかった。これは家族の問題なのだから、あくまでも個人的に調べたかった。父とハイドはどんな関係だったのだろう？　父の財産が――ハイドの失踪と同時に消えてしまったのは、ただの偶然なのだろうか？　ゆすりのようなことをされていたのだろうか？　だとしたら、何を種にゆすられていたのだろう？

メアリは母のことを、父の死後の母を思い出した。秘密主義で、父との暮らしについては話したがらなかった。正気を失って長く病床に伏せってしまう前からそうだった。メアリは母が父の話を避けるのは悲しみのためだと思ってきたが、もしかしたらほかにも何か理由があったのかもしれない。

まずは書類だ。これに集中しなければ。メアリは一つ一つ系統的に仕分け、昨夜はあまり注意を払っていなかったものから目を通しはじめた。手紙を一通ずつ封筒から取り出して読んだ。二通は、化学薬品を卸しているモー＆サンズ商会からのものだった。ほかの三通には、外国の切手が貼られていた。二通はひとまずあとまわしでもよさそうだが、三通目は……イタリアからの手紙だった。メアリはそれをもう一度、今度はもっとじっくりと読んでみた。モー＆サンズ商会の領収書に目を通した。それから実験室のノートを調べた。何を探せばいいのか目的ははっきりしていたが、見つけるのが怖くもあった。父の筆跡がこんなに読みにくくて風変わりじゃなければいいのに！　まるで動きまわる蜘蛛から暗号を読み解こうとしているようだった。イタリアからの手紙は、昨夜はまるで気づかなかった手がかりを与えてくれた。今夜はとくにある一文が目につき、まるでべつの、もっと不吉な意味合いをもっているように見えた――科学者たるもの、みずからを実験台にすべきではない。いったい、父は何をしていたのだろう？

　まさかそんなはずはない――だがメアリは、ありうるかもしれないと思いはじめていた。ふたたびその手紙を読み、実験ノートを読み、そして領収書を調べた。ソファにもたれかかり、マントルピースの真上に飾られた母の肖像画を見るともなく見やりながら、思いにふけった。自分が想像するようなことは、ほんとうにありえないのだろうか？　しかしほかには説明がつかなかった。

「お嬢様、お茶をお持ちしました」メアリははっと目を開いた。ミセス・プールがお茶を載せたトレイをもっている。「朝から何も召し上がっていないんじゃないかと思って、ハム・サンドウィッチを作ってきました。それとすり身（ペースト）も少し。これでハムはしばらくおあずけです、残念ですが。二人分は十分にありますから、あのやんちゃ娘がお風呂から上がってきたらどうぞ。まあ、最後の審判の日まで上がってこないかもしれません。入るまではあんなに大騒ぎしていたのに、いったん浸かったら今度は出ようとしないんですからね」

「あの子の名前はダイアナ・ハイドといって」とメアリが言った。「ハイドの娘だって言っているの。お母様はあの子のために送金していたの――その、慈善団体のようなところに入っていて」

「まさか！　でもそう言われれば、どことなくあの男に似ています。あの薄ら笑いやら、悪だくみやら。なんにしても邪悪な子です。浴槽に浸からせようとしたら、わたしの腕に噛みつこうとしたんですよ。もちろん、そんなばかげたことをさせておくつもりはありませんけど！　母親はどんなひとなんでしょうね。誰であれ同情しますけどね、ハイドみたいな男と関わり合いになるなんて。男の考えることは説明がつかない、わたしの母はつねづねそう言っておりましたよ。わたし自身に結婚の経験があるわけではありませんけどね、おかげさまで。さ、どちらに置きましょう？」

「あ、ごめんなさい」とメアリは言った。「サイドボードの上に置いてくれる？　テーブルの上を散らかしてしまってるから。お茶を一杯淹れてもらえるかしら、ミセス・プール？　どこまで読んだか忘れないようにしなくちゃ。あの子はほかにもいろいろ話してた。ハイドは実在の男ではなくて、お父様が使っていた偽りの姿なんだって——その、よからぬところを訪れるときに使っていた。お父様はハイドという男に変装して、自分のおこないを隠していたんだそうよ」

「ありえませんよ、お嬢様」ミセス・プールは愕然としたように言った。「旦那様とハイドは似ても似つかないじゃありませんか。ジキル博士は長身で気品あふれる容貌の紳士でしたが、ハイドはちびで気味の悪い男でした。ありえません、断言できます」

「二人が一緒にいるのを見たことがある？」メアリは訊いた。その答によってはすべてに決着がつく。

「それは、なかったと思います」とミセス・プールが言い、トレイをサイドボードに置いた。「でもだからってなんの証明にもなりませんでしょう？　ひょっとしたら、ハイド氏は勝手に雇い主の名を騙っていたのかもしれません。あの男ならやりかねないですよ、とくにお金の支払いに関しては」

ミセス・プールはメアリにカップを渡した。「レモンとお砂糖入りです、いつものように。勝手ながらお砂糖は二個入れさせていただきましたよ。長い一日でお疲れのようですから、力をつけないと」メアリはお茶をひと口飲んだ。ああ、体に沁みる。たしかに何か口に入れるべきだったが、あわただしくてそんな時間はなかった。ホームズ氏を訪ね、ホワイトチャペルに行って、そして可哀想なモリー・キーンの死体に遭遇した。

「お父様について、どんなことを思い出せる、ミセス・プール？」メアリは訊ねた。「お父様が亡くなったとき、わたしはまだほんの子どもだったから——それに、そのときだって、お父様は愛情深いタイプではなかった。もちろん優しかったわ、あるいは、優しくしようと努めてくれていた。でもお父様のそばにいるときは、いつもなんとなくびくびくしていたの。元素周期表の見方を教えてくれたり、ブンゼンバーナーの炎が化学薬品によって色を変えるのを見せてくれたのをよく覚えているわ」

「そうですねえ」ミセス・プールが眉間に皺を寄せた。「旦那様は優しい紳士でした、お嬢様のおっしゃるとおりです。当時、部屋付きメイドだったわたしに対しても。でも、いつもおかしな臭いをさせてらした。化学薬品の臭いでしょうね。いつも実験室に引きこもって実験をされていました。執事だったわたしの父は、最後まで旦那様が自殺したとは考えていませんでした。誤って化学薬品のどれかを飲み込んでしまって、その毒がまわって亡くなられたのだと思っていたんです」

「見方によれば、自分に毒を盛ったと言えるかもしれないわね」とメアリが言った。心のなかでためらった——自分の考えはばかげて聞こえるだろうか？　ありえない？　でも、誰かに聞いてもらう必要があった。そしてミセス・プールは物心ついたときからずっとメアリのそばにいた。実の母親がその役割を果たせないでいるあいだ、彼女にとっては母親のような存在だったのだ。

「この書類からうかがえるのは——どうやら

——お父様は化学実験をおこなっていたということ。自分の体を実験台にして、自分をハイドに変身させるような実験をしていた。変装というのは、服を着替えるとかかつらをつけるとか、身体的な意味の変装ではなくて、じつは化学的に変質することだったのよ」

「そんなまさか」とミセス・プールは言った。「だいたい、そんなことが可能なんですか？」

「ばかばかしく聞こえるでしょうね」とメアリは言った。「でもこれを見て」実験ノートをめくって印をつけておいたページを開くと、父の読みにくい、震えたような筆跡で書かれた記録を指さした。

今日、あのけだものハイドを解き放った。彼は私よりも強くなっている。

私がもはやあいつの衝動を制御することができなくなったら、あいつは何をしでかすのだろう？

昨夜目を通したときには、父がハイドと喧嘩をしたという意味だと思っていた。だがあらためて読んでみると、べつな意味が浮かび上がってくるのだった。

「それからもう少し先のページにも」メアリは数式や化学的なメモが書かれたページを何枚かめくった。

鏡に映った私の顔を見た。恐怖！　恐怖だ！

自分の意のままに変身する力をあいつに握られてしまった、もう私にはどうすることもできない。

「そして最後の記録」

すべてを失った。何もかも終わり。私は死者だ。

「意味がわかりません」とミセス・プールが言った。

どう説明したらいいのだろう？　とても奇妙に思えるだろうし、荒唐無稽な話と思われても仕方ない。自分でもまだそんなことを本気で考えているのかどうかわからない。だがやはり話してみなくては。「どうして自分の顔を見て恐怖に襲われたのかしら？　それに、薬剤の卸売をしているモー＆サンズ商会からの二通の手紙には、お父様が注文したある粉末について書いてあった。見て、一通目の手紙では、追加で一包みを同封したって言っている。そして二通目では、それが期待していたほどの効果がなかったことについて謝罪している。返金すると言っているけれど、最初に送った包みと化学物質の構成はまったくおなじだって言い切っている。何度もハイドに変身するうちに、化学変化が作用しなくなったのだとは考えられないかしら？　お父様がハイドに変身したまま元に戻れなくなったのだとしたら？　そして――自殺した」

「でも、いったいどうして旦那様はそんなことをしたんです？」ミセス・プールが言った。まだ完全には納得がいっていないという口ぶりだ。

「わからない」とメアリは答えた。突然、どっと疲れが押し寄せてきた。ほんとうにこんなことはありえないのだろうか？　ううん、不可能ではない。不確かなだけだ。今は十九世紀、科学の時代だ。自然界にどんな可能性が存在しているのか、誰が知りつくしているというのだろう？　芋虫が蝶々に変身できるのなら……

「さっき、男の考えることは説明がつかない、って言っていたでしょう。男性には、たとえ紳士だとしても、別人になりすますいろんな理由があるのよ。アヘン窟や娼館を訪れるため。殺人を犯しながら罪を逃れるため。紳士がすべきでないおこないをするため。お父様は、わたしたちが思っていたようなひとではなかったのかもしれない」

「あたし抜きで始めてたんだ」とダイアナが言った。さっきまでの姿から見違えるほど、清潔さできらきらと輝いて見えた。濡れた髪をアザラシのようにうしろに撫でつけ、メアリのきれいな白いナイトドレスに着替えていた。腕の切り傷にはきちんと包帯が巻かれている。

「あなたも書類の束に目を通したかったのね、知らなかったわ」とメアリが言った。

「したくないって。でもあんたが何をつかんだか知りたい」ダイアナはハム・サンドウィッチをつまみあげるとソファの片側に陣取り、裸足の両足をソファにのせた。

「お皿を下に添えなさい」とミセス・プールが言った。

「お嬢様、って呼ぶべきじゃないかな」

「ふさわしい振る舞いをしたらそう呼びますよ」とミセス・プール。「この子は育児室に寝かせることにしました、お嬢様」メアリにそう告げた。「明日、服にブラシをかけましょう。でもなかには小汚いものもあるんです」

「小汚いのはあんただよ！」ダイアナは大きく口を開けてサンドウィッチにかぶりついた。

「ダイアナ、ミセス・プールに無礼を働いたら、この家で居心地よく暮らすことはできないのよ」とメアリは言った。「料理をしたり、部屋の掃除をして、わたしたちが心地よく生活できるようにしてくれているのはミセス・プールなんです。もっとも、わたしが早くお金を稼ぐ手立てを見つけなければ、ミセス・プールはあたらしい雇い主を探さなきゃいけないけれど。そうなったら、自分たちで家事を切り盛りしていかなきゃいけないんですからね」

「お嬢様のおそばを離れるつもりはありませんよ」とミセス・プール。「娘のころから、ここがわたしの家なんです。お嬢様がお給金を払えようが払えまいが、わたしは留まります」

「あんた、金持ちだと思ってた」とダイアナが言った。「どうりで壁に絵もかかってないし、床がほとんど剝き出しなわけだ。それにソファに穴があいてら」ダイアナは足の親指を穴に突っ込んだ。

「そう、お金持ちじゃないの」とメアリ。「ねえ、よしてちょうだい、裂け目が広がってしまうじゃない。父が亡くなったとき、財産がすべて失われていることがわかったの。母には収入があったけれど、それは終身制の遺産だった。だから、母が亡くなったと同時にそれも入ってこなくなった。聖メアリ・マグダレンにあなたの世話代として支払うために預けてあったお金も、ほとんど残っていないわ」二十三ポンド。そういえば今朝はホームズを訪ねたあとに銀行にいくはずだった。それが結局、ホワイトチャペルに足を踏み入れることになったのだ。明日こそは開店と同時に銀行にいかなくては。「そのわずかなお金が尽きたら、わたしとあなた、ミセス・プールが暮らしていくあてはなくなってしまうのよ。亡くなった母の看病のためには母の収入だけでは足りなくて、売れる価値のあるものはすべて売り払ってしまった。屋敷を売りに出そうとも思ったけれど、買い手はつきそうもない。この不景気のさなかではね――って、あなたに理解できるとは思っていないけど。新聞なんて読んだこともないかもしれないわね。それに、どうやらわたしを雇ってくれる口も見つかりそうにない。子守役ですら。というわけで、一文無しよ。もしハイドの居場所を突き止めれば報奨金を要求できるかもしれないと思ったんだけれど、あなたの言うとおりわたしの父がハイドなら、十四年前に死んでいるわけだしね。それはそうと、ミセス・プールに礼儀正しくなさい。もちろん、厨房で寝たいっていうんなら、そうしてかまわないけど」

ダイアナはじっとメアリを見て、それからミセス・プールのほうを向いた。「お風呂、ありがとう」そう言うと猿みたいに笑ってみせたが、それでも、メアリはダイアナの口からそんな言葉が出てくるとは夢にも思わなかった。

「どういたしまして」とミセス・プールがいぶかしげ

に答えた。「何かほかにご入用のものは、お嬢様？」

「大丈夫よ」とメアリが言った。「何かあったら、呼び鈴を鳴らすわ」

ミセス・プールが部屋から下がると、メアリは黙ってイタリアからの手紙を読みはじめた。ダイアナは口を開けたままサンドウィッチをくちゃくちゃ食べていたが、やがて言った。「それ、なぁに？」

「静かにしていられないの？」メアリが言った。

「ふん、してられるよ」とダイアナ。「じゃ、ネズミみたいに静かにしてるから、あんたがそのシールに気づくまで」

「どういうこと、シールですって？」

ダイアナはテーブルに置かれた封筒の一つを指さした。それには赤い封蠟（シール）が残っていた。蠟には二つの文字が刻印されている――S・A。モリー・キーンが握っていた時計飾りに刻印されていたのとおなじデザインだ。

メアリはしばらく言葉を失い、やがて口を開いた。

「どうして気づかなかったのかしら？」おなじものがもう一通の封筒にもあった。二通の封筒に、まったくおなじ封蠟が二つ。

「で、手紙にはなんて？」ダイアナが訊いた。

「わからないのよ」メアリは片方の手紙を封筒から出してダイアナに渡した。「見て」

ダイアナは額に皺を寄せた。「これ、暗号かなんか？」

「いいえ、ラテン語よ。でも読めないわ。ミス・マリーにラテン語を習いはじめたとき、ちょうどお母様の病状が悪化して、住み込みの家庭教師を雇っておく余裕がなくなってしまったから。覚えてるのは、〝カルタゴ滅ぶべし（デランダ・エスト）〟だけ。この二通はどちらもラテン語で書かれていて、ブダペストの消印が押されてる。お父様にブダペストからラテン語で手紙を書いてよこすなんて、いったいどんな相手かしら？ もう二通はモー

&サンズ商会から、お父様が買おうとしていた化学薬品について。それと、これはイタリアからの手紙。ありがたいことに、英語で書かれてる」

「ふうん、なんて書いてるの？」

メアリはダイアナをちらっと見て、溜息をつくと、手紙を読み上げはじめた。

親愛なるジキル
きみの実験がうまくいったと知ってうれしいかぎりだ。われわれは正しい方向に前進していると確信している。前世紀には化学と物理学の分野に大きな発展があったように、今世紀の重要な科学的進歩は生物科学の分野においてなされるだろう。ダーウィンはわれわれに道を指し示してくれたが、彼には自分の鼻先より向こうのことを見る能力はなかった！　（それなりに長い鼻の持ち主だったと聞いているが、真実に至るほど長くはなかったようだ）ダーウィンが想像だにしなかったところまで進んでいこう。自然淘汰ではなく、変成突然変異こそが進化の主因なのだ。神は錬金術師であって、シニョーレ・ダーウィンのようなのろのろした漸進主義者ではないのだ！　ともに科学界に思い知らせてやろうではないか、友であり同志よ。勇気ある者だけが歴史を変え、暗い世界を知識の光で照らしてやることができるのだ。
私のベアトリーチェが元気に育っていることが報告できて喜ばしく思う。初期の一連の挫折のあと――用量を誤ったことが原因だと思うが――ベアトリーチェは雑草のようにすくすくと育っている。たしかに、数カ月前には恐怖を覚えていたし、もう少しで彼女を失うところだったことは認めざるをえないが。しかしベアトリーチェは回復した。これほどの輝きを放つ子どもは見たことがない。庭で遊ぶあの子のうれしそうなことといったら！　ベアトリーチェに学ばせるのは植物学がもっとも適切だろうと判断した。彼女には生まれながらに科学者の精神が備わっていると確信している。もっとも、女性らしいあり方ではあるが。ベアトリーチェは私のように植物を冷静に観察するということができない。ベアトリーチェは昆虫と、とくに蝶とたわむれることができないこと、それらが自分の息で滅びてしまうことを嘆き悲しんでいる。

われわれの同志モローが、女性の脳のほうがより順応性があり、われわれの実験への反応がよいと推測したのは正しかった。私はモローの研究に魅了されているが、彼はけっして満足せず、つねに新しい技術で新しい実験材料を試しつづけていなければ気が済まないようだ。きみの祖国イングランドが、科学への無知ゆえ、モローを追放したのはじつに嘆かわしいことだ。医学院の資源と財力があれば、彼にどれだけのことが成し遂げられたであろう！　しかしながらモローは、来月ウィーンで開催されるソシエテの会議にはモンゴメリーを送るそうだ。きみも出席するかね？　きみの変成突然変異の実験についてのニュースを聞くのを心待ちにしている。しかし、親愛なる同志よ、きみがおこなおうとしていることはいささか危険に過ぎるのではないかと危惧している。科学者たるもの、みずからを実験台にすべきではない。科学者は冷静な観察者であらねばならないのだ。そして被験対象は、若く順応性に富んだ肉体が最適だ。たしかきみにも娘がいたね？　プロセスを開始するのに十分な年齢に達していることだろう。実験に於いてきみがどのような方向に舵を切るにせよ、かならずや有望な結果をもたらすだろう。

ウィーンで論文を発表するつもりがあるならぜひ知らせてくれたまえ。私はもう若くはないが、きみに会うためなら果敢に旅に乗り出すつもりだ。

敬具

ジャコモ・ラパチーニ

「何言ってんだかさっぱりだな」とダイアナが言った。

「そうね、わたしも」とメアリが言い、もういちど封筒に目を落とした。「差出人はドットール・ジャコモ・ラパチーニ、差出人住所はパドゥアよ――S・Aとは関係ないわね。この封筒には封蠟がついていなかった――ここに円形の跡があるでしょう。それにうっすらと赤い蠟も残っている。きっと開封されるときに剝がれ落ちたのよ。書いてあるのはダーウィンや、変成突然変異や、科学実験についてだけ……でも、わたしの仮説が正しいということを示しているようだわ」彼女はそこで言葉を止め、目の前の手紙をじっと見た。

「ふうん？」ダイアナは言った。しばらく待っていたが、やがて立ち上がり、サンドウィッチの残りを置いた皿が載ったサイドボードのほうへ歩いていった。カップにお茶を注いで角砂糖を四つ入れると、皿とソーサーをそれぞれの手にもって、カップが倒れないよう注意しながらソファに戻った。それら一式を床に置くと、ソファの上であぐらをかいて、脚をナイトガウンのなかに入れた。「あんたの仮説とやらを聞かしてくれるつもりはあんの、ないの？」

メアリはしぶしぶながら、さっきミセス・プールに聞かせたことをダイアナにも話した――化学薬品による変身や、メアリが認めたくない可能性……自分の父親がハイドでもあったという説について。つまるところ、それが変成突然変異だったのだろうか？　立派な紳士から殺人容疑者への変成突然変異……

「自分でたしかめてみて」メアリはダイアナに実験ノートを見せ、該当のページをめくった。

「うん、そういうことなんじゃないの」ダイアナは口いっぱいにパンとペーストをもぐもぐさせながら言った。「だから言ったじゃない？　姉さん」

「そんなに簡単なことじゃないわ」とメアリ。「この手紙に書いてある実験がそのことを指しているのかわからないし。ノートの記録だって、じつはまったくべつのことについてかもしれない」

「〝自分の意のままに変身する力をあいつに握られてしまった、もう私にはどうすることもできない〟」ダイアナは読み上げ、ペーストで汚れた指先でページを叩いた。「はっきりしてるじゃん？　あんたの父さんはハイドを自由の身にした。そしたらハイドが主導権を握っちゃった。あんたは自分の父さんが人殺しだって信じたくないだけでしょ」

「当たり前よ！」メアリは声を上げ、ページについたペーストを必死で拭い取ろうとしたが、油っぽい染みが残ってしまった。「自分の父親がそんなひとだなんて、どんな気がする？」

「さあね」とダイアナが言った。「あたしの知るかぎり、父さんはずっと殺人容疑者だったもん。でもずっと思ってた、あいつはとんでもないろくでなしだって。だって、母さんをあんなふうに見捨てたんだよ？　母さんは聖バーソロミュー病院で死んだんだ。その週に死んだ患者とまとめて墓んなかに投げ込まれたの。そうすれば母さんのベッドをすぐべつの患者に空けてやれるからって。一度だってあんたみたいに立派なひとだなんて思ったことはないよ、あたしたちの父さんのこと」

「そんなふうに言わないで、事実だとしても」とメアリは言った。「何があったのか解明するまで決めつけるべきじゃないわ。ここに書いてある、ダーウィン、モロー――それからもう一人の科学者、たぶんラパチーニ博士っていうみたいね、このひとたちのこと。そして彼らの実験について……」

ダイアナは鼻先で笑った。「そいつらが誰だろうと知ったこっちゃないよ。ろくでなしの集まり、そんなとこでしょ」

扉が開いた。「メアリお嬢様、何かご用はございませんか？　サンドウィッチを少しでも召し上がりました？　それともならず者にぜんぶ食べられてしまいましたか？」

「今は食べる気になれなくて、ミセス・プール」メアリは片手を頭にあてて髪をかきあげた。「どうしてお母様はこの書類を保存していたのかしら？」

「あんたに持っててほしかったんじゃないの」とダイアナが言い、三つめのサンドウィッチを食べはじめた。

「ミス・ダイアナに同意するのは気が引けますが、それにあなたはメアリお嬢様がなんとおっしゃろうとサンドウィッチを独り占めするべきではないですけどね、でもそのとおりではないでしょうか。アタースンさんは旦那様が亡くなったあと、旦那様のすべての書類を焼却してしまわれました。奥様はいつの日かお嬢様が目を通すことができるよう、これをわざわざ保存しておいたのかもしれません」

「いつも思っていたの、どうしてお母様は――正気を失ってしまったんだろうって」そう言ってもかまわないはずだ。だって、ほんとうにそうだったんだから。「この……夫がモンスターに変身してしまった。そう、もしそうなら、いろんなことに説明がつく」メアリはふたたび髪に手をやり、うなじにほつれた房をまとめ髪にピンで留め直そうとした。

「そんな恐ろしいこと」とミセス・プールが言った。

「この手紙はイタリアから送られてきたものなの、ラパチーニ博士というひとから。その名前を聞いたことはある？　お父様と定期的に手紙のやりとりをしていたようなんだけれど」

ミセス・プールは額に皺を寄せた。「聞き覚えがあるような。問題は、どこでか？」ミセス・プールはしばらく黙っていた。「待ってください、思い出しそうですよ……そうだ、厨房です！　すぐ戻ってきます」

そう言うと扉を開けたまま部屋を飛び出していった。メアリとダイアナは顔を見合わせた。厨房で？　ダイアナは肩をすくめてみせた。

何分かすると、ミセス・プールが《ガゼット》を手に戻ってきた。「これです！」勝ちほこったように言う。「んまあ、暗いこと。どうしてガス・ランプをおつけにならなかったんですか？　つけましょう、そうすればもっとよく……ほら、見えた。『ベアトリーチェ・ラパチーニ、毒の息を吐く美女。登場は午前十時から正午十二時。水曜日から金曜日まで、王立外科医学院にて。科学の驚異を目撃したいすべての方のため、広告をお持ちの方は入場無料。そのほかは大人一シリング、子ども六ペンス』金曜日にお休みをいただこうと思っていたんですよ、その美女を見物しにいくために」

「毒の息だって！」ダイアナが感心したように言った。

「あたしも吐けたらいいのになあ！」

「ベアトリーチェ・ラパチーニ」とメアリが言った。

「その名前、手紙に出てきたわよね？　ミセス・プール、ごめんなさい、ちゃんと食べておくべきでした。もちろん、金曜日はお休みをとっていいわ。いつでも好きなときに休んでちょうだい。でもダイアナとわたしは明日午前十時きっかりに彼女に会いにいきます。王立外科医学院に行ったら正午までに戻ってくる。ホームズさん、ワトスンさんと約束があるから」

「あのひと、あんたに気があるね」ダイアナがにやっと笑った。

「そんなわけないわよ」メアリはぷんとして言った。

「じゃ、なんで馬車から降りるときにあんなにご丁寧に手を貸したのさ、〝ミス・ジキル〟？」

「あ、ワトスンさんのこと？　まあ、彼だってそんな気はないと思うわよ。サンドウィッチをちょうだいよ

――ぜんぶ取っちゃって！　まるでガチョウね。知ってる？　ガチョウって、気分が悪くなるまで食べつづけるんですって」メアリはサンドウィッチをダイアナの皿から取り上げてかぶりついた。ペーストはあまり好きではなかったが、そうも言ってられなかった。突

然、とてもお腹がすいていることに気づいた。

「ミセス・プール、お茶のお代わりをもらえる？　それと、あなたの分も注いでちょうだい。もうしばらく起きていることになりそうよ。わかってる、わかってます、洗い物をして床を掃いて、オーヴンに灰を撒かなきゃいけないのね。でもお願いだから少しだけ坐って話を聞いてちょうだい。あなたは訊ねようとしなかったけど、今日あったことを話しておきたいの」

ミセス・プールはあきらかにしぶしぶといったようすで、暖炉脇の肘掛け椅子に腰をおろし、両手を膝の上に重ねて待った。メアリはできるだけ簡潔にその日起こったことを話しはじめた。ベイカー街221Bの扉をノックした瞬間から、ワトスンがパーク・テラス十一番地に二人を送り届けてくれるまでのことを。

ダイアナ　そして案の定、ミセス・プールはメアリお嬢様がそんなふうにロンドンじゅうを遊び歩いていたと聞いてショックを受けた！　あのときの顔、まだ覚えてるよ。

メアリ　わたしも！　でもあなたは何も言わなかったわね、ミセス・プール。

ミセス・プール　わたしは口を出すような立場ではありませんから、お嬢様。あなたがた若いお嬢さんはなんでもやりたいことをやっていい、わたしはそう思っています。たとえそれがどんなにばかげて見えても。

「つまりね」メアリはミセス・プールに手紙を見せた。「お父様は科学者だった。そして一連の実験に関わっていた――お父様一人ではなく、ほかの仲間たちと一緒に。このラパチーニ、それからモロー」

「それとダーウィンも」とダイアナが言った。

「あら、やだ」とメアリ。「ダーウィンが誰か知らないの？　聖メアリ・マグダレンで何も教わらなかった？　ううん、気にしないで、あとで説明する。問題は、彼らはともに一連の実験に関わっていて、そしてお父様はどういうわけかハイドに変身する方法を発見した。ハイドとして、ダンヴァーズ・カリュー卿を殺害した。わたしはモリー・キーンを殺したのもハイドじゃないかって推理していたんだけれど、どうやらそれはありえないみたいね。もしハイドの正体がわたしのお父様で、そのハイドが死んでいるとなれば、二つの殺人のあいだに接点はない――これを除いて」そう言うと、二通の封筒の封蠟を指さした。

「で、これからどうすんの？」ダイアナが言った。

「S・Aを探す？」

「そうよ。でも今のところS・Aがいったいなんなのかもわかっていない。どうしてお父様はラテン語で書かれた手紙をS・Aから受け取っていたのかしら？　それは科学実験と何か関わりがあるものなのかしら？　明日、このベアトリーチェ・ラパチーニと話してみましょう。ダイアナ、今夜じゅうに、ハイドについて知っていることをぜんぶ話してほしいの」

メアリはソファに深く腰かけ直した。そしてミセス・プールとともに、期待に満ちた目つきでダイアナを見つめた。

6　ダイアナの物語

ダイアナはメアリとミセス・プールを見つめ返した。

「あたしがハイドについて……つまり父さんについて、何か知ってるわけないじゃん。だってあたしが生まれたときにはもう死んでたんだから」

「でも、お母さんから何か聞いてるんじゃない？」メアリが言った。「わたしのお父様との繋がりについては、お母さんから聞いたって言ってたわよね？　ほかに何か聞いたことは？　思い出してみて――どんなことでも重要な手がかりよ」

「ったくもう！」ダイアナは食べかけのサンドウィッチを口に放り込むと、お茶を飲み干した。それからソファにもたれかかって話しはじめた。「父さんはイングランド銀行に口座をもってるようなちゃんとした紳士だった、母さんはそう言ってた。ソーホーに家ももってて、紳士の家らしい家具付きの、壁に絵もかかっているような家だったって。姿を消すしばらく前から、母さんは父さんにぎょっとさせられるようになった。いつも生と死とか、死者を生き返らせる方法について話してたから。母さんは降霊術（スピリチュアリズム）に入れ込んでるのかなって思ってたんだって」

「どうやって死者を生き返らせるの？」メアリが言った。「幽霊とか、死体とか、そういうこと？」

「知るわけないじゃん」ダイアナはそう言って床の皿に目を落としたが、サンドウィッチはもうなかった。「死体、だと思う。そうだ、正しい化学薬品を混ぜて使えば、死体を生き返らせることができるって話してたって聞いた。死んでから時間がたっていなければできるって。誰かがそれをカエルでやって成功したんだとか」

「カエルですって?」ミセス・プールが言った。「罰（ばち）当たりですこと」

「死んだカエルを生き返らせたいなんて、誰が思うんだろ?」ダイアナが言った。「まだお腹がすいてる。もうこれでいい?」

「ねえ、お願いよ」とメアリ。「ダイアナ、これは大事なことなの。最初から話して。最初の最初からよ。あなたが知っていることぜんぶ話してほしいの」

ダイアナ　なんであたしがこの部分を書かなきゃいけないの?　作者はあんたでしょ。自分で書きなよ、ほかの部分みたいにさ。そんで、あたしが書いたってことにしときゃいいよ。作家ってそうするもんじゃない?

キャサリン　みんなで取り決めたでしょう。それぞれ自分の物語は自分で書いて、あとであたしがそれらしくなるよう手を入れるって。全体にうまく溶け込むようにして、物語の筋が通るようにするから。

ダイアナ　でもさ、なんであたしが一番手?　まずメアリにやらせなよ。

キャサリン　この本全体がメアリの物語だからよ。メアリは一部でとりたてる必要はないの。でもあんたは違う。だから机に向かって書きなさい。五分ごとに突っかかってこないで。早く始めれば、それだけ早く終わるんだから。

ダイアナ　「だれが言った、かれが言った」とか、しゃらくさい描写とか、そこまで自分でやるつもりはないからね。

キャサリン　書きたいように書いて。ともかく書きはじめなさい!

「あたしの母さんは、じつは長く消息不明だったボヘミアの女王だった。赤ん坊のとき、王位を簒奪（さんだつ）しようとしていた邪悪なおじと、彼と手を組んでいた司祭が、揺り籠から母さんを盗んだんだ。邪悪なおじは兄が不審な急死を遂げたあと、摂政となっていた。幼いながらも正当な継承者がいなくなれば、自分が王位に就けると考えたから。司祭は夜中に母さんを城の外に連れ出した。そして彼の共謀者たちが、そいつらもみんな司祭だったんだけどね、なぜかっていうと司祭ってのはみんな嘘つきだから、そいつらが母さんを国境の外へ運んで、どこでもいいけどボヘミアに隣接するどこかの国に連れてった。ところでボヘミアってどこにあるの？　彼らは荷馬車や船で旅をしてやがてイングランドにたどりついた。そこで母さんを貧しい一家に売りとばして……」

キャサリン　ダイアナ、やり直してこんどはちゃんとほんとうのことを書きはじめないんなら、噛みつくよ。

ダイアナ　いいじゃん、やってごらんよ！

メアリ　本気で挑発するつもり？　相手はキャサリンなのよ？

キャサリン　それとね、ふつうに話すみたいに書いて。これじゃまるであんたが大好きな安っぽい扇情小説よ。

ダイアナ　あっそう。あんたが書いた本よりああいうののほうがマシだけどね。痛っ！　わかったって、ほんとにやらなくてもいいのに。

「母さんはあんまり自分のことを話してくれなかった。でも、自分は生粋（きっすい）のロンドンっ子で、テムズ川を行き来する船の音を聞きながら育ったって言ってた。その音が子守唄がわりだったって。十五歳のときに兵士と恋に落ちてなきゃ、たぶん厨房メイドになってた。それが間違いだった、人生最高の間違いだったって話してた。『でも後悔したことはないのよ』ってよく言ってた。『ボニー・ジョーと出会ったことを後悔したことなんて一度だってない』その兵士は連隊でそう呼ばれてたんだ。スコットランド人で、グラスゴーの出だった。母さんが言うには、とびっきりの美男子だったんだって。

　十五のときに赤ん坊を産むと、父親におまえなんか橋の下で寝泊まりしてる売春婦どものとこにいけって家を追い出されて、売春婦の仲間になったんだ。橋の下で寝起きしてるうちに、飢えと病気で赤ん坊が死んじゃった。男の子だったんだって。あたし、聖メアリ・マグダレンでずっと椅子に坐らされたり手を叩かれたりするたび思ってたな。もし兄さんが生きてたら、あたしの人生どうなってたんだろうって。でも、母さんは若くて、きれいで、小粋で、アイルランド系の母親譲りの長い赤毛をもった娘だった。そのうち船着場の近くにある娼館に雇われて、給料をもらえるようになった。そこで出会ったんだよ、あたしの父さん、エドワード・ハイドと」

ダイアナ　さあ、三文小説みたいなんて言わせないからね、だってこれはほんとのことなんだから！

「覚えていることをぜんぶ話して」メアリは身を乗り出した。

「まったくおぞましい話です」と言いながら、ミセス・プールもやっぱり身を乗り出して先を聞きたがった。

ミセス・プール　そんなことしておりませんよ。

ダイアナ　こんなふうに邪魔されるんなら、誰に噛まれたってかまわない。もう書かない。

メアリ　ミセス・プール、申し訳ないけど——

ミセス・プール　はいはい、出ていきますよ。ダイアナがわたしのことをどう書くかなんて読みたくもありませんから。ほんとに跳ねっ返りなんだから、この子は。

ダイアナ　そうですよだ。早く気づけばそれだけ得だよ！

「母さんがいたのはミセス・バーストーが経営してる娼館で、『紳士のためのロンドン案内』には医者とか弁護士とか政治家向けの高級店って書かれてた。ミセス・バーストーはたとえどんなに金を積まれても、商売人は客にしないって評判が高かった。店の女の子たちは清潔だし最新のニュースについて話し合うことだってできた——ミセス・バーストーが《タイムズ》や《フィナンシャル・タイムズ》や《パンチ》を読むように言いつけてたから。

あたしの父さんは母さんを贔屓(ひいき)にするようになった——最初は何人かほかの娘も試してたんだけど、そのうち母さんを指名しに通ってくるようになった。たぶん、父さんは荒々しいのが好みで、母さんがそれを気にしなかったからだと思う——母さんが言うには、父さんに傷つけられるようなことはいっさいなかったって。とんでもない醜男(ぶおとこ)だったんだけど、母さんはそれも気にしなかった。ボニー・ジョーが連隊と一緒に引き上げていってからというもの、母さんにとってはどんな男だろうが気にかける価値なんてなかったんだ。母さんはボニー・ジョーに赤ん坊を身ごもったことを打ち明けたんだけど、逆に相手から、じつはグラスゴーに女房と三人の子どもがいて、しかも女房は四人目を妊娠中なんだって言われたの。『きみのためにはなんにもしてあげられないんだ』ってボニー・ジョーは言った。『でも、どうか神のご加護を』母さんはそれからもずっとボニー・ジョーのことを思いつづけて、死ぬまで彼のことだけはよく話してた。思うに、愛ってのは愚か者のゲームだよね。

ある日、ハイドが母さんに子どもが欲しいと持ちかけてきた。自分のために産んでくれたら、引き取って養うからって。もちろん、母さんは子どもなんか欲しくなかった。ハイドにすごい額の金の話をされてもね。母さんは自分で生計を立てていけたし、もう男の約束なんて信じるつもりはなかったんだ」

キャサリン　お母さんはまだ小さいあなたにこんな話を聞かせてたの？

ダイアナ　肺病に罹(かか)って、病院送りになる前に話してくれたんだ。もう帰ってこられないってわかってたんじゃないかな。「いいかい」って母さんは言った。「あたしはあんたにとって最高の母親じゃあなかったけど、厳しい世の中だから、世間がどんなもんかってこと――とくに男がどういういきものかってことを知っておいてほしいんだ。男はタンポポの綿帽子を吹くみたいに簡単に嘘をつくんだ。そして、それが奴らの一番の長所なんだよ」って。あたしに忠告するために話してくれたんだけど、母さんは正しかった。

ベアトリーチェ　あなたのことを愛していたから話したのよ。ああ、わたしにもお母様の思い出があればいいのに。生まれてすぐに亡くなってしまったのよ。

キャサリン　母親ってものについて今ここでくどくど話し合うのはやめてくれない？

「母さんは妊娠に気づいた。ハイドが避妊具に細工したんだってピンときた。バーストーの女の子はみんな淋病予防に避妊具を使ってたんだ。ハイドは醜い紳士だけど、抜け目のない男だったって、母さんに聞いたことがある。奴は科学者で、よく妙ちくりんなことを母さんに聞かせてた。さっきのカエルの実験の話なんかもそう。死体からいきものを創り出したり、いろんなものを金(きん)に変えたり。母さんはあいつの話を聞いて笑っちゃうこともあったんだって。まあともかく、ハイドは母さんが妊娠していることに気づくと、母さんと赤ん坊を養うからって、ソーホーの家に住まわせた。女の子だったらいいなって母さんに言ったらしいよ。紳士ならふつうは男の子を欲しがるものなのにって、母さんはびっくりしたんだ。でも奴は変わり者で、赤ん坊が女の子だったらすごくうれしいって言ったんだ。

ある日、扉にノックが響いた。母さんはいったい誰だろうって驚いた。訪ねてくるひとなんてこれまで一人だっていなかったからね——ハイドには友だちなんていなかった。扉を開けると、なんと警察だった。警察はハイドが殺人容疑で指名手配されていると言って、母さんが居場所を知ってるかどうか訊ねた。『知りません』って母さんが答えると、あいつらは家んなかを捜してもいいかって訊ねた。『もちろんどうぞ』って母さんは言った。おまわりは上がり込んで家捜しすると、母さんをもう一度問いつめて、住み込みの家政婦にも話を聞いた。二時間ばかりすると、新しい手がかりは得られないって思ったのか、引き上げていった。母さんはハイドがそのうちひょっこり戻ってくるだろうと思ってた。厄介ごとに巻き込まれてしばらく身を隠してるけど、いずれは帰ってくるんだろうって。でも二度と帰ってこなかった。母さんは賃貸契約が切れちまうと家具を売り払って、スピタルフィールズにある安アパートに越した。そこであたしが生まれたんだ。あたしたちは死ぬほど飢えてた。母さんは必死で働いてたよ。肉屋のおかみさんにあたしをあずけて、紳士たちの相手をして。だけど窓ガラスは割れてるし隙間風は入ってくるし、二人で一枚の毛布にくるまって、たいていの晩は食事もろくにできなかった。めちゃくちゃ腹ぺこだったよ。もし捕まえられるなら、ネズミだって食べてたかもしれない……」

「そんなところで生まれただなんて！」ミセス・プールが言った。突然、ミセス・プールの心は不幸な孤児への憐れみでいっぱいになって、それまでダイアナにつらくあたってきたことを悔いた。

メアリ　洗濯してるのか何してるのかわからないけれど、ミセス・プールがここにいなくてよかった。これを聞いて彼女がなんて言うか、聞きたくないもの！

ダイアナ　ミセス・プールの心が憐れみでいっぱいにならなかったって、どうしてわかるわけ？

ミセス・プールはなんでも言いたい放題だけど、いつだってあたしに一番大きい骨付き肉をくれるし、プディングもたっぷり分けてくれるよ。

キャサリン　それはあんたが痩せっぽちだからよ。

ダイアナ　なんで決めつけるのさ？　大事なメアリお嬢様が一番のお気に入りじゃなきゃおもしろくないわけ？

メアリ　お願いよ、いいから早くこの章を終わらせてちょうだい。

ダイアナ　そもそもあんたが邪魔したんでしょ。

「ほんとうにね」メアリはそう言うと、長く生き別れになっていた妹の不幸を思い、憐れみに胸を締めつけられた。

メアリ　ちょっと！

「そんなある日」とダイアナが続けた。「母さんはミセス・バーストーのとこで一緒に働いてた友だちとばったり会って、その友だちが店にかけあってくれることになった。ミセス・バーストーは母さんが戻ってくることを許してくれた。ふつうなら赤ん坊を身ごもっちゃうような愚かな娘は受け入れないんだけどね。あたしはそんとき四つか五つで、母さんが仕事してるあいだは、店の若い女の子たちが面倒を見てくれた。みんな嫌な顔せずあたしと遊んでくれたよ。あの子たち自身がまだほんの子どもだったし――店で一番若い娘は十四歳だった。ミセスはそれより年下の子は雇わなかった。『あたしにはあたしのルールがあってね』ってよく話してたな。女の子たちは歌をうたってくれたり、おはなしを聞かせてくれたり、お古を使って服も作ってくれた。紳士たちがくれたリボンやレースの端切れでそれを飾り立ててくれたっけ。大きくなると、ゲームやお歌も教えてくれた。文字だってそのときに習ったんだ。あたしは世間ってものを知るようになった――親が金持ちでも堅気でもない娘、インド系の血が流れている娘、アヘンチンキ中毒の娘、そういう子たちには、この世に居場所なんてないんだってことを。一段でも世間体の階段を踏みはずしたら最後、行き着く先は決まってる――ミセス・バーストーの娼館なんだって。

あんときはそれなりに幸せだったな。あの娘たちはそうじゃなかったかもしれないけどね。でもそのうち母さんが病気になった。あるとき咳をしはじめて、それが止まらなくなって、ついには血まで吐くようになった。ミセス・バーストーは医者を呼んで薬代まで払ってくれたけど、母さんはよくならなくて、とうとう聖バーソロミュー病院に入れられることになった。結局そこで死んじゃったんだ、ベッドがずらっと並んでる大部屋の一つで。店の女の子がお見舞いに連れていってくれたんだけど、それから幾日かたったとき、母さんが死んだって聞かされた。ミセス・バーストーがあたしの手を握って、一緒に母さんが墓の底におろされていくのを眺めた。病院の脇にある墓地だった。母さんは覆いにぐるぐるくるまれてて、はみ出した髪の毛が血みたいに地面に這ってるのだけが見えた。あの光景は忘れないよ。死体の山の臭いも。

あたしはまだ七つだったから、女の子たちがミセス・バーストーに話をつけてくれて、店に残ってもいいってことになった。あたしが自分で稼げるようになるまで、彼女たちが給料からあたしの養育費を出し合うんならって条件で。みんな賛成してくれたんだ。自分たちだってかつかつだったのに。あたしはみんなのマスコットなんだって、幸運を運んできてくれるんだって言ってさ。一週間後、あたしはミセス・バーストーの応接間に呼ばれてこう言われた。『あんたの父さんの代理だっていう紳士が面会に来てるよ』って」

「紳士が？」メアリが言った。「あなたをその場所から――ミセス・バーストーのところから、聖メアリ・マグダレンに連れていったのは、お母様だとばかり思っていたわ。でも、考えてみたらどうしてお母様はハイドに娘がいることを知っていたのかしら？　ミセス・プール、お母様も秘密をもっていたみたいね」

「それか、もしかしたら旦那様の秘密を守ろうとなさったのか」とミセス・プールは言った。

「あんたの母さんにも、ほかの女のひとにも会ったことはないよ」とダイアナが言った。「あたしが会ったのは、山高帽にフロックコート姿の男だった。自分は弁護士で、あたしを娼館から、ちゃんとした教育と世話を受けられる場所に連れていくよう命じられてきたんだって言ってた。ふん、それが辛気臭い聖母さんのとこだなんて知らなかったんだ！　もしわかってたら、そいつに連れ出される前に蹴りを入れて悲鳴をあげてたのに。てっきり父さんのとこに連れてかれるんだと思ってたんだよ。いつも母さんが金持ちだって話してた奴のとこに。

　だからその男についてっちゃって、ずっと後悔することになった！　ミセス・バーストーのとこの女の子たちはあたしをドレスやら宝石やらでおめかしさせてくれた。頬に紅を差して、手首に香水をつけてくれた。みんな笑って、悪態ついて、酔っ払って。ところが聖メアリ・マグダレンに行ってみたら、灰色のドレスに白いエプロンをつけさせられたんだ。髪は三つ編みにして帽子のなかにたくしこまなきゃいけなかった。きちんとして見えるように――毎朝あいつらに髪を引っぱられて編まれたんだから！　ボンボンもなけりゃ写真入りの雑誌もない。ひたすらお祈りと裁縫の毎日だよ。声をひそめて悪態をつきながら、糸をこんがらからせてやったね。あのシスターたちを怒らせるために！」

「ねえ、その紳士のことは覚えてる？」メアリが訊いた。「そのひとの名前、思い出せる？」

「名前なんか言わなかったよ。少なくともあたしには」とダイアナ。

「背が低くて腰の曲がった男でしたか？　ハイドみたいに」とミセス・プールが訊いた。

「いいや、街燈の柱みたいに背が高くて背筋がしゃんとしてた。目つきが鋭くて、あたしのことを頭のてっぺんから爪先までじろじろ見た。薄いくちびるをへの字にしてさ。あたしの格好を見て、感心しなかったようでね。そういえば犬の頭の形をした銀製の持ち手のステッキをついてた――目が離せなくなっちゃったのを覚えてる。だって、生きてるみたいだったんだもん。ほんとに吠えたらいいのにって思ったな」

「アタースンさんだわ！」メアリが声を上げた。「ミセス・プール、わけがわからない。どうしてアタースンさんがこの件に関わってるのかしら？」

「そりゃあ、奥様の当時の事務弁護士でしたから」とミセス・プールが言った。「アタースンさんが奥様に代わってすべてを手配したのではないですか――書類も、口座も、子どもの世話も？」

「まるであたしがここにいないみたいな言い方して」ダイアナが言い、もう一度ソファの穴に足の親指を突っ込んで、裂け目を大きくした。

「でもゲストさんはこのことを知らなかったのよ」とメアリ。「アタースンさんはどうして自分の事務員に話さなかったんでしょう？」

「アタースンさんはゲストさんのことを信用していなかったのかもしれません」とミセス・プールが言った。

「お嬢様ならいかがです?」

「まったく信用できない」とメアリが答えた。

ダイアナ もう「だれが言った、かれが言った」はこれで十分じゃないの? 疲れてきちゃった。
キャサリン あら、いいわ。あとはあたしが手を入れて、あなたが書いたことをまともに読める語り口に直すから。罵り言葉も削除しないと! もう行っていいわよ、なんでもやりたいことをやって。
ダイアナ 何がしたいか教えてやろうか!
キャサリン べつにいい。

そう、母は知っていたに違いない。父の実験のこと、ハイドのこと……メアリは地味なフロックコートに黒い山高帽をかぶり、ポケットから懐中時計の金鎖をのぞかせたアタースンが、辻馬車に乗り込んでバーストーの店まで行くよう告げる姿を想像した。馭者はにやっと笑って、アタースンのような紳士があそこにいって何をするのかちゃんとわかってますから、とわけ知り顔をしたに違いない。きっとひどく気まずい思いを味わっただろう。

娼館にたどりつき、店に入って女将に直談判して子どもを呼び出してもらう。そして紹介されたのがダイアナだ。赤毛のもじゃもじゃ頭の子がやってきて——そう、まるで店の娼婦の一人みたいな格好で。メアリはアタースンが身震いするのが目に見えるようだった。

アタースンが母の代わりに動いていたのだ。ずっとすでに病気を患っていた母がどうして銀行に口座を開いたりダイアナを聖マグダレン協会に連れていったりできたのだろうと首をひねっていたけれど、これで説明がついた。弁護士がすべて手配していたのだ。それにそもそも、ジキル夫人としては夫の助手の娘を――あるいはメアリの仮説が正しければ、夫がよその女に産ませた子どもを引き取りに娼館に赴くことなどできなかっただろう。メアリは両手で頭を抱えた。まるでジグソーパズルだ。角のほうからだんだんうまく組み合わさって、絵が見えてきた。でもまだたくさんのピースが残っていて、それらをどこに収めればいいか見当がつかない――ベアトリーチェ・ラパチーニ、今朝の脳を切り取られた憐れな娘、それから、いったい何を意味しているのかわからないけれど、あのS・Aの文字。

「それで、サンドウィッチはもうないの？」ダイアナが訊いた。

「あなたの分はもうないですよ！」ミセス・プールが答えた。「ロールケーキが少しだけ残っていますけど、それはメアリお嬢様の分です。ほとんど何も召し上がっていないんですから。あなたは十分食べたでしょう！　でも、お砂糖はこれが最後になります、残念ながら」

「明日銀行にいってアタースンさんが開設した口座を解約してきます」とメアリが言った。「今日は時間がなくって。死体やら生き別れの妹やら、ほかにもいろいろあったから」それは明日の予定に、とメアリは心のなかでリストを作った。やることを整理して頭に入れておけば、一日のできごともそう目まぐるしくは感じないだろう。クラーケンウェル、それがいったいどこにあるのか知らないけれど、まずはそこにある銀行にいく。つぎにイングランド銀行にいってお金を預ける。そうすれば砂糖が買える。それから王立外科医学院に〈毒をもつ娘〉に会いにいく。その後、リージェンツ・パークに戻ってきて、ホームズとワトスンと面会する。ベアトリーチェ・ラパチーニから何を聞き出せるだろう。父親たちが何をしていたのか、どんな実験をおこなっていたのか、彼女は教えてくれるだろうか？　S・Aが何を意味しているのか知っているだろうか？
ダイアナが大きなあくびをした。
「さ、ベッドに行きましょう」とメアリは言った。問題は一つずつ解決していかねば。そして目下の問題はダイアナだ。

メアリ　そんなのしょっちゅうよ！

そして、ダイアナをベッドに寝かしつけるという試練が始まった。何度もトイレにいったり、何杯も水を運んだりしているうちに、メアリは頭痛がしてきた。それもこれも、ミセス・プールが試練の初めの段階で、一晩じゅう起きていていいのは野蛮人だけだなんて言ってしまったからだった。メアリはミセス・プールが運んできてくれたロールケーキをダイアナに半分わけてやるはめになった。

最後に「十四歳って言ってるわりに、まるで子どもみたいにふるまうのね」という戒めが効果を発揮してくれた。ダイアナが幼いメアリの育児室だった部屋のベッドにもぐりこむと、メアリはついに自分の寝室の椅子に倒れこんだ。もうくたくた！
かつてのメアリの毎日は静かで、母の介護という日課をこなしていくだけで過ぎていった。食事の指示を出し、看護婦の苦情に対応し、支払いをする。その「かつて」というのはほんの二週間前のことだった。その二週間で、メアリの生活はすっかり変わってしまった。そしてどこかで、人生はこのまま変わりつづけていくのだという不穏な予感を抱いていた。おそらく、それはとりわけ楽しい変わり方ではないだろう。ずっと冒険に憧れてきたが、いざそれが実現してみると、はたして自分がどう感じているのかわからなかった。今日はホワイトチャペルに行ったし、死体を目の当たりにしたし、妹と思われる存在を引き受けてきた。いったい明日は何が起こるのだろう? それについて今はまだ深く考えたくはないけれど、今日という一日が父の思い出を一変させてしまったことだ。すらりと背が高く、優しくて、どこかよそよそしいお父様……少なくとも、父はラパチーニ博士のようなひとではなかった。自分の娘を実験台にするような男では! あるいは、娘たちを。ダイアナという存在があきらかになったわけだから。あの子は父の実験の産物のようなものなのだろうか? どうしてハイドは子どもを欲しがったのだろう? しかも、とくに女の子を望んだのはなぜ? たぶん、ハイドはたんにもう一人の自分に嫉妬したのだ。ジキル博士にメアリがいるのなら、自分にダイアナがいてしかるべきだと。それとも、もっと邪悪な意図が隠されていたのだろうか? こうした考えが頭のなかをぐるぐるとまわりつづけていた。頭痛は治まりそうにない。ミセス・プールに頼んで、薬箱に保管している市販薬の痛み止めをもってきてもらおうか。でも、ミセス・プールを起こしたくなかったし、暗い家のなかを階下まで行くのも気が重かった。

今はとにかく眠るしかない。メアリは寝間着に着替えベッドにもぐりこんだ。育児室は寝室の隣にあり、メアリは眠りに落ちるまで、壁越しに聞こえてくるダイアナのいびきに耳を傾けていた。どういうわけか、妙に心が安らいだ。

翌朝、目を覚ましてみると、ダイアナがすでに起きていた。ミセス・プールは彼女にメアリのお古のドレスを着せていた。来年になったらアリスにあげようと思っていた服だ。「この子が着てきた服は洗濯しなきゃいけません」とミセス・プールは言った。「でも洗濯してきれいになるかどうか――あんなにあちこち繕われている服は見たことがありませんよ! 今にも縫い目がほどけてばらばらになりそうなんですから。素材もひどくお粗末で、グレイのウールのチクチクすることといったら！　幸い、外套はまずまずの状態でした。ブーツはあの子に磨かせておきました。ですが手袋と帽子は、お嬢様のものを与えなければいけませんでした」

トーストと卵の朝食のあと、ダイアナのために特別にコーヒーが出された。「ああコーヒー、なんておいしいコーヒー！」ダイアナは歌いながら居間のなかで踊りまわった。そののびやかな歌声には、メアリも感服せざるをえなかった――二人はまずジキル夫人がダイアナのための口座を開いていた銀行にいき、それからイングランド銀行にいってその積立金を振り込んだ。三十五ポンドと五シリング三ペンス。メアリの口座残高が更新された。メアリは一ポンドを両替して引き出し、財布に入れた。ああ、やっと財布にお金を入れることができた！　これでミセス・プールがお砂糖を買えるし、もしかしたらお茶に添えるロールケーキだって買えるかもしれない。ダイアナはブーツがきついと文句を言っていたけれど、メアリは彼女を連れてつぎなる目的地に向かった。王立外科医学院に、〈毒をもつ娘〉に会いにいくのだ。

7　毒をもつ娘

　メアリはダイアナと連れ立ってリンカーンズ・イン・フィールズをよこぎった。この界隈に足を踏み入れるのは初めてだ。生まれてこのかたずっとロンドンで暮らしてきたけれど、行ったことがないところはまだまだたくさんある。母がまた発作を起こしたらと思うとおちおち家を空けられなかったこの数週間を思い、メアリは溜息をついた。仕事のできるアダムズ看護婦にはほんとうに助けられた、料金はとびきり高かったけれど。ともかくもこうして、スレッドニードル・ストリートからはるばる歩いてここにたどり着いた。なんとなくリンカーンズ・イン・フィールズというなら草原（フィールド）だろうと思っていたのに、ロンドンの常で看板に偽りあり、だった。そこはただの公園で、二方をジョージ王朝風の立派な屋敷が立ち並ぶ通りに囲まれていた。残る二方のうち一方に法廷弁護士が職務に励むリンカーンズ法曹院があり、他方に王立外科医学院があった。ダイアナとともに樫（かし）の古木が頭上に枝葉を茂らせる公園を歩きながら、メアリは昨日訪れたホワイトチャペルの公園で、ぼろをまとった貧しい子どもたちが遊んでいた光景を思い出した。これほど違う場所がどちらも〝公園〟と呼ばれているとは、なんておかしな話なのかしら！　雨はすでにやんでいたが、風が吹くたびに——実際、よく吹いた——頭上の枝から水滴が頭に落ちてきた。メアリが傘を広げたまま二人に差しかけようとしているのに、ダイアナはメアリのそばを離れ、前を歩いたりうしろを歩いたりして、濡れるのもおかまいなしだ。

　公園を通りすぎると、王立外科医学院の正面（ファサード）が見えてきた。灰色の円柱をずらりと前面に並べた建物が、大霊廟さながら姿を現した。石階段にはすでに来訪者が列をなしている。フロックコートに山高帽の男たち。母親たちと、その手を引っぱって公園で遊びたいとねだっている子どもたち。非番のメイドたち。汚らしいズボンを穿いた少年たち。どう見ても入場料は払えそうもないけれど、たぶんうまいこと忍び込んで守衛に追い払われる前に毒娘をひと目でも見てやろうという魂胆なのだろう。メアリは折りたたんだ広告がちゃんとハンドバッグに入っているか確認した。

「毒を吐く美女を見に来たのかい？」守衛の一人らしき、口髭をまばらに生やした若者が訊いてきた。形式ばった態度で、パンフレットの束をかかえている。メアリがうなずくと、最後尾に並ぶように指図した。午前十時きっかりに列は動きだした。来訪者たちがぞろぞろと玄関ホールに入っていき、守衛に広告か必要なだけのシリング硬貨とペニーを手渡し、代わりにパンフレットを受け取った。メアリはすばやくそれに目を通した。ページの上の見出しはこうだ。**毒をもつ娘！近代科学の驚異！　グレート・ブリテンおよびアイルランド連合王国人類学研究所研究員、医学博士ペトロニウス教授により発見さる。**残りを読む暇はなかった。行列は〈図書館はこちら〉という標識がある階段を通りすぎて、両開きの扉から広い展示室へと入場した。中央に木製の舞台が据えられ、その上にテーブルが置かれている。テーブルの上にはさまざまなものが載っている――すべてをじっくり見る暇はなかったが、メアリはカナリアの入った鳥籠があるのに気づいた。

「やっとおもしろくなってきた！」ダイアナはきょろきょろ左右を見たり天井をふり仰いだりしていた。広い展示室は二階分の高さに吹き抜けており、中ほどに張り出した通路が部屋を一周していた。一階も二階も壁には木製の飾り戸棚が並んでいて、ガラス戸の向こうにいろいろな解剖標本が見えた。骨格の標本だけでなく、人体の一部とおぼしきものを詰めた広口瓶がずらりと並んでいる。ピクルスの代わりに心臓や肝臓や脾臓を瓶詰めにしている、つましい主婦の食料貯蔵室みたいだ。

「こっちよ」メアリはダイアナの外套の襟を引っぱって歩き出した。〈毒をもつ娘〉を見るために大勢の観客が詰めかけていたが、メアリとしてはできるかぎり演壇に近づきたかった。あれはきっとベアトリーチェ・ラパチーニが立つ舞台なのだ。あそこに立って――何をするのだろう？　メアリには見当もつかなかった。王立水族館で公開された奇形の人間や動物――髭女や犬面男みたいに、ただ見世物になるだけ？　その手の見世物を自分の目で見たことはないけれど、召使たちから話を聞いたことがある。厨房メイドのアリスは一度ミセス・プールといっしょに見物に行って、一週間というものその話ばかりしていた。メアリは人ごみをかきわけ、どぎつい紫色のウォーキング・スーツ姿の女性と、片眼鏡の男に押しつぶされそうになりながらも、演壇の角に二人分の場所を確保した。メアリが割り込むと、ウォーキング・スーツの女が新種の迷惑なカブトムシでも見るような目つきで睨んできた。仕方ないわ、メアリは心のなかで自分に言い聞かせた。殺人事件の捜査で礼儀などにかまってはいられないもの。

観客がいいかげん待ちくたびれたころ、守衛が言った。「道を開けて、通してください。ペトロニウス教授の登場です！」群衆が二手に分かれると、芝居がかった黒マントをまとい、不自然なほど黒い立派な頬髯を生やした男が演壇に歩み寄った。男は観客を見渡し、一度か二度咳払いした。観衆は静まり返って固唾をのむ。やがて男が部屋の奥まで届く声で語りはじめた。

「紳士淑女のみなさん、わたくしはペトロニウス教授。この誉れ高き学府へようこそ。このたび当院より寛大にも披露する機会をたまわりましたのは、今世紀の科学の驚異でございます――古代世界において現象として知られていたようなことが、今この十九世紀に現実となって現れ、われわれをあっと言わせてくれるのです！　本日お目にかけますのは、花ざかりの薔薇のごとく美しく無垢(むく)でありながら、その身体に毒が染みついているがため、触れるものすべてにとって猛毒となる、うら若きご婦人であります。紳士淑女の皆さん、ご想像ください。何人(なんぴと)たりとも手を触れることも、接吻(せっぷん)することもできない境遇を。相手を毒するかもしれぬから——命を失わせるかもしれぬから！　おなじ種にある男性が、その威力を知るや逃げ出していくほどに、命取りな存在であることを！　これよりみなさまは、同類から永久に孤立させられたいきものをその目で見ることになりましょう。彼女は怪物(モンスター)ではありません——断じて！　みなさまがおそらくよくご存じの象男(エレファント・マン)や熊女(ベア・ウーマン)などとは違い、彼女は生まれついてその奇異な性質を有していたのではないのです。《文化人類学研究所論文誌》から抜粋したお手元の拙論文を一読いただければおわかりのように、毒は長い年月をかけ、ゆっくりと彼女の体内に投与されたのであります。ベアトリーチェ・ラパチーニはモンスターにあらず、現代科学の驚異なり！　とくとご覧あれ！」

　教授は入口のほうへ右手をいきおいよく向けた。そこに立っていたのはメアリとおなじ年格好の、白いドレスを着た娘だった。観客一同と同様に、メアリも息をのんだ。めったに感心したりしないダイアナでさえ、小さく口笛を吹いた。

　その娘は美しかった。これほど美しい娘を見たことのある者は、観衆のなかにはまずいなかったといっても過言ではないだろう。ドレスはギリシャ風で、首と腕があらわになっている。オリーヴ色がかった肌から温暖な南国育ちであることは明らかで、頬は南国の日射しを浴びて過ごしたかのように赤みを帯びている。古代の彫刻のようにくっきりと際立った目鼻だちで、艶(つや)やかな黒髪を腰まで伸ばしている。娘は一瞬立ち止まったのち、古典神話のパンの大神に称えられる一本の葦（あし）のごとく、優雅にたゆたうように演壇に歩み寄った。

ジュスティーヌ　すてきな描写だわ、キャサリン。

キャサリン　ありがとう！　筆がのったところを褒めてもらえるのはうれしいな。

「お通しください、彼女をお通しください」ペトロニウス教授が言った。「お母様がた、乳母のみなさま、どうかお子さんを守ってください。お子さんが彼女に触れないよう、ドレスの裾にすら触れないよう、お気をつけください。どうかお忘れなく、彼女が命取りだということを！」

娘の前で人ごみは紅海のごとく二つに分かれた。母親たちはベアトリーチェが近づいてくると子どもの体を引き寄せたが、一方の子どもたちは、彼女の姿をひと目見ようと踏んばった。

可哀想な娘、とメアリは思った。あのペトロニウスという男は残酷で、おまけにとんだペテン師ね。あの娘が子どもたちに危害を加えたりするものですか。実際、観衆のあいだを歩いていくその娘の表情があまりに悲しげだったので、メアリは慰めてやりたくなったほどだった。

ベアトリーチェ　初めてわたしを見たとき、ほんとうにそんなふうに思ったの？

メアリ　だいたいはそんなところだけれど。キャサリンはなんでもロマンチックに書いてしまうって、知ってるでしょう？　でも、あなたが悲しそうな顔をしているなとは思っていたわ。

ベアトリーチェ　悲しかったわよ！　どれほど深い悲しみだったか、きっと想像もつかないわよ。

娘は演壇に登り、ペトロニウス教授の横に立った。あきらめの色が浮かんだ落ち着いた表情で観衆を見渡した。

「この魅力的ないきものは」と教授は言った。「イタリアのパドゥアで生を受けました。ヨーロッパを旅したことのない方でも、イタリアのすばらしさはお聞き及びでしょう——かの地では、農夫が鋤（すき）をふるうたび古代文明の遺跡が掘り起こされます、陽光がたえず燦々（さんさん）と降り注ぎ、ひとの魂を温め、イングランドにいるときよりもはるかに雄弁にいたします。かの地では、肉体は怠惰にふけりますが、魂は詩心にあふれます。ペトラルカの国、ミケランジェロの国！　シニョリーナ・ラパチーニは、かような国で誕生したのであります」

　無感動な英国人の観衆を見まわし、このなかにヨーロッパ旅行に憧れる人が一人でもいるのだろうか、とメアリはいぶかしんだ。ボーンマスへの小旅行でよろこぶのがせいぜいなんじゃないかしら。

「彼女の父親はパドゥア大学の教授にして、植物毒の専門家として著名な医師でありました。教授はその毒性を抽出し、致死性のある毒素をもっとも有益な薬剤へと変える術を知っていたのです。彼女は父親の毒草園を管理しました。彼女がきわめて繊細な品種に必要な注意を払い、厳密に毒植物の世話をできるようにと、父親は娘に手袋やマスクで身を守ることを禁じました。父親の実験を手伝っているうちに、次第に彼女自身が有毒になりました。植物のエキスが彼女に浸透し、麗しい女性へと成長するにつれ、男にとって有毒な存在となったのです。ではこれより」とペトロニウス教授は続けた。「ミス・ラパチーニがどれほどの毒をもたらすかお目にかけましょう」

　テーブルの花瓶から、教授は庭白百合（マドンナ・リリー）を一本抜いた——長い茎に白い花がいくつも開いているが、季節はずれの花だから、温室栽培に違いない。教授は芝居がかった身振りで花をその娘に——ベアトリーチェに手渡した。ベアトリーチェはそれを受け取り、しばしただ手にしていたが、やがて口を開けて花に息を吹きかけた。一瞬のうちに花々は茶色に変色し、しぼんで干からびた。花びらは床に落ち、茎そのものも茶色に枯れ、ただの干からびた棒きれと化した。観客は息をのんだ。

観客が魔法にかかったように立ちすくむなか、ペトロニウス教授はベアトリーチェに次から次へといろいろな動植物を手渡していった。枝付きの林檎が、ベアトリーチェの息を浴びて腐った。ついさっきまで広口瓶のなかでブンブンうなっていたミツバチが、急に静かになって、瓶底に落ちて翅をひきつらせ、やがて動かなくなった。ペトロニウス教授がベアトリーチェに手渡したハツカネズミは——メアリは教授がその前に手袋をはめたのに気づいた——彼女の腕をちょろちょろ這い上がって肩まで駆け上ったが、そこで釘づけされたように動かなくなった。ベアトリーチェはハツカネズミをつかみあげて優しくキスをすると、テーブルに横たえた。ハツカネズミはもうぴくりともしなかった。教授が箱からつまみあげた小さな緑色の蛇がベアトリーチェの手首に巻きついた。しばらくして彼女が蛇を手首からほどくと、蛇は伸びきったまま動かなくなった。最後に、ペトロニウス教授は籠に入ったカナリアを高く掲げた。ベアトリーチェは片手でそっと籠に触れた。身をかがめて不運な小鳥に息を吹きかける彼女の目には、涙が浮かんでいた。ついさっきまで、小鳥は元気よくさえずっていた。それは最後に怒ったようにひと鳴きすると、やはり動かなくなった。ベアトリーチェは顔をそむけた——自分が引き起こした破滅に、あるいは観衆の反応に、向き合うのが耐えられないというように。

「ラパチーニ嬢の息を間近で感じたい方は?」ペトロニウス教授は言った。「毒ある美女の口づけに、進んで身をさらしてみようという頑健な殿方の登場を願います。紳士諸君、名乗りを上げてくだされば、ラパチーニ嬢があなたの頬に口づけし、あなたはその力を感じるでありましょう。もっとも、心臓の悪い方、医師から激しい運動を禁じられている方はご遠慮願います」

実際に志願者がいたので、メアリはびっくりした。ペトロニウス教授はそのうちの二人を選んだ。事務員らしき若い紳士。建築職人を名乗り、娘っこなんか怖いもんかと言い放った年かさの男。双方ともベアトリーチェに近寄って握手するよう登壇を促された。それからベアトリーチェは身をかがめ、歓びの気配はみじんも見せずにそそくさと、二人それぞれの頬に口づけをした。二人が観衆のもとに戻ったとき、事務員はぼうっとしているようで、建築職人はにやにやしていた。彼らの頬に、赤く唇の跡がついている。

「どんな心地ですかな、紳士のお二方？」ペトロニウス教授は建築職人には分不相応な呼びかけをした。二人ともくらくらすると答えた。「酔っぱらったような心地でさあ」と職人が言った。「金曜の晩にパブを出るときこんなだったら、家に帰れるかどうかわからねえな！」

「勇敢な紳士がたですな」とペトロニウス教授は言った。「今晩帰宅なさったら、夫人か妹さんか母上に、きょうは死から接吻されたが生き延びたとお話しなさい！　頬に残った跡は二、三日中に消えるでしょうが、早期治癒のために局部軟膏をお勧めしますよ。では、どなたでも科学の驚異について質問がおありなら、お答えしましょう！」

質問が上がった。ミス・ラパチーニは何を食べているのか？　大人の男を毒殺するにはどれくらい時間がかかるのか？　誰が髪を整えているのか？

ペトロニウス教授が質問に答えているあいだ、メアリはベアトリーチェが立っている場所に少しずつ近づいていった。どうやったら〝毒をもつ娘〟と意思の疎通が図れるだろう？　彼女がイタリア語以外を話せるかどうかまったくわからなかった。とっさにメアリはハンドバッグから鉛筆を取り出した。紙はあったかしら？　そうだ、パンフレットがある――隅のほうをちぎり、モリー・キーンが握りしめていた懐中時計飾りと、ブダペストからの謎の手紙の封蠟に刻まれていた文字を走り書きすると、メアリは手を伸ばした。なるべくひそひそ声で、でもできるだけ耳に届くような声で呼びかけた。「ミス・ラパチーニ」

ベアトリーチェは呼びかけに気づいて振り向いた。メモを受け取ってくれるかしら、メアリは一瞬不安に思った。が、ベアトリーチェはこちらに一歩踏み出して、手を伸ばしてきた。メアリは彼女の手のひらにメモを置いた――ペトロニウス教授みたいに手袋をはめていてよかった、と思わず安堵してしまった。ミス・ラパチーニの毒はどれくらいの距離まで効くのだろう？　ベアトリーチェはメモに目を落とした。書かれた文字を見ると、その表情が一変した。ここに入ってきてから初めて興味をかきたてられたように、生き生きして見えた。「あなたのお名前は？」ベアトリーチェが小さな声で訊いた。

「メアリ・ジキルです」

「公園で待っていてちょうだい」とベアトリーチェは言った。「ここから出られるかやってみるわ。簡単じゃないけど――あの男がずっと目を光らせているから。でも待っていてね。隙をついて行くから」

ペトロニウス教授のほうをこっそりうかがうようすからして、ベアトリーチェがこれ以上はこの場で話をしたくないと思っているのがわかった。メアリはうなずいた。ゆっくり話すのはあとからだ。

メアリはダイアナを探した。あの子ったら、どこへ行ってしまったんだろう？　すぐそばにずっと立っているとばかり思っていたのに――ダイアナはこっそりメアリのそばを離れて、部屋の反対側でガラス棚を眺めていた。まだ教授を質問攻めにしている観衆をかきわけ、メアリはそちらに向かった。

「一度でも言いつけを守ったことはないの？」ガラス棚のところにたどり着くと、メアリはダイアナに言った。

「ないよ」ダイアナは振り向きもせずに答えた。「ねえ、〈アイルランドの巨人〉チャールズ・バーンの骨だよ。身長七フィートもあったんだよ。それにほら、なんとかっていう数学ができるやつの脳もある。脳みそって初めて見たな」

メアリはちらっと目をやった。瓶には〈数学者・チャールズ・バベッジの脳〉というラベルが貼ってある。「ダイアナ、今は一つ一つ見てまわってる暇はないの」メアリはベアトリーチェにメモを渡したこと、それを受け取った相手の反応について話した。「公園にいって待っていなくては。あの教授のこと――彼女は怖がっているんだと思う。わたしたちに会うには、あの男のもとを抜け出さなくてはいけないって言ってたから。早く行って彼女を待ってなきゃ、出てきたときにちゃんと落ち合えるように」

ダイアナをその場から引き離すのはひと苦労だった。なんとも心そそるグロテスクなものが勢ぞろいしているのだから。瓶につめられた胎児には頭が二つあったり、腕が四本あったり、あるいは目が片方しかなかったりする。腫瘍の標本やら奇形の標本もある。だがメアリはダイアナのコートの襟をしっかりつかんで引っぱっていった。

ダイアナ　お気に入りはチャールズ・バーンだな。巨人なんて見たことなかったもん。

ジュスティーヌ　巨人じゃないわ、ただのすごく背の高い男よ。背が高いのは、ちっとも悪いことじゃない。

ダイアナ　よく言うよ。そりゃあんたにとっちゃ異常（アブノーマル）でもなんでもないよね。ベアトリーチェがみんなを毒殺しながら歩きまわるのが正常（ノーマル）だって思うように。

ベアトリーチェ　言っておきますけど、わたしはそれがアブノーマルだってちゃんとわかっていますから。ジュスティーヌの身長は驚くほど高いっていうわけではないわよね——男だとしたら。女にしては、そうだけど。でもジュスティーヌの言うとおり、ほかのひとと違うことは問題ではないわ。

ダイアナ　ふん、勘弁してよ！　あんたら二人とも異形（フリーク）じゃん。あたしとおんなじ。

外に出ると、また雨が降り出していた——本降りではないが、空からそっと降りてきて服を水滴の膜でおおう霧のような雨。メアリは傘を差した。二人は道路を渡り、ふたたび公園に入ると、体が冷えないようにあずまやをかこむ中央歩道をぐるぐる歩いた。女が急いでこちらにやってくるのに気づいたときには、三十分は過ぎていただろう。その女は厚いショールに身をつつんでいて、メアリはひと目ではそうとわからなかった。展示室にいたときとはかなり違った印象だった。だが近づいてくるうちに、優雅な身のこなしはまぎれもなくベアトリーチェ・ラパチーニであると知れた。「ミス・ジキル」とベアトリーチェが言った。「申し訳ないけれど、英語で思うとおりのことを伝えられないかもしれない」彼女の英語は、それどころか完璧だった——もっとも、多少抑揚のあるイタリア訛りがあることはあったが。「あなたとお話ししなければいけないのだけれど、時間がないの。幸い、ペトロニウスは医学院の理事につかまっているところよ——このショウの開催の許可を取り付けるために医学院にかなりの額を負っているはずよ。だけどいつやってくるかわからないし、そうしたら自由に話せなくなってしまう。わたしがこのショウに同意したのは、ペトロニウスが医学院の医師たちがこのおぞましい呪いからわたしを救い出すべく動いてくれるはずだと約束したから。でも、このショウがあまりにお金になるので、もう治療のことなんかそっちのけなの——すっかり欲深くなってしまったから、わたしを手放すとは思えない。毎晩、ペトロニウスはわたしを鍵のかかった部屋に閉じ込めるの。けれど、たとえ逃げ出せたとして、この異国の地でどこを頼ればいいというの？　イングランドには友だちなんていない。でもひょっとしたらあなたが——あなたのお名前には聞き覚えがあるし、あなたのお父様のお仕事もよく存じ上げているわ。きっとお父様からソシエテのことを聞いたのね、でなければあのメモを渡してくることはなかったはずだもの。わたしを助けにきてくれたの？　こちらはあなたの——召使？」ベアトリーチェは物珍しそうにダイアナを見た。

「これはわたしの——妹で、ダイアナ・ハイドといいます」とメアリは答えた。「そのソシエテ——協会(ソサエティ)——っていったいなんです？　初耳です」

「ハイドですって！　これがハイドの子どもなの？」ベアトリーチェは驚愕の表情を見せた。「どうしてあなたのお父様はこんな破滅的なことをしてしまったのでしょう？　ハイドに彼自身のようなものをふたたび創り出すことを許してしまうなんて。信じられない」

「ちょっと、誰が破滅的だって？　この毒吐き娘」とダイアナが言った。

「では、何もかもいきさつを知っているのね」とメアリ。「一連の実験について……」

「ええ、もちろんよ」とベアトリーチェが言った。「わたしは父の助手を務めていたから。父の研究の記録もしたし、父がソシエテの機関誌に論文を出すときは清書もしたわ。だけどあなた——ほんとうに知らないの？　変成突然変異のことも、ソシエテ・デザルキミストのことも？　あなたのお父様はあなたがまだ小さいうちに亡くなったのよね。きっと説明する機会もなかったのね……」

「待った、顔をあげないで」とダイアナが口をはさんだ。「頬ヒゲ教授がこっちにくるよ」

小道を三人のほうに歩いてくるのは、たしかにペトロニウス教授だった。

「あの男は教授なんかじゃないわ」とベアトリーチェは軽蔑するように言った。「学位もないしなんの資格もないんだから！　ねえ、あれがわたしが暮らしている建物よ……」そう言って、公園の一方に建つ高い灰色の建物を指さした。「二階にあるのはわたしが使っている部屋だけ。窓は裏手に面している。でも逃げ出せるかどうかわからない。さっきも言ったけれど、あの男は夜にはわたしの部屋に鍵をかけてしまうし、昼間はずっと見張られているから」

「わたしたちが救い出します」とメアリが言った。「どうやってかはまだわからないけど、とにかくやるわ。方法を考えなきゃ」

ペトロニウス教授が目前に迫っていた。

「まあ、教授」メアリは彼のほうに振り返って言った。「すばらしい講義をほんとうにありがとうございました！　ミス・ラパチーニに、とても楽しかったとお礼を言っていたところですの。でもきっと通じてませんわよね、外国の方だから？　とにかく生徒もわたしもたいへん興味をそそられました！　こちらは教え子のダイアナです。この子の母親がショウを見に行く許可をくれたのです。堪能させていただきましたわ！」

「あ、うん」とダイアナが言った。「とくにカナリアを殺したとき。ありゃ見ものだったね！　もう一回見たいなあ」

「それは、お母様のお許しが出ないことにはね。重ねてお礼申し上げますわ、教授。何もかもすばらしゅうございました」

「ありがとうございます」ペトロニウスはベアトリーチェの腕を取りながら答えた。自分たちに礼儀正しくお辞儀をしながらも、ベアトリーチェの腕をきつくつかんでいる。近くで見ると、頬髯を染めているせいでなおさらペテン師くさかったし、歯は煙草の脂(やに)で汚れていた。「ぜひまたのお越しを、もちろんお母さんの許しを得てね。料金は一シリングと六ペンスです。では、失礼しますよ、あと一時間でまたミス・ラパチーニのショウが始まりますので」

男はベアトリーチェを急き立てた。メアリとダイアナは歩み去る二人の背中を見送った。山高帽の男とショールを羽織った女。さっきベアトリーチェが教えてくれた建物に入るときもまだ、男は彼女の腕をしっかりとつかんだままだった。

「あの娘を助けなくては」とメアリは言った。

「名案でも浮かんだ?」ダイアナが訊いた。

「なんにも。今のところはね。でも、これからホームズさんと会うのよ。少なくとも、S・Aについて得た情報を報告できるわ」

「なんについてだって?」ダイアナが言った。

「だから、あの頭文字が意味することよ。ベアトリーチェが言っていた協会のことに違いないわ。Société(ソシエテ・) des Alchimistes(デザルキミスト)よ。とはいっても、なぜ科学者の協会が女の子たちを殺して体の一部を欲しがるのかわからないけれど……」

「実験に人体の一部を使いたがってるなんてことがないかぎりはね」とダイアナが言った。

メアリは妹をじっと見つめた。また雨が降り出した。雨粒が頭上の木の葉を叩き、敷石にしたたる音が聞こえる。「恐ろしいことだわ。それはつまり――いえ、とにかく恐ろしい」イタリアからの手紙の一節が頭に浮かんだ。〝たしかきみにも娘がいたね? プロセスを開始するのに十分な年齢に達していることだろう。実験に於いてきみがどのような方向に舵を切るにせよ、

かならずや有望な結果をもたらすだろう〟。実験台に
──女性の体を使う。そういえば女性の脳のほうが順応性があるとかどうとかって書いてなかった？　モリー・キーンは脳を切り取られていた……それはいったいなぜ？

「ずっとここに突っ立ってるつもり？」ダイアナが訊いた。「濡れてきちゃったよ」

「じゃ、傘に入りなさい」メアリは腕時計をたしかめ、少し思案した。「交通費を使いたくはないけれど、ワトスンさんに正午って約束したのに、もう十一時半だわ。ベイカー街には乗合い馬車で戻りましょう」

「そうこなくっちゃ」とダイアナが言った。「午前いっぱい街じゅう引っぱりまわしたんだから、馬車代くらい出して当然だよね。それと、何か食べるものも買ってよ」

二人は二ペンスで干しブドウ入りのロールパンを六個買い、馬車のなかで食べた。幸い乗客はほとんどいなかったので、たいして温かくも坐り心地よくもないけれど、雨に濡れていない内部座席に落ち着くことができた。メリルボーン・ロードで降り、ベイカー街を進んで221Bの呼び鈴を鳴らした。ハドスン夫人が二人をまっすぐ二階へ案内し、扉をノックした。「ホームズさん、ミス・ジキルと──そのお友だちが見えましたよ」ハドスン夫人はそう言って、ダイアナを疑わしそうに見つめた。ダイアナの襟元にはパン屑が散らばったままだ。メアリは急いでそれをハンカチで拭い落とした。

「通してください、ハドスンさん」とホームズの声がした。「鍵はあいています」

メアリは扉を押しあけ、応接間に足を踏み入れた。前回訪れたときと変わらず散らかっている。マントルピースに頭蓋骨の列、棚に数々の標本の瓶、本の山と灰におおわれた家具。ホームズは笑顔を浮かべてメアリのほうに向き、ワトスンはお辞儀をしてくれたが、

第三の男は顔をしかめた。レストレード警部だ。

「またあんたらか！」警部は言った。「事件は解決しましたよ、ミス・ジキル。殺人犯が自白したんだ。だからおうちに帰って刺繍でもしてなさい。若いお嬢さんにはそっちのほうがお似合いです。殺人事件の捜査に首を突っ込んだりするよりもね。それから、その性悪娘も連れて帰ってくださいよ」ダイアナの姿を見て警部はつけたした。

「レストレードの態度は無礼なことこの上ないですが、残念ながら彼の言うとおりなのです」とホームズが言った。「自白がありましてね。レンフィールドなる頭のネジの飛んだ男が殺人を犯したと話しているのです。これからパーフリート精神科病院に面会にいくところです」

「自白ですって！」メアリは言った。「では、わたしたちが発見したことはお役に立たないのですね」

「何を発見したんです？」ホームズが訊いた。

「S・Aだよ」とダイアナが言った。「協会みたいなものだったんだ」

「ソシエテ・デザルキミストのことではないかと思うのです」とメアリが言った。「聞き覚えはございますか、ホームズさん？　父はその協会に所属していたのです。ラパチーニとモローという二人の科学者も。彼らは協会の活動について定期的に手紙をやりとりしていたようです。ラパチーニ博士から父宛ての手紙を見つけたのですが、そこには若い女性の人体実験について書かれていました」

「モローか――どこかで聞いたことがあるな」とワトスンが言った。

「興味深いですな」とホームズが言った。「一連の殺人事件には関係ないかもしれませんが、ミス・ジキル、しかしその協会について知るかぎりのことをお話ししていただきたいものですな」

「ホームズ！」レストレードが言った。「そんな暇はないぞ、パーフリートに行って今日じゅうに戻ってこにゃあならんのだ」

「それでは、ミス・ジキルにご同行いただくことにしよう。長旅になりますが、かまわないでしょう？　フェンチャーチ・ストリートから列車に乗らなければいけません。車中であなたが発見したことについて話してくだされればいい。ワトスン君、外套を取ってくれるかい」

「言語道断だ！」レストレードが言った。「ホームズ、いくらあんたでもこれはだめだ。ミス・ジキルに首を突っ込まれるのは気に入らんし、ミス・ハイドはそもそもが気に食わんが、二人を精神科病院に連れて入るなんて絶対に許されないぞ」

「外でお待ちいただけばいいさ」とホームズ。「ミス・ジキル、いらっしゃいますか？」

「ええ、もちろんです」とメアリは言った。「精神科病院なんて行ったことありませんもの」まだやってないことが、また一つあった。でもこれは、ホワイトチャペルに行ったり堕落した女性の救済施設に足を踏み入れるのとはわけが違う。母がもう少し長生きしていたら、そういう場所に送り込まれ、そこで死んでいたかもしれない。メアリはふたたび母の最期の日々を思い出した。ほんとうにそんなところに行きたいだろうか？　一方、自分は蚊帳の外のまま謎を解かれるのも癪だった。そして今、錬金術師協会というあらたな謎が持ち上がっているのだ。

「ネジがぶっ飛んだ奴なんて怖くないね」ダイアナが言った。「しょっちゅう見てたから。ホワイトチャペルをうろうろしてたな。玄関口とか公園に寝泊まりしてるんだ。まともなこと言ってるのは奴らだけってこともあった」

「ミス・ジキル、服を乾かす暇もなくて申し訳ありません」とワトスンが言った。「なにぶん、こんな状況でして――これがホームズの流儀なのです。本気でこの旅に同行なさりたいのですか？」

「ええ、大丈夫です」とメアリは答えた。「わたしたちが発見したことを、お二人に聞いていただきたいのです。お二人のお力をお借りしたいこともあるんです
――あとは列車のなかでお話しいたします」

「よろしい。ハドスンさんがサンドウィッチを作ってくれたし、真空フラスコにお茶も用意しました。最新技術を取り入れているわけですよ！　それでは、レストレード警部とともに駅に向かいましょう」

一度も腰を下ろさぬまま、メアリとダイアナはまた表に出た。一同はベイカー街で警察用馬車に乗り込んだ。レストレードが自分とダイアナの隣ではなく、ホームズと並んで向かい側に腰をおろしてくれたので、メアリは安心した。もっとも、駅に着くまでその仏頂面を拝むはめにはなったが。少なくともハドスン夫人の台所で警部を待っていた巡査は、外にある馭者台に坐っている。その時間の大通りはあまりに混雑して騒がしく、事件の話はほとんどできなかった――ロンドンの絶え間ない喧噪やオックスフォード・ストリートを駆ける車輪のたてる音に、話し声などかき消されてしまうだろう。

パーフリート行きの列車にはぎりぎりで間に合った。ワトスンが自分とダイアナの分の切符を買っているのを見て、メアリはほっとした。でも、わたしたちは捜査を手伝っているわけだし。旅費に自腹を切れないからといって、恥じ入る必要はないのだわ。メアリはレストレードとの長旅を思って気を重くしていたが、警部は道中も煙草を吸いたがった。彼が巡査とおなじ二等車両に乗ると決めたとき、メアリは安堵の溜息をついた。メアリとダイアナは、ホームズ、ワトスンとともに一等車両に乗り込んだ。

四人がコンパートメントに腰を落ち着けるやいなや、ワトスンはパラフィン紙に包まれたサンドウィッチを広げた。「チーズと、ハドスン夫人特製のチャツネ入

りです」とワトスンは言った。「夫人はインドからレシピを持ち帰ったんでしょうな。夫人のご主人が軍隊にいたことはご存じでしたか？ インド暴動で亡くなったのですよ」

「まあお気の毒に」とメアリは言った。ハドスン夫人、あのどこから見てもありきたりのイングランド女性が、かつてはインドで暮らしていたなんて、なんだか不思議な気がする！ コブラや虎を見たことはあるのかしら？ 苦行僧は？ メアリは苦行僧がなんだかよく覚えていなかったが、ミス・マリーはたしかに地理の授業でその言葉を口にしていた。ふいに、ハドスン夫人がぐっとロマンチックな人物に思えてきた。

「さあ、お茶をどうぞ。体が温まりますよ」ワトスンは真空フラスコから折り畳み式カップにお茶を注いだ。

「お飲みになりながら」とホームズが言った。「ともにモリー・キーンの死体を取りかこんで以来、あなたがたが何をしていたのかお話しください。お二人で冒険していたようですね、ミス・ジキル？ お話を伺うのが楽しみです。お返しに、殺人鬼に会わせてあげますから」

8 蠅を食う男

列車が田園地帯を走っているあいだ、メアリは午前中の冒険について話した。赤い封蠟に刻印されたラテン文字のことも説明した。ラテン語を読めないことをホームズに白状するのは気が進まなかった。でも、どうしてだろう? たいていの女性はラテン語を読めない。それはちっとも恥ずかしいことではない。ダイアナがしょっちゅう口をはさまなければ、メアリはもっと要領よく説明できたはずだ。ダイアナがチャールズ・バーンや標本瓶に入った二つ頭の赤ん坊の話を持ち出すたびに、メアリは「そうね、でも今の話には関係ないから」と制止しなければならなかった。

ホームズは窓の外を眺めながら、黙って聞いていた。身動きがないのを見て、かろうじて耳を傾けていることはわかった。ベアトリーチェの話をすると、ワトスンが「可哀想な娘さんだ!」と声を上げた。

「ですから」とメアリは話をまとめた。「わたしたちはベアトリーチェ・ラパチーニを救い出さねばなりません。彼女のためだけでなく、この協会の謎について話を聞かせてもらうためにも」

ホームズがメアリのほうに顔を向けた。真剣な表情が浮かんでいる。「その娘を引き受ける覚悟があるのですか、ミス・ジキル? 彼女は危険で、死さえもたらすのですよ。ご自宅に迎え入れるつもりですか?」

「それは——わかりません」とメアリは言った。「そこまで考えが及びませんでした。けれど、彼女は助けを求めています。少なくともわたしたちにはそれに応える義務があるのでは?」

「もちろんですとも!」とワトスンが加勢した。「ホームズの言うことは一理ある——彼女が一般大衆に危険をもたらさないよう、留意する必要がある。それでも救出するべきです」

「では、お二人とも覚悟はできているのですね」とホームズ。「そういうわけなら、あなたがたが有毒な女性をロンドンの街に解き放つ心積もりでいることを、レストレードに悟られないように。彼がいい顔をするわけがない」

「解き放ったりしません、ホームズさん」とメアリは言った。「わたしがどうにかして彼女の面倒を見ます、かならず」

「あたしの部屋に入れないようにしてくれるんならね」とダイアナが言った。「眠ってるうちに死んじゃうなんてまっぴら」

メアリはダイアナを無視して続けた。「解明すべき謎について、わたしの見立てはこうです。モリー・キーンとおそらくほかの女性の死も、この錬金術師協会と関係している可能性がある。モリーの手にあった懐中時計飾り、手紙の封蠟、そしてミス・ラパチーニの話を考え合わせると、ホワイトチャペルの死体と協会は論理的に結び付きます。ソシエテは女性に――若い娘たちに人体実験をおこなっていた。少なくとも三人の科学者が関わっていたことはあきらかです。わたしの父、ドットーレ・ラパチーニ、そしてモローという男が」

「その名前、どこで聞いたのかたった今思い出したぞ！」ワトスンが言った。「私が医学生だったときです。モローは教授でした――辞職するはめになったのですよ。生体解剖反対連盟が彼の実験について騒ぎ立てたのがもとでね。どんな実験だったかは覚えていませんが。私はつねづね、生体解剖反対なんて愚かな考えだと思っていましたがね。無論、隣に坐っている男のように、動物そのものは好きですよ、ミス・ジキル。でも人類の知識は進歩せねばなりません。科学の探求を止めるわけにはいかないのです」

「モロー博士の研究の内容を知ってもはたして賛同したかな、ワトスン君」とホームズが言った。「ミス・ジキルがその名を口にした瞬間、彼にまつわる事件の記憶がよみがえったよ。だから旅への同行を促したのです。モローはいろいろな動物の体の部位を接合し、新しい種を造り出そうとしていた。彼が職を失うきっかけになった実験の一つは、豚の脳に改造手術を施して、人間の言葉を話せるようにしようというものだった」

「人間の言葉だって！」ワトスンは言った。「それはたしかに驚きだ。知らなかったな」

「モローの論文は退職後にすべて焼却された」ホームズは言った。「医学校側は事件をなるべく秘密裏に処理したがったのだよ。なぜぼくが知っているかといえば、ちょうどその時期に学部長に別件で助言を求められたからだ。学校の薬局から薬品が持ち去られる盗難事件が起こってね。ぼくが突き止めた犯人のモンゴメリーは医学生で、闘犬にのめりこんで賭博の借金を払うために薬品を売っていたのだ。われわれが詰め寄ろうとしたときにはすでに退学してしまったが、モンゴメリーが有罪であることはあきらかだった」

「モンゴメリーですって！」メアリが言った。「その名前も手紙にありました。ウィーンで開かれる協会の会合で、モロー博士に代わって論文を発表するとか」

「ああミス・ジキル、それを先にお聞きしたかったものだ」とホームズが言った。「あるいは手紙をご持参くだされば、この目で読むことができたのですがね」

メアリは赤面した。たしかに手紙をもってくるべきだったろう。でも、父親の手紙を他人の目にさらしたくはなかったのだ。たとえ相手がホームズだとしても。メアリはまだ心のどこかで父を守りたいと思っていた。紙挟みは居間の母の机の抽斗のなかだ。なんとなく、あの暗闇にしまいこんでおきたかったのだ。

「なんでメアリがもってこれたわけ？」ダイアナが言

った。「あんたが興味を示すなんて来てみるまでわからなかったのに。だいたい今日は朝からずっと雨が降りっぱなしだったじゃん。こんなときに大事な手紙を持ち出すなんて、ばかしか考えつかないっての」

ホームズは笑みを浮かべた。「おっしゃるとおりです、ミス・ハイド、お叱りはごもっとも。お詫びします、ミス・ジキル。後日その手紙を検分させていただけますね？」

「もちろんです」メアリは言った。ダイアナの無作法に腹を立てるべきなのか、味方になってくれたことに感謝すべきなのかわからなかった。

ダイアナ　あいつがまぬけだからああ言っただけ。

メアリ　わたしを守るために言ってくれたんでしょ。いつも癪に障るふるまいをしているけれど、そのじつあなたは姉を愛している。それが理由よ。

ダイアナ　もう一度キスしたらぶん殴るから。

「お話ししたように」とメアリは続けた。「この協会は変成突然変異の実験をしていました……」

「それはなんです？」ワトスンが訊いた。

「変成突然変異は中世の錬金術師が目指したものだ」とホームズが言った。「彼らは卑金属を金に変えようとしていた。どうやら現代の錬金術師たちはもっと複雑なことを企んでいるようだな。モローの実験は生物的改造を目指していた。新しい種を造り出し、生命そのものを構成する要素を変成させようとしていた。ですがね、ミス・ジキル、殺人事件と協会を結ぶものは、鎖からちぎれた懐中時計飾りの頭文字だけなんです――しかも、それすらまったくべつの意味かもしれない。そして犯行を自白した者が現れた。ワトスン君、もちろんレストレードが昨夜受け取った電報の写しを取ってあるんだろう？」ホームズは皮肉っぽく言った。

「ワトスンはなんでもメモを取るんですよ。あとでわれわれの事件簿を書こうと思い立ったときのために、ネタを書き留めておいてるんです」

「ああ、もちろん、取ってあるさ」ワトスンは胸ポケットから小さな手帳を取り出し、開いて読み上げる。

「『ホワイトチャペル殺人事件について／二週間行方不明の収容患者レンフィールド昨夜戻り、殺人を告白す／パーフリート精神科病院で拘束中／至急警部を寄こされたし／ガブリエル・バルフォア医師』――これは決定的だと思いませんか、ミス・ジキル」

「どこがさ?」ダイアナが言った。「まだそいつと話してもないのに。だいたい、作りばなしかもしれないよ?　そいつは頭がどうかしてるんだから」

「だからこそその男に会いにいくのですよ」とホームズが言った。「さて、そろそろパーフリートに着くころだ」

　そのとおり、列車が駅に停車した。メアリは自分の荷物をまとめ、ダイアナの分もまとめた。十四歳になる女の子――ふつうは帽子の一つくらい自分で管理できるものではないだろうか?　しかしメアリは十四歳の娘に帽子をかぶりなさいと注意してやらねばならなかった。そういえば、ずっと妹がほしいと思っていた。一緒に遊んだり、大きくなったら家事を手伝ってくれる妹が。念願の妹ができたわけだが、これがまったくもって厄介な存在だった!　それでもメアリはコンパートメントを出る前に、「ほら、じっとして」と言ってダイアナの帽子を――やっぱり、ちゃんとかぶれていない――直してやらずにいられなかった。

ダイアナ　帽子なんて、なんのためにかぶるのか意味がわかんない。
メアリ　社会的慣習です。必要か否かにかかわらず、かぶるものとされているからかぶるの。
ダイアナ　それ、あたしが言ったこととどこが違う?

ジュスティーヌ　今回にかぎってはダイアナに賛成。社会的慣習に従う意義がわからないわ。なぜ外が寒くないときまで帽子をかぶるの？　雨傘は頭が濡れるのを防ぐし、日傘は陽射しが目に入るのを防ぐわね。なぜ社会的慣習だからって意味のないことをしなくてはいけないの？

キャサリン　なぜなら、ただでさえふつうじゃないのにさらに人目を引きたくないからよ。

メアリはロンドンの人ごみとスモッグに慣れきっていたので、こぎれいな店や小さな庭にかこまれた家がまばらに建っているパーフリートの町並みを物珍しく眺めた。田舎とまでは言えないけれど、駅から町の中心地まで歩く途中で渡ったテムズ川は、草とハリエニシダに覆われた土手にはさまれていて、ロンドンで見るテムズ川とはまったく違って見えた。道路の反対側にはオークとブナの木が生い茂り、その向こうには野生の湿地が広がっていた。ここ何年かで自然らしきものに接したのはケンジントン・ガーデンくらいだった。たとえ短いあいだでも都会を離れることができて、メアリはうれしかった。

最後にロンドンを離れたのはいつだっけ？　そう、子どものころに祖父の家を訪ねたときだ。まだ父が健在で、家族でほぼ一日がかりの列車の旅をしたのだ。都会が視界から消え、やがて車窓の向こうに緑の野原や丘が走り出したときのことをまだ覚えている。ヨークシャーには大きなカントリーハウスとさらに大きな庭園があり、そこにはマルメロの木があった。毎朝、朝食のテーブルに家政婦が黄金色のマルメロ・ジャムの壜を並べたものだ。メアリは放牧場で仔馬に乗り、母は仏蘭西菊（フランスギク）の首飾りの作り方を教えてくれた。メアリは母のためにひとつ作ってみたけれど、それは小さすぎた。母は笑いながらそれを冠のように頭に載せてみせた。幸せそうなお母様を見たのはあれが最後だろうか？　そのうち喧嘩が起こった――進化論をめぐって父と祖父が言い争ったのだ。祖父はそれを神への冒瀆だと非難し、父は祖父のことを――ひどい言葉で罵り、一家は早々に立ち去った。

「美しいところね」とメアリは言った。

「ロンドンのほうがいいよ」とダイアナが言った。「よくこんなうるさいところに住めるよね。いったいなんなの、これ？」

「鳥のさえずりです」とワトスンが言った。「じきに慣れますよ、ミス・ハイド」

ダイアナは鼻を鳴らした。三人はホームズ、レストレード、エヴァンズ巡査部長の数歩うしろを歩いていた。前の一行はこれからおこなう取り調べの手順について話し合っていた。

精神科病院は町はずれの白亜採掘坑をさらに越えたところにあった。たどり着いたときにはくたくただった。もうすでに長い一日を過ごした気がする。来ないほうがよかっただろうか？　結局は当てがはずれることになるのかもしれない。頭のおかしい男が話をでっちあげているだけかもしれない。メアリはダイアナをちらりと見た。この子はずっと文句ばかり言っているわりに、まったく疲れを知らないようだ。まあ、ここまできたら引き返すことはできない。もっとも、ミセス・プールがここに来ていることを知ったらなんと思うか、メアリは見当もつかなかったが。

ミセス・プール　心配で心配で具合が悪くなりそうでしたよ。お嬢様がたがどこにいるのかも、いつ帰るかもわからなかったのですからね。お嬢様はあの広告の〈毒をもつ娘〉に毒されてしまったのだと思い込んでいました。よくわたしに黙ってロンドンを出られたものですよ！

メアリ　ごめんなさい、ミセス・プール。心から謝ります。お望みならいまいちど謝罪するわ。

ミセス・プール　そんなことしなくていいんですよ、お嬢様。ただ、二度と御免ですからね。やむにやまれぬ場合をのぞいて、ですけど。若い娘さんたちが冒険の真っ最中にどうなってしまうものか、わたしにはよくわかっています。

「ホームズ」精神科病院の正門に着くと、レストレードが言った。「このお嬢さんがたを一歩たりとも凶悪な性格異常者に近寄らせるわけにはいかん。いいか？　奴はわれわれが知るだけでもすでに四人殺害している。目の前で傷害沙汰を――いや命の危険すらあるが――起こすわけにはいかんのだ」

「奴さんは四人の殺害を自白しているが、それはまったく関係のない話だ」とホームズは言った。「きみの心配はわかるよ、レストレード。だがぼくはミス・ジキルに取り調べの場に同席してほしいのだ。万一、その男がジキル博士と関係があるとしたら、彼女の子どものころの記憶が何かよみがえるかもしれない」

「ああ、まだその点にこだわっているのか？」レストレードは言った。「彼女に何かあっても責任は取れんぞ。そしてミス・ジキルがくるなら、ワトスンには席をはずしてもらう。まがりなりにも警察の捜査なんだ！　お茶会じゃないんだからな。いずれにしても、ワトスンにはあの性悪娘を見張っててもらわないとな――エヴァンズは子守女じゃないんだから」

病院の敷地は煉瓦塀に囲まれていて、塀の上には金属製の大釘が並んでいた。高さはメアリの背丈のおよそ二倍ほどあるし、正門だって最上部に尖った大釘が並んでいる。男はどうやって逃げ出したのだろう？　メアリは思った。ここはどう考えても脱走不可能だ。

呼び鈴を鳴らすと、白衣を着た男が芝生を駆けてきた。「こんにちは！」彼は言った。「スコットランド・ヤードの方ですか？　お待ちしてましたよ」男は門までくると、物珍しそうに彼らを眺めた。どうやらスコットランド・ヤードが若い婦人づれでくるとは予期していなかったようだ。しかしながら、レストレードは二人の身元を請け合った。

男は門の一方を開け、彼らを招き入れた。大柄でどこかぎこちない体つきで、赤ら顔にブロンド、その髪は手でかきむしったように乱れていた。「バルフォア先生がお待ちかねですよ、警部。わたしは日勤の看護人でジョー・アバーナシーと申します。わたしが敷地をうろついているレンフィールドを発見したんです」

男はみんなの先に立って芝生の上の敷石の道を歩き、建物のほうに向かった。病院は現代的な様式の建物で、やはり煉瓦造りだ。一見、やや大きめのふつうの屋敷のようだが――しかし、三階の窓には鉄格子がはまっていた。

「患者が脱走できたとは驚きですな」とホームズが言った。「塀は高いし、鋭い大釘も並んでいるのに」

「ああ、ここは警備万全とはいえないのですよ」ジョーは言った。「道路と施設のあいだの塀は高さも十分ですが、反対側にはカーファックスの館があって、そこは何年も前から空き家なのです。森のなかにあって――カーファックスの森、って呼ばれてますがね――そこは手入れもされず草木が伸び放題です。そちら側の塀はこの病院ではなくカーファックス家のものだから、管理するのは向こうの責任なんですが――空き家なもんだから、あちこちが崩れています。奴が抜け出したのはこれが初めてじゃないんですよ」

「ではそのレンフィールドには、前にも脱走歴があるのか?」レストレードが言った。

「ええ、そうです。常習犯ですよ。わたしはかれこれ十年は勤めてきましたが、彼はここの古株でしてね。習慣みたいに、二、三カ月に一度は逃げ出すんです。足を延ばして、月光の下をちょっと散歩したいだけなんじゃないかと思ってましたがね。害のないじいさんだと思っていたのに、こんなことになって」

「これまではまったく問題がなかったと？」ワトスンが訊いた。

「ええ、だからあの娘たちを殺したと言い出したときにはたまげましたよ。あいつが誰かを傷つけたなんて話は聞いたことがない――蠅はべつとして。まあそれはバルフォア先生がお話しするでしょう」

蠅はべつとして？　それって、いったいどういう意味だろう。メアリたち一行は正面階段を上り、玄関広間に入った。壁は目がちかちかするほど白く塗られ、壁際に木製のベンチが置かれている。いざなかに入ってみると、いかにも病院という感じがした。石炭酸の臭いも、白衣の看護人たちがあわただしく動きまわる物音にもなじみがあった。誰が患者なのかは見分けがついた。一様に鮮やかな青いサージの服を着ているからだ。男はシャツとズボン、女はドレスで、いずれにしてもまるで袋をかぶっているように不恰好だ。

一同はジョー・アバーナシーのあとについて階段を昇り、廊下を進んで〈ガブリエル・バルフォア医師〉と記された扉の前に着いた。ジョーがノックし、ほんの少し扉を開けて言った。「先生、スコットランド・ヤードの警部さんがお見えです」

「おお、通してくれたまえ」スコットランド訛りが強い元気な声が返ってきた。

バルフォア医師の事務室は散らかっていた。床には医学の本が山と積まれ、空っぽの本棚の脇に、あふれるほど書類が詰められた箱が置いてある。壁にはいくつか額縁が立てかけられ、一つはエジンバラ大学の学位証だった。

「院長先生とお見受けしますが」とレストレードが言った。眉をひそめて部屋を見まわしている。院長の整頓技術は褒められたものではないと思っているようだ。

「院長だなんて！」バルフォア医師は言った。「いやまさか、違いますよ。つい先月雇われたばかりの副院長です。前の副院長、ヘネシー先生が辞職したものですから――突然の辞職だったようでね。院長はセワード先生ですが、この三週間ほどお留守なんです。医学訓練を終えたばかりの身ですぐ応募したものですから、職にありつけて幸運だと思いましたよ。なにしろイングランドもスコットランドもこんな不景気ですからね。でもわたしが赴任して一週間後に、セワード先生はある患者の相談に乗るためにアムステルダムへ渡ってしまい、以来戻ってきていないのです。のっぴきならない緊急事態だったのだとわかってはいますが――それでもね、こっちがいわゆる仕事のコツを覚えるあいだくらい待っていてくれてもよさそうなものです。そうこうするうちに患者の一人がいなくなり、戻ってきたと思ったら四つの殺人を自白したんですからね！　警部さん、お越しいただいて心から感謝しますよ。医学校じゃ殺人犯への対処の仕方なんて教えてくれませんからね」

「まずは、その患者の口から言い分を聞いてみましょう」とレストレードが言った。「ミスター・ホームズとわたしが彼に会います――それからそう、ミス・ジキルも。ホームズがまだ無意味なこだわりを捨てないのなら。奴が犯人と判明した場合、エヴァンズとわたしがニューゲートへ連行します。ロンドンを発つ前に、囚人護送馬車をこちらへまわすよう刑務所長に伝達しました。一時間以内に到着するはずです」

「その患者が娘たちを殺したとあなたに告げたというのは、どういうわけだったのですか？」ホームズが訊いた。

「まあ、てっきり無害な男だと思い込んでいたんですが――もちろんお目にかかれて光栄です、ミスター・ホームズ。ドクター・ワトスンが書かれたあなたのすばらしい事件簿を愛読していました。医学生時代、試験勉強をさぼっては読みふけっていましたよ！」

メアリはちらっとホームズのほうを見て、笑いを嚙み殺した。このひと、礼儀正しく耳を傾けうなずいているけれど、気を悪くしているわね。試験勉強の気晴らしだって！　自分の仕事をそんなふうに捉えてほしくないだろうに。メアリはおもしろがらずにはいられなかった。尊敬の念は抱いているけれど、ホームズさんは少し……自惚屋なのかも？　でも、今はホームズがどんな性格かなんて考えている場合じゃない。バルフォア先生はなんて言ったんだっけ？　「レンフィールドは前にも逃げたことがあるので、職員は気に留めなかったのです。いつも一日か二日すれば戻ってくるのでね、腹がすいたころに。ところが今回は何日も帰らなかったので、地元の警察に通報しました。それでも、まさかレンフィールドが誰かを傷つけるとは思いもよりませんでした。むしろ被害に遭う側だと思いますよ、小僧たちに棒を投げつけられたり、ひどい天気に見舞われたりね。きのうの午後、レンフィールドが敷地のなかをうろついているのをジョーが発見したんです。衣服は汚れ、血がついていました。どこへ行っていたのかと問うと、ロンドンにいて、そこで恐ろしいことをしたと答えるじゃありませんか。彼がそう言ったんです――恐ろしいこと、と。それはどんなことかと訊くと、四人の――夜の女を殺したと言い出しました。若いご婦人の前でこんな言葉を使ってご容赦ください。でも、きっと本人に直接会ってお訊ねになったほうがいいでしょう」

「そうです」とホームズが言った。「その男のところへご案内いただけますか？　レストレード警部、エヴァンズ巡査部長、ミス・ジキル、そして私が同行します。残る二人はここで待たせていただいてもかまいませんか？」

バルフォア医師はうなずいた。「ええ、もちろんです。セワード先生宛ての郵便物を整理していたんですが、個人宛てのものと病院関係のものに仕分けしおわったところです。哀れなレンフィールドのところへご案内しましょう。ジョー、ワトスンさんとミス――こちらのお嬢さんに付き添っていてくれるかい、ご用があるかもしれないから」

「承知しました」ジョーは言ったが、取り調べに同席できないのが不服なようだった。

メアリはバルフォア医師をはじめ男性陣のあとを追いながら、ダイアナにささやいた。「お行儀よくしてるのよ！」

「無理だね！」と、ささやき声で返事がかえってきた。いいわ、わたしはできるだけのことはした。ダイアナの相手をするのはワトスンさんの役目だ。

患者はもう一階上の三階に収容されていた。部屋に向かって歩きながら、バルフォア医師はレンフィールドの経歴を話した。

「ヘネシー先生ならもっといろいろお話しできたでしょう――でもアイルランドに帰ってしまったし、引っ越し先も知らないのです。先生のカルテによれば、レンフィールドはここに二十年来入院しています。尊敬すべき紳士にして科学者が、正気を失ってしまうとは残念なことです。彼は海外旅行中に発症して――オーストリアとかルーマニアとか、中央ヨーロッパのどこかです――精神に異常をきたして帰国しました。家族によってこの施設に送り込まれ、以来穏やかに暮らしてきました。まあ、ときどき脱走しますけれど、ジョーから聞いたかぎりでは今回のような大きな騒動は起こさなかったんですよ！　実際にお会いになれば、レンフィールドが一連の忌まわしい罪を犯したとは信じられないと思いますよ。それでも――さあ、着きました、本人の口からお聞きになってください」

扉の前にはべつの看護人が立っていた。がっしりした若い男で、雄牛と組み打ちしても勝てそうだった。

「以前は彼に見張りをつけたりしませんでした、よもや人に危害を加えるとは思えなかったので」とバルフォア医師は言った。「ですが、昨日戻ってからはずっと監視下に置いています」副院長が要求すると、看護人は扉を開けてみんなを部屋に通した。

部屋はきわめて簡素だった――白い壁、白い敷布がかかった細長い鉄製の寝台、窓の下のテーブルには洗面器と水差しが載っている。窓には鉄格子が取りつけられている。色がついたものといえば、卓上の青いボウルと寝台に坐っている男だけだった。ほかの入院患者とおなじく、その男も青いサージを身に着けていたが、それには汚れの筋が残り、泥がこびりついていた。シャツには、すでに乾いたいくつかの大きな赤い染みが広がっていた。男は前かがみに腰を下ろし、肩をすぼめて、頭を垂れていた。

「レンフィールド」とバルフォア医師が声をかけた。「こちらの紳士がたがお話があるそうだ」

男は顔を上げない。

「こちらはスコットランド・ヤードのレストレード警部、そしてこちらはミスター・シャーロック・ホームズだ」

探偵の名前を聞いたとたん、レンフィールドは盗み見るように来訪者たちを横目でちらっと見た。小柄な男で、若白髪を生やし、いくぶん飛び出しぎみの大きな目をしている。一見すると、蝿も殺せない男に見える。

と、ちょうど窓から一匹の蝿が入り込んできて、テーブルのまわりをぶんぶん飛びまわった。部屋はとても静かだったので、メアリには蝿の翅の音が聞こえた。レンフィールドはすぐさまそれに気づいた。蝿が青いボウルの縁にとまったとみるや、部屋をよこぎって丸めた両手で蝿をとらえ、その手を口に運んだ。そして勝ちほこったような顔つきで、手を開いた。空っぽだ。蝿を飲み込んだのだ！

メアリは思わず身震いした。なんてすばやい動きなんだろう！

「やめないか！」バルフォア医師が言った。「もう蝿を食うなと言っただろう？　誰が砂糖水入りのボウルを持ち込んだ？」

「いやだ、取り上げないでくれ！」レンフィールドは声を上げた。憐れっぽい甲高い声だ。「セワード先生は蠅を獲らせてくれたぞ、蜘蛛だって！　蠅なしでどうやって生きていけばいいんだ？　どうやって永遠に生きればいい？」

「これが彼の偏執なのです」とバルフォア医師は言った。「蠅を集めて食べるのが。それが自分の生命を維持すると信じている」

「そうなんだ、そうなんだよ！」とレンフィールド。

「大きくて汁気があって！　よく肥えた蠅にかぎる！よく肥えた蜘蛛ならなおいいがな。ああ、蜘蛛が食べられたら！」

「なぜセワード先生がこんな偏執を許していたのか理解できませんよ」とバルフォア医師はみんなに訴えた。それから向きを変えて患者に言った。「蠅を食べるな、蜘蛛もだめだ。こちらの紳士がたはおまえに殺人の件で話があってお見えになったのだ」

「ああ、そう、殺人か」レンフィールドはふたたび肩をすぼめてベッドに腰をおろした。殺人には関心がないようだ。

「おい、おまえが自白したという話だったが」とレストレードが言った。「一連の殺人をやったのか、やらなかったのか？」

「ええ、やりました」レンフィールドは床に目を落としたまま答えた。「火曜日がわたしが脱走した日です、とんでもない間違いでした。木曜の晩、サリー・ヘイワードを見つけて膝から下を切り落としました。金曜はアナ・ペティンギルで、腕を切断しました。ポーリン・ドラクロワは月曜、なぜって日曜には殺さないからです、やるもんか！　さもなければ神に打ち滅ぼされてしまう。あのときは頭部を切断しました。そりゃあ美しい娘だった！　それから火曜にモリー・キーン、そのときは脳です。全員、ホワイトチャペルで殺しました。あの娘らを殺した、だからわたしは罰を受けるべきなんだ」レンフィールドはまた顔を上げた。「とても痛いんでしょうか、罰を受けるのは？」

「おいおい」とレストレードが言った。「殺人の刑罰は絞首刑だぞ」

「でも痛くないんでしょう？」レンフィールドは言う。

「そのあとは永遠の命が手に入る」

「地獄の業火に焼かれるさ、かならず」とエヴァンズ巡査部長が小声で言った。

「これで十分でしょうな」とレストレードが言った。

「この男は殺人がおこなわれた日時を知っている。犯行を自白し、シャツには血痕が残っている。先生、迅速な通報に感謝しますよ。裁判には証人として出頭していただくことになるでしょう。ニューゲートから護送馬車が着き次第、こいつの身柄を引き渡していただきます。先生も肩の荷が下りるでしょうな」

「馬車が到着するまで、ミスター・レンフィールドに二、三質問したいのですが」とホームズが言った。

患者はまた顔を上げ、用心するように探偵を見つめた。

「いいですとも」とバルフォア医師。

「どうしてもと言うなら」とレストレード。

メアリは興味しんしんで待ちかまえた。何を訊くつもりなんだろう？ レンフィールドが被害者を名指しした時点で、事件は解決したように思えるけど。だって犯人でなかったら、どうして娘たちの名前や死んだ日にちを知っているというのだろう？ つまり、きっとこの男が殺人犯なのだ。

「ロンドンにいたあいだ、どこに泊まっていたのかね？」ホームズが訊いた。

「どこに泊まった？」レンフィールドは当惑しているようだった。「どこに……」

「なぜそれが問題なんだ、ホームズ？」レストレードが訊いた。「どこかそこらへんの寝床になりそうなところに泊まっていたんだろう——橋の下とか軒下とか！」

「そうです——そこです」とレンフィールドは言った。

「警部さんの言うとおりです。橋のたもとで寝ました。それから——軒下で」

「何を食べた？」ホームズが訊いた。

「何を——ええと、ごみです。路上で手に入るものならなんでも。捨てられた残飯やら」

「一連の犯罪を実行する際になんらかの助力はあったか？　手を貸してくれる共犯者がいたのか？」

「いない！」レンフィールドは言った。「いない、ぜんぶ一人でやった」

「そうかね？　で、あの娘たちを真っ二つにするのにどんな凶器を使ったのだ？」

「ナイフ。そう、ナイフを使って」

「で、それは今どこに？」

「テムズ川に投げ込んだんだ！」レンフィールドはうれしそうに言った。まるで探偵から一本取ったような顔で。

「だがモリー・キーンの首はへし折られていた。どうやってそんなことをやりおおせたんだ？　失礼ながら、きみは力が強そうには見えないのだが」

「ふん、いかれた人間の力ってものがあるんだ」とレンフィールドは言った。「知らないのですか、ミスター・ホームズ？　いかれた人間ってのは強いんだ！すべて白状したとき、ジョーがそう言っていた。マッチ棒を折るように、彼女の首をへし折ってやったんですよ」そう言って穏やかな笑みを浮かべた。

「なるほど」とホームズ。「ではミス・ジキル、この男を見たことがありますか？　お父上と関係がありそうですか？」

この男は、十四年前ならどんな風貌だっただろうと想像しながら、メアリはじっくり観察した。まさか何も変わっていないのだろうか？　「いいえ、ホームズさん。会ったことはないと思います。覚えているかぎりでは、この方は一度もわが家を訪れていません。でもわたしはほんの子どもでした。父の同僚や同志をみんな知っていたわけではありません」

レンフィールドは表情のない無害そうな目でメアリを見た。彼のほうもメアリに見覚えはないらしい。

メアリはしばらく思案した。「わたしも質問していいでしょうか?」

「だめに決まってる」「いいですとも」レストレードとホームズが同時に返事をした。

「なぜあの女たちを殺したのですか?」メアリが訊いた。

「なぜ?」レンフィールドが言った。目を見開いてこちらを見る。

「それは奴が正気を失っているからですよ」とレストレードが言った。

「ええ、そうです、そのとおりです。わたしは正気を失っているから」レンフィールドはまたも例の妙に穏やかな笑みを浮かべた。それですべて説明がつくだろうとでも言いたげに。でも質問された瞬間、この男は、答を持ち合わせていなかったんじゃないかしら?

「先生、ニューゲートからの馬車が到着しました」ジョー・アバーナシーの声だ。扉を少しだけ開けて顔をのぞかせた。

「よし」とレストレード。「巡査部長、こいつに手錠をかけて連行しろ。おとなしくついてくるだろうよ」

レンフィールドはエヴァンズ巡査部長が手錠をかけるに任せた。「はい、はい、おとなしくついていきます」レンフィールドはぶつぶつ独り言をいった。「そのあとは永遠の命を手に入れるんだ!」メアリはレストレード警部、手錠の囚人を連行する巡査部長、ホームズについて部屋を出た。バルフォア医師と二人の看護人がそのあとに続いた。こんな顔ぶれが行列を作って精神科病院の階段を降りていくなんて、なんて奇妙なことだろう！　ダイアナとワトスンがすでに玄関広間で待っていた。「ずいぶん長かったね」とダイアナが言った。

　ダイアナの声を聞いたとたん囚人が立ち止まってぎょっとしたように飛びのいたので、ホームズとエヴァンズ巡査部長も立ち止まざるをえなかった。バルフォア医師と看護人たちはあやうく三人に衝突するところだった。もしぶつかっていたらドミノみたいに倒れてたわね、とメアリは思った。笑いをかみ殺し、それから、集中しなきゃ、と自分を戒めた。笑っている場合じゃない！　囚人はなぜ急に足を止めたのだろう？

　レンフィールドはダイアナを見上げてささやいた。

「きみは誰だい？」

　ダイアナは睨みかえした。「あんたになんの関係があんのよ？」

「こちらは妹です、ミスター・レンフィールド」とメアリが言った。「わたしの妹、ダイアナ・ハイドです」

　その瞬間、レンフィールドがそれまで見せたことのないずる賢そうな表情を浮かべた。やっぱり、この男があの娘たちを殺したのだろうか？

「あのひとのお嬢さんだな、間違いない。父上に会ったら、わたしはうまくやったと言ってくれ。いいね？　永遠の命、それがわたしの望みだ。それがわたしに約束されたものだ。言われたことはすべてやったと伝えてくれ」

　エヴァンズ巡査部長がレンフィールドの腕をひねるようにつかみ、立ち止まらず進むよう促した。だがエヴァンズに急かされて歩きながら、レンフィールドはうしろを振り返ってもういちど言った。「かならず伝えてくれ」

「どういう意味なの？」メアリが訊いた。

「取り合うことはないですよ」とレストレード。「あの男に会ったことがあるのかね、ミス・ハイド？」

「あったとしたら覚えてるよ」とダイアナ。「あいつ、カエルみたいだもん」

「またそんなことを！」とレストレード。「口を開けば悪ふざけばかりだな。本件は解決済み。ホームズ、お得意の推理の出番がなくて残念だったが、蓋を開けてみればごく単純な事件だったというわけだ」

四人護送馬車が車道で待機していた。メアリはそれを見て身震いした。窓に鉄格子だなんて、なんて不吉なんだろう！　あのひとはわたしたちを見ている――違う、鉄格子の向こうにレンフィールドの顔が見えた。ダイアナを見ているのだ――だが巡査部長が腰をおろすよう厳しく命じたので、そこまでだった。レストレード警部は二人をしっかり閉じ込めてから馭者の隣に飛び乗った。

「われわれはまた列車の旅ですよ」とワトスンが言った。「それで、ホームズ？　結局は単純な事件だったのかい？」

「レストレードが考えるほど単純ではない」とホームズが言った。「見たいようにしかものを見ないのがあいつの癖だ。女性四人を殺害した男に会うと予測していたから、そのように見てしまうのさ。服に血痕をつけた、いかれた男。レンフィールドが事件の詳細を供述したものだから、有罪が裏付けられた。レストレード警部はレンフィールドの話が矛盾していることを見落としているよ――見た目だってそうだ」

「どんな矛盾ですか？」メアリが訊いた。

「膝に血痕がなかった。モリー・キーンの遺体を覚えているでしょう。彼女の頭部は血の海に浸かっていた。敷石に膝をつかずに、どうやって脳を切り取れたのでしょう？　共犯者がいたか訊きましたが、答えはノーだった。そして私には、レンフィールドが懐中時計飾りを持っていたとは到底思えません。ここの患者衣にはポケットがない。つまり、モリーの手中にあった飾りに説明がつかない。モリーが何者かの時計鎖からあれを引きちぎったとして、その理由は？　もちろん襲撃犯に抵抗したんです。そしてケイト・ブライト・アイズが目撃した、ささやき声の男の存在は？　最後に、もしレストレードがもっとよくレンフィールドの手を観察していたら、たしかに汚れてはいるものの、爪の内側に泥が入り込んでいないことに気づいたでしょう。一週間もロンドンで野宿し、ごみの山から残飯を漁っていたとしたら、爪のあいだまで汚れていたはずだ。それにあの女性たちを殺しておいて、爪のあいだがきれいなままでいられるものか？　ありえない、レンフィールドは手を洗ったんです、それも最近。泥はあとからつけられたのです」

「レストレードには何も言わなかったじゃないか」とワトスンが言った。

「聞く耳を持つはずがないからね。レンフィールドとミス・ハイドのやりとりにも注意を払っていなかった」

「ええ、あなたはあの発言をどうお考えですか？」メアリが訊いた。

「どう解釈すべきか、まだわかりません。ただし、ミス・ハイドにご教示いただけるかもしれませんが？」

「あたしは知らない」とダイアナ。「あいつが言ってること、ちんぷんかんぷんだったもん。だけど、見せたいものがあるんだ。あの用心棒が——アバクロンビーだかアバクソだか——馬車が来たって伝えに部屋を出てったとき、ちょっと見学させてもらったんだ。ワトスンも賛成したんだから、あたしだけを叱らないでよね！　で、手紙の束のなかに、これがあった」

ダイアナは外套のポケットから封筒を取り出した。折り返しの口には、S・Aと刻印された赤い封蠟が貼られていた。

9 夜間救出作戦

みんなで話し合いながら歩いているうちに、鉄道駅にたどり着いていた。

「運がいいな」とワトスンが言った。「十五分で列車が来ます。一時間もすればロンドンだ。夕食を終えたころには暗くなっているから、ミス・ラパチーニの家のまわりを偵察できる。囚われのご婦人を忘れてはならない。とはいっても、どうしたものか」

「ダイアナ、列車に乗るまでその手紙をしまっておきなさい」とメアリが言った。「列車のなかでよく見ればいいわ。盗みは悪いことだと知っているわよね？」

「わかってるって」とダイアナ。「お礼はあとでいいよ」

みんなが一等客車のコンパートメントに腰を落ち着けると、ダイアナはポケットから手紙を出した。

ホームズが手を差し出す。

「あんたじゃない」とダイアナが言った。「メアリに開けてもらう。あんたは威張りすぎだよ」

「ダイアナったら！」メアリは声をあげた。しかし封筒を託されたのはうれしかった。いろいろ言っても、これはメアリの謎であって探偵のものではない。ホームズは個人的に関わっているわけでもない。関わっているのは、このわたし。錬金術師協会の一員だったのはわたしの父なのだ。そしてその父がしていたのは……いったいどんなことだろう？　殺人を犯したのは間違いない。でももっと何かあるはず。今のところ殺人と協会に関連はないようだ。誰が会員だったのだろう？　その目標と目的は？　封筒の宛先はパーフリート精神科病院、ジョン・セワード医師だった。「院長宛てだわ」とメアリは言った。「バルフォア先生宛てではなくて。バルフォア先生がセワード先生のために仕分けしていた手紙の一通かしら」良心の呵責を覚えながら、メアリは封蠟をはがし垂れ蓋を開けた。わたしには、手紙に何が書いてあるか、この謎の真相を探る権利があるはずじゃない？　誰かに封筒を開ける権利があるとしたら、それはわたしよ。メアリは便箋を取り出し、流麗な手書きの文字を読み上げた。

親愛なるわが友、ジョン

たいへん興味深い論文をお送りいただき感謝する。ブダペストでの協会の会合の前に発表してもさしつかえない仕上がりと言っていいだろう。二、三、伝えておきたいことがある――きみの方法論を問うわけではないのだが、きみの結論は保守的な者たちから攻撃されるかもしれない。彼らの批判を念頭に置いて準備をしておいたほうがいい。今週中に自分の草稿を書き上げたら、きみの論文について意見を書き送るつもりだ。どうかきみも、わたしの論文への意見を聞かせてくれたまえ。きみの提言を心待ちにしている。

現段階では、われわれの研究方針に協会の支持を取りつけることが何より重要だ。われらが同志モローがいうところの生物学的問題にこのわたしが取り組みはじめたとき、会員たちはその目標にも方法にも賛同しなかった。だが容認の声は増加してきている。ここ数年の挫折を乗り越え、われわれはついに成果の披露にこぎつけたのだ。研究というのはこのようなものだよ、わが友ジョン！　われわれの目標が先達によって貶められさえしなかったら！　彼が先達と呼ぶにふさわしければの話だが。誰のことを指すかおわかりだろう。ここだけの話、わたしはしばらく自分の実験について不安を抱いていた。変化が作用しているように思えず、いざ作用したときにはあまりに劇的だったので、彼女を失ってしまうのではないかと思われた。しかし先月、万事が念願どおりに作用したのだ。わたしが出した成果は、少なくとも協会のメンバーの大多数を納得させるに違いない。きみはミスター・プレンディックとともに旅をするのだろう？　憐れな男だ、いつか彼がまた協会に完全復帰できることを願う。モローを失ったことをわたしがどれだけ悼んでいるか、とても言い表せない。きみとプレンディックは若い世代の人間だ。われわれ、つまりきみらが時代遅れの老いぼれと呼ぶかもしれない古い世代にとって、衰退しつつあった協会を立て直し、そのエネルギーをふたたび生物学へ、生命体そのものを構成する要素の研究へと注がせるのがどれほど骨の折れることだったか、きみらにはわかるまい！　自分たちが築いた組織を誇りに思ってはいるが、貴重な人物を幾人か失ったことには心を痛めている。悲しいかな、科学的探究には代償がつきものだ！　かくいうわたしも一度ならず真理の探究の最中に命を失いかけているのだよ。

わが友人であるブダペスト大学のアルミニウス教授の支援を当てにできることはたしかだ。きみをアルミニウス教授に紹介できる日を楽しみにしている。われらが会長がわれわれの研究を好意的に見るか否か、それはさだかではない。悲しいかな、われわれが選んだリーダーでさえ偏見をもち、保守的で、古いやり方が最善と考えているのだ。しかしわれわれは十八世紀に生きるにあらず！　いまやハーバート・スペンサーの時代、フランシス・ゴルトンの時代である。そう、われわれに必要なのは説得力であり、きみの論文の取り組みは、その助けとなるだろう。きみに会うのを楽しみにしている。そのときはアルミニウス教授がわたしの実験を見学に訪れたときに贈ってくれた極上のトカイ・ワインをお目にかけよう。道中の無事を祈る。ミスター・プレンディックにもよろしく伝えてくれ。彼との対面も心待ちにしている。

敬具

エイブラハム・ヴァン・ヘルシング

メアリは手紙を膝に置き、ホームズとワトスンを見つめた。「どういうことでしょう?」

ワトスンは首を横に振るだけで答えなかった。ホームズでさえ口をつぐんでいる。

「協会の会員じゃないやつはいないの?」ダイアナが訊いた。「どこもかしこも会員だらけみたい」

「ヴァン・ヘルシング、彼がここに書いているアルミニウス、セワード、プレンディック、ラパチーニ、モロー、そして誰なのかわからないけど、協会の会長」とメアリは言った。「これで七人。でもきっとほかにもいるはず。たとえ秘密の協会だとしても、科学者協会が七人だけでは成り立ちません。それに会合があるなら……」

「その手紙によると、モローは死んだようですね」とホームズが言った。「しかしあきらかにほかの面々は協会活動を続けている——何やら論争の渦中にあるようです。協会の活動が殺人に関係があるとして、どうつながるのかがわからない。バルフォア医師が言ったとおりヴァン・ヘルシングとセワードがアムステルダムにいるのなら、二人がホワイトチャペルで女性を殺害するのは不可能だ。この手紙が未開封なのにも説明がつくだろう。おそらくはこれはセワードの来訪を要する事態が発生する前に送られたのでしょう。彼がアムステルダムへ赴くことは想定していないようですから。少し拝見してよろしいですか、ミス・ジキル?」

メアリはホームズに手紙を渡した。

「ヴァン・ヘルシングはこう書いている。『変化が作用しているように思えず、いざ作用したときにはあまりに劇的だったので、彼女を失ってしまうのではないかと思われた。しかし先月、万事が念願どおりに作用したのだ』おそらくその作用がとぎれた、だからセワードは呼び出されたのでしょう、たぶん電報で」

「何が作用しなくなったの?」ダイアナが訊いた。

「それに彼女って誰？　またべつの女の子を毒漬けにしてんのかな？」

「イングランドに共犯者がいるのかもしれない」とワトスンが言った。

「あるいは二人ともアムステルダムになんていなくて、呼び出しというのは策略だったのかもしれない。ホワイトチャペルで女たちを殺した真犯人は、その二人なのかもしれないわ」メアリが言った。

ダイアナは顔をしかめた。「頭痛くなってきた」

「一つ否定できないことがあります」とワトスンが言った。「どの道を行っても、われわれはかならずこの協会にぶち当たる。さあホームズ、次はどうする？」

「ま、それは決まってるじゃん」とダイアナが言った。「毒吐き娘にどういうことなのか話させなくちゃ。あの娘を脱走させないと」

「うむ」とホームズが言った。「そのようです。そしてワトスンが指摘したように、暗くなるまでわれわれはそのご婦人の住まいに出向くことはできない。ミス・ジキル、お宅の料理人ができるものでかまわないので、今晩夕食を提供していただけませんか？　お父上の書類をもっとよく調べることができると思うのですが——さしつかえなければ」

「ええ、かまいませんわ」とメアリは言った。〝お宅の料理人ができるものでかまわないので〟だって——まるでうちに料理人がいるみたい！　それに男性二人分の食料があったかしら？　二人とも、ちゃんとした食事がとりたいんでしょうね。男ってそういうものよね？　パーフリートに出かける前にミセス・プールと話をしておけばよかった。少なくとも今は現金がある。メアリはハンドバッグに手を載せた。小銭でまるまる一ポンド入っていると思うとうれしくて思わずぽんぽんと叩きたくなる。でもこのお金が役に立つだろうか？　家に帰り着くころには店は閉まっているだろう。ミセス・プールにパブから何か取り寄せてもらえばいいかしら。

だがこの日はそれ以上手紙を読む時間はなかった。一行はフェンチャーチ・ストリートで、石畳を走る車輪がたてる轟音から「唸り屋（グロウラー）」の呼び名をもつ大型の四輪の辻馬車を拾ってパーク・テラスに戻った。メアリは明かりが灯された街燈が並ぶロンドンの大通りを馬車に揺られながら、行き先も帰宅時間も告げずに出かけたうえに魔法のように食事を出せなんて言ったら、ミセス・プールを激怒させるかしらと気を揉んでいた。

ミセス・プール　激怒だなんて！　まさか。わたしがいつ激怒したというのですか？

ジュスティーヌ　きのう。

ベアトリーチェ　忘れたの、ミセス・プール。プリンス・ルパートとの面会のあとに、わたしたちが応接間を掃除しなかったのに気づいたときよ。

ミセス・プール　そりゃあ、お嬢さんがたが散らかしっぱなしにするのは許しませんよ。ご承知のとおり、お世話をするのはわたしとアリスしかいませんからね。この家にはほかに召使なんていないんです。アリスは何時間もかけて割れたガラスを片付けたんですよ。

アリス　あたしは気にしてません、ミセス・プール。

メアリ　わたしたち、プリンスを撃った仮面の男たちをつかまえようとしていたのよ。あいつらが乗合い馬車の後部ステップに飛び乗らなかったら、つかまえられたかもしれない。ロンドンではなぜほんとうに必要なときには二輪馬車がつかまらないのかしら？　それに、引き返したときにはプリンス・ルパートを介抱しなければならなかったの。ソファで気を失っていたんですもの。ごめんなさいね――翌朝掃除するつもりだったの。あれは蠟製の造花の箱だったのよ。残念ながら弾が花に当たってこなごなになってしまったけれど。それに、ジュスティーヌの絵にも穴が開いているかも。

ベアトリーチェ　どのみちあの手の花は好きじゃないわ。もちろん撃とうなんて思わないけれど。ハロッズで新しいものを買えばいいわ。モダンなもの、いわゆるアールヌーヴォー様式のものをね。

メアリ　あなたがフランス語を使いはじめると、お金がかかるものが出てくるのよね。

ミセス・プール　むかしは若いレディは仮面の男やプリンスや街中での無鉄砲な追跡なんかとは縁がなかったものですよ。お嬢さんがたに冒険するなとは言えませんけれど、せめて家はきちんとしておくべきです。

馬車がパーク・テラス十一番地に停まると、チャーリーが外階段から飛び降りた。そこで待っていたらしい。

「ホームズさん！」チャーリーは言った。「ニンジン頭の親父が至急会いたがってますよ。また殺しがあったんだ」

「また！」ワトスンが言った。「なぜそんなことが？レンフィールドはパーフリートに戻って以来監視下にあったはずだ。脱走しおおせたのか？」

「レンフィールドなんて奴ぁ知らないけど」とチャーリー。「でも今日の午後、もうひとり商売女が殺されたんだ、こないだとおなじやり口でさ。で、女の脳みそがなくなってた！」

「なんだって？」ホームズは鋭い口調で言った。「たしかなのか？」

「ニンジン頭がそう言ったんだ。レストレード警部さ。おいらがこの目で見たわけじゃない。警部がスコットランド・ヤードの前でトミーを見つけて、おいらんとこに寄こしたんだ。できるだけ早くホームズさんを連れてこいって言づてを受けたのさ。おいらは旦那はここかベイカー街に帰ってくると目星をつけた。トミーがベイカー街のほうで待ってんだ」

「もしその女の脳が盗られたのなら——おなじ手口が繰り返された初めてのケースね」とメアリが言った。

「あなたもお気づきになりましたか」とホームズが言った。「ワトスン君、ミス・ジキルと妹さんについていてくれ。できるだけ早く戻る。馭者くん、スコットランド・ヤードへやってくれ」

「わかりやした、旦那。飛び乗ってください」と馭者が言った。そしてまたホームズは行ってしまった。三人は突っ立ったまま、通りを走り去る馬車を見送った。

「ええと」とメアリが言った。ほかに言葉を思いつかなかった。

背後でいきなりドアが開いた。「いったいどちらへいらしてたんですか?」ミセス・プールが言った。

夕食はアイリッシュ・シチューだった。ミセス・プールはドクター・ワトスンほどの高名な紳士にお出しするのに冷肉では不十分だと考えたのだ。メアリがそれだと調理に時間がかかりすぎると言うと、ミセス・プールは「今朝こしらえたんです」と答えた。「それなら安上がりだし、お嬢様たちだけならそれで数日もつと思いましてね、温めればいいだけですし。モーディーの店でロールパンも買ってあるんです。もちろんご婦人がたもお腹がすくかもしれませんけど、殿方はしっかり食べなくちゃいけませんからね」ミセス・プールはワトスンに畏(おそ)れをなしているようで、もてなしが行き届いているか気を遣ってせわしなく動きまわった。ジキル博士のポートワインを開けるべきだとメアリに耳打ちさえした。大きなマホガニーのテーブルがある食堂で食事にしたが、最後にここを使ったのは——何年前だろう? メアリは思い出せなかった。ここでワトスンやダイアナと食卓につくなんて、とても奇妙な感じがした。

ミセス・プール　わたしがワトスン博士に畏れをなしたですって？　ご冗談を。

ジュスティーヌ　わたしの絵にほんとに穴が開いている？　少女が向日葵（ヒマワリ）を抱えている絵のこと？　グローヴナーで売るつもりだったのに……。

シチューは正解だった。牛肉とジャガイモとニンジン入りで食べごたえがあった。ミセス・プールがポートワインを勧めると、ワトスンはグラス一杯だけいただこうと言い、メアリも一杯飲むべきだと言い張った。「今夜は士気を高めておかねばなりません」と彼は言った。「外は寒くて暗いし、われわれは危険な任務に赴くのですから」

「あたしは？」ダイアナが言った。「あたしだって士気を高くしとかなくちゃいけないんじゃない？」

「あなたの士気はもう十分高いわよ」メアリが言った。

ダイアナがずるずる音をたて、メアリが「お願いだから、やめてちょうだい！　むかむかするわ」と叱りつけるという中断は入ったが、みんな大急ぎで食事を終えた。

食べ残しと空のコーヒーカップが並んだテーブルを前にワトスンが言った。「準備はよろしいですか？」

「万端です」とメアリが言った。「でもミセス・プールにわたしたちの計画をどう説明したらいいものか」

「そういうときは率直に言うのがいちばんですよ」とワトスンが言った。

というわけで、ミセス・プールが食卓を片付けるために食堂に戻ってきたとき、メアリは言った。「ミセス・プール、今夜はまた出かけなくてはならないの。ベアトリーチェ・ラパチーニ、あの広告の娘が、リンカーンズ・イン・フィールズの近くで囚われの身になっているから、救出にいかなければいけないのよ」

「でしたら、暖かい恰好をなさってください」とミセス・プールは言った。「どちらにも風邪をひいてほしくないですからね」

「どちらにも?」ダイアナが言った。

「そう、どちらにもです!」ミセス・プールは言った。

「風邪をひいたら今よりさらに世話が焼けますからね、このお転婆さんは!」

メアリ　ひと言も文句を言わなかったわね、ミセス・プール!
ミセス・プール　助けを必要としている方がいるというのですから。わたしがほんとうに重要なことに反対したことなんてありますか?

三人はリンカーンズ・イン・フィールズに向かう辻馬車を拾い、ハイ・ホルボーン・ストリートまで行ってくれと頼んだ。大通りに降りると、そこから狭い通りに入った——サール通りだったわね、メアリは朝の記憶をたどったが、この時間では標識は見えない。通りには街燈が灯り、三人は明かりがそそぐ舗道を歩いたが、中央広場には大枝の影がもつれ合っていた。夫婦らしく見えるようメアリはワトスンの腕を取った。ダイアナは娘に見えるだろう。ベアトリーチェがメアリとダイアナにあそこに暮らしているのだと教えてくれた建物のそばを通りすぎるとき、一階の窓の一つから明かりがもれているのに気づいた。

「誰がいるのか見てくる」とダイアナが言った。

メアリが止める間もなく、ダイアナは前面の柵を飛び越えて窓に忍び寄り、窓枠に手をかけて体を持ち上げ、室内をのぞいた。そしてあっというまに戻ってきた。「ペトロニウス教授と女が一人、金を数えながらテーブルに向かってた。暖炉の前には犬が寝てる、大きな黒いやつ。ベアトリーチェはいなかったよ」

「二度とこんなことしないで!」メアリが言った。

「好き勝手にあちこち行ってはだめ。ちゃんと力を合わせて動かなきゃ。計画どおりにするのよ」

「ふうん、で、その計画って?」ダイアナは腕組みをして言った。

「ベアトリーチェは部屋は奥にあって、夜は鍵をかけられてしまうと言っていたでしょ。おそらく今ごろは閉じ込められているはず。裏手にまわりましょう」

三人はサール通りを下り、住宅地のブロックの角の手前で路地に入った。片側はサール通りに並ぶ家々の裏手で、もう片側はその先の通りの家々の裏手だ。ここには街燈がない。窓からもれる明かりだけがたよりだったが、この時間にはそれもあまりない。ペトロニウス教授のいる建物の裏側の窓の一つに明かりがついていたが、二階の窓だった。

「ベアトリーチェの部屋じゃないかしら」とメアリ。「今夜はわたしたちを待っているはずだから、明かりは彼女の合図なのかもしれない」

「どうする?」ダイアナが訊いた。「つぎの計画はなんなの、姉さん?」

「わからないわ」とメアリは言った。「考えさせて」

「どうにかして彼女と連絡を取らねば」とワトスンが言った。「しかしどうやったらあそこまで登れるかな。煙突掃除夫の梯子でもあればな! 小石を投げて注意を引いてみますか? 窓辺にくるかもしれませんよ」

「あれがベアトリーチェの部屋なのかどうかわからないし」とメアリが言った。「それに彼女一人きりかどうかもわかりません。やっぱり、なんとかしてあそこまで登らないと」

「ふん、あんたもあんたの計画とやらも、ろくでもないね!」ダイアナが言った。

メアリが止める前に、ダイアナは猫のように忍び足で家の壁に駆け寄り、暗闇のなかにしゃがみこんだ。

「何してるのかしら?」メアリがじれったそうに小声で言った。

「服を脱いでいるみたいです」とワトスンが言った。

「なんですって? 脱いでるって——何を?」

たしかに、ダイアナは帽子、手袋、外套、ブーツ、ストッキングを脱いでいた。窓からもれる薄明かりのなかに、ダイアナが裸足にドレスだけの姿で壁際に立っているのが見えた。するとダイアナは壁につたわる排水管をつかみ、素手と素足のまま、ときどき繋ぎ目に爪先をかけて体を支えながら、管をよじ登りはじめた。

「まるで猿だわ!」メアリは言った。「大丈夫かしら」

「猿なら落ちません」とワトスンが言った。「それにあのすばしっこさからすれば、妹さんも落ちないでしょう」暗闇で表情は見えなかったが、ワトスンの口調は——おもしろがっているようだ。

メアリは身震いした。ロンドンの晩春にしては暖かい夜だったから、寒さのせいではない。原始的な方法で排水管をよじ登るダイアナを見て震えがきたのだ。ダイアナはほんとうにわたしの妹なの? そしてハイドの娘。父は自分自身をハイドに変身させるのに、いったいどんな実験をおこなったのだろう? ハイドとは何ものだったのだろう? そしてハイドの娘はいったい何ものなのだろう? そういえばダイアナがハイドの娘だと知ったとき、ベアトリーチェはひどく驚いていたっけ。あの厄介な気性のほかに、あの子は父親から何を受け継いだのだろう?

ダイアナは二階まで登ると排水管を離れ、窓のほうに向かって細い張り出し(レッジ)を這っていった。四角い明かりのなかにダイアナの影が浮かび上がった。と、顔が現れた。「ベアトリーチェだわ!」メアリは言った。窓が引き上げられると、ダイアナが身をよじってなかに入っていった。「何をしているのかしら? いやな予感がする」

だが数分もするとダイアナが姿を現し、窓から這い出て排水管を伝いおりてきた。地面に着地すると、脱ぎ捨てた衣類をかき集めた。

「いったいどういうつもり？」ダイアナが戻ってくると、メアリは問いつめた。ダイアナは泥だらけの石に腰をかけ、ストッキングと靴を履いている。

「言ったら行かせてくれなかったでしょ、でもあたしはやれるってわかってたもん」とダイアナは言った。「マグダレン協会ではしょっちゅう窓から這い出してたからね。なかに入ってベアトリーチェの部屋の鍵をこじ開けたんだ。ペトロニウス教授と大家の女将が寝たら、彼女が抜け出してくる。犬は女将の飼い犬——寝るときは階下に連れてって台所に閉じ込めるんだ。ベアトリーチェには公園で待ってるって言っといた」

三人はサール通りに戻り、リンカーンズ・イン・フィールズに入った。公園のベンチに腰かけ、一階の窓の明かりを見ながら待った。やっと明かりは消えたものの、ベアトリーチェはやってこない。

「いつまで待てばいいんだろ？」ダイアナが言い出した。「くたびれてきた」

「必要なだけ待つのよ」とメアリが言った。「今夜は出られないかもしれない。その場合は、また来なくては。ベアトリーチェが玄関の鍵を見つけられるといいけど！」

「火事への備えがありますから、扉からそう離れたところではないでしょう」とワトスンが言った。「彼女が鍵を探しているところをペトロニウス教授に見つかって、今後さらに厳重に閉じ込められてしまうことのほうが心配です」

何時間にも感じられるあいだ三人は待ちつづけた——メアリは腕時計に目をやったが、暗闇のなかでは文字盤が読めなかった。ついに玄関の扉が開き、マント姿の人影が現れた。ベアトリーチェだ。髪はフードで覆われていたが、建物の近くの街燈の明かりのなかでベアトリーチェの顔が見えた。慎重にドアを閉め、速足で階段を下りて公園に向かってくる。

木々の下の暗がりまでくると、ベアトリーチェは必死にあたりを見まわした。

「ここよ！」メアリは声をひそめて言った。ベアトリーチェはベンチからほんの二フィートほどのところにいた。

ベアトリーチェはびくっとした。「ああ、会えてよかった！」と彼女は言った。「急ぎましょう。出てきたときペトロニウス教授はいびきをかいていたし、あの女も眠っていると思う。でも彼女の部屋は台所のそばだから、ようすをうかがうことはできなかったわ。どちらかがわたしが抜け出したことに気づくといけないから！」

「いや、誰か起きてるよ」とダイアナが言った。「明かりをご覧よ」ダイアナの言うとおりだった。みんなが家を振り返ると、さっきまで薄暗かった扇形窓が煌々と明るくなっていた。誰かがガス灯の炎を大きくしたのだ。ベアトリーチェがいないことに気づいたのだろうか？ まだだとしても、時間の問題だ。おまけに犬が吠えているのが聞こえてくる。

「走って！」とメアリが言った。「右側の小道を行くのよ！」メアリは向きを変え、公園をかこむ小道を駆け出した。道の右側には生け垣、左側に高い木が並んでいる。あずまやに通じる長い直線の小道を行くよりは安全そうだし、王立外科医学院のそばの角に出られるだろう。メアリの記憶では、そこにもハイ・ホルボーンに戻る通りがあったはずだ。そこが逃げ道だ。ほかのみんながついてきているかたしかめようと振り返ると――ダイアナはメアリを追い抜き、ワトスンがベアトリーチェに手を差し出し、ベアトリーチェは走りながらワトスンが自分に触れないよう、彼の手を振り払っていた。メアリは前を向いてダイアナを追いかけた。泥の道にブーツの鈍い靴音を立てながら、みんなで物陰を走り抜けた。と、左手に王立外科医学院の姿が浮かび上がった。右手に門の開口部と、メアリが午前中に目を留めていた道路がある。もうすぐだ、あと少しで脱走は成功する。今のところ追っ手はこない。

突然音が聞こえ、みんなの心臓が一瞬凍りついた。

ダイアナ　あたしのは凍りつかなかった。

メアリ　嘘ばっかり。

犬の唸り声だ。野外に放たれた犬が、木の下の草地をこちらに向かって突進してくるのだ。暗闇のなかでもぼんやりと黒い形が見えたが、むしろぐんぐん近づいてくる足音でその気配を感じた。

「犬を撃つのは気が進まないが」とワトスンは言った。「今はやむをえん」

「だめ！」ベアトリーチェが止める。「銃声がしたらもっと注意を引いてしまう。フィデリスはわたしを知っています。任せてください」

「マダム、それは賢明とは思えません」とワトスン。だがベアトリーチェはすでに道を引き返していた。ベアトリーチェが両手を差し出すと、大きな黒い犬は吠えながらそろそろと近づいてきたが、襲いかかろうとはしなかった。

「フィデリス、かわいいフィデリス」あやすような口調だ。「おいで、いい子ちゃん。きのうジンジャーブレッドをあげたのはだあれ？」

フィデリスはジンジャーブレッドを覚えていたようだ。吠えるのをやめ、近づいていく。ベアトリーチェは犬の頭を撫で、かがみこんで顔全体に長くまんべんなく息を吹きかける。黒い犬はへたりこみ、それから疲れたように横たわり、びくっと痙攣した。やがて動かなくなった。

ベアトリーチェはみんなの顔を見上げた。暗闇のなかでも、メアリにはその顔が涙に濡れているのがわかった。「こんなつもりでは……ああ、あの男がわたしをこんなに有毒にしたために！　少しだけフィデリスの気を失わせようと思っただけなのに」

「マダム、たいへん見事なお手前でした」とワトスンが言った。

「称賛を送っている場合ではありません」とメアリが言った。ワトスンにはベアトリーチェの動揺がわからないのだろうか？　そして彼女が言ったこと――誰に有毒な体にされたですって? でも今は問いただすときではない。「右手の通りを行きましょ！　人ごみにまぎれるのよ」

一行は通りを走り、キングズ・ウェイにたどり着くと、できるだけ人波にまぎれ、ピカデリー・サーカスを目指した。遅い時間だったが――メアリがもう一度腕時計を確認したところ、すでに真夜中を過ぎていた。――通りには手押し車や荷馬車がひしめき合っていた。歩道では物乞いが小銭をせがみ、着飾った女たちは愛想を振りまいて客を探している。メアリたちにとっては好都合だった――ロンドンの混雑のなかなら、見つかる危険も少ない。

ピカデリー・サーカスに着くと、大型の辻馬車を拾った。「窓を下げてちょうだい」とベアトリーチェが言った。「ハンカチで口を覆って、息を深く吸いこまないよう気をつけて。ごめんなさいね、できるものなら自分の体質を変えたいわ。わたしはいつでもこんなふう――まわりのひとにとっての危険物。けれどわたしの毒性は時とともに薄まるわ。ペトロニウス教授に毎日毒を摂取するよう言われていたの。できるだけ効果的かつ劇的に動植物を殺せるようにと。こんなこと言いたくないけれど、今夜はそのおかげで脱走が成功したようね。ふつうだったら、あれほどすばやくフィデリスを殺すことはできなかったはず。生き残ってほしかった！　あの子は気立てのいい犬で、飼い主の命令に従っただけなのよ」

「なんてひどい話でしょう！」メアリが言った。ワトスンと一緒に窓を押し下げたが、頭がくらくらしはじめていたので、機敏にとはいかなかった。幸い予備のハンカチを持っていたので、もちろんハンカチなどもっているはずもないダイアナに渡した。「そんなひどい扱いを受けているのに、なぜあの男といっしょにいるの？」

「医学院がわたしを――ふつうの、ほかの人に死をもたらさない体質に変えてくれると言われていたからよ。その言葉を信じたのだけれど、やがてペトロニウスは金儲けを狙ってるだけだと気づいた。医学院のほうはペトロニウスが取る入場料から利益を得ていたの――わたしの体質を変える動機なんてどこにもないのよ」

　ベアトリーチェは窓の外を眺め、夜のロンドンの景色と騒音を満喫した。ずらりと並んだガス燈、いつまでも活気の衰えない街、こんな遅い時間でも行き交う二輪馬車と荷馬車と紳士御用達の四輪馬車（ブルーム）。「すばらしいわ！」ベアトリーチェは言った。「まだロンドンをほとんど見ていないの。ここにくる前は、名医と評判のフランスの医師たちが治療法を見つけてくれるのを期待してパリで数週間過ごしたのだけれど、叶わなかった。その前はミラノとウィーン。だからきっとこの世界最大の都市にくれば治してもらえると希望を胸にやってきたのよ。ここにたどり着いたころにはお金も底をついていたけれど、ペトロニウス教授がなんとか生きていく手立てを与えてくれた。初めは地方巡業の見世物小屋に出演させたがっていたのだけれど、科学の驚異としてショウにするほうがお金になるとわかったの。だからわたしはこのありさま。いまだに自分で身を立てることもできず、自分の体質の治療法もわからないまま。ああ、ときどきパドゥアで死んでしまえばよかったと思うわ！」

「そんなこと言わないで」とメアリが言った。「あなたは今友だちにかこまれているのよ。わたしたち、できるかぎりあなたを助けるから」でも、どうやったら毒をもつ娘を助けることができるのだろう？　ベアトリーチェの体は香りを発散しているようだ。まるで異国の花のような香り。これが毒なんだわ、とメアリは思った。彼女は窓から頭を突き出して、ロンドンの空気を口いっぱいに吸い込んだ。炭塵と馬糞と六百万人の住人の生活の悪臭がするけれど、ベアトリーチェの甘美な毒よりはいい。もうすぐメリルボーンだ。メアリはほっと胸をなでおろした。じき家に着く。それからどうする？

メアリが一同を招き入れたとき、家のなかは暗かったが、すぐにミセス・プールがあたふたと厨房から出てきた。「寝ないでお待ちしてたんですよ」ミセス・プールは言った。「こちらがイタリアのお嬢さんですね。ようこそお越しくださいました」

「ありがとうございます」とベアトリーチェは言った。「ご迷惑をおかけしたこと、これからおかけすることをお詫びいたします。こんな立派なお屋敷にお迎えくださって心からお礼を申し上げますわ」

ミセス・プール　ほら、これが礼儀作法というものです。ダイアナさん、あなただってお行儀よくしていたら、こちらの応対だって違いましたよ。

「ふん、そんなことどうでもいいけど」とダイアナが言った。「問題は、彼女がどこで寝るかってこと。あたしのそばはまっぴらだからね！　さっきは馬車んなかで吐きそうになっちゃった」

「どなたからもなるべく離れて眠らなければなりません」とベアトリーチェ。「お宅で一番遠い部屋はどこですか？」

「お父様の研究室ね」とメアリが言った。「中庭の向こうにあるの。ミセス・プール、今夜はあちらにベアトリーチェのベッドを用意してくれない？」

「旦那様の事務所のソファでお休みになればいいでしょう」とミセス・プールが言った。「旦那様は実験にかかりきりのときは、よくあそこで寝てらっしゃいました。枕と毛布をおもちしますよ。今日、部屋の掃除は済ませましたし、空気も入れ換えましたから、埃っぽくはないですよ」

退出のあいさつをする前に、ワトスンはメアリに言った。「よくよくお気をつけなさい。ミス・ラパチーニは魅力的な女性です――あんな美人にはめったにお目にかかれない――でもあなたが病気になってはいけない。あの方の世話が手に余るようなら、ホームズとぼくがどこかに宿泊所を手配しますよ」

「ご親切にありがとうございます」とメアリは言った。「今夜はうちでようすを見ます。朝になれば対処法も見つかると思います」

娘二人に世話が行き届いているのを確認すると、メアリはベッドで休む前にふと思い出し、午前中に銀行で引き出した現金の半分をミセス・プールに手渡した。半ポンドあれば当座の食料はまかなえるだろう。

けれど、ベッドに入ってもメアリは寝つけなかった。ダイアナは育児室でいびきをかいているし、ベアトリーチェは中庭の向こうの父の事務所で横になっているはずだ。メアリはベアトリーチェの毒とは関係のない吐き気を覚えながら、暗闇を見つめた。いたるところに会員がいるこの秘密の協会の正体はなんなのだろう？　会員たちはどんな実験をしていたのだろう？　直近の殺人事件も入れれば、五人の女が殺されて身体の一部を奪われたことになる。なぜなの？　何かが間違っている、何か邪悪なものがある、メアリは感じた。以前にもこんな感覚をおぼえたことがある――そう、子どものころだ。あの晩、エドワード・ハイドの顔を見たとき。

やっと眠りについたとき、朝になったら忘れていたいような夢を見た――頭や腕や脚のない女たちが、口がある者は叫びながら、手がある者は手を振りながら、ロンドンの街をよろよろと歩き、あるいは這いずっている。しかしメアリには女たちが何を叫んでいるのかは聞こえなかった。女たちが何かを伝えようとしているのだとしても、それがなんなのかわからなかった。

10 ベアトリーチェの物語

翌朝、一同は食事をとるために四人がけのテーブルがある居間に集まった。メアリの母はこの部屋で家計簿をつけていたが、まもなく病が重くなって家事を仕切れなくなった。それからはメアリがその役目を引き継いだ。毎朝、メアリは母の机に坐って家計簿に向かい、請求書の支払いが済んだか、母の看病が行き届いているかをたしかめるのだった。こうしてこの部屋でダイアナと向き合うのは奇妙な感じだ。ベアトリーチェは下のほうを開けた窓のそばの椅子に腰かけている。窓の向こうには殺風景な中庭が広がっている。

ダイアナはあくびが止まらないようだ。口に手を当てるよう教えなくてはいけない。ベアトリーチェは顔色は悪いけれど、落ち着いているようだ。事務所のソファで申し分なく休めたと言っていた。

朝食はバタートーストとポーチドエッグ、おいしくて濃い紅茶——これがメアリとダイアナ用だった。

「いただいたお金で今朝買い出しに行ってきました」ミセス・プールは食事の前にメアリに言った。「田舎のとれたての卵ですよ！　黄身を見てくださいい。バイルズのご主人にはお金を払ったから、いつもの仏頂面はされませんでした。厄介なオーヴンがちゃんと仕事をしてくれたら、お茶用のケーキも用意します。ミス・ラパチーニに何を出せばいいのか悩みましたよ。ゆうべ朝食は何がいいか訊いたんですけどね。『有機物が滲み出しているお水をいただけますか』ってとってもお上品に言うんですよ。だから『それはどのようなものですか』と訊ねました。まあ、わたしなりに最善を尽くしましたけど、妙な食習慣ですね」

ベアトリーチェは湯気が立つマグで両手を温めていた。それが彼女の朝食のすべてだった。「わたしには食べ物は必要ないの。栄養素そのものと日光だけで十分。猛毒が体内から消えるまで数日かかる。中庭で摘んだ蒲公英の若芽が解毒作用を促進してくれるでしょう。それまでは、厳重に注意しなければ。わたしに触れてはだめ、わたしも極力あなたたちに近寄らないようにするわ。猛毒でなくなっても毒が残るけれど、今よりはましになる。わたしの息で殺せるのは小動物程度になるわ。昆虫、鳥、ハツカネズミと野ネズミとかね。閉め切った部屋でしばらく一緒に過ごしたら眩暈がしてくると思うけれど、密着しすぎないかぎり命にかかわることはないわ。それでもわたしに触れたら、高濃度のアルカロイドに触れたような火傷を負ってしまうから」

「自分のことを知りつくしているようね」とメアリが言った。

「悲しい経験をしたからよ」とベアトリーチェ。「自分を治す方法を知ってさえいたら！　父は多くのことを教えてくれたけれど、治療法を教えることはできなかった。父自身も知らなかったのよ。父に頼んだことも……懇願したこともある、どうか治してほしいと。でも、自分が知るかぎりおまえの体質は元に戻らないって、そう言われただけだった。自分の体質を誇りに思うべきだ、女性としては唯一無二の存在になったのだからって」

「その話、わたしたちに聞かせて」とメアリが言った。

キャサリン　そう、あなたのことを一章ぶん書くべきだわ。それぞれ自分の物語は自分で書くって取り決めたわよね。

ベアトリーチェ　でも、わたしはあまり英語が得意じゃないもの。あなたは何もかも知っているでしょう、キャット。あなたは文章家だもの。きっと真に迫った描写ができるわよ。ほんとうに、わたしには書けないわ。

キャサリン　あのね、自分で書かなくちゃだめ。わたしは『アスタルテの黄金の偶像』の締め切りをかかえているし、原稿を渡すまで前金がもらえないの。第一稿だけでも書いてよ。あなたの英語は申し分ないし、わたしが手直ししてすべて説得力のある話にしてあげるから。ほらがんばって、ミセス・プールにあなたの大好きな気持ち悪い草のお茶を淹れてくれるよう頼むから。

ベアトリーチェ　あれ、とってもおいしいのよ。すがすがしい気分になるの。

ダイアナ　一度試してみたけど、とても飲めたもんじゃなかった。まるで生ぬるいおしっこだね。

キャサリン　飲んだこともないくせに！　ねえ、ベアトリーチェ。ほらペンを持って。有毒植物みたいにしっかり腰を下ろして書きはじめなさい。あとでわたしが手を入れてあげるから。

「母のことは何も知らないの」とベアトリーチェは言った。「パドゥアの丘のふもとで農夫をしていた貧しい祖父のもとに生まれて、わたしの父よりはるかに若かった。父は母の美貌と若さ目当てで結婚したのだと思う——目的は、娘を、わたしを手に入れることだった。息子ではさほど役に立たないはずだから。息子なら弟子として、自分の科学研究を続けさせるために育てたでしょう。けれど娘なら弟子にもできるし実験台にもできる。

　父は医者だった。パドゥアで一番、おそらくはイタリア随一の名医だった。高名なドットーレ・ラパチーニの治療を受けるために、国じゅうから患者がやって来たわ。

　母は父の庭の手入れをさせられていた。父が栽培して薬物の原料にしていた有毒植物にたえず触れていたから衰弱していったのかもしれないって疑ったものよ。なぜって父がよく言っていたから。毒を服用したとき、体内にある毒は外界からの毒によってしか治療できないんだって。ジギタリスは狐の手袋（キツネノテブクロ）の含有成分なのだけれど、健康なひとを死に至らしめる代わりに、心臓に病のあるひとを癒すこともあるの。母が父の有毒植物の世話をするあいだにわたしは母のお腹のなかで育ち、植物の毒を吸収した。子宮のなかにいたわたしにも、毒が影響したのだと思う。有毒植物が母を衰弱させる一方で、わたしはそのエキスを大量に吸い込んで強く元気になったのね。わたしが生まれた日に、母は亡くなった——お産の床で。すでに衰弱していたから、出産の苦痛に耐えられなかったの。母は農夫の娘で、わたしは——モンスターだった。母が死んだのはわたしのせいなの」

「そんなふうに考えてはだめよ」とメアリが言った。

「なんで？」ダイアナが言った。「彼女が言ってること、たぶん当たってるよ。彼女のせいだとは言わないけど、お袋さんは彼女を産む最中に死んだ。事実は事実だよ」

「父は乳母を雇わなかった」ベアトリーチェは続けた。「栄養を摂るために、わたしは乳母の代わりに何種かの植物を吸ったわ。子どものころは、この世界にいるのは父親と自分だけで、庭の塀が世界の果てだと思っていた。隣にシニョーラ・リザベッタという女のひとが住んでいてね。彼女の家の窓の一つがうちの庭を見下ろす位置にあって、ときどき彼女が塀越しにこちらをのぞいているのを見かけたけれど、上半身しか見えなかったものだから、人間じゃなくて、ときどきわたしを天からのぞきにくる天使なんだって思ってた。何年ものあいだ、わたしは妹たち、つまり花々と楽しく遊んだ。蝶や蟋蟀(コオロギ)や芋虫と遊べないのが寂しかった。そういう生き物は近づきすぎると死んでしまうんだもの。

　最終的に、世界はそれまで認識していたよりずっと広くて、そこに自分に似ているようで似ていないひとびとが生きていることを学んだ。父はわたしの特異性について隠しだてすることはなかった。父はわたしが同類にとっては毒なのだと説明した。ためらうことも恥じることもなく——それどころか、誇らしげだった！　おまえは完璧な女なのだ、父はそう言ったわ——ふつうの女より美しくて強いのだ。男を魅了するだろうけれど、男はけっしてわたしに触れることはできないのだ、と。わたしは父の行動や動機に疑問を持つことはなかった——血を分けた父親だし、わたしのことを愛していると信じていたから。それどころか、わたしは父の実験を手伝った。父は錬金術師協会の研究についてすべて教えてくれた。いつかわたしが会員になることを望んでいたの。科学者として、そして父の変成突然変異理論の生きた証拠として」

「変成突然変異ですって！」メアリが身を乗り出した。「それは、あなたのお父様が手紙で述べていらしたことよ。変成突然変異の実験。ちょっと待ってて！」メアリは母の机に紙挟みを置きっぱなしにしていた。抽斗に鍵をかけておくべきだったと、そのとき初めて気づいた。鍵を探さなければ。ともかく、メアリは立ち上がって机に歩み寄り、抽斗から紙挟みを取り出してテーブルに置くと、中身をすべてあけた。イタリアからの手紙がある。メアリはベアトリーチェに読んで聞かせた。「『自然淘汰ではなく、変成突然変異こそが進化の主因なのだ……ベアトリーチェは雑草のようにすくすくと育っている……われわれの同志モローが、女性の脳のほうがより順応性があり、われわれの実験への反応がよいと推測したのは正しかった』この変成突然変異の実験っていったいなんなの？　あなた、知ってる？」

ベアトリーチェはメアリから手紙を受け取った。しばらくのあいだ、彼女は手を震わせ涙を浮かべながら、ただじっと手紙を見つめていた。きっと父親のことを考えているのだろう。ついに、彼女は顔を上げた。「ええ、知っているわ」片手で涙をぬぐいながら言った。「中世の錬金術師のことは知っているわよね？」

「知らない」とダイアナ。

「知っているわ、もちろん」とメアリ。「鉛を金に変えようとしたのよね」

「それが変成に関する中世の考え方だった」とベアトリーチェは言った。「物質をほかのものに変化させる一つの方法よ。中世では錬金術師たちは魔法使いだとみなされて、火あぶりにされた。でもほんとうは、彼らは科学者だったのよ。彼らが何よりも熱意を傾けていたのは永遠の命の探求――死者を生者に変成させることだった。そこで彼らは生物学的な実験に着手した。一世紀前、ヴィクター・フランケンシュタインという大学生がそれは可能だと、死んだ物質にふたたび命を与えることは可能なのだと証明したの。フランケンシュタインは実験の成功とひきかえに恐ろしい代償を払ったわ。でもわたしの父は、その目標をまたべつの方法で実現することができると信じてた。父はフランケンシュタインから着想を得た。父とおなじように卑金属だけではなくて人体も変成したいと望むひとびともフランケンシュタインから着想を得ていた。

　父はわたしについての論文を協会に送った。人間は神によって造られ、変成は神の計画に反すると信じるひとびとのことを、父は伝統主義者や反進化主義者と呼んで、しょっちゅう文句を言っていた。『進化はこの時代の最大の発見だ』とよく聞かされた。『われわれは猿から進化した。これから何に進化するだろう？　自然淘汰はもはや人間には働かない。だから、人間が至るべき、より高次元の種を創造するために、進化を方向づけるのがわれわれの義務となった。だが連中にそれがわかるか？　いや、わからんのだ、大馬鹿者ども（グランディ・イディオティ）が！』父は手を振りまわしながら『イディオティ！　イディオティ！』と叫んだものよ。協会の伝統主義者たちのことをそんなふうに言っていた。でも、父と仲間たちは変成を通じて進化を促進させようと計画していたの。彼らは、求められることも称賛されることもないまま、自分たちは種をより高次元に導く手助けをしていると信じていた……」

「それで、若い女性を改造して――何にしようとしていたの？」メアリが言った。「彼らは何をしていたの？　なぜ殺人を犯さなければいけなかったの？　ホワイトチャペルで殺されたあの女性たち。手足がなくなっていたわ。どうして変成のためにそんなことをする必要があるの？」

　ベアトリーチェはびっくりしてメアリを見た。「手足がなくなってたですって？　ホワイトチャペルで殺された女性から？　でも、そんなのって意味がわからないわ。手足を取る理由は一つしかない――でもその実験は百年も前の時代遅れのものだもの！　フランケンシュタインが考案した実験よ。今この時代にいったい誰があの実験を再現したがるのかしら？　父と仲間の実験は繊細で理論的に洗練されていた。彼らは人類を特定の方向に進化させようとしていた。父は植物のエキスを採り込むことで人類の強化を図ろうとした。モロー博士とあなたのお父様は、人類をさらなる高みへ、獣性を超えた次元へと引き上げようとして、人類と動物をへだてるものを探究していた。みんな人類を高度化させ純化させようとしていた。目標は高邁（こうまい）で、わたしは子ども心に、彼らは世界一の賢人で、彼らが人類をあらたな黄金時代に導くのだと信じていた。その後、わたしは彼らの方法に疑念をいだくようになった。だけど、手足が失われたなんて――理解できない」

ベアトリーチェは毒々しいお茶の残りを飲み干し、空になったマグを窓枠に置いた。ダイアナは残ったトーストと卵を口に押し込み、くちゃくちゃくちゃ音をたてて噛んだ。

「つまり、若い娘たちが殺され」とメアリ。「体の一部を奪われた。足、腕、頭。そして脳が二人分。それがわたしたちが解こうとしている謎よ。あなたは若い女性から手足を取る理由は一つだと言ったけれど、それがなんだか言わなかった。フランケンシュタインが考案した実験ってどんなものだったの？」

「死者の体の一部から、生者を造ることよ」とベアトリーチェ。「部位をつなぎ合わせて女性を造り、命を吹き込むの。それがフランケンシュタインがやったこと――彼は女性じゃなくて男性を使ったけれどね。その生ける屍はモンスターになったわ」

「すっごい！」ダイアナは食べ物の詰まった口をあんぐり開けた。

「でもそんなのってひどいわ！」メアリが言った。

「どうしてそんなことができるのか想像もできない」

「科学そのものに対する愛ゆえよ」とベアトリーチェが言った。「そして、人間をその限界を超えた存在にできるという希望を見出したからでもある。たとえその方法を許すことはできなくても、そのような野心の美点はわかるわよね。もちろん、どれほど崇高な目標のもとであっても、五人の女性の殺人は許しがたいことよ。でもフランケンシュタインの実験は粗野で、優雅さに欠いていた。わたしの父の理論は――」

「あなたを毒のある体にした」とメアリが言った。

ベアトリーチェは膝の上で握りしめた両手を見下ろした。

メアリはどうしたらいいかわからなかった。ベアトリーチェを侮辱してしまったかしら？　そんなつもりはなかった、それでも実験は――間違っていた。そんな実験は間違っていると、みんな認めるべきじゃない？　敷石の上で血だまりに横たわっていたモリー・キーン……。

ダイアナはげっぷをして、手の甲で口を拭った。

メアリは叱らなかった。なんて言っていいのかわからなかった。

「このほかの手紙は何？」ベアトリーチェが言った。

「それもわたしの父から届いたもの？」

「ああ、これね」とメアリは言った。「違うわ。それにラテン語で書いてあるから、内容がわからなくて。それけど赤い封蠟が押してあるの、S・Aって」

「毒吐き娘はラテン語がわかるんじゃないの」とダイアナ。

「もちろんよ」とベアトリーチェ。「科学の言語ですもの。その封蠟は、父や会員が協会の仕事に使ったものよ。これは、手紙は速やかに内密に開封されるべしという合図なの。協会の全会員が、たいていペンダントや指輪にこういう印章をつけていた。お許しいただけるなら、それらの手紙を調べてみましょうか」

「もちろん」とメアリは言った。ベアトリーチェがテーブルに歩み寄るときにあとずさりしないよう気をつけた。ダイアナはさっさと部屋の反対側に避難したけれど。

ベアトリーチェはテーブルの向こう側から手紙の束を引き寄せた。「エクス・ソシエターテ・エクスペレリス……協会の会長からあなたのお父様に宛てた手紙ね。実験を継続するなら除名処分にすると警告しているわ。この手紙が最初の警告。二度目の警告で――六カ月後の手紙よ――これが最後の警告だと言っている。俗にいう最後通牒ね。わたしの父もジキル博士の実験を危険なものだと言って……」

「どんな実験だったの？　あなた知ってるの？」メアリは訊いた。「わたしなりに仮説は立てているんだけど……」

「詳しいことはわからない」とベアトリーチェは言った。「父はわたしには教えなかった。ただ、ジキル博士は人類の獣性を打ち破ろうとしている、人類をあらたな精神的高みに引き上げようとしている――そして、いかなる科学者も自身を実験台にしてはならない、と言っていたわ」

メアリはがっかりした。ベアトリーチェなら知っていると期待していたのに。お父さまは獣性を打ち負かして、代わりにハイドに、獣になってしまった。どうやって？　どうして？　メアリは溜息をつくと、トーストの残りを食べ、ナプキンで口元を拭った。永遠にわからないのかもしれない。お父様は秘密を墓場まで持っていってしまった――これらの断片だけを残して。

「もう済んだ？」ダイアナが言った。「飽きちゃった」

玄関の呼び鈴が聞こえ、すぐにミセス・プールがやってきた。「ホームズさんとワトスンさんがお見えです」とミセス・プールは言った。「少しお時間をいただきたいそうです。なんでも――なんていったかしらね――レンフィールドが脱走したとか」

キャサリン　ジョヴァンニのことに触れてないじゃない。

ベアトリーチェ　そのことは話したくないの。

メアリ　でもねベアトリーチェ、あなたは大事な部分を省いているのよ。思い出したくないのはよくわかる、でもあなたが彼を殺したわけではないでしょう。自分が悪くないのに責任を取ることないわ。

ベアトリーチェ　でも、わたしの罪ですもの。ジョヴァンニを父の庭に招き入れたとき、有毒な花ばなのあいだを彼と歩いたとき、わたしは彼を毒に――わたしの毒にさらしていたのだから。ジョヴァンニを傷つけるつもりはなかった。彼がわたしみたいになったら、二人は一緒になれる、わたしはもう独りぼっちじゃなくなる。そう思ったの。そうしたらジョヴァンニが死んで……。

キャサリン　でも、そんなに簡単な話じゃないでしょう。さ、続きを書かせて。

ある日、庭を歩きながら見上げると、シニョーラ・リザベッタの窓から、見たこともないくらいすてきな男性がこちらを見下ろしていた。彼はリザベッタの親戚で、医学を学びにパドゥアに来ていた。もちろん、それ以前に見たことがある男性といったら自分の父だけだけれど、そのあとはいろいろな男性を見てきた。ジョヴァンニはほんとうに美男子だった。きれいな茶色の巻き毛、魂が表れているような茶色の瞳、そして南イタリアの日に焼けた頬。

ベアトリーチェ　まあ、キャサリン、お願いだからやめて！　たしかに美男子だったし、わたしは彼を愛していた。もういい、そんなふうに駅の売店で売ってるようなシリーズもののロマンス小説みたいにされるんだったら、自分で話すから。

キャサリン　鉄道の駅のどこが悪いのよ。駅の売店がなかったら、『アスタルテの謎』はあれほど売れなかったわ。

ベアトリーチェ　そういう問題じゃないわよ。

くる日もくる日も、ジョヴァンニは父の庭にやってきた。くる日もくる日も、彼はそれと知らずに毒の瘴気のなかを歩いた。わたしは自覚していた——毎日、彼にはけっして触れずに、彼を引き留め、話しかけ、彼がわたしのように毒のある身になるのを待っていた。父は彼が通ってきているのを知っていたわ——知らないはずがないでしょう？　それでも、父は何も言わなかった。たぶんジョヴァンニが家族の一員になれば役立つと思っていたのね。なんと言っても、彼はパドゥア大学の医学生だもの。偉大なるドットーレ・ラパチーニの助手になれたはず。

ある日、ジョヴァンニは窓のところで蜘蛛が巣を作ったのに目を留めた——もっとよく見るために近寄ると、蜘蛛は彼の息がかかって死んでしまった。そのとき、彼は何が起きているのか悟ったの——自分は有毒になっているのだと！　彼はパドゥアにいる父のライバルに会いに行った。ピエトロ・バグリオーニという医師で、医学校の教授をしていた人物よ。わたしの父とバグリオーニは医学校の同級生で、バグリオーニ自身も錬金術師協会の会員だったこともある。でも、父と喧嘩して協会を退会した。わたしについて、わたしの有毒体質についても知っていた。彼は解毒剤になると思われる薬品を調合し、ジョヴァンニに与えて、それを飲めば彼もわたしも無害になると言った。

ジョヴァンニはわたしのところへ解毒剤を持ってきて、これで二人とも治癒するはずだと言った。わたしたちは、触れ合うことなく庭に立った。そのときになっても、ジョヴァンニはわたしがわざと彼を毒のある体にしたことに気づいていなかった——それは事故のようなもので、わたしが自分の体質を自覚していないのだと考えていたの。なんてお人よしなのかしら！　ジョヴァンニはわたしを愛し、二人とも正常になれたらと願っていた。あのひとはモンスターに——彼がそう言ったのよ——なりたくなかった。人類から切り離されたくなかった。あの日わたしは気づいたの。自分が——人間界に生きるモンスターなのだと。

メアリ　あなたはモンスターじゃないわ、ベアトリーチェ。そんな言葉、使わないでちょうだい。

ジュスティーヌ　どうして？　的確な言葉じゃない？　わたしたちみんな、なんらかのモンスターだもの。あなただってそうよ、メアリ。

わたしはジョヴァンニに、人間としても科学者としてもバグリオーニを信用できないと言った。飲むべきじゃないと止めたわ。でも彼はどうしても飲んでくれと言う。わたしは解毒剤の入ったガラスの薬壜を手にした。それは翠玉（エメラルド）の色をしていた。そのとき父の声が聞こえた。「だめだ！　やめなさい、わが娘よ！　バグリオーニがわたしの敵だと、わたしの実験を毀損（きそん）するためなら手段を選ばない男だと知らないのか？」

「お父様、わたしに何をしたかわからないの？」わたしは言ったわ。「おなじ種のものに死をもたらす体でいたくないわ」

「いいかい、これが安全だということを証明してあげよう」とジョヴァンニが言った。「まずぼくが飲んでみせる」

ジョヴァンニはわたしの手から薬壜を取り上げると、エメラルド色の液体を口にふくんだ。わたしを安心させるようにほほえみかけてくれたけれど、やがて苦痛に顔をゆがませ、地面に倒れて、お腹をつかんで身悶えしたの。わたしはそのそばに膝をついた。わたしは、父の薬を作ってきたというのに、何をすべきかも、彼に何を与えるべきかもわからなかった。ジョヴァンニを腕に抱いてお願い死なないでと懇願することしかできなかった。でもまもなくそれも終わったわ。ジョヴァンニは亡骸となって、わたしの腕のなかに横たわった。

わたしはジョヴァンニの手から落ちた薬壜を拾い、自分も死のうと思って残った解毒剤を飲んだ。でも何も起きなかった。体内の毒が強すぎて、薬が効かなかったの。その晩はナイフか何かで自殺しようと思った。わたしは彼の死の報いを受けるべきでしょう？　愛した男性を殺してしまった。自分であのひとの心臓にナイフを突き立てたも同然よ。

なのにわたしには勇気がなかった。そのかわり、翌日父に変成過程を逆行させてくれと迫ったの。愛した男性を殺した今、もう有毒でいたくなかった。ふつうの女になりたかった。そのときよ、父がもう後戻りはできないのだと打ち明けたのは。だからわたしは父の家を出て大学に行った。バグリオーニ教授を探し出して、わたしの症状を治してくれなかったら、あなたがジョヴァンニを殺したとパドゥアじゅうに言いふらすと迫ったわ。教授は何度も何度も解毒剤発見に挑んだ。わたしのためでも、ジョヴァンニの死に対する責任感からでもなく。そうではなくて、わたしの父に対する敵意が動機だったのでしょうね。それでもわたしは教授の家に滞在しつづけた――治癒か、あるいは死を望みながら。教授はわたしとの接触を避けてつづけていたけれどね。この世にわたしの症状を知る人は教授以外いなかった。それに、父は自分の力ではわたしを治せない、わたしにはそのままでいてほしい――彼の最大の創造物でいてほしいとはっきり告げられていた。だからわたしはバグリオーニの共同研究者になった。わたしの敵であり、恋人に死をもたらした相手とともに働き、彼の研究室で次から次へと薬を創った。でもどれ一つとしてわたしの毒を弱めることはできなかった。
　ある日、わたしが研究室で最新の薬を蒸留していると、バグリオーニがやってきた。「きみの父上が亡くなった」彼は言った。父は庭の有毒植物の繁みのなかで発見されたんですって。シニョーラ・リザベッタが父のようすに気づいて当局に通報したの。わたしは別れの言葉も告げずに父を捨てたし、わたしがバグリオーニ教授のもとで過ごしていた何週間かのあいだ、父のほうからも一度だって会いにこなかった。庭の世話をするのはずっとわたしの役目だったの。有毒植物はわたしには害を及ぼさなかったけれど、父には植物の毒に耐える力はなかったのね。父の評判ゆえに、誰も庭に入ろうとしなかった。ふたたび庭に踏み入ってそこに父を埋葬したのは、このわたしだった。今度こそ最後に家を後にしようというとき、シニョーラ・リザベッタは窓から身を乗り出してわたしに罵りの言葉を吐いた。当然の報いよね。

ジュスティーヌ　ベアトリーチェ、そんなことは絶対にないわ。

ダイアナ　なんでわざわざ戻ったの？　あたしなら腐るまで放っておくな。

　というわけで、わたしは自分の母親とジョヴァンニを殺したの。もしかしたら、父のことも殺したのかもしれないわ。ジョヴァンニのいう「モンスター」は当たっていたのね。

メアリ　ばかげてる。お母様やジョヴァンニが死んだのはあなたのせいではないし、お父様が亡くなったはご自身の責任よ。正直なところ、ダイアナでさえ今度ばかりは一理あるわ。

キャサリン　ねえみんな、あたしが物語を書こうとしてるってことを忘れちゃった？　ホームズもワトスンも玄関にほったらかしなんだけど。

メアリ　キャット、それぞれの物語を書けって言ったのはあなたよ。なのに今度はプロットに口出しするって怒るのね。これはあなたの書くスリラー小説とは違うの。わたしたちがどうやって出会ったのか、わたしたちがどういう存在なのかを描こうとしているの。ただのホワイトチャペルの殺人事件の謎解き物語じゃない。これはわたしたちの物語なのよ。

ダイアナ　あたしたちが殺人事件を解決したってばらしちゃっていいのかな。

メアリ　あら、最終的にわたしたちが解決したに決まっているじゃない。じゃなきゃ、わたしたちが事件について書けるはずがないでしょう？　けど、どうやって解決した？　途中で何が起きた？　それが物語というものなの。

「レンフィールドが脱走ですって？」メアリは言った。「すぐお通しして、ミセス・プール」

男性二人は入室と同時にお辞儀をし、ホームズはベアトリーチェを例の鋭い鷹のような目つきで見た。「お目にかかれて光栄です、ミス・ラパチーニ」とホームズは言った。「私もよく自分が生物学的に珍しい存在のような気がするのですよ、あなたと共通点があるのかもしれません」メアリは嫉妬を覚えた。ベアトリーチェはこんなに美しくなくてもいいんじゃないだろうか？　ベアトリーチェはひとを火傷させてしまうから、誰にも触れることができなくてよかった。メアリは一瞬だけそんなふうに思ってしまった。

メアリ　わたしたちが思ったことをいちいち挿入する必要がある？　おまけに鋭い鷹のような目つきだなんて！　いいかげんにしてよ、キャット。

キャサリン　あら、これはわたしたちの物語なんじゃないの？

「そろそろ話し合いをするべきでしょうね」とホームズが言った。「われわれはあなたがたがお持ちでない情報をもっているし、ミス・ラパチーニはわれわれの知らない情報をあなたに提供してくれたのではありませんか。たがいに意見を交換しようじゃありませんか」

「ええ、もちろん」とメアリが言った。「朝食を食べ終えたところです。応接間に参りましょう。ミセス・プール、お茶のおかわりを頼めるかしら？」

メアリは紙挟みに書類を戻し、腕に抱えた。ホームズに発見したものを見せるときが来た。広い部屋に移り、ホームズとワトスンは肘掛け椅子に、ベアトリーチェは出窓の桟に、みんなが腰を落ち着けると、ホームズは言った。「かいつまんで言えば、われわれのニュースは以下のとおりです。目下、五つの遺体が上がっている。サリー・ヘイワード、アナ・ペティンギル、ポーリン・ドラクロワ、モリー・キーン、そして彼女らと同業者のスザンナ・ムーア。最後の二体は脳を切り取られていたが、理由は不明。だが興味深いことに、モリー・キーンとおなじく、スザンナ・ムーアも住み込みの家庭教師でした。被害者はいずれもホワイトチャペルで殺害された。レンフィールドは一連の犯行を自白しましたが、彼に最後の殺人を犯すことは不可能だった。スザンナ・ムーアの遺体は、われわれがレストレード警部とともにパーフリートに向かった直後に発見されました。彼女は前の晩に殺されましたが、そのあいだ、レンフィールドはパーフリート精神科病院で看護人の監視下にありました。では彼女を殺したのは誰か？　翌日、われわれはレストレード警部がレンフィールドを護送馬車に乗せて鍵をかけたのをこの目で見ている。彼は手錠をかけられエヴァンズ巡査が護衛についていた。馬車がニューゲートに着いたとき、扉の鍵は解除され、エヴァンズは昏倒しており、レンフィールドは姿をくらましていた。レンフィールドは四人を殺害したが、スザンナ・ムーア殺しには関わっていないというのか？　だから脳が二度も奪われたのか？　あるいは、すべての殺人は誰かほかの一人ないし複数の人間によっておこなわれたのか？　ご承知のように、私は後者の説を支持しています。そして誰がレンフィールド逃走の手引きをしたのか？　自力でできたはずがない——レンフィールドには手段が、そもそも勇気もなかった」

「ほかの誰か」とベアトリーチェが言った。「一見、常軌を逸しているように見えるものの裏にも筋道があるものです、ホームズさん。殺人者は正気を失っている者とはかぎりません。でも理解できないのは、なぜ一連の殺人が今おこなわれるのかということです。腑に落ちません」

「ベアトリーチェが錬金術師協会について教えてくれたのです」とメアリが言った。「その会員たちはダーウィンの進化論に興味を持っていましたが、ダーウィンのはるか先を行ってしまったようです。進化をさらに促したい、より完全な人間（マン）を造りたいと欲し——まあ、実際には女（ウーマン）でしたが。でもベアトリーチェが言うには、体の部位をつなぎあわせるというのは旧式の、粗野な実験ということです……」

「ええ、最初はヴィクター・フランケンシュタインという学生がおこないました。ある化学の教授が彼を協会に入会させたのです。フランケンシュタインは死体から人間を造り、命を吹き込もうとしました。けれどそれは百年前の話です。彼はその実験に成功しました。今になってフランケンシュタインの実験を再現したがる者がいるなんて理解できません」ベアトリーチェが言った。

「フランケンシュタインだって！」ワトスンが言った。

「その名前、覚えてるぞ。報告書がなかったかな――たしか、詩人シェリーの妻が書いた。『フランケンシュタイン――現代のプロメテウスの伝記』とかいう。大学時代に読んだよ。しかしミス・ラパチーニ、あれは大衆小説であって科学論文ではないですよ。それなりにぞっとはしましたがね、医学生としては箸にも棒にもかからぬ駄作だと思ったものです」

「いいえ」とベアトリーチェが言った。「わたしほどの駄作ではありません。世間は創作だと思ったかもしれませんけれど、協会の会員はフランケンシュタインが実在したことも、彼がモンスターを造り出したことも知っていました。少なくとも、父はそう話していました」

「で、ぼくの記憶がたしかなら、そのモンスターはフランケンシュタインを殺したのだ」とワトスンが言った。「読んでから一週間は悪夢を見ましたよ。授業で使った死体が解剖台から起き上がって追いかけてくるんじゃないか、しばらくそんな考えに取りつかれたものです!」

「ほう、それはぼくも読んでみなくちゃならんな」とホームズが言った。「娯楽スリラー小説に手を出したことはないんだがね。しかし、われわれはまたもこの謎の協会に行き当たったというわけだ。あなたの一連の推理はやはり正しかったようですね、ミス・ジキル」

メアリは頬をゆるめまいとしたが、顔が赤らむのが自分でもわかった。

ダイアナ　自分の顔が赤くなるのを感じたりなんてできないっての。そんなの女性小説家がよく使う決まり文句だよ。

「協会に関するあなたがたの知識をできるだけ共有させていただきたい」ホームズはそう続けると、順番にそれぞれの顔を見つめながら待った。

メアリとベアトリーチェはときどきおたがいに口をはさみ合いながら、錬金術師協会について知っていることを話した。メアリは少々ためらったのち、紙挟みから何通かの手紙を出してホームズに渡した。それらはメアリの父の印象をよくはしないが、今回の謎解きの助けになるのなら、ホームズたちに見せるべきだろう。

「二つの捜査線をたどらなければいけないようですね」ホームズは熟読したのちに言った。「われわれはモリー・キーンとスザンナ・ムーアの仲間と話しました。私がこの事件の捜査に関わる前に殺された女性たちについても、おなじことをしなくてはならないな。なぜ彼女らが選ばれたのか、そしてなぜ特定の身体部分が奪われたのか？　とくに二人の家庭教師からそれぞれ脳が奪われたことからうかがえるとおり、何らかの法則があるようだ。私の経験では、彼女らはたいてい知的で過小評価された女性で、理不尽な人生を送る運命にあります。とくに気になるのは、なぜ彼女らが殺人者およびその共犯者を惹きつけたかということです。今日、ワトスンと私はホワイトチャペルに赴いて捜査するつもりです。だがその前に、バルフォア博士に面会を乞う電報を打ちますよ。あの精神科病院をもう一度訪れてみたい。ご婦人がたは、どうか昨夜の冒険の疲れを癒してください」

「それでレンフィールドは？　彼はどうなのです？」メアリが訊いた。

「レンフィールドはレストレード警部に任せます。私は、彼は自白するよう誘導されたと確信しています。しかし誰が誘導したのか？　そして誰が彼の逃亡を手引きしたのか？　私が突き止めたいのはその男であって、憐れな精神科病院の患者ではない。犯人はレンフィールドの顔なじみで、その習慣を熟知していたに相違ありません。ワトスンと私は、あの病院で真犯人を特定する手がかりをつかめればと思っています」

メアリはうなずいた。蚊帳の外に置かれてしまうのは残念だった。これで捜査に関わるのもおしまいかしら？　そんなのいやだ。だがメアリにはダイアナとベアトリーチェの保護者という役目がある。

ミセス・プールがホームズとワトスンを送り出すと、メアリはパーク・テラスを歩く二人のうしろ姿が見えなくなるまで見送り、それから応接間に戻った。朝食の皿を片付けなければならないし、支払いを済ませなければならない。切り盛りすべき家事があるのだ。

ベアトリーチェが窓辺から立ち上がって言った。

「殿方の前で言いたくなかったのだけれど、ホームズさんがいう二つの捜査線のほかに、第三の線があるの。あの方たちが着いたとき、ちょうどわたしも見てもらいたい手紙があると切り出そうとしていたのよ。ひと月前に受け取った、というよりペトロニウス教授の机で見つけた手紙。ペトロニウスはわたしに手渡す気がなかったようだけれど」

胴着（ボディス）のなかから、ベアトリーチェはくしゃくしゃになった手紙を取り出し、開いて読み上げた。

親愛なるミス・ラパチーニ
わたしがあなたのお名前にすぐピンときたように、あなたもわたしの名前をご存じかもしれません。たまたま《ガゼット》であなたの広告が目に留まり、個人的にお近づきになりたいと思いました。
わたしは今、〈ロレンゾの驚異と歓喜（マーヴェルズ・アンド・デイライツ）のサーカス〉に所属しております。地方を巡業中ですが、ロンドンにも参ります。五月初めから六月の終わりまで、サウス・バンクのバタシー・パークで興行する予定です。わたしたちがおなじ仕事をしているとは、なんて不思議なんでしょう！　あるいは、たいして不思議ではないのかもしれません。あなたの境遇を存じ上げませんので、ご返信を待つことにいたします。それでも、ぜひお目にかかりたいと存じます。

かしこ

キャサリン・モロー

冒険の一日になる。メアリは興奮と安堵を覚えた。ほんの一週間前まで、なんて平凡な人生を送ってきたことだろう！　それが今は、平凡とはかけはなれた日々になっていた。

「くどいわりに中身が空っぽの手紙だね」とダイアナが言った。「キャサリン・モローって誰？　なんでこのひとを捜査しなくちゃなんないの？」

「手紙のなかでは大事なことはいっさい言いたくなかったのだと思う」ベアトリーチェが言った。「他人に読まれるかもしれないと思ったのでしょう。で、実際そうなったわ。でもわからない？　彼女の姓はモローよ。父の友人で非業の死を遂げるまで協会の会員だったモロー博士の親戚に違いない。娘かもしれないわね。わたしの名前に気づいて、わたしに会いたがっているのよ」

「それなら、わたしたちサウス・バンクに行かなくてはね」とメアリが言った。今日もまた目標ができた。

11　驚異のサーカス

まず最初に頭を悩ませたのは、服装についてだった。メアリはすでにダイアナにお下がりをあげていた——よほど地味なものは厨房メイドのアリスに与えたけれど、幸いそれ以外はまだ手元にある。ベアトリーチェは体格がほぼメアリとおなじなので、彼女のウォーキング・スーツを着ることができた。ともかく、ペトロニウス教授のもとから逃げてきたときにまとっていた大仰なドレス姿で外出するわけにはいかない。メアリは母の衣装簞笥から、母が病気になる前にかぶっていたヴェールつきの帽子を掘り出した。ヴェールは若い女性のあいだではもう流行遅れだけれど、年配の女性ならまだ見かけるし、ヴェールで覆えばベアトリーチェの年頃はわからない。ペトロニウス教授がベアトリーチェたちを探していて、メアリやダイアナを見つけたとしても、ベアトリーチェの顔だけは隠しておける。

罪悪感に胸を刺されながら、メアリは黒いドレスを脱いだ。母の死からまだ日が浅いというのに、喪に服すのをやめるなんて！　だがサウス・バンクのような歓楽街では喪服の女は人目を引いてしまうだろう。通行人はこの女は何をしているのかとじろじろ見るだろう。ミセス・プールがいい顔をしないのではと心配していたが、普段着のウォーキング・スーツ姿のメアリを見ると、家政婦は言ったものだ。「賢明な判断ですね、お嬢様」メアリはほっとして溜息をついた。少なくともミセス・プールの承諾を得ることはできた。

ミセス・プール　まるで承諾が必要だったみたいですね！　メアリお嬢様はレディです。レディがすると決めたことは正しいに決まっていますよ。

メアリ　わたしたちがうっかり何かを割ってしまったときにも、そう言ってくれたら！
ダイアナ　先週の応接間の件とかね。

三人はテムズ川の堤防まで乗合い馬車を三台乗り継いだ。乗り換えは一回でもよかったのだが、家を出るときに、メアリは何かを見たような気がしたのだ——気のせいだったのかもしれない。家並みの壁に寄りかかる物乞いがいて、妙な姿勢で身をかがめていた。でも物乞いというのはたいてい猫背じゃない？　酔っ払いかもしれない。そこにいること自体は異様でもない——上品なリージェンツ・パーク界隈でさえ、最近は物乞いを見かけるようになった。それでも、男はなんとなくこそこそしていた。彼女を見たとたんに目をそらしたのだ。物乞いっていうのはたいてい——物を乞うものでは？　それなのに男は目の前の敷石に帽子を置き、壁に寄りかかって坐っているだけだった。だからメアリはあとをつけられた場合に備え、ばかなことをしているかしらと思いつつも、乗合い馬車を二回乗り換えたのだ。誰があとをつけるっていうのさ？　何のために？　メアリが目撃した物乞いについて説明するとダイアナは文句を言ったが、ベアトリーチェはうなずいて用心するに越したことはないと同意した。

屋根上の席が空いていればそこに坐り、そうでなければベアトリーチェを窓際に坐らせた。そんな馬車の旅は、長く疲れた。ダイアナが自分はロンドンを知りつくしているとか、あそこにもここにも行ったことがあるとか自慢しつづけるので、メアリはほとほとうんざりしてしまった。だがとうとう堤防そばで馬車を降りると、河口に向かって蛇行するテムズ川が見えてきた。濁った川には、シューシューと蒸気を吐きながら上流へ向かう船や下流へ流れていく船がひしめきあっている。目の前に広がる景色にメアリの心は躍った。

三人はチェルシー橋を歩いて渡り、バタシー・パークの野原まで来た。サーカスへの行き方を訊く必要はない。一目瞭然（りょうぜん）だ——赤白の縞模様の丸いテントが緑の野原にくっきりと映え、小ぶりのテントや、どぎつい色で〈ロレンゾの驚異と歓喜（マーヴェルズ・アンド・ディライツ）のサーカス〉と書かれた荷馬車がまわりを囲んでいる。

近づいていくと、テントの入口から呼び込みの男の声が聞こえてきた。「寄ってらっしゃい、見てらっしゃい、旦那にご婦人、坊ちゃん嬢ちゃん！　〈ロレンゾの驚異と歓喜のサーカス〉はこちら！　入場料は大人一ペニー、お子さんは半ペニーだよ！　入場券があれば余興は無料！　〈怪力〉アトラスが英国紳士二人を肩に載せるよ！　南米のジャングルから来た〈猫娘（キャット・ガール）〉もいるよ！　半分女で半分獣だけど、半ペニー払えば耳のうしろを掻かせてもらえるんだ！　かの有名なロシアの大草原の〈犬少年（ドッグ・ボーイ）〉サーシャもいる、デヴォンシャーの〈二つ頭の子牛〉も〈本物の人魚〉も見てらっしゃい！　〈ズールー族の王子〉が血に飢えた土着の踊りを披露するよ、どんな男より大きな〈女巨人（ジャイアンテス）〉をご覧あれ！　一人でも彼女より大きな旦那がいたら、お代は返却だ！　つぎの出し物は一時間後だよ、旦那にご婦人、坊ちゃん嬢ちゃん！　入場券は一ペニーと半ペニーだよ！」

「さあ、どうする？」メアリが訊いた。「手紙によればキャサリン・モローはここにいるということだったけれど、彼女の見分け方が書いてなかったわ」

「そりゃ、入場券を買わなくちゃ」とダイアナが言った。「サーカスに出てるって書いてあったんだから、サーカス見ようよ。どっちにしても、〈犬少年〉サーシャと〈本物の人魚〉が見たいよう」

「そうね」とベアトリーチェが言った。「それが一番じゃないかしら？　わたしは入口で待つことにするけれど。演目がはじまったら、お客が詰めかけるでしょうし——そんなにたくさんのひとと一緒にいたくないわ、とくに今の状態ではね。こちらにキャサリンの見分け方がわからなくても、彼女のほうはこちらの見分け方がわかってるんじゃないかしら」

メアリはサーカス入口脇の入場券売り場に行き、券を買った。大人二枚、子ども一枚。ダイアナはまだ子どもよね？　小柄だから子どもで通用するだろうし、そうすればお金の節約になる。「それから？」ベアトリーチェとダイアナに券を渡すとメアリは訊いた。「つぎの演目までまだ一時間ある」だがダイアナはすでに余興に向かっていた。

「ねえ、ベアトリーチェ」とメアリは言った。「あの子に毒がまわるまでどれくらいかかる？」

「まさか、妹を毒殺したいの？」ベアトリーチェは驚いたように訊き返した。ヴェールの向こうでどんな顔をしているか想像がつく。皮肉が通じないのはイタリア人だから？　それとも毒のある体だから？

「いいえ、そんなつもりはないわ」メアリは溜息をついた。「さあ、あの子についていったほうがいいわ。迷子になったら困るもの」もう正午になっていたので、観客たちはテントのあいだの草地に坐って持参の弁当を広げたり、いろいろな屋台で食べ物を買ったりしている。メアリは弁当を持ってくるなんてことを思いつきもしなかった。わたしはお腹がすいていないけれど、ダイアナはすぐ腹ぺこになるに決まっている。あの子の食欲はまるで時計じかけ――腹具合で時刻がわかるのだ。

メアリたちは余興用のテントの入口で入場券を示した。おなじく赤白の縞模様だが四角い小型のテントで、内部は仕切りで分けられ、布天井の隙間から明かりを取っている。この時間はほとんど客がいない。三人は演者の名前が表示された小部屋から小部屋へと歩いていった。最初は〈怪力〉アトラスの部屋だ。怪力男はいくつものアレイを持ち上げながらこちらに向かってウィンクし、お嬢さんがたを肩に載せて差し上げましょうと申し出た。ダイアナが進み出ようとしたが、すんでのところでメアリが彼女の襟をつかんだ。「別嬪（べっぴん）さんたち、お二人を軽々と持ち上げてみせますよ！」男はメアリとベアトリーチェのほうに呼びかけた。ダイアナは黙ってじたばたしていた。メアリは襟の布地をしっかりつかんだまま、首を横に振った。「だめ？　なら、旦那がたはどうだい？」スクールスカーフを巻いた大学生二人が求めに応じ、アトラスは二人を肩に担いだ。まばらな観客たちは行儀よく拍手をした。

お次は〈犬少年〉サーシャで、見かけはぱっとしなかったがそれらしく吠えたりうなったりしていた。

「そもそも犬に見えないな」とダイアナ。「ただ毛深いだけじゃん。だってノーフォーク・ジャケット着てるんだよ。犬はそんなもの着ないよね？」

アトラスやサーシャよりは、南米のジャングルから来た〈猫娘〉アスタルテのほうが本物らしかった。耳は頭の高い位置についているし、目はキャッツアイの黄色で、ほんとうに猫らしく見えた。顔以外は黄褐色の分厚い毛皮におおわれ、長い尻尾は歩くたびに向きが変わった。猫らしいうなり声をあげ、鋭い鉤爪（かぎづめ）を出す。だが見物人が半ペニー余計に払えば、顎の下を掻かせたり背中や前足の毛を撫でさせたりしてくれて、喉をごろごろ鳴らしてみせた。

「わあ、ちょっとした見ものじゃない？」ダイアナは言った。「母親が人間の女で父親が猫だったのかな？　半ペニーちょうだい、メアリ。触りにいきたい」学生の一人が半ペニー払っておそるおそる猫娘に近寄った。鉤爪に近づきすぎるのが怖いらしい。

「まさか」とベアトリーチェが言った。「そんな交配は遺伝の法則が許さないわ」

猫娘がベアトリーチェのほうに向いた。「ねえ」うなり声のような低い声をもらす。「そう、黒いヴェールのあなた。わたしを掻きにきてくれない？　いらっしゃい、花のお嬢さんがた（ヴェニテ・プェラ・フロルム）！」

「半ペニーくださる？」ベアトリーチェはそう言って

手袋をはめた手をメアリに差し出した。

なぜだろうと思いながら、メアリは硬貨を渡した。学生の番が終わると、ベアトリーチェは猫娘のもとへ歩み寄り、硬貨を渡し身をかがめて相手の耳のうしろを掻いた。ひそひそとささやくような声が聞こえた、やがて猫娘はさっきとおなじく大きく喉を鳴らした。ベアトリーチェは何をしているのかしら？

まもなくベアトリーチェが戻り、猫娘は言った。

「ほかにわたしの耳のうしろや顎の下を掻いてみたい方は？　あなたはどう？」彼女はもう一人の学生を黄色い目で見つめ、謎めいた笑みを浮かべた。

「歩きましょう」とベアトリーチェが言った。「テントを出てから説明するわ」

〈二つ頭の子牛〉はたしかに頭が二つあったけれど、それ以外はただの子牛にしか見えなかった。〈本物の人魚〉はまったくお粗末だった。「せめて魚の尾っぽの縫い目を隠せばいいのに」とダイアナが言った。

〈女巨人〉は頭痛のために引っ込んだらしく、〈ズールー族の王子〉は血に飢えた土着の踊りを熱演したが、出番でないときに坐っていたスツールに、客が落とした入場券を栞がわりにはさんだ『ミドルマーチ』が置いてあるのをメアリは見てしまった。

三人はやっとテントから外へ出た。「あれはいったいなんだったの？」メアリが訊いた。

「猫娘の正体はキャサリン・モローよ」ベアトリーチェが言った。「サーカスが始まったら、彼女のテントを探してそこで待っていてと言われた。そしたら余興が終わるから、彼女の出番も終わり。テントは緑の荷馬車の隣よ」

「あれが彼女だってなんでわかったのさ？」ダイアナが訊いた。

「わたしにラテン語で話しかけてきたから」とベアトリーチェが言った。「モロー博士は彼女にラテン語を教えたはずよ、父がわたしに教えたようにね」

メアリは嫉妬を覚えた。お父様はラテン語なんて教えてくれなかった、たいしたことは何も教えてくれなかった、研究室にはいろいろなものがあったのに――とはいえ、お父様はわたしがまだ七歳のときに亡くなったのだ。もっと長生きしていたら、いろいろ教えてくれたかしら？　そしてわたしはもっといい暮らしができたのかしら？　メアリはあの手紙のことを思い出した。〝たしかきみにも娘がいたね？　プロセスを開始するのに十分な年齢に達していることだろう。実験に於いてきみがどのような方向に舵を切るにせよ、かならずや有望な結果をもたらすだろう〟――生活はもっとずっと苦しかったかもしれない。お父様はわたしを実験に使ったかしら？　それともダイアナを？　いずれにせよ、メアリの仮説が当たっているなら、あの時点で父はハイドから戻れなくなってしまったのだ。結局はメアリとダイアナどちらにとっても、父親がこれ以上の害を及ぼす前に死んでよかったのだろう。だって、ベアトリーチェを見てよ……。

予想どおり、屋台の前で立ち止まってダイアナにミートパイを買ってやることになった。腹ぺこで今にも倒れそうだと言い張ったのだ。メアリはこんなときにとても食べ物のことなど考えられなかったし、ベアトリーチェに何かほしいものはないか訊ねると、彼女は「お水を一杯いただくわ」と答えた。ベアトリーチェは昼食に何をとるのだろう？　日光を浴びるのかしら？

「そんなに大きな口を開けてパイを頬ばらないの」とメアリは言った。だが言い終わらないうちに、パイはダイアナの口のなかに消え、彼女は手の甲でパイの屑を拭っていた。まあ、昼食に時間がかからずに済んだわけだ。

メアリたちはサーカスの団員の住居用の小さな縞模様のテント群の最後の一つを見つけた。その脇には緑の荷馬車が停まっていて、両脇に鉄格子がはまっているところを見ると、どうやら動物の運搬用の馬車らしかった。三人は垂れ蓋を持ち上げてテントに入った。ベアトリーチェは帽子の上にヴェールをまくり上げ、メアリはなかを見まわした。テントはカーテンで二つに仕切られている。入口があるほうには、折り畳み式ベッド、折り畳み式テーブルと椅子、そして開けっ放しのトランクがあった。トランクからは衣類があふれ出し、寝台や椅子にも散乱している。キャサリン・モローは几帳面とは言いがたいようだ。

メアリ　今だってそうだわ。

みんなの目がテントの薄明かりに慣れたころ、キャサリンが入ってきて垂れ蓋を閉じた。

「終わった終わった！」彼女は言った。もう低くうなるような話し方ではなく――ふつうのイングランド女性らしい口調だ。「いつもは見せ物は苦じゃないんだけど、こんな状況だからなるべく早く終わらせたくって」キャサリンは喉に両手をあて、何やらもぞもぞさせていた。それから両手で耳をつかんで引っぱり上げた――耳だけでなく、猫の頭を丸ごとだ。かぶりものの下で平たく巻いてまとめられた濃褐色の髪が現れた。猫の衣装の隠しボタンをはずし、それも脱いでしまうと、縫いつけられた鉤爪などそのほかもろもろと一緒にトランクに投げ込んだ。体もまた琥珀色だったが、毛深いのは一般的に女性の体で毛深い部分だけだった。メアリは赤面して顔をそむけたが、ふとキャサリン・モローの体じゅうに薄い傷痕が網状に走っているのを見てしまった。人前で素っ裸になる同性には慣れていなかった。キャサリンは折り畳み式ベッドの上の衣類の山から、鶴の刺繍入りの橙色のキモノをつかみあげて羽織った。

「どうしてわたしのことがわかったの？」ベアトリーチェが訊いた。

「においよ」とキャサリンは答えた。「まぎれもない人間という感じのにおいじゃなかったのよね」彼女はメアリとダイアナをじろじろ見た。何者かを見きわめようとしているみたいだ。

「それでわたしに話しかけたのね」とベアトリーチェは言った。「わかったわ。あなたは――モロー博士のお嬢さん？　もしそうなら、お父様のご逝去にお悔やみを申し上げます」

「あの男のお嬢さんか！　そういう呼び方もできるかもね。実際あいつはそう呼んだし、あたしに自分の姓を与えたから。でも正確には、あたしはあの男の――創造物なの。その話は、お友だちを紹介してもらってからにしない？」猫の衣装をつけていないキャサリンはふつうの女性のように見えるが、黄色の瞳の奥底には野性が宿っていた。

メアリ　あらまあ！　自分のこと、あなたの書く小説のヒロインみたいに書いちゃって。奥底に野性が宿っていた、ですって！

メアリは彼女を見ていささか怖じ気づいた。

メアリ　怖じ気づいてません！

「こちらはメアリ・ジキルとダイアナ・ハイド」ベアトリーチェは紹介した。「わたしを閉じ込めていた男のもとから救い出してくれたの。わたしたち、あなたのことも救い出せるわよ」

「あたし、拘束されているわけじゃないから」とキャサリンが言った。「これで生計を立てているの。しごく外聞がいい方法じゃないかもしれないけれど、どこその橋の下で身を売るよりましだわ」キャサリンはしげしげとメアリを見た。「ジキル――その名前、どこかで聞いた覚えがある。ジキルって、彼も会員だったんじゃ――」

「錬金術師協会の？　そのとおりよ」とメアリは言った。「わたしたち、協会についてできるかぎり調べるつもりなの。何か情報があれば教えて……」

キャサリンは頭をのけぞらせて笑った。メアリは動物じみた声を予想していたが、その笑い声は完全に人間のものだった。「情報！　ああうん、あたしたち、自分たちの父親の大事な協会について情報をあげられるかもね！」

「あたしたちって？」ダイアナが訊いた。

キャサリンは品定めするかのように、一人ずつを見つめた。やがて口を開いた。「いいわよ」メアリたちに言っているのではなく、テントを仕切るカーテンに向かって声をかけている。「出てきても大丈夫」

メアリは身構えた。何かの罠かしら？　わたしたち、襲われるの？

蒼白い手が伸びてカーテンを引いた。今まで見たこともないほど背が高い、ほとんどの男より高い、だが痩せていて背中を丸めた女が出てきた。優しげな面長の顔に悲しげな目。「こんにちは」女はおずおずと言った。メアリが聞いたことのない訛りだ。

「そんなまさか」とベアトリーチェが言った。まるで幽霊でも見るように女を見つめている。

「何がまさかなの？」ダイアナが言った。「これ、女巨人？」

「そ、こちらは女巨人」とキャサリンが言った。「またの名をジュスティーヌ・フランケンシュタイン」

「でもあなたは解体されたはず」とベアトリーチェ。「あなたの体はばらばらにされて海に投げこまれた。父にはそう聞いたし、シェリー夫人の本にもそう書かれているわ。フランケンシュタインは子が生まれることを恐れて、怪物のために伴侶の女を造ることを拒否したのよ。不躾なことをごめんなさいね」ジュスティーヌの目に涙が浮かぶのを見て、ベアトリーチェはつけくわえた。

「フランケンシュタインは嘘つきだったわ」とキャサリンは言った。「あいつも、あいつの弟も……」と、言葉を止めて鼻をくんくんいわせる。「ミス・ジキル、あなた、誰かにあとをつけられなかった?」

「さあ、どうかしら」とメアリは言った。「何度か乗合い馬車を乗り換えたけれど、今朝、うちの外に男がいて……なぜかわからないけれど、その男を見て身震いを覚えた。気のせいかなと思ったのだけれど。ねえ、何か見えるの?」

「いいえ、なんかにおうのよ」とキャサリンは言った。「人間の男のようだけど、そうじゃないみたいな。あたしたちに危険が迫っているかも。どこかに安全な隠れ場所はある?」

「わたしの家ほど安全なところはないんじゃないかしら」とメアリは言った。「尾行されていたとしたら、その男には場所が知られているわけだけれど、錠前のついた頑丈な扉があるし、必要ならホームズさんに護衛を頼めるわ」

「ならそこに行きましょう。ジュスティーヌもあたしも、いつかはここを去ることになるってわかってた。今日がその日なのね。でも、こんな身なりでいっぺんに出ていくことはできない。すぐ見つかってしまう。いい考えがあるわ。ね、猿娘(モンキー・ガール)ちゃん」とダイアナに声をかける。「音をたてずに動けるんでしょ?」

「当たり前さ」ダイアナは鼻で笑うように言った。

「なら一緒に来て」キャサリンはテントを仕切るカーテンを開け、向こう側に入っていった。すぐにダイアナがあとに続いた。

「待って、どこへ行くの?」メアリが呼びかけた。キャサリン・モローを信じていいのかしら? ダイアナが自分で自分の身を守れることはメアリにもわかってきた。それでも、テントの垂れ蓋の下に消えたのはわが妹なのだ——いやでも心配せずにいられない。キャサリンは行き先くらい言ったってよかったのに。「キャサリンを信用して」メアリの思いを察したように、ジュスティーヌが言った。「このテントの向こう側はべつのテントにほぼ接しているの。キャサリンがどこへ行ったのかはわからないけれど、そのうちわかるわ――彼女は信用できる。わたしの命を救ってくれたんですもの」

「あなたの命を――」とベアトリーチェが言った。「どうしてあなたは生きているの？ あなたの話が事実だとしたら、ほぼ一世紀前に造られて……」

「そうよ」ジュスティーヌはあっさり言った。「話がそれてしまったけれど、あなたの言うとおり。もし、そもそもわたしが生きているという言い方が正しいのなら。わたしは十七年のあいだ生きていたの、あなたたちとおなじように――フランケンシュタイン家の召使としてね。でも恐ろしい罪の責めを負わされてしまった。まったくの無実だったのに、縛り首になったわ……そしてわたしの父、ヴィクター・フランケンシュタインがわたしの遺体を手に入れた。わたしをこんなふうにしたのは父よ、ほとんどの女より大きく強く造った。父はわたしを生き返らせた、というより、それと似たような状態にした。わたしは生きているのかしら？ ふつうの女のように歳を取らない。いつ死ぬのかもわからない。結局、わたしは生きていないのかもしれない……」

ジュスティーヌの話を聞きながら、メアリはわけがわからない物語の世界に足を踏み入れたような気分になった。誰もが――まあ、少なくともキャサリンとベアトリーチェは――何が起こっているのかをメアリよりずっとよく知っているように思えた。そし何もかもがめまぐるしくつぎつぎに展開していた。ほんの一瞬でもいいから、秩序があって意味のわかる世界が戻ってきたらいいのに。

ジュスティーヌ　わたしだってそう感じてたのよ。ずっとサーカスがわが家だったのに、前触れもなく突然離れることになったんだもの。
キャサリン　モンスターに家なんてないのよ、永遠の棲みかなんてものはね。肝に銘じとかなきゃ。
ジュスティーヌ　ではここはなんなの、キャサリン？　あなたがこういう感情を信じていないのは知ってるわ。でも、ここはわたしたちみんなにとっての家よ。
ミセス・プール　そうでないとしたら、わたしがいったいなんのために家事全般をやっているのか知りたいものですよ。家じゃないだなんて、まったく！

急にカーテンが引かれた。キャサリンとダイアナが抱えているのは、毛布の山――ではなく、服だ。男物の服だ。

「これを着て」とキャサリンが言った。「〈空飛ぶカミンスキー兄弟〉のテントで見つけたんだ。五人兄弟なんだけど、一番背が高いのはジュスティーヌとおなじくらい。末っ子は十四歳だから、たぶんその子のはダイアナに合うでしょ。ブーツだけは自分のを履かないとね。ロンドンの街中で追っ手をかわそうとするときに、サイズの合わないブーツを履いてちゃ危ないから。あなたたち、踵の低い靴を履いてくるくらいの分別はあったようね」

メアリはいぶかしげに衣類を眺めた。男物なんてどうやって着るんだろう？　「まあ、少なくとも追っ手は、五人連れの男は予想してないわね！」メアリは衣類の山からシャツをつまみあげながら言った。男の身なりをするのは奇妙な経験だった。すべてが違って感じられたし、ボタンのかけ方もことごとく違う。けれどシャツとズボンを身に着けると、それがどんなに自由を与えてくれるかに気づいた。脚にまとわりつくペチコートがないと、なんて動きやすいんだろう！　どうりで男は女がブルマー（足首のところですぼまった袋状の婦人用ズボン）を穿くのを嫌うわけだ。スカートが泥に浸かったり乗合い馬車のステップで踏まれたりしないようたえず気にしなくて済むなら、女性たちはどれだけのことを成し遂げられるだろう？　もし婦人服にポケットがあったら！　ポケットがあれば、女は世界だって征服できるはず！　一方でメアリは、女物の服を脱いだことで自身の一部を失ったような気もしていた。複雑な感覚だった。

メアリはみんなを見た。ズボンが長すぎて裾をまくり上げる必要があったにせよ、ダイアナはまるで水を得た魚だった。キャサリンが男物の服の山をベッドに積み上げたとたん、ダイアナは言った。「鋏貸してよ」そしてチョキチョキチョキ、赤い巻き毛をばっさり切り落としてしまった。メアリには反対する間もなかったが、テントの床に積もった髪を見ると息をのんだ。「今までずっとこうしたいと思ってたんだ！」ダイアナは勝ちほこったように言った。両手をポケットに突っ込んで立った。頭のまわりで短い巻き毛がふわふわしている。まるでロンドンの新聞売りか、ミスター・ホームズのベイカー街遊撃隊（イレギュラーズ）の少年たちのようだ。ベアトリーチェは手をどこに置いたらいいのかに迷って、所在なさげにしていた。男物のスーツも彼女の女性らしさをごまかせなかった。ダイアナとおなじ方法は取りたくないようで、鋏を牽制するように睨んでいる。「あなたの髪はわたしに任せて」とメアリが言った。「短髪は一人で十分よ！」メアリはベアトリーチェが丁寧に結い上げた束髪（シニヨン）をほどき、キャサリンが選んだ山高帽におさまるように髪をひっつめてピンで留めた。ベアトリーチェは顔を出すことになるが、帽子の縁でいくらかは隠れるだろう。メアリの髪はすでにできるだけ簡単にまとめられていた。

ジュスティーヌは女の服を着ているときとおなじように、スーツ姿でも不恰好に見えた。このひとは何を着ても不恰好になってしまうのかも、とメアリは思った。しかしキャサリンはまったく自然に見えた。ひとたびサック・スーツを着てネクタイを締めれば、シティに勤め、事務所へ急いだり家路を急いだりしている事務員として通用しそうだ。キャサリンは布地の帽子を頭に載せ、目まで隠れるようにぐいっと引き下げた。

ダイアナ　女ってのはどうしてこんなろくでもない服を着なくちゃなんないの？　つまりさ、まずシュミーズ、それからコルセット、それからコルセットカヴァー、それからやっとシャツブラウスだよ。なんの意味があるのかな？

ベアトリーチェ　服装というのは、女に社会的、政治的従属を強いる一手段なの。だからこそ支援すべきなのよ、衣服改革を……。

キャサリン　あたしの本が佳境にさしかかってるときにその議論をはじめるとか、本気なの？

ベアトリーチェ　わたしたちの本だって、あなた何度も念を押したじゃない。それにね、あなたがわたしと同意見だってことわかってるのよ、キャサリン。さんざん女性のファッションを批判しているの、何度も聞いてきたわ。

キャサリン　そうよ、でもあのばかげた改良服も着たくないの。どこがましになったのよ？　女性はただ男性の服を着ればいいのよ。動きやすいし、ずっと衛生的だし……。

ジュスティーヌ　男物の服はベアトリーチェのような容姿には合わないもの。わたしたちとはわけが違うのよ、キャット。でも、美しさとは縁のないわたしでさえベアトリーチェのドレスの優雅さはわかるわ。わたしたち誰もが男性的になりたいわけじゃない。

ダイアナ　あたしはなりたい。とにかく、ずっと髪を短くしてるのはあたしだけ。

キャサリン　それってつまり？

ダイアナ　本気で男の身なりをしたかったら、髪も切れってこと。

メアリ　ねえちょっと、この議論の要点はいったいなんなのか教えてくれない？　キャサリンはなんでも着たいものを着ればいい。ある日は男に、またある日は女になればいいじゃない。あなたたちも女の身なりをすることが効果的な目くらましになることぐらい知っているでしょう。見過ごされたり、侮られたりすることが役立つこともある。誰も女がハンドバッグから銃を取り出すとは思わないから……でも、また髪を伸ばしてほしいわ、ダイアナ。長いととてもすてきだもの。

ダイアナ　ほっといて、姉さん。

みんなでボタンを留め、帽子をかぶり、手袋をはめてしまうと、キャサリンはベストのポケットにあった懐中時計をたしかめた。「サーカスの出し物はあと十分くらいで終わる。べつのテントから出て人の群れにまぎれるのがいいと思う。サーカスから出る観客のあとについて、バタシー・パークを通って橋を渡るの。そのあとはメアリが案内してね、ジュスティーヌもあたしも行き先を知らないから」

「でもわたしの本をどうしよう！」ジュスティーヌが言った。「何もかも置いていかなくちゃいけないの、キャット？」

キャサリンは気づかわしげに相手を見た。「今は何も持っていけないってわかるでしょ。とくに本なんか！　とても無理よ。それにしても男たちのにおいが……うーん、勘違いかな。荷物はあとで誰かに取ってきてもらえばいい。ロレンゾからはまだ二週間分の賃金を受け取ってないし。それでメアリ、住所を教えてちょうだい」

「パーク・テラス十一番地よ」とメアリが言った。

「リージェンツ・パークのそば。万一のときは、そこで落ち合いましょう」

キャサリンはうなずき、ふたたびテントの仕切りカーテンを開けた。一同はキャサリンのあとについて、仕切りの向こうの一画に入った。格別長い簡易ベッドがあるということは、ジュスティーヌの陣地だろう。キャサリンの陣地とは対照的に、そこは完璧に整理整頓されていた。みんなはテントの布の壁を持ち上げ、かがんでその下をくぐり抜けると、ほんの一フィート離れた隣のテントまで全力で走った。テントからテントへと、みんなはつぎつぎと布をくぐり抜けていった。唯一住人がいたのは〈ズールー族の王子〉のテントだった。彼はベッドに坐って、さっきメアリがスツールの上で見かけた本を読んでいた。キャサリンは彼を見て言った。「クラレンス、誰にもあたしたちが来たこと言わないでね」

クラレンスはうなずいて、「わかってるよ、髭の旦那がた」とあきらかなアメリカ訛りで言った。

とうとう通過するテントがなくなると、キャサリンはテントの垂れ蓋の隙間から外をうかがった。「今なら行ける」

「ふた手に分かれたほうが安全だと思う」とメアリが言った。「向こうは五人連れを予測してるでしょう。二人と三人に分かれるのはどう？」

「そうね、いい考えだわ」とキャサリンが言った。初めてメアリを尊敬するような目で見た。しかも今ごろになって、とメアリは思った。キャサリンにはあれこれ指図されっぱなしだけれど、いつまでもそうはさせないから！　「集合場所は――どこがいい？」

「橋を渡って――チェルシー橋のことよ――堤防側の端で会いましょう。来たときとは違う組み合わせにするべきね」

「いいわ」とキャサリン。「あなたとベアトリーチェがジュスティーヌと組んで。あたしはダイアナと行くから」

　またダイアナ！　なぜキャサリンはダイアナと一緒にいたがるの？　一瞬、メアリはしばしのあいだでもダイアナから解放されることを感謝すべきだということを忘れていた。ダイアナはわたしの妹よね？

「幸運を祈るわ」メアリが言った。意図したよりも皮肉な口調になった。「わたしたちが先に行くわね。人の群れが近づいてくるみたい」メアリはテントの垂れ蓋を持ち上げて外に出た。ベアトリーチェはすぐついてきたが、ジュスティーヌはまだ尻込みしている。メアリはついてきなさいと手招きした。ジュスティーヌは溜息をついてテントから踏み出し、日の光に目をしばたたかせた。それから三人はそろってバタシー・パークの草むらをよこぎった。サーカスの出し物が終わったばかりで、観客たちはぞろぞろと外に出て、湿っぽくて冷たい午後の空気のなかに歩いていった。そう、これぞロンドンの春だ。できるだけ人ごみにまぎれながら、メアリはベアトリーチェにささやいた。「ちゃんと男みたいな歩き方するのよ」人波についてバタシー・パークの伸び放題の芝生からチェルシー橋まで歩くのは簡単だった。一度だけジュスティーヌがはぐれそうになってその袖をつかまなければならなかったが、それ以外は順調だった。ラネラ・ガーデンズと王立病院が視界に入る橋の向こう側に到達すると、散歩を楽しんでいるようなふりをしてそぞろ歩き、堤防にもたれかかった。

「追っ手が見える？」ベアトリーチェが訊いた。

「いいえ、まだ」とメアリは言った。だけど、つけてくる人間を見なかったのは、いいことじゃないの？　やがてキャサリンとダイアナが、行商人や子連れの母親たちをよけながら、大急ぎで橋の上の人ごみを進んでくるのが見えた。「行ってみましょう」とメアリは言った。「橋に戻らなきゃ」何があったんだろう？　キャサリンはもう人ごみにまぎれようとはしていなかった。

「見つかっちゃった！」橋の北端で二つのグループが合流すると、キャサリンが息を切らしながら言った。

「ほら、見えるでしょ。あそことあそこ！」

メアリは彼女が指さす方角を追った。そしてあの男が、家並みにもたれかかっていたあの物乞いが見えた。男は奇妙な前かがみの歩き方で、朝とおなじように背を丸めたまま群衆のあいだを縫うように歩いていた。もう一人の姿は見えない。

「できるだけ早くジュスティーヌを安全なところへ連れていってちょうだい」とキャサリンが言った。「やつらは視覚ではなく嗅覚で追うの。ほら、こちらを見ることすらしないでしょう。あんたたちが辻馬車を拾えばにおいを追えなくなって、あたしたちのほうを追ってくるはずよ。ダイアナとあたしで奴らをロンドンじゅう引っぱりまわすわ」

「なぜダイアナがあなたと行かなきゃいけないのよ？」メアリが言った。「一番年下だし、わたしの妹なのよ。この子の身の安全だって守りたいわ」

「なぜって、あたしはキャサリンみたいに人ごみにまぎれこんだりよけたりできるけど、あんたたちはできないから」とダイアナが言った。「早くいこう！　奴らが近づいてる」

「馬車賃が手元にあるかしら」とメアリが言った。

「ジュスティーヌが持ってるわよ」とキャサリンが言った。「お金は彼女に預けてあるの。さ、行って！」

メアリはためらってから、うなずいた。「いらっしゃい」とジュスティーヌに声をかけると、彼女はキャサリンから離れるのが不安らしく、しぶしぶついてきた。ベアトリーチェがそのあとに続いた。うしろを振り返ることなく、三人は北へ向かう人の群れに加わった。

ジュスティーヌ　わたしは一度振り返ったわ。ひどく不安だったんだもの！　あのときはあなたたちのことをよく知らなかったし、ロンドンの街だって知らなかった。あんなにたくさん通りが……。

ベアトリーチェ　で、その結果をご覧なさいよ！　こうしてみんな一緒になれたじゃない。姉妹のように。

ダイアナ　勝手なこと言わないでよ、毒吐き娘。姉妹なんて一人だって手に余るっての！

スローン・ストリートでメアリは辻馬車を拾い、なかの座席に腰を下ろすと、安堵の溜息をついた。左手にハイド・パークの新緑、右手にメイフェアの家並みが続く道を北へ向かった。もうすぐわが家だ。ふいに、お腹がすいていることに気がついた。午後も半ばになるというのに昼食をとっていなかった。ダイアナにミートパイを買い与えたとき、自分のためにも何か買うべきだった。つぎは忘れないようにしよう。ほんの数週間前まで、メアリの毎日は代わり映えのしないスケジュールの繰り返しだった。きちんと決まった時間に食事をとり、そばにメイドのイーニッドがついていた。食事の合間には、請求書の支払いをし、家事を切り盛りし、雑用をこなした。一瞬、かつての日課が恋しくなった。メアリはなぜだか、自分の生活がもとの秩序を取り戻すことはないような気がした。けど、後悔している暇はない――ベアトリーチェとジュスティーヌを無事に家に連れ帰らねばならない。

そのあいだ、キャサリンとダイアナはラネラ・ガーデンズと王立病院の敷地を駆け抜けていた。芝生は短く刈られ、木も低木も敷地の縁にしかなく、煉瓦造りの高い建物には隠れる場所がなく、二人の姿は丸見えだった。だが二人はちょうどよさそうなサンザシの陰で立ち止まった。いつのまにか帽子は飛ばされ、キャサリンの三つ編みが垂れ落ちていた。走るたびにそれが顔に当たった。「できるだけ長く追わせておかなくちゃ」息をあえがせながらキャサリンが言った。「ついさっき、奴らのひとりを見たわ。隠れてたのよ、あの——とにかくどこかの建物の陰に」

「あいつら何ものなの？」ダイアナが言った。「まともには見えないよ。奇形なの？」ダイアナも息を切らしていた。とはいえ、ここまでピューマのごときスピードとしなやかさで走るキャサリンに食らいついてきたのだ。

ダイアナ　へん、あんたそれを書きたかっただけなんでしょ？

「何ものなのかは知ってるけど、そんなのってありえない。父が創ったクリーチャーみたい。獣人（ビースト・マン）みたいよ」ふとキャサリンの記憶が島に戻り、モロー博士の動物園の光景がよみがえる。脚は短すぎ、腕は長すぎる獣人たち。うなるような声で話し、衣服の下は毛むくじゃら。でも博士の創造物はあの島で死に絶えたはずだ。キャサリンだけが生き残ったのだ。

「いた！」ダイアナが言った。「急ごう、あの中庭を駆け抜ければ、チェルシーの通りに出るよ。路地であいつらを巻くことができる」

「どのくらいロンドンに詳しいの？」キャサリンが訊いた。

「自分の手のひらとおなじくらいよく知ってる！」ダイアナは癖の悪い猿のようににやっとした。

ジュスティーヌ　それは侮辱に使う言葉じゃないと思うわ。猿はとっても賢いのよ。

ダイアナ　［ダイアナの発言、不穏当につき削除］

キャサリン　そうね、あんたのおかげであたしたちは無事に家にたどり着けた。感謝してるわ、心から。でもあんたが癖が悪そうな笑い方をするのは事実だし、否定はできないでしょ……わかった、わかったから、撤回する！　悪かった、ほんとにごめん。お願いだから、この章を最後まで書かせてちょうだい。

ロンドンに不案内な読者諸兄姉、熊と未開人がいると聞くアメリカの荒野で本書をお読みかもしれない方々、やはり未開人はいるけれど熊（コアラベアは除外ね、とジュスティーヌが口をはさむ）はいないオーストラリアの荒野にてお読みかもしれない方々のために、キャサリンとダイアナが直面した問題をご説明しよう。ロンドン南部のチェルシーから北部のリージェンツ・パークに行く方法は？　二人は入り組んだ道をいくつも通り、広々と開けたハイド・パークに出て、それからメリルボーンに入った。ロンドンの交通状態では、乗合い馬車でも数時間かかりかねない経路だ。兎を追う猟犬のごとくにおいをたどってくる追っ手を、二人はおのれの脚で走ってかわしつづけた。そしてどちらも金を持っていなかった。有り金ぜんぶをバッグに入れてジュスティーヌに渡してしまったのは、あまり賢いやり方ではなかったかもしれない、キャサリンが気づいたときには後の祭りだった。だが少なくともジュスティーヌは無事だろう。あたしなら、自分の面倒は自分で見られるじゃない？

キャサリンはダイアナのほうに向いた。「何かいい考えは？」

ダイアナはつかのま考えながら、これからよこぎらなければいけない緑の芝生と、その向こうに見えるチェルシーの建物を眺めた。「あんた登るの得意？」

キャサリンは笑い声ともうなり声ともつかない音を発した。それから「見て！」と言った。またしても、身をかがめた二つの影が草むらをこちらへ駆けてくる。

「どこへでもついていく。さあ走って！」

二人は残りの芝生を駆け抜け、迷路に入り込むように狭い通りに飛び込んだ。明かりは建物にさえぎられている。またしても二人はロンドンの陰にいた。ビー玉遊びをしていた少年二人と、毒々しいパイプをくゆらしていた老女をぎょっとさせながら、ダイアナは上着を脱ぎ捨て、ブーツも脱ぎはじめていた。「屋根の上だよ」ダイアナは息が整ってくると言った。

「ブーツは履いていなさい、あとで必要になるから」キャサリンは片足でぴょんぴょん跳びながら靴紐をほどき、それから靴紐を結び合わせて首にかけた。「ほら」上着を少年の一人に放りながら言った。「大きくなったら着るといいわ!」

「無理だね、そんなちびすけじゃ」ダイアナはブーツを舗道に脱ぎ捨てて言った。そして煉瓦塀に取りつけられた錬鉄（れんてつ）のバルコニーまで続く梯子をよじ登っていった。ダイアナが選んだ建物は、各階におなじバルコニーがついていた。キャサリンは建物を見上げ、最上階のバルコニーから屋根までどれくらいの距離を登らなければいけないか目算した。できるかな？　認めるのは癪だけれど、ダイアナのようにするするとは登れない。でもほかに選択肢なんてある？

キャサリンはダイアナのブーツと上着をもう一人の少年に向けて放った。「誕生日じゃない日、おめでとう！　今日があんたの誕生日じゃなければだけどね……」そう言って梯子を登りはじめた。

最後のバルコニーにたどり着くと、キャサリンは下を見た。最下段から獣人たちが追いかけてくる。ひとりが一番下のバルコニーに到達した。もうひとりはまだ梯子につかまっている。あいつら、屋根まで登ってこれるのかしら？

一方、ダイアナは壁の最上部をよじ登っていた。「固定具（ステープル）があるよ！」と呼びかけてくる。キャサリンが困惑して見上げると、誰かが何かの目的で煉瓦の継ぎ目のモルタルに打ち込んだ鉄のステープルが目に入った。まもなくキャサリンは屋根の上のダイアナのもとに追いついた。獣人たちを見下ろすと、こちらを追ってはくるものの、ますますてこずっているようだった。最上階のバルコニーまでくると奴らは動きを止め、キャサリンとダイアナを見上げた。一方は怒るようなうなり声をもらしている。

「思ったとおりだ」とキャサリンは言った。「狼みたいなにおいがする。あいつらは狼男ね、てことは屋根上にいるかぎり、あたしたちは安全だわ」

「よかった」とダイアナ。「でももう行こう。これからだだっ広いロンドンをまるごと横断しなくちゃ」

二人はあたりを見渡した。眼下にロンドンが広がっている。屋根の上から見るロンドンは違う街のようだった（もしあなたがロンドンじゅうを観光してみたくて、もしキャサリンやダイアナとおなじくらい敏捷ならば、屋根の上を道路がわりに街の端から端まで見てまわれるだろう）。二人は煙突の通風管をよけ、屋根の棟でバランスを取りながら歩き、ときには這いつくばって前進した。北を目指しつづけ、路地幅が狭いところでは、棟から棟へと飛び移った。ときおり通りまで降りなければならなかった。ハイド・パークをよこぎるときはひやひやした。すでに夕闇が迫っていた。公園の木々は草の上に長い影を落とし、サーペンタイン・レイクを照らす夕日が水面に黄金色の道を作っていた。だが二人とも、追っ手の姿を見ず、においも感じなかった。

「なんであいつらはあたしたちを追わなきゃなんないの？」ダイアナが言った。「メアリの住まいは知ってるんでしょ。ただあそこに戻って待ち伏せすればいいのに」

「あいつらがもっと賢かったら、最初からそうするはずよ」とキャサリンは言った。「でも狼男だとしたら、追うのが本能なの。どうしてもあたしたちを追跡せずにはいられないのよ」

ハイド・パークを渡り切ってしまうと、目指すはメリルボーンだけだった。ダイアナの言い分によれば、道に迷ったことはこれまで一度しかないとか。パーク・テラス十一番地の明かりが視界に入ったころには、すっかり暗くなっていた。

屋敷は見張られているのだろうか？　狼男の姿は見えなかったし、何よりもキャサリンは狼男のにおいを感じなかった。だから二人は思い切って玄関に続く外階段を駆け上がり、呼び鈴を鳴らした。

ほぼその瞬間に扉が開いた。「入って、すぐお入りなさい」とミセス・プールが言った。「気の毒なミス・フランケンシュタインが男のひとを殺してしまったのですよ！」

12　キャサリンの物語

ジキル博士の上品な応接間で、これほどまでに奇妙な光景が見られたことはかつてなかっただろう。少なくとも、ハイド氏が気の向くまま屋敷のなかをうろついていた日々以来のことだった。応接間に入ったキャサリンとダイアナは、ガスを強くしたランプのなかに、顔にハンカチをかけられた男の死体が横たわり、それを四人の男が取りかこんでいるのを見た。絨毯は折り返され、死体は暖炉前の寄せ木の床に直に横たわっていた。だがすぐに、男に見えたうちの二人は、男物の服を着たままのメアリとベアトリーチェだとわかった。キャサリンはほかの二人を知らなかったが、ダイアナはすぐにホームズとワトスンだと気づいた。家具はひっくり返り、壁にかかったジキル夫人の肖像画は傾き、応接間は惨憺たるありさまだった。

「ああよかった、二人とも無事だったのね！　さんざん心配したのよ」とメアリが言い、あらためて二人を見ると大きな声を出した。「あなたたち、まっくろけじゃないの！」

「屋根をつたってきたのよ」とキャサリンが言った。

「ジュスティーヌは？　どこにいるの？」

「二階で横になってるわ」とメアリが言った。「すっかり取り乱しちゃって。何事もなくここまでたどり着けたのだけれど、まだ見張りがいてね。わたしが扉を開けたとたん、この男が押し入ろうとした。わたしたち、反撃したわ——それで、こんなことになっちゃったのよ！　わたしは傘で頭を殴ろうとしたし、ベアトリーチェは懸命に毒を吐いて男を弱らせようとした。でも、わたしたちを救ったのはジュスティーヌだった。彼女が男の首に手をまわして——絞め殺したの、ちょうどこの応接間で。男はとても強かったわ！　ベアトリーチェの腕をひねったんだから——ほら痣が浮かんでるでしょう、青と緑の」

「わたしは大丈夫」とベアトリーチェは言った。「チャーリーが通りの角で見張っていたの——わたしたちの守護天使になってくれたらしいわ！」

「ていうより浮浪児の用心棒だろ」ダイアナがぼそっと言った。

「チャーリーが激しい口論を聞いたんですって——この言葉で間違ってない？　それでホームズさんを呼びに行ってくれた」

「チャーリーがずっとお宅を見張っていてくれてよかったですよ」とホームズが言った。「何か異変があったら知らせるよう頼んでおいたのです」それからキャサリンのほうを見た。「ミス・モローですね。今朝のあなたがたの冒険のお話をうかがっていたところです。私はシャーロック・ホームズ、こちらは仕事仲間のドクター・ワトスンです」

「あなたがたがこれ以上この捜査を続けて、はたして安全でいられるでしょうか？」ワトスンは訊いた。

「たしかに勇敢なお嬢さんがたですが、どんどん危険なことが降りかかってくるようだ。挙句にこの……」そう言って床に倒れている男のほうに手をやった。

「どういうことなのか、見当がつきません」

キャサリンは死んだ男に歩み寄り、顔からハンカチを取った。その顔は奇妙にゆがんでいた。目は小さく中央に寄っており、鼻は上向きで平べったい。顎はないに等しいが、そこから数本の硬い髭が飛び出している。「どういうことなのか、あたしが説明するわ、ワトスンさん。でもダイアナもあたしもくたくたで腹ぺこなんです。ひとまず坐って何か口に入れることができたら、ご説明できると思います——謎を解き明かすよりは、かえって深めてしまいそうですけれど。でもその前にジュスティーヌのようすを……」

「休ませておあげなさい」とミセス・プールが言った。「安全なところにおられますし、今はそっとしておくことです。落ち着いたら降りていらっしゃいますよ」

キャサリンは眉をひそめた。指図を受けるのは我慢ならない質(たち)だったし、それにジュスティーヌの面倒を見るのはあたしの役目のはずじゃない？　それでも、ミセス・プールの言うとおりだと認めざるをえなかった。ジュスティーヌがしばしば一人になりたがることは、キャサリンが誰よりもよくわかっていた。

「ダイアナ！」メアリがいきなり大きな声を出した。「あなたの足！」

みんなが視線を向けた。ダイアナが裸足で立っている床に、血だまりが広がっていた。

「何よ」とダイアナは言った。「ブーツは置いてくるしかなかったんだ」

「見せてちょうだい」とベアトリーチェが言った。膝をついて手を触れないように気をつけながら、ダイアナの血だらけの足の傷をたしかめ、足の裏を見せるように言いつけた。「傷口はどれも浅いし、ただの裂傷だけど、それにしてもあちこち切れてる！」

「私が診ましょうか？」ワトスンが言った。

「あんたはいや！」とダイアナが言った。「こないだ手当てしてもらったけど、まるで火をつけられたのかと思ったもん」

「傷口を消毒するのにアルコールが必要だったんです」ワトスンはむっとしたように言った。「わざと痛くしたんじゃありませんよ、ミス・ハイド」

「大丈夫です、ワトスンさん」とベアトリーチェが言った。「ダイアナの怪我の手当てならわたしがやれます。父が医者でしたから、訓練されたんです。いらっしゃいダイアナ、厨房で湿布になるものを探すから」

「たいしたことないよ」とダイアナは言い張った。「痛くないし」だが結局〈毒吐き娘〉――いまだに内心そう思っていた――のあとについて階段を降りた。


いずれにしても、厨房に行けば食べものにありつけるかもしれない。

ミセス・プール　あの血の跡をこすり落とすときの苦労といったら！
アリス　まだ残ってますよ。苛性ソーダと石炭酸じゃ落ちませんでした。絨毯で隠せたからよかったですよ、ミセス・プール。さもなきゃ、お客が来るたんびに説明しなくちゃならなかったでしょうね！

一時間後、一同が死体が横たわったままの応接間に腰を落ち着けると、キャサリンが話しはじめた。なぜこの男がここにいるのか――この男が何ものなのか、それらの答になりそうな話を。その前に、ミセス・プールの指令によってキャサリンとダイアナはたらいの湯で体を洗い（「どこかに腰かける前にお願いしますよ！」）、ワトスンが言うところのお嬢さんがたにふさわしい服に着替えなければならなかった。メアリとベアトリーチェも着替えた。この調子でみんなに服を貸していたらそのうち底をついちゃうんじゃないかしら、とメアリは思った。みんながドレスを失くしたり破いたりしつづけるなら、そろって裁縫を始めなきゃ！身を清め身づくろいをすませると、一同は肉とプディングの冷たい夕食をとった（「死体が転がってる部屋で食事なんてもってのほかですよ！」）。ジュスティーヌがまだ降りてこなかったので、ミセス・プールが食事を運んでいった（「いくら動揺していようと、何か口に入れなくてはなりません！」）。

ホームズとワトスンはおろおろと恐縮するミセス・プールを尻目に、応接間の片付けにかかった。というわけで、メアリたちが夕飯を食べ終えたころには、家具は元どおりになり、壁の絵もきちんとかけ直されていた。いつもと違うのは床の男だけで、奇怪な顔立ちを隠すためにふたたびハンカチがかけられていた。メアリ、ダイアナ、キャサリンはソファに、ホームズとワトスンは二脚の肘掛け椅子に、ベアトリーチェはみんなからできるだけ離れて窓辺の席に腰を下ろした。もしジュスティーヌが降りてきたら、どこに坐るだろう？　メアリは、かつてここが立派な紳士用応接間だったころに揃っていた調度品のことを思い出し、溜息をついた。唯一残された絨毯は擦り切れている。ホームズさんは気づいていないかもしれない、そう考えると、いくらか心が慰められる。犯罪の手がかりでもないかぎり、敷物なんかには目もくれないわよね。一方、ベアトリーチェは思っていた——この応接間は調度品が少なくて、とってもすてきだわ！　なぜイングランド人は家をごちゃごちゃ飾り立てるのかしら？　もっとも、壁がお粥（ポリッジ）みたいな色なのは残念ね。青だったらいいのに。波が穏やかな日の海のような青か、それかお日様のような黄色だったら……

ベアトリーチェ　それが実現したわね。それにジュスティーヌが描いたすてきな花の縁どりもある。
ジュスティーヌ　メアリの頭のなかからダイアナの頭のなかへ、それからベアトリーチェの頭のなかへって、物語ってそんなふうにころころ変わっていいの？
キャサリン　言ってたでしょ、これが新しい書き方なんだって。みんなが考えていることを描かなかったら、どうやってみんなの物語を書ける？　メアリの物語だけでいいわけ？
ダイアナ　そりゃひとっつもおもしろくないね。
ジュスティーヌ　もちろんそれじゃよくないけど。ただちょっと……変な感じ。いろいろな部分を継ぎ合わせたみたいな感じがする。パパのモンスターみたいに。
キャサリン　だって、あたしたちは変わり者だもん。あたしたちがどんなふうか、それに似合った語り口で物語をかたらなくちゃ。
ジュスティーヌ　作家なのだから、あなたが一番わかっているのでしょうね。
キャサリン　その言い方、疑ってるのがありあり！

ミセス・プールはお茶を淹れると言い張った。「カップはみなさんに行きわたるだけありますから」ミセス・プールはそう言って、メアリが客人のカップに紅茶を注ぐことができるようテーブルにティーポットを置くと、キッチンに引っ込んだ。
「どうぞお茶を飲んで」とキャサリンが言った。「話が長くなりそうだから。解剖のレッスンの話から始めなきゃね」キャサリンが話を始めようとしたちょうどそのとき、ジュスティーヌがやってきて、戸口でためらうように立ち止まった。かつてメアリの母のものだったドレスをまとっていた。細身なのでぶかぶかだったが、裾はくるぶしまでしか届いていなかった。ジュスティーヌはまだ目を赤くしていた。

「大丈夫なの？」キャサリンが訊いた。「家政婦さんが休んでるって言ってたけど。来て、ここに坐りなよ」

「どうか気を遣わないで」とは言ったものの、ジュスティーヌはキャサリンが譲ってくれたソファに腰をかけた。キャサリンは死んだ男のほうに歩いていった。

ホームズが身を乗り出したところをみると、どうやら彼女の正体を知りたがっているようだ。たいていの男より背の高いこの女、いったい何者なのか。しかし彼は慎んだ。「ミス・モロー、どうぞ続けてください」物事は順序だてて一つずつ、そんなことを思っていそうな表情で。紹介するのはあとからでよさそうだ。

「第一に」とキャサリンは言った。「これは人間じゃないわ。ジュスティーヌ、あなたは人殺しなんかしてない。あなたが殺したのは動物よ。ほら、手脚がちぐはぐでしょ、見て」――キャサリンはハンカチをつまみ上げた。「傷痕がここと、ここと、それにここにも。顔を見てよ。鼻は動物の鼻先みたいだし、目も耳も小さすぎる。あなたが殺したのは豚、正確に言うと雄豚、それが外科手術で人間に改造されたの」

「そんなこと、ありえない」とワトスンが言った。

「ありそうもないが、ありえなくはない」とホームズが言った。「モロー博士の実験を思い出してみたまえ」

「でも、博士は死んだはずでは」とメアリが言った。「セワード医師宛ての手紙――事務室で見つけた手紙には、モロー博士は亡くなったと書いてあったと……」

「そう、あのひとは死んだ」とキャサリンが言った。「たしかよ、だってこのあたしが殺したんだもの」

ジュスティーヌ　ほんとうに恐ろしい晩だわ！　わたしが殺してしまった男は……

メアリ　豚よ。あなたが殺したのは豚だってば。

ジュスティーヌ　でもメアリ、あれは男に改造されていたの、人間の脳を持っていた。キャサリンが女であるように、あれも男だったと言えるのではなくて？　彼が死んだのはわたしのせい……

メアリ　いったいいつまでこだわるつもり？　罪悪感を抱くのはおやめなさい。あいつはベアトリーチェに危害を加えようとしていたのよ。

ダイアナ　ジュスティーヌ、だからあんたは肉を食べないの？

「あたしの話を理解してもらうには」とキャサリンは言った。「まずモローの実験について詳しく話さないと」そして床を見下ろし、長い話の準備をするように、両手を組み合わせた。メアリはソファに背をあずけた。隣に坐ったダイアナは、ミセス・プールからかたく禁止されていたのに、クッションに足を載せた。ベアトリーチェは窓辺の席で居ずまいを正した。ワトスンは自分でおかわりのお茶を注いだ。

「錬金術師協会を、生物的変成突然変異の方向へ導いたのは、ベアトリーチェの父親だった。ラパチーニ博士はシェヴァリエ・ド・ラマルクの信奉者だった。ラマルクが進化論を唱えて嘲笑されていた当時からのね。ラマルクはダーウィンが進化論を証明して名を上げる前に、その理論を信じていたの。ラマルクの説はご存じでしょう、ミスター・ホームズ」

「人間は生まれてから獲得した身体的および精神的な形質を子に伝えることができる、という説ですね」と探偵は言った。「炭鉱夫なら、たくましい腕が遺伝する。哲学者なら、その洞察力が遺伝する」

「男――あるいは女です」とベアトリーチェが言った。「ええ、父はラマルク信奉者でした。植物の形質を生きた男や女に移植することで、その形質を次の世代に遺伝させることができると信じていました。進化の方向性を決め、より優れた、より強い人類を造れると。だからわたしをこのような体にしたのです。わたしが産む子は有機物と日光を摂取するだけで生きていく力を――そして自然免疫力を受け継ぐと信じていました。父はわたしの毒性をそのようなものと見ていたのです。しかし父はあくまでも植物学者でした。モロー博士は植物には無関心でした。彼が関心をもっていたのは、人間と動物との区別でした」

またしてもメアリは少々取り残された気分になった。ミス・マリーの授業でラマルクのことは教わらなかった。ベアトリーチェとキャサリン、ときにはジュスティーヌでさえもがメアリに耳慣れない言葉を発し、そのたびにはっとさせられるのが気に食わなかった。まあ、ここは注意深く耳を傾けているしかないわね。これはあくまでもわたしの事件なのだ、当初よりずっと大がかりな捜査になってはしまったけれど。敷石の上のモリー・キーンの死体を見たのも、ホームズさんと一緒に精神科病院へ行ってレンフィールドに面会したのも、このわたし。それを忘れてはならない。

「そう」キャサリンはベアトリーチェの言葉に応えた。「父が頭を悩ませつづけたのは、人間と動物の相違だった」話しながら、キャサリンは死体の前を行きつ戻りつし、ここぞというときには立ち止まって聞き手のほうに向き直った。「両者を区別するものは何か？　動物を人間に変えられるとしたら、動物的性質をまったくもたない、より高次元の人間を創造できるのではないか？　基本的欲求も原始的本能ももたない人間を創ることができるのではないか？　残酷な実験をしてイングランドを追われたあと、父は財産を相続して船を買った。南洋諸島に長く滞在するのに必要なものをすべて積みこんで、航海に乗り出した。旅には不祥事を起こしたジェイムズ・モンゴメリーという医学生を連れていった。モンゴメリーはそんな不吉な状況でも助手になりたいと望んだのよ。人間も主要な種の動物も棲んでいない絶好の島を発見すると、父は実験に取りかかったわ。動物を人類に改造する実験に。これについては、成功した――あるいは、凡庸な者の目には成功と映る程度の成果を上げた。けれど、自分自身はけっしてその結果に満足していなかったの」

「にわかには信じがたいですな」とワトスンが言った。

「どうやって動物に人間の理性を与えたのです？」

「証拠が目の前にあるわ」とキャサリンが言った。彼女はドレスの襟元のボタンをはずした。このデイ・ドレスは何年も前にメアリにはきつくなってしまったが、キャサリンは彼女より小柄だった。キャサリンはドレスの襟元を広げて首筋をあらわにし、それから左右に頭の向きを変えてみせた。彼女の顔と首には、薄い傷痕が模様のように広がっていた。「あたしは人間なのか？」キャサリンは言った。「わからない。モンゴメリーにつけられたキャサリンという名前は持っています。冗談のつもりだったの。Catherine（キャサリン）のなかにはCat（キャット）がいるでしょ。そして、ここにも猫がいる」ドレスの袖をまくって見せると、腕にもまた規則的な模様のような傷があった。ほんのかすかではあるが、ランプの明かりのもとだと見えた。まるで道路網のような傷痕が、体じゅうに広がっている。

「モローが島に来てから何年かたったあるとき、モンゴメリーの監督のもとで実験台を島に運んでいた船が、ある男を救助した。その男が乗っていた船は難破して、水兵二人の遺体と一緒にボートで漂流していたの。名前はエドワード・プレンディック。この世にはときに奇妙な偶然が起こるもので、彼自身も科学者だった。ハクスリー教授のもとで研究していた生物学者だったの。モンゴメリーはプレンディックと親しくなり、船が父のいた島に到着すると、プレンディックも一緒に下船した。その船に積まれていた動物の一頭がピューマだった」

ここでキャサリンは話を止め、自分のカップにお茶を注ぎ、ミルクをたっぷりと入れた。

「それが、あんただったんでしょ？」ダイアナが言った。「あんたは猫娘（キャット・ウーマン）だもんね」

キャサリンはひと口紅茶をすすった。「そう、あたしはピューマだった。あたしたちが船を降りると、モローはさっそくあたしを人間の女に変えるプロセスに取りかかった。外科手術はもちろん、ある時点を過ぎて、あたしの心が反応を示すようになってからは、催眠術と教育も施されるようになった。つまり、植え付けね。プロセスがおこなわれているあいだ、あたしはほとんど檻に入れられていたんだけど、そのおなじ部屋で、モローがプレンディックと一緒に、お茶を飲んだり自分の目標や方法について話し合ったりしていた」

「信じられない」とワトスンが言った。「その男を忌み嫌うべきか、どうすればいいのやら」

…（右段続き）
「彼らは科学や歴史や政治について話してたわ。モローは長いことモンゴメリーと二人きりだった。獣人どもにかこまれて暮らす憂鬱に冒されていない誰かと話をするのは、モローにとって安らぎのひとときだったんじゃないかしら。あたしは耳を傾けた。彼らの話を理解する力が増すにつれ、モローがあたしに教え込もうとする以上のことを、彼らの会話から学びとっていくようになった。たとえば、錬金術師協会の歴史。モローはプレンディックを協会に勧誘し、協会の目標や数世紀にわたる業績について説明してた。
プレンディックは恐れおののくと同時に、魅了されていた。くる日もくる日も、あのひとはあたしが苦痛に叫ぶ声を聞いていた。というのも、初めの段階でモローは麻酔を使わなかったから。モローがいうには、麻酔は手順を複雑にするし、痛みもプロセスに必要なものだとかで。プレンディックは檻のところへやってきてあたしを眺め、あたしが人間の女に作り変えられていくさまを観察し、あたしの目に、最初の認知の光が、理性の光が差すのを見たの。あたしが脱走した日、あのひとも一緒だったの」

「どうやって逃げたの？」メアリは訊いた。なんて奇妙な話だろう。数日前なら、こんな話は信じられなかっただろう。でも父がハイドに変身したことだって、おなじくらい信じがたい話なのではないだろうか？

「あたしはそのころにはほとんど快復していた。自分の創り出すものにめったに満足することのないモローが、あたしのことを傑作だと言ったわ。それまでも獣女の創造を試みていたけれど、失敗続きだったのよ。指の繊細な成形や顔の曲線をうまく造れなかったの。島には獣女が二、三頭いたけれど、憐れな醜いいきものだった。けれど、あたしを運んできた船には、最新式のドイツ製外科手術器具も積んでいた。それらの道具と、根気と、正確無比な技術によって、モローはあたしを創り上げた。数カ月がかりでね」

「モローの技術は見事なものですね」とホームズが言った。「あなたに人間の女性だと言われても見分けがつかなかったでしょう」

キャサリンは口を開けて歯を剝き出してみせた。モローは長さも鋭さも減らしていたが、キャサリンにはまだ牙があった。くちびるをめくりあげてみせないかぎり、目にはつかない。それでも危険な牙であることに変わりはない。

ホームズはほほえんだ。「褒め言葉ですよ」

「ありがとう、ホームズさん」とキャサリンは言った。「でもご覧のとおり、あたしは完全に人間というわけではないの。その気になれば、あっというまにあなたの喉笛を嚙みちぎることができるんです」

ホームズは承知したというように頭を下げた。

メアリ　ほんとうにそう言ったかしら？　それとも大げさに書いてるだけ？

キャサリン　言ってなかったとしたら、言ってやるべきだった。そう思わない？

「モローはあたしに教育を施して、完璧なイングランド人女性を創り上げることを心待ちにしていた。モローたちの会話を聞いているうちに、あたしは島のことを知るようになった。自分以外にも獣人たちがいることもね。モローとモンゴメリーは、拳銃や、獣人たちが〝雷の杖〟と呼んでいた武器を使って、なんとか彼らを支配していたの。そのころには、あたしはもう檻に閉じ込められていなかった。動物より人間に近づいていたから、代わりに鎖で繋がれるようになっていた。ある午後、モローとモンゴメリーが寝ているあいだに、あたしは壁から鉄製の固定具を引き抜いた。そのうちモローが追いかけてきた、迷子の猫に呼びかけるように声を上げながら――『おーい、キャサリン、どこへ行ったんだい、キャサリン』――あたしは手枷から垂れ下がっていた鎖で、あいつの首を絞めたの。やがてモンゴメリーがやってきて、虚ろな目を空に向けて横たわるモローのそばに立っているあたしを見つけた。口を血だらけにしてね。彼らが考えていたよりも、あたしはまだ動物だったのかもしれない。

あたしはまだ完全に癒えてなかったから、痛みを感じてた。モンゴメリーはあたしを囲い地に連れていった。あたしを殺すべきだったのに、手を下すことができなかったの。あのひとはいつでも獣人たちに同情的だった。結局、モローをのぞいてまわりにいるものといえば、獣人たちだけだったから。それであたしを殺す代わりに、手枷をはずして傷の手当てをしてくれた。

それにプレンディック――彼はあたしに教育を受けさせつづけた。すでに彼らの話を理解するだけの言語能力はあったけれど、プレンディックはイングランド人らしい話し方や、本を読み、内容を理解するすべを教えてくれた。豊富に本があったとはいえないけれどね――ダーウィンの著作やハクスリーの論文。それと外科手術手技の教科書、これは退屈だったわ。『ローマ帝国衰亡史』に、詩集が何冊か――それにあなたの事件簿もあったわ、ホームズさん。だからあなたのことは知っているのよ。まだ最新話は読んでないけれどね。てっきりライヘンバッハの滝で死んじゃったのかと思ってた。プレンディックは自分が初等教育で覚えたことを頼りに、ラテン語の基礎も教えてくれた。

獣人たちはモローが死んだことを知ると反抗的になっていった。あいつらはモンゴメリーのことなんかちっとも怖がっていなかったし、ずっと主(あるじ)たちのことを憎んでいたのよ。プレンディックは獣人たちに、モローはまだ生きている、肉体はなくなっても――空の上から見ているのだと信じ込ませようとした。信仰らしきものを持つようになった豚男たちは、その言葉を信じた。ほかの者たちは相変わらず〝雷の杖〟を怖がっていた。モンゴメリーのほうは警戒を怠っていた。獣人たちが原始的な畑で育てた果物や野菜をもらい、〝市の日〟みたいなことをするために奴らを囲い地のなかに入れさえした。引き換えに、ビスケットや缶詰肉を与えたりしていた。

モンゴメリーとプレンディックは島からの脱出について話し合った。囲い地のそばの天然の港に、モローが所有していた船がつながれていた。でも船を出すには乗組員が必要だった。獣人たちを心底おびえさせるモローがいなくなったからには、その役目を引き受ける者がいるはずもなかった。あいつらは陸生動物から造られたから海を怖がったし。残る選択肢は一つ、半年ごとにやってくる補給船の到着を待つことだった。寄港予定日が来ては過ぎていった。補給船は現れなかった。それでついにモンゴメリーがおかしくなってしまったんだと思う。

島から脱出する希望を失って、しばらく不安定な休戦状態が続いた。ある日、その休戦状態が破られた。例の〝市の日〟のことだった。プレンディックとあたしは知らなかった――あたしたちはもう一度、どうやったら三人だけで船を出せるか相談していた。プレンディックはあたしを一緒にイングランドに連れ帰りたがっていたのよ。あのひとはもうあたしのことを獣女とは思っていなかった。あたしがモローを殺したのは間違っていなかったと言った。正当な自己防衛だったんだって。

囲い地の中庭で、モンゴメリーが獣人たちと賭け事を始めていた。印のついた骨を地面にころがして、出た目に賭けるっていう単純な賭けよ。モンゴメリーは負けに負けつづけ、結局、ウィスキーを樽ごと失うことになったわ。

その晩、プレンディックとあたしは銃声に飛び起きた。音は囲い地の外から聞こえてきたから、モンゴメリーが外にいて――危機に瀕しているということだった。あたしたちはそれぞれ銃を手に、囲いの外へ駆け出した。浜辺まで降りていくと火が見えて、そのまわりで獣人どもが踊ってた――猿男に、牛男に、狼男、あいつらの姿はまるで悪夢のようだった。

酔っ払ったモンゴメリーがあいつらに混じって踊りながら、宙に向かって発砲していた。その場の誰よりも獣じみていた。

『何を燃やしているのかしら？』あたしは言った。浜辺には植物なんて生えてなかったから。

『船だ！』プレンディックが船着場を指さした。そこに浮かんでいるのはもはや船とは呼べなかった。まるで鳥たちについばみつくされた骸骨みたいだった。

あたしたちは奴を止めようと急いで浜辺に下りていったけど、もう遅かった。厚板のほとんどがすでに灰と化していたわ。

モンゴメリーはあたしたちの姿を見ると、正気の沙汰とは思えないような笑い声を上げた。『これでもうぼくらは逃げられんよ！　神に見捨てられたこの島でもろともに死ぬのだ！』

あたしたちは焦った。囲い地に引き返そうと歩き出したけれど、そこもまた炎に包まれていた。あたしたちがモンゴメリーのもとに向かったすきに獣人が忍び込んで、家屋の茅葺屋根に火をつけていたの。あたしが駆け寄ろうとすると、プレンディックが止めた。『だめだ』あのひとは言った。『弾薬が』すぐにその意味がわかった。つぎの瞬間、あたしたちは爆発の衝撃で地面に叩きつけられたから。

朝になると、あたしたちにはもう家もなく、物資もなく、脱出手段も残されていなかった。浜辺にあるのは船の焼け残りとモンゴメリーの遺体だけ。彼は獣人に絞め殺されたの。

それからあたしたちはまるで野蛮人のように生きた。プレンディックとあたしは囲い地に残ったものをかき集めて浜辺の上の洞穴に隠した。銃弾が尽きてしまうと、狩りを始めた——やったのはほとんどあたし。だって、プレンディックは武器がなかったから。あたしはあたし自身が武器だった。次第に、獣人たちはたがいを殺し合うようになった。あるいは」キャサリンは静かにつけくわえた。「あたしがあいつらを殺した。あたしたちが島で過ごした年の終わりには、獣人たちは全滅していた。そう、あたしたちが食べたの。ココナッツと蟹しか手に入らない島で、ほかに何を食べればよかったの？」

「あなたが——食べたですって？」メアリが言った。

「どうしてそんなこと……」メアリはすっかり物語に引き込まれていた——ランプの明かりに照らされた表情を見るかぎり、みんなもおなじだった。ホームズは身を乗り出して、ぴんと張った両手の指先を合わせている。メアリはその姿勢が意味することに気づきはじめていた。ホームズは頭のなかで何かを反芻し、あらゆる角度から検証している最中なのだ。ダイアナでさえずっと口をつぐんでいた。しかし、じつにおぞましい話でもあった。キャサリンの受難を憐れむべきなのか、モローの残虐なおこないに恐怖を覚えるべきなのか、メアリにはわからなかった。絶海の孤島で死す運命にあった獣人たち……

メアリ　あのね、正直に言うと、一番知りたかったのは、モローがどうやってそんなことをやったのかということだったの。つまり、あなたを創造したこと。それに、ほかの獣人たちも。それってすごい科学的偉業でしょう、倫理的観点から見れば恐ろしいことだけれど。

キャサリン　あんたにふつうの人間的な感情があれば、あんたの視点から書くのにこんなに苦労しないのに！

メアリ　あるわよ！　憐れみと恐怖を感じたのはほんとうなんだから。少なくとも、いくらかはね。でもやっぱり気になっちゃって。みんなもそうでしょう？

ダイアナ　あたしは憐れみも恐怖も感じなかった。

キャサリン　でしょうね。

「なぜ食べちゃいけない？」とキャサリンは言った。「あいつらが人間だから？　あたしにとって、あいつらは猿や牛や狼だった。あたしがまだピューマだったら、やつらは天敵か獲物だったはずよ。でもプレンディックは――きっとそのせいであのひとは病んだのね、胃腸じゃなくて心のほうを。ある日、あのひとは船から残った板を集めて筏のようなものを作った。ぼろぼろのシャツを帆の代わりにして、海に漕ぎ出していった。あたしは洞窟の真上の丘からその姿を見たの。筏は潮の流れにのって、すでに泳いで追いつけないほど遠くにいた。プレンディックを見たのはそれが最後よ。

きっと大海原で死んでしまったに違いないわ」

「いいえ、死んだはずはない」とメアリが言った。

「その名前、セワード医師の手紙に書いてなかった？　たしかにプレンディックだったはず。いま確認してくる……すぐ戻るわ」

　居間に入るとメアリは母の机の抽斗を開け、紙挟みを取り出した。そう、これだ。手紙をもって応接間に戻った。ジュスティーヌが小声でキャサリンに話しかけ、ベアトリーチェはワトスンからの変成突然変異についての質問に答えていた。メアリが部屋に入ると、一同は静まり返って彼女のほうを見た。キャサリンはなんとも判じかねる表情を浮かべている。

「ほら、思ったとおりだわ。聞いて。『きみはミスター・プレンディックとともに旅をするのだろう？　憐れな男だ、いつか彼がまた協会に完全復帰できることを願う。モローを失ったことをわたしがどれだけ悼んでいるか、とても言い表せない。きみとプレンディックは若い世代の人間だ。われわれ、つまりきみらが時代遅れの老いぼれと呼ぶかもしれない古い世代にとって、衰退しつつあった協会を立て直し、そのエネルギーをふたたび生物学へ、生命体そのものを構成する要素の研究へと注がせるのがどれほど骨の折れることだったか、きみらにはわかるまい！』これっておなじプレンディックじゃない？」

　キャサリンは口を開きかけたが、やがて閉じた。まるで言葉を続けることができないみたいに。

メアリ　あの晩は、あなたの反応が理解できなかった。あとからあなたが話してくれたとき……彼との関係を聞いてやっとわかったわ。
キャサリン　彼との関係か……ずいぶんともってまわった言い方だこと！　ホームズとワトスンの前では話したくなかったのよ。話す必要ある？　あたしの物語なんだから、あたしが語って当然でしょ——語らないのだってそう。
メアリ　もちろんよ、あなたの判断に異論を唱えるつもりはないわ、キャット。でも、あとからわたしたちに打ち明けてくれてうれしかった。
キャサリン　あたしが壁に繋がれてた手枷を引きちぎったとき、あのひとはその場にいた。あたしを止めようとしなかった——あたしが部屋を飛び出して囲い地を駆け抜けていっても、ただ見ているだけだった。何カ月もあたしが苦痛に悲鳴を上げていたあいだ、何もせずにいたことがうしろめたかったんだと思う。人間のような指先で門を開け、元ピューマらしく疾走して森に消えていくのなんて簡単だった。そりゃあ、あたしがモローを殺すとは予想もしてなかったでしょうね。モローが死んでしまうと、エドワードとジェイムズはあたしをめぐって争った。あたしは島で唯一の女、唯一の獣らしくない存在だったし、ジェイムズはモローの後継者としてあたしを自分のものにできると考えたのね。でもあたしはジェイムズをはねつけた。あの晩彼が酔っ払ったのはそのせいだったのかもしれない……あなたからエドワードがまだ生きてるって聞いたとき、どう反応したらいいのかわからなかった。このことを知っていたのはジュスティーヌだけよ、あたしは彼女にしか打ち明けなかったから。今でもわからないんだ……エドワードはあたしを愛してたのか。それとも、都合のいい相手にすぎなかったのか。
ベアトリーチェ　そんなはずないわ。きっとそれ以上のものがあったはずよ。
キャサリン　あったのかな？　わかんない。きっと永遠にわかんないままなんだ。

「なんでもないわ」とジュスティーヌが言った。「キャサリンはちょっとびっくりしたの、それだけ」

「うん、びっくりした」キャサリンがやっと言った。

「あのひと、どうやって生き延びたんだろう……」プレンディックの筏が漂いながら遠のき、大海原のかなたに消えていくのを、丘のてっぺんから眺めていた。これで完全にひとりぼっち、仲間といえば獣だけ。横たわって死ぬのを待とうかという気分になったが、やっぱり生き残ってやる、と心を決めた。どうすればいいかはわからないけれど、どうにかして。

「一週間後、補給船がやってきた。前の船長が乗組員を虐待したかどでくびになって、新しい船長が雇われたの。そんなこんなのあいだ、船は定期配達の予定を守れなかったのよ。補給船が見えたとき、あたしはありったけの木材を集めてのろしを上げた。なかにはプレンディックが筏づくりに使った板の残り物もあった。それでモローの船の残骸はすっかりなくなった。船員があたしに気づいて船に乗せてくれると、あたしは乗っていた船が難破して浜に打ち上げられたイングランド人だって、そう船長に話したの。モローのことも囲い地のことも何も知らない、自分がたどり着いたとき以来、島はずっと無人だったって。記憶を失ってて、覚えているのはロンドン出身ということだけだ、とも。それをプレンディック仕込みの教養ある人間らしいアクセントで話したから、信じてもらえた。着てるものは溺死した水兵のものだろう、肌がこんな色なのは長いこと陽射しにさらされていたからだろう、傷だらけなのは、災難つづきだったからだろう、って。

　船長はあたしを乗せてカヤオに戻り、それから荷を下ろすためにペルーの首都に向かった。リマに着くと、あたしは在住イングランド人たちに〝時の人（コーズ・セレブル）〟みたいな扱いを受けたわ——無人島で漂着し生き残ったイングランド人女性ってわけ！　戦後、貿易を再開するためにペルーに来ていたイングランド人実業家の邸宅の一室を使わせてもらえたうえ、晩餐会や舞踏会に招かれたわ。

生まれて初めて婦人服というものを着てどんなにとまどったか、きっとわかるでしょう！　島でも船上でさえも、手に入るのは男物だけだったから、それしか着たことがなかった。ペルーに着いて、初めてシュミーズやコルセットやペチコートを与えられたのよ。どうしたものか見当がつかなかったわ。メイドが着付けを手伝ってくれたからよかったようなものの、さもなければあのボタンやら締め紐やらはとうてい手に負えなかったでしょうね！

あたしのために寄付が募られて、ロンドンに帰れるだけの船賃が集まった。実業家のジェフリー・ティベット卿がイングランドに帰国することになって、船旅のあいだあたしの保護者を買って出てくれた。卿は自分の屋敷で暮らしながら、催眠術師の治療を受ければいいと言ってくれた。催眠療法を受ければ、記憶もよみがえって、家族や家を見つけ出すことができるかもしれないって。あたしがいろんな出来事を思い出して語り出したら、催眠術師はどう思っただろうね！　長い船旅のあいだは卿と際限なくクリベッジやバックギャモンに興じ、その後はメイフェアにあるティベット家で数カ月過ごして回復に努めた――あるいは、そう思われてた。あたしは講演会に行ったり、小説や詩や随筆集を読んだりして、できるかぎりイングランドのことを学ぼうとした。

ジェフリー卿はあたしのことを気に入って、もし家族を見つけられなかったら、養女にしたいと言ってくれた。けれど奥さんはあたしのことを好いてなかった。鼻先が尖ってて、火かき棒みたいに背筋をまっすぐにして、どうにかして立派な社交グループの仲間入りをすることが何よりの関心事、みたいな女だった。南洋の島から来た素性の知れない娘なんて、計画の邪魔になるだけだったのね。

奥さんの飼ってる小型犬もあたしを嫌ってた。おそろしく肥えたペキニーズで、枕ほどの大きさしかなかったけど、それでも犬は犬。あたしが猫だってわかってたのよ。ある日、あたしが応接間で本を読んでいると、そいつがつきまとってきた。キャンキャン吠えながら、しつこく爪先に噛みついてきたの。とうとうあたしの堪忍袋の緒が切れた。そいつがクンクンいうのをティベット夫人が聞きつけて部屋に入ってくると、愛犬の死体があたしの口からぶらさがってたってわけ。ティベット家での暮らしはその日でおしまい！

あたしはしばらくのあいだ、ゴミ漁りをしながら、路上で暮らした。ロンドンはなかなかいい狩場なのよ、猫にとっては。でもある日、〈ロレンゾの驚異と歓喜のサーカス〉の広告を見つけた。バタシー・パークで興行中っていうから、ロレンゾのところにいって出演者になりたいって売り込んだの。『なぜおれがお前さんを雇わなきゃいけないんだい？』ロレンゾはしぶったわ。『おれんとこには〈犬少年〉サーシャがいるんだよ』って。『でも〈猫娘〉はいないでしょ』あたしがそう言ってフーフーうなったり喉をごろごろ鳴らしたりしてみせると、彼はその場で雇ってくれた。一年の大半は地方を巡業してたんだけど、夏の一カ月はロンドンのサウス・バンクで興行していた。そこであなたたちがあたしを見つけた……」

「それと、ジュスティーヌも」とメアリが言った。

「あなたが入ったとき、彼女はすでに団員だったの？」

「ううん、あたしがジュスティーヌをサーカスに誘ったの」キャサリンはジュスティーヌのほうを見た。

「彼女が自分の口から話すと……」

しかしジュスティーヌはふだんより蒼白い顔色でソファにもたれかかっていた。ベアトリーチェが息を吹きかけた直後の庭白百合みたい、とメアリは思った。

「忘れてしまったの？」ジュスティーヌが言った。

「死んだ男がそこに倒れているのよ」

「死んだ豚だってば」とキャサリンが言った。「ロンドンでいったい誰が獣人を造ったんだろう。なんの目的でモローの技術を再現してるのかしら？　ただ、もしも……」キャサリンは一瞬言いよどんだが、それ以上考えを口にしようとしなかった。何を言うつもりだったのだろう、とメアリは思った。キャサリンは豚男を見下ろして言った。「こいつを処分しなきゃ」

「警察に通報してはだめかしら？」メアリが訊いた。

「結局、正当防衛だったんだし」

「ジュスティーヌがどんなふうにこいつを絞め殺したか説明することになるわよ。つまり、ジュスティーヌの正体を明かすことになる――そしてあたしたちみんなの正体も」

「ミス・モローの意見に同意します」とホームズが言った。「これは警察が扱う事件ではない。こやつを公園に運び、衣服を汚して、遺体のかたわらに帽子を置きましょう。いずれ警察が発見するでしょうが、そのときには彼を物乞いとみなすに違いありません。ロンドンでまた一人物乞いが死んだからといって、さして気には留めないでしょう」

「うはっ！」ダイアナが言った。「あんた立派な犯罪者になれるよ」

「さよう、ときどき心配になりますよ」とワトスンが言った。「ホームズ、きみと私でこの遺体を運ぼうじゃないか？」

「わたしが運びます」とジュスティーヌが言った。

「せめてもの罪滅ぼしに」

「罪滅ぼしだなんて！」キャサリンが言った。「ばかなこと言わないでよ」

だがジュスティーヌの気は変わらず、ホームズとワトスンが付き添いはしたものの、リージェンツ・パークまで独力で豚男の死体を運んだ。

メアリは三人についていった。義務感もあったが――――なんといっても豚男はわが家の応接間で殺されたのだ——豚男とジキル邸の関連が疑われないよう、三人が死体をパーク・テラス十一番地から十分離れたところに捨てるのを見届けるためでもあった。

わたしにもハイドのような犯罪的傾向が芽生えはじめているのかしら？　メアリは自問した。それともホームズさんのような？　そう思うほうが少しは気が安らぐ。

みんなで薔薇園まで豚男を運ぶと、ワトスンとホームズはそれを整地された湿った土の上でころがした。それから、内周道路のそばにある木の根元に死体を横たえた。池の近くにある、冷え込みがさほどひどくない春の晩に物乞いが野宿していそうな場所だ。夜道を引き返している途中、ジュスティーヌとワトスンのあとについて、メアリと並んで歩いていたホームズが言った。「あなたの謎は私が予想した以上に速く解決に近づいていますよ、ミス・ジキル。今回のような事件を捜査する喜びに加えて……つまり……余人の鋭い論理的知性に触れることは、つねに私の喜びとするところです」そう言って彼はしばし黙りこんだ。もっと何か言いたいのかしら？

だが二人はもうパーク・テラスに着いていた。

「なんでしょう、ホームズさん？」メアリは言った。

「私が言おうとしたのは……いや結構。ミス・ジキル、いずれにせよワトスンと私は今晩お宅に伺うつもりでした。われわれが捜査中に発見した奇妙な事実についてお話しするためにね。殺害された女性のうち四人には、マグダレン協会に収容された過去があったのです」公園を歩きながら彼の頭にあったのは、ほんとうにそのことなのだろうか？

「ジュスティーヌ！　大丈夫？　気分が悪そう」キャサリンの声だ。玄関広間でメアリたちを待っていたのだ。そのすぐうしろにダイアナとベアトリーチェの姿も見える。ジュスティーヌはよろめき、戸枠にすがりつくと、やがて敷居の上にぐったりと倒れた。

「まあたいへん」メアリは駆け寄り、ジュスティーヌのかたわらに膝をついた。「気を失ってしまったんだわ。ダイアナ、ミセス・プールに炭酸アンモニウムを持ってくるよう言ってきて。意識を取りもどさせなきゃ。わたしたちの力で二階へ運ぶのは無理そうだから」

「なんであたし?」ダイアナが言った。

「あなたが裏階段に一番近いし、どのみち体を起こすのにキャサリンの助けがいるからよ」メアリは答えた。「ほら早く!」

「頭をまっすぐにしてあげて」とベアトリーチェが言った。「気道がふさがらないように。できる、キャサリン? ああ、触れられないのがつらいわ!」

「失礼」とワトスンが言った。ジュスティーヌの横に膝をつき、呼吸をたしかめ、脈を取る。「お友だちは意識を失っていますが、さしせまった危険はありません。いろいろと応えたのでしょう。よく眠れるように薬を処方しましょう」ダイアナが戻り、ミセス・プールが気つけ薬の罎を手に血相を変えてやってくると、ワトスンは罎をジュスティーヌの鼻先で揺らし、やがて彼女はうめき声をあげ、目を開けた。

「そもそも降りてくるべきじゃなかったんですよ」とミセス・プールがジュスティーヌに言った。「さあ、ベッドに戻りましょうね」

「ホームズさん、ジュスティーヌが倒れる前、何を言いかけていたんですか?」メアリは訊いた。まずはジュスティーヌが二階へ上がるのを手伝わなければいけないけれど、ホームズは殺された娘たちについて何か言っていた……。

「今は気にならさないでください」ホームズは笑みを浮かべて言った。「お友だち、お大事に。明朝お伺いしたときにお話ししますよ」

「ええ、わかりました」メアリは上の空で答えた。キャサリンがすでにジュスティーヌの片側を支えているから、急いで反対側にまわらなくてはいけない。ダイアナは背が低すぎるしミセス・プールに女巨人を二階まで支えていく力はない。そしてもちろん、ベアトリーチェには毒がある。そう、もはやメアリの人生は、ありきたりどころではなくなっていた……。

13 ふたたび精神科病院へ

メアリ ちょっと考えてみてよ、四人もの女の子――というか女性ね、ほんとうにまだ少女だったのはダイアナだけだから――がいきなり家に転がり込んできて、やりくりがどんなに大変だったか。月曜の朝には、銀行口座の残高は十二ポンド五シリング三ペンスで、ミセス・プールとわたしの衣食をまかなえばいいだけだった。ダイアナの口座からお金を移したあとは、一ポンド引き出したので残高三十四ポンド五シリング三ペンス。それだけあれば、三人が一年は衣食に困らずに暮らせたはずよ！

金曜の朝には、残高四十一ポンド十二シリングちょうど。ベアトリーチェは着のみ着のままで現れたけど、キャサリンとジュスティーヌが古いストッキングに隠した貯金をもってきたから。無分別にもほどがあるわ！　七ポンド六シリング九ペンスなんて大金、銀行に預金しておくべきだったのに。

キャサリン　あたしたちがどうやって銀行にお金を預ければいいってのよ？　いつも地方をまわっていたのよ。巡業サーカスだってこと忘れたの？

メアリ　最後の二週分は未払いのままで、二人ともちゃんと辞めるって話してなかったから、ロレンゾからその分を支払ってもらえるかわからなかった。それで食い扶持が六人分になったのよ！　五人とも言えるわね、ベアトリーチェは数に入らないもの——彼女は食べているとは言いがたいから。日光と草と、ときどき虫を食べていれば生きられるみたいだったもの。でもキャサリンはお肉しか食べなくて、ジュスティーヌは肉食拒否で、ダイアナはなんだってたらふく食べた。ダイアナの寝床は用意してあったけれど、それに加えてキャサリンとジュスティーヌが寝るところも探さなくちゃならなくて、おまけにジュスティーヌには七フィートのベッドが必要だった。さもなきゃ頭をぶつけてしまうから。ダイアナはもう育児室に収まっていた。キャサリンには母が使っていた部屋をあてがって、ジュスティーヌには父の寝室だった部屋に寝てもらった。枕をたくさん集めて、ジュスティーヌが斜めに横たわれば寝られるようになった——ぎりぎりね。アダムズ看護婦が寝室にしていた家庭教師部屋はまだ空いていた。でもわが家の寝室はそれで全部。錬金術師協会の創造物がぞろぞろやってくるようなら、三階の使用人部屋に入れるしかなくなるところだったわ。ミセス・プールは地下の厨房脇の執事部屋で寝起きしていたけれど、そこは先代のプール夫妻が生きていたころに使っていた部屋。ベアトリーチェはもちろん父の研究室の事務所で寝た。二日前に、わたしはドレス三着とブーツ一足を手放した。あの朝になって、またしてもみんなに行きわたるだけのドレスを探さなくちゃいけなかった。どうしたら全員の衣食住を確保していけるだろうって思ったものよ。キャサリンはわたしたちの冒険譚を書きたがるけれど、家庭内の細々したことは省略したがる。「これは家政の手引書じゃないから」なんて言っちゃって。興味深いと思うけれどね。モンスター向け家政の手引書なんて！

ミセス・プール　あのころそんな手引書があったら、どんなにか役に立ったことでしょう！　ジュスティーヌのための肉抜きスープの作り方とか。そんなものは聞いたこともありませんでしたからね！

翌朝、ジュスティーヌは体調をくずして熱を出した。

「寝てなくちゃだめですよ！」ミセス・プールが言った。「ほかの方々は好きなだけ街を遊び歩けばよろしいでしょう。でもジュスティーヌさんには静養が必要ですし、さもなければますます具合が悪くなります」

「狼男から逃げまわることを遊び歩くなんて言えないわよ」とキャサリンが言った。「あたしたち、命がけで逃げたんだからね」

「もう卵ないの？」ダイアナが訊いた。

「ありません、調理済みのはもうおしまいです。トーストにマーマレードを塗ってお腹を満たしなさい。あなたの胃袋ときたらまるで底なしね！　ベアトリーチェさんがおかわりを頼むのを見たことがありますか？」

「一皿目だって要らないみたいだよ」ダイアナがもごもごと言った。

「遊び歩きについてですけどね、きっと今日もおやりになるんでしょう。お行儀よくおうちにいるかわりに。やることが山のようにあるというのに。みなさんドレスが入用になるでしょうから、山ほど縫い物があるんですよ」

「縫い物だって！」キャサリンはぞっとしたように言った。

「でもわたしたちには、解かねばならない謎があるのよ」とメアリが言った。一同はすでに朝食の席で謎の詳細について話し合っていた。メアリが弁護士のゲスト氏と面会したことにはじまり、モリー・キーン殺人事件、ベアトリーチェの救出、錬金術師協会の情報の断片を時間をかけてつなぎ合わせてきたこと……キャサリンは熱心に耳を傾けた。

「ホームズさんと警察にお任せすればいいじゃありませんか。なんといってもあの方たちはその手のことを解決するのが商売なんですから」ミセス・プールは、死んだ鼠の話でもするような口調で「その手のこと」と言った。

「ジュスティーヌのようすを見てくるわ」とベアトリーチェが言った。「ミセス・プールに朝食に呼ばれる前、彼女は熱にうなされて、自分がどこにいるかもわからないみたいだったの。枕の上で頭を振りながら父親のことを呼んでいたわ。きのうのことがあまりにも応えたんじゃないかしら」

「あたしも行こうか？」キャサリンが訊いた。

「大丈夫よ、食べてて」とベアトリーチェは答えた。「夜通し看病していたでしょう。あなたもちゃんと休まなきゃ」

ベアトリーチェが美しい幽霊のように部屋からするりと出ていき、ダイアナが残りのトーストを口に詰め込んだとき、玄関の呼び鈴が鳴った。まもなく、ミセス・プールがホームズとワトスンを居間に案内してきた。

「朝食のお邪魔をしてたいへん申し訳ありません、ミス・ジキルとみなさん」ワトスンがお辞儀をしながら言った。

「いや、まったくです」ホームズは言ったが、どう見ても反省しているようには見えなかった。「始めましょうか？　本日進めたい捜査がいくつかあるのですが、その前にみなさんにご相談したかったのです。さきほどレストレードに会ってきましてね」

「お茶はいかがですか、ワトスンさん？」メアリが訊いた。「ミセス・プールが淹れてくれたばかりですよ」

「ありがとうございます」とワトスンは言った。「患者のようすを見てこなくては」

「ベアトリーチェが二階に上がったばかりです」メアリはベアトリーチェが使わなかったカップに紅茶を注いでワトスンに渡した。「まずは召し上がってください。捜査中のお二人がどんなふうか存じております。レストレード警部のところへいらしたのなら、きっと朝食をとる時間もなかったのでしょう。ホームズさん、お茶はいかが？　それともコーヒーのほうがいいかしら？　ミセス・プールが用意してくれると思います」

しかしホームズは紅茶にもコーヒーにも興味がないようだった。彼はせかせかと腰を下ろすと言った。

「昨夜はミス・フランケンシュタインが気を失ってしまったため、われわれが殺された女性たちの家族や友人に聞き込みをおこなったことをお話しすることができませんでした――女性のうち四人ですがね、ポーリン・ドラクロワはロンドンに来たばかりだったので。彼女はフランス人のレディ付きのメイドとして、セント・ジェイムズ・プレイスで働いていました。女主人が紹介状も与えずにくびにしたので、街娼にならざるをえなかったのです。イングランドには身内がおらず、ロンドンに来て日が浅かったので、友人もいなかった。彼女が暮らしていた下宿の女将も、彼女のことはほとんど何も知らなかった。しかし最後の被害者スザンナ・ムーアをふくむほかの四人は、最近マグダレン協会に入所していたのです。ほんの数日だけいた者もいれば、一番目の被害者サリー・ヘイワードのように、数カ月のあいだ入所していた者もいます」

「四人全員が？　偶然にしては多すぎますね」とメアリは言った。「ねえダイアナ、マグダレン協会にいたときに、そのひとたちの名前を聞いたことはある？　ほかにアナ・ペティンギルという娘もいたわね、それからもちろん気の毒なモリー・キーンも」

「あそこにいるやつらの名前なんか気にしたことがないからな」ダイアナは紅茶にさらに砂糖を入れると、音を立てて飲んだ。「見かけもしゃべり方もみんな似たり寄ったりだったし。だけど、あそこにはなんかやばいことがあるって、ずっとわかってた！　よし、引き返して手がかりを探してこよう」

「だめよ！」メアリが言った。「あそこのひとたちはあなたのことを知ってるじゃない。疑われずに入りこんで探りを入れられるひとがいかないと。変装していくの」

「あたしが行く」とキャサリンが言った。「あたしは知られてないし、路上で暮らしていたときにはずいぶん娼婦に出会ったから、その一人だってうまく騙せるんじゃないかな。でもダイアナの助けが要るわ――なかには入らなくていい！」ダイアナは一緒に行くつもりになって立ち上がっていたが、また椅子に腰かけ背中を丸め、ふくれ面をした。「外で連絡係をしてほしいの。通路を知りつくしているんでしょ？　施設の外に出入りする方法も。塀を越えるの？　きっと塀があるでしょ――ああいう場所にはね。それから、院長の部屋は？　どこを探せばいいのか教えてもらわないと……」

「ちょっと待ってください」ワトスンが口をはさんだ。彼は一脚だけ空いていたジキル夫人の机の椅子には坐らず、壁にもたれかかっていた。「あなたたちご婦人がたにこの捜査に加わってほしいなどと言ったつもりはありません。勇敢でいらっしゃることは承知ですが、事件はあまりにも危険な段階に達しています。つい昨日、あなたがたは襲われたのですよ。あとは警察の手にゆだねることです。あるいは、せめて私とホームズに任せていただきたい！」

「でも、あなたがたはあそこに入れません」メアリはじつに冷静な声で言った。「マグダレン協会は男子禁制ですし、警察が踏み込んだときには、院長は証拠となるものや、あの憐れな女性たちのつながりを明らかにしそうなものを破棄してしまうかもしれません。院長が悪事に加担していた場合の話ですけれど。わたしたちが自分の身を自分で守れることは、きのうすでにおわかりになっていただけたと思います」メアリはミセス・レイモンドの残酷そうな顔を思い出した。あの女が一連の殺人、あるいは錬金術師協会に関係しているのだろうか？

「彼女の言い分にも一理あるよ、ワトスン」ホームズがほほえみながら言った。「じつはね、きみもぼくも入りこめない場所にどうにか潜入して、内部の捜査をする方法をミス・ジキルが提案してくれないかと期待していたのだ。とはいえ、きみが心配するのももっともだ。というわけだから、ミス・モローとミス・ハイドに保護者として同行してはどうかな。直接お二人の安全を守れれば、安心できるだろう。もっとも、門の外で待機することになるだろうが」

「それじゃ安心するどころじゃない」ワトスンは言い、お茶を飲み干した。「よし、上でミス・フランケンシュタインを診てこよう。ミス・ラパチーニがいらっしゃるとおっしゃいましたね？」

「ええ」メアリはおかしかった。男のひとって、いつもこう見えすいた行動を取るのかしら？　いえ、みんながそうではないわ。ホームズさんはこんなにあからさまなことはしない――女性を女性として関心の的にすることがあればの話だけど！　ホームズはどうやら女性をスカートを穿いた男性のように見ているようだ。自分の捜査に役立つかどうか、それだけにかかっているのだ。

ワトスンはうなずいてカップをテーブルに置き、まるで礼儀正しいところを見せつけるように、うやうやしく居間から出て行った。

「それで、わたしはどうなるのでしょう、ホームズさん？」メアリは探偵のほうに向き直った。「もう一つ調べたいことがあるのですけれど」捜査にかかっているというのなら、いいわ、捜査させてもらいましょう！

「なんでしょう、ミス・ジキル？」

「もう一度パーフリートに行きたいのです。レンフィールドが逮捕されたあと、あそこを立ち去ろうとしたら、あの男はダイアナを見て驚いていました。覚えていらっしゃるかしら、彼はダイアナに向かって、自分がやり遂げたと……なんであれ、彼がやることになっていたことをやり遂げたと、父親に伝えてくれと言ったのです。レンフィールドがハイドに会ったことがあるなんて、考えられるでしょうか？　あるいは取引したなんて？　それに、バルフォア先生があのときに言ったことをあとで思い返して、はっとしたのですが――尊敬すべき科学者が正気を失ってしまうとは残念なことだ、先生はそう言いました。レンフィールドがどういう種類の科学者だったのか、なぜ正気を失ったのかを知りたいのです」

「あなたの言いたいことはわかります、ミス・ジキル」とホームズは言った。「レンフィールドは錬金術師協会となんらかの関わりがあったのではないか、ということでしょう？　バルフォア先生がその疑問に光明を投じてくれるかどうかはわかりませんが、レンフィールドの過去について何かを知っているようです。

私ももう一度パーフリートを訪れることを検討していました。今日は田舎への遠出にはうってつけの日かもしれませんね」

「そういうことならわたしもお供しますよ」ミセス・プールが言った。ちょうどバタートーストのお代わりを載せたトレイを運んできたところだった。「パーク・テラスのジキル嬢ともあろう方が、殿方と二人きりでパーフリートまで出かけることなどできませんよ、ホームズさん。たとえあなたのような名士でもです」

「ミセス・プール、そんなのばかげてるわ」とメアリが言った。「もう一八九〇年代なのよ。男性と女性は、不適切のそしりを受けることなく、おなじ鉄道の客車に乗れるはずです」

「紳士と淑女はそうはまいりません」とミセス・プール。

ホームズは笑った。「お付き合いいただけて光栄です、ミセス・プール。あなたはきっと魅力的なお目付役になりだ」

シャペロンですって！ なんという屈辱だろう。メアリはミセス・プールに腹を立てそうになった。それから、自分はミセス・プールが掃除した家でミセス・プールが料理した朝食を食べているのだと思い直した。この家政婦にはたいそう恩義がある。それにしても、シャペロンだなんて……ホームズがその案ににやにやしているのも腹立たしい。

「それで、わたしはどうしたらいいのでしょう？」扉のそばに立っていたベアトリーチェが言った。音もたてずに入ってきたので、メアリたちは気づかなかった。

「ワトスンさんがジュスティーヌについています。ようやく眠りにつけたようで、よかったわ。ドクターから、ジュスティーヌは重病ではないけれど、熱が引くまでは絶対安静だと伝えてくるよう、ことづかってきたの。あなたがたの計画のことも聞いたわ。今日はみんな家を空ける予定で、ミセス・プールもメアリに付き添ってパーフリートに出かけるというのなら、わたしは家にとどまったほうがよさそうね。ジュスティーヌには看護人が必要だし、わたしの毒はまだ強力よ。ひとのいるところに出るべきではないでしょうね――〝正常〟になるまで。というのも適切な言葉ではないでしょうけれど。幸い、わたしの息がジュスティーヌを害することはないわ。弱っていても、彼女はふつうの女性よりは強いから。触れたら火傷を負わせてしまうでしょうけれど、手袋をはめるわ」

「では、われわれはいわば三軍に分かれて出動するということですね」とホームズは言った。「ミス・モロー、ミス・ハイド、そしてワトスンはホワイトチャペルへ。ミス・ジキルとミセス・プールは私とともにパーフリートへ。そしてミス・ラパチーニ、あなたはミス・フランケンシュタインに付いて、家にいていただきます」

「キャサリンは変装しなくては」とメアリが言った。「その恰好でマグダレン協会へは行けないわ。もっとこう――堕落した女に見せないと」

みんないっせいにキャサリンに目を向けた。この朝、彼女が着ていたのは、メアリの普段着で、茶色い格子模様の生地に、ひだのある襟のついたデイ・ドレスだ。髪は結ってうなじにまとめている。黄色い瞳と網目模様の傷痕をのぞけば、まるで女教師だ。

「そんなかっこじゃレイモンドのばばあを騙せないよ」とダイアナ。「派手にしなきゃ、ひらひら飾り立てて――それも安物でね。あと、化粧もしなくちゃ」

通りの女に見えるように、ひらひら飾り立てて! いったいわたしがどうやってそんなものを用意できるというんだろう? あるとすれば一つだけ。「母の部屋に来てちょうだい」とメアリは言った。「使えるものがあるかもしれない」

キャサリンとダイアナはメアリについて二階に上がり、そのあいだホームズとワトスンは階下で待ち、ミセス・プールがお嬢さんがたはすぐ戻りますよと請け合ったものの、ドレス問題には時間がかかった。

ジキル夫人のワードローブのなかに、メアリは十年は流行遅れになった母の茶会服を見つけ出した。キャサリンが着られそうな派手な服といえば、それしかなかった。「しっくりこないな」とキャサリンは言った。「ポーリン・ドラクロワみたいに、くびにされて路上で客を引くはめになる前に、雇い主がくれたって考えればおかしくないか。ミセス・レイモンドにはそう話そう」

「化粧しないと、それから髪も結わなくちゃ」とダイアナ。

「でも、どこでおしろいを買えばいいのかしら――舞台道具の店かどこか？」メアリはじれったそうに言った。わたしはなんなの？　百貨店？

「だめだめ、ちゃんと化粧のしかたを知ってるひとにやってもらわないと。ケイト・ブライト・アイズとか」

「ケイトって、モリー・キーンの知り合いだとかいう？」とキャサリン。鏡の前でくるりとまわって、あらゆる角度から自分の姿を確認している。ふと、メアリは罪の意識を覚えた――何年も袖を通すことがなかったとはいえ、母の衣装であったことに変わりはない。でも、お母様はわたしに錬金術師協会の謎を解いてほしかったはず。さもなければ、なぜ紙挟みのなかの手紙を保管しておいたの？　きっとわたしのために情報を残してくれたに違いない。

「そう、ケイトがいいわ」とメアリは言った。「〈ベルズ〉に行って彼女に頼んできてくれない？」

「ふん！　言っとくけど、名案を思いついたのはこのあたしだから！」ダイアナが言った。

「そうね、名案だったわね」とメアリ。「でも、あなたがそんな恰好をする必要がある？　キャサリンは変装しなくちゃならないけれど、あなたはしなくていいじゃない」
メアリが母の茶会服を探したり、それをキャサリンが着るのを手伝ったりしているあいだに、ダイアナはまたも少年の服に着替えていた。メアリは妹がもう少し、その、まともな恰好をしてくれたらと思わずにはいられなかった。
「キャサリンの話じゃ、壁をよじ登ることになるかもしれないみたいだし、男の子のかっこのほうが登りやすいんだ」ダイアナは両手をズボンのポケットに突っ込んだ。断固として着替えるつもりはないようだ。

ダイアナ　まともなんかクソくらえ！　誰がわざわざ女の子の服を着たがるっての？　あのね、男のふりして街を歩きまわれば、誰も気に留めないし、一人きりでいても、いちいち何をしてるんだって訊かれることもないんだよ。

メアリ　キャット、不適切な言葉遣いは削除するって言ってたわよね。

キャサリン　「クソくらえ」はこの文脈では適切です。それにあたしもダイアナに賛成。

パーフリートに向かう客車のなかで、メアリはうんざりしていた。ホームズと事件について話し合いたかったのに、彼ったら、ミセス・プールと家事のこまましたことについて話すのに没頭している！　いろいろな染みの付き方、染み抜きの方法、御用聞きの予定と配達物の内容。まるで家庭生活の細部に魅了されているようだった。
「ささいな情報も、いつなんどき事件解決の役に立つかわかりませんからね」ホームズが言った。「ミセス・プール、私自身、ロンドン界隈の土壌について小論文を書いたことがあるのですよ。たとえば、スピタルフィールズとショアディッチの土壌に明らかな違いがあることはご存じですか？」

「まあ、ほんとうですか？　思いもよりませんでした！」ミセス・プールはこう答えたために、煙草の灰の種類について長く詳細な説明を受けることとなったが、興味深く聞いているようだった。

煉瓦塀と高い鉄の門の向こうに、樹木の頂がのぞいている。精神科病院は、メアリの記憶と寸分たがわぬように見えた。だが今回、ジョー・アバーナシーが案内に出てくることはなかった。

「存じません」ホームズがアバーナシーの所在を訊ねると、呼び鈴に応えて出てきた看護人は言った。「あいつはくびになりましたよ、バルフォア先生やおおぜいの職員といっしょに。レンフィールドが脱走した件でね。セワード先生はかんかんでした。ウィーンだかどこかにいらしたんですが、殺人事件のことを知ると列車で飛んで帰ってみえました。昨日の朝にお戻りになって、レンフィールドに関わった者を全員お払い箱にしたのです。何か聞きたいのなら、先生に会うしかないですよ。目下、紳士が一人おいでです――ロンドンからお越しの方を案内したばかりです。でも、あなたがたをお通ししていいか訊いてみます。お名前をうかがえますか？」

「どうりでバルフォア博士に電報を送っても返事がなかったわけです」ホームズはメアリにささやいた。看護人がセワード医師の都合を訊きにいくあいだ、三人は玄関広間で待った。医師は少しならミスター・ホームズに会ってもいいとのことだった――あまり時間がないのだと看護人は注意した。それからメアリたちは上階の院長室に案内された。三人が部屋の前に着くと扉が開き、くしゃくしゃの白髪頭の男が出てきた。ひどく動転したようすで、あやうくホームズにぶつかるところだった。「失礼」男はおざなりに会釈した。

院長室はバルフォア医師の部屋とはかなりようすが違った。長年使われてきたようだが、はるかに整然としている。本棚には本が並び、机上には書類と手紙が積み上げられている。ヴァン・ヘルシング教授からの手紙が失くなっていることに気づいたかしら、とメアリは思った。

「ミスター・ホームズ、いかなるご用件でご来訪の栄誉をたまわったのですかかな？」男は机の向こうから言ったが、光栄などとはつゆほども思っていないような口ぶりだった。陰気な堅苦しい雰囲気の男で、一刻も早く彼らに退散してほしい思いがありありと表れていた。

「セワード先生でいらっしゃいますね？」ホームズが言った。

「さよう。十五分ならお相手できますが、目下こちらが取り込み中だということはおわかりでしょうな。レンフィールドの奴が警察の拘束を解いて逃亡したことはご存じでしょう。あの男がここに戻るつもりかどうかはわからない。レストレード警部に警官を寄こすよう頼んだのだが、まだ到着しません。ああ、畜生め！」

メアリは飛び上がったが、最後の罵声はこちらに向けられたものではなかった。セワードはいきおいよく椅子から立ち上がり、机の横に立てかけてあった、たたんだ傘をつかんだ。それから大股で歩いて扉を開け、廊下に向かって大声を出した。「サム、サム！ミスター・プレンディックが傘を忘れていった」きっとサムが傘を受け取りにきたのだろう、つぎにセワード医師はこう言った。「ひとっ走りして彼が列車に乗る前にこれを届けてくれんか？そうだ、ご苦労、今のところはそれだけだ。ミスター・ホームズがお帰りのときにまた呼び鈴を鳴らす」

プレンディックですって！一刻も早くキャサリンに告げなくては。自分を見殺しにした男が生きているだけでなく、このロンドンにいると知ったら、キャサリンはどんな気持ちになるだろう？

「失礼した」事務所に戻りながらセワードは言った。

「とくにご婦人がたには……」そう言ってメアリとミセス・プールを見た。この女どもはいったい何者でなんの用で会いにきたのかと思っているようだ。

ホームズが口を開く前に、メアリは急いで言った。

「お気になさらないでください、セワード先生。キリスト教婦人伝道協会のジェンクスと申します。こちらは助手のミセス・プール。わたくしどもの協会は、堕落した女性の救済に関わっております。むごたらしく殺された女性の数人が当協会の支援を受けていたため、わたくしどもの名簿に載っておりました。名前を申し上げるわけにはまいりませんが、王家ゆかりのさるご婦人が協会の後援者でして、そのお方がぜひわたくしどももぜひホームズさんとごいっしょさせていただくべきだとおっしゃっているのです。同席させていただいても、先生がたのお話の邪魔にならないといいのですが。見学者として参っただけですので、教会のネズミのように静かにしておりますわ」

「私はミス・ジェンクスとミセス・プールの同行を大歓迎したのですよ」とホームズは言った。「キケロいわく、クム・ムリエリブス・ノン・エスト・ディスプタンドゥム」

「なるほど」セワードは口もとをひきつらせ、ホームズに同情のまなざしを向けた。「で、レンフィールドについて何をお訊きになりたいのですかな？」

ダイアナ　頼むから訳してよ、オックスフォードに行かなかったあたしたちのためにさ。

ジュスティーヌ　「女人と言い争ってもむだである」キケロがそんなこと言ったなんて信じられないわ！

「ご存じのことならなんでも」とホームズは言った。「彼の経歴、過去の交友関係。訪問客があったことは？　ミス・ジェンクス、紙と鉛筆をおもちですか？

お手伝いいただけるなら、メモを取ってください」

「もちろんです、ホームズさん」とメアリは言った。そんなものあったかしら？　鉛筆はある――でも紙は？　ミセス・プールが何も言わず大きなハンドバッグを開け、メモ帳を取り出してメアリに手渡した。このときはじめて、メアリはミセス・プールの同席に感謝した――そして、これまで感謝しなかったことに気がとがめてきた。メアリは買い物リストのページをめくる。「とくに書き留めるべきことがありますかしら？」

「本捜査に関連しそうなことならなんでも結構。あなたは観察眼の鋭い若い女性なのだから」ホームズは礼儀正しくさらりと言った。まるで、メアリが手持ちぶさたにならないように言いつけただけみたいに。メアリはそれと悟られないように院長室を見まわした。ホームズは何に目を留めてほしいのだろう？　それともわたしの思い違いで、ただセワード先生の言うことを書き留めてほしいだけ？

　だがセワードは、できなかったのか、しようとしなかったのか、いずれにしてもほとんどなんの情報も提供しなかった。レンフィールドはかつて「現在の状況からは信じられないかもしれませんが」紳士であり、シティの実業家であった。事業が傾きはじめ、彼は心労に耐えられなくなった。ついに精神に異常をきたしはじめた。妻も子もなく、共同経営者たちは本人の安全のために彼をパーフリート精神科病院に入院させた。入院費用は会社が四半期ごとに支払った。入院以来、一度たりとも彼を見舞う者はいなかった。セワードが知るのはそれがすべてだった。

「むろん、レンフィールドを受け入れたのは私の前任者です。私はここではどちらかといえば新参者で――院長になったのはつい五年前ですからな。なかには二十年入院している患者もおりますが。だからこそこの事件を――その、評議会から呼び出しを受けましてな。

ホームズさん、私がレンフィールドの身柄を確保し連れ戻したいと必死になっているわけがご理解いただけるでしょう。ほかにお話しできることはありません。レンフィールドは書類も私物も残しませんでした。本人いわくの備忘録を書いた手帳があるきりで。中身は数字だけです。お帰りの前にサムに持ってこさせましょう」別れ際の挨拶にセワードはつけくわえた。「貴殿もレストレード警部も彼の逮捕に最善を尽くしていただきたい、ホームズさん。奴を連れ戻せるかどうかに私の業績（キャリア）がかかっておるのです。それから、どうか幸運を、ミス・ジェンクス。組織の名称をいまいちどうかがえますかな？　寄付させていただきたい」

　いったいどんな名前だったっけ？　メアリは口ごもった。

「ほんとうにありがとうございます、先生」とミセス・プールが言った。「若い女性たちは罪に汚れてまいりますが、祈りと善行により洗われて、神の子羊のごとく白くなります。魂のことを申しておりますのよ、先生。神は罪を憎もうとも、罪びとを愛してくださいますし、願わくば、彼女らの魂が洗い清められたとき、父なる神の右の御手にあるのを目にしたく存じます。また、わたくしどもは彼女らに熱いスープを与えます。熱いスープと祈りはいつでも功を奏します。こちらに小冊子と購読申込書をお送りいたしたく……」

「はいはい、もう結構」セワードはせかせかと言った。「外にご案内しましょう。ひきつづき善行を積まれるために、一刻も早くロンドンに戻られたいはずだ」

　みんなが部屋を出る前に、サムがレンフィールドの手帳を見せてくれたが、セワードの言ったとおりだった。ただ数字の列が並んでいるだけ――どうやら捕まえて飲みこんだ蠅の数らしい。捜査の手がかりになるようなものはない。

　一同が精神科病院の正門をくぐり、背後でガチャンと閉まる音がすると、メアリは書き込みをしたメモ帳をバッグから出した。セワード医師の部屋を出るときバッグに押し込んだのだが、彼女のバッグはミセス・プールのものほど大きくなかったので、メモ帳が二度と取り出せないのではとひやひやしていた。「ご希望のものはこれですか？」とメアリ。

「おお、わかっていただけるか不安でしたよ」とホームズ。「ブラヴォー、ミス・ジェンクス。ソーホーのホテルの名前と場所は記憶したのですが、あなたのメモで確認できるのはありがたい。手紙を書き写してくださったのも、じつに賢明ですな」

「いったい何のことです？」ミセス・プールが訊ねた。

メアリはミセス・プールにメモ帳を見せた。

ソーホーのディアボーン・ホテルのレターヘッド入り便箋

住所小さすぎて判読できず

親愛なるジョン、できるだけ早く行きたいが、一連の殺人についてはきみ以上のことは知らない。なぜぼくにわかる？　きみもヴァン・ヘルシングもよもやぼくがこの件に関与しているとは疑うまいな。それは理不尽で不当だ。きみの到着を知らせてくれたら、こちらもパーフリートにおもむく。だが誓って、ぼくは何も知らないのだ。エドワード

「さかさまから見ましたけれど、住所以外は苦労せずに読み取れました」とメアリは言った。「でも、科学者というのはみんなひどい悪筆のようですね！　家庭教師のマリー先生なら、あのひとたちにワーズワースの『ティンタン寺』の一節を書き取らせることでしょう――わたしは筆跡を直すために、それをやらされたんです。これはキャサリンの話やヴァン・ヘルシング教授の手紙に出てきた、あのエドワード・プレンディックで間違いありませんよね？」

「まさしく」とホームズは言った。「すれ違うときに

彼の顔をご覧になったかわかりませんが、ミス・ジキル、あの白髪は加齢のせいではありませんよ。どんな苦難をくぐり抜けたにせよ、それは彼に消しがたい刻印を残したようだ」

いいえ、プレンディックの顔には注意を払っていなかった。メアリははっとした。とにかく観察を怠らないようにしなくちゃ、ホームズさんのように。

「われわれがつぎに取るべき行動は、ロンドンへ帰還しミスター・プレンディックを訪れることでしょう」ホームズは続けた。「どうやらセワード医師はプレンディックが殺人事件となんらかの関わりがあると考えていたようですし、ミス・モローの話からすると、プレンディックはあなたがたが昨日遭遇した獣人の造り方を知っているようだ。もっと性急に動いていたら列車内でばったり出くわしたかもしれませんが、プレンディックが乗った列車はすでに走り出しており、われわれはそれに乗っていないわけです」まさにそのとき、汽笛が聞こえ、精神科病院と駅をへだてる湿地帯の上空に一筋の白い煙が延びた。

「ミスター・プレンディックをつかまえられないとしても、パーフリートにはもう一つ捜査の線が残っているのではないでしょうか」とメアリは言った。「ジョー・アバーナシーはどうでしょう？　セワード先生よりも前からレンフィールドのことを知っているし、レンフィールドが逃走した時、彼はあそこにいたのです。きっと住まいはこの村のどこかなんだわ」

「さらに、職を失ったばかりで、セワードに格別の忠誠心をもついわれはない」とホームズ。「妙案です、ミス・ジキル。それにあなたも見事なものでしたよ、ミセス・プール」

「まあ、ありがとうございます」ミセス・プールはこそばゆげに言った。「娘時代、素人(アマチュア)劇団にいたのですよ。パーク・テラスの召使だけのクラブのようなものがありましてね。〈パーク・テラス劇団〉と称して、シェイクスピアから、『スコットランドの娘』や『荒れ野のメイド』のような大衆劇もやったものです。ティターニアを演じたこともあるのですよ」

メアリは、このまじめなミセス・プールが妖精の女王ティターニアになったところを思い浮かべようとしたものの、想像力には限界があった。

ミセス・プール　言っておきますけれど、わたしのティターニアの演技はとてもよかったのですよ！

ベアトリーチェ　きっと名演だったでしょうね、ミセス・プール。

つぎなる問題はどうやってジョーの居どころを突き止めるかだったが、ホームズは言った。「まずはパブで聞き込みする、ミス・ジキル。捜査の基本です――パブは情報の宝庫です。ああ、あそこに〈黒犬亭〉が見える、入りましょう……」

「お嬢様は入りません」とミセス・プールが言った。「あなた様はどこへでもいらっしゃればいいでしょう、ホームズさん。でもお嬢様を男たちが酒を飲みながらいやらしい目つきで見てくるような場所へ行かせるわけにはまいりません」

「まあ、後生だから」とメアリは言った。ダイアナの言ったとおりだ、男の恰好をしたほうがいいのだ。女性であることが窮屈だと思ったことはなかったけれど、これまで連続殺人事件の捜査を試みたことなどない。そもそも何かたいしたことを試みたことなど一度もない。しかしいざ世間を動きまわり、何か試みようとしたとたん、こうしてお決まりの「女性はすべからず」リストにはばまれてしまうのだ。

「では、すぐに戻りますから」とホームズは言って、〈黒犬亭〉の暗い店内に姿を消した。彼が戻るまで半時間ほどかかったが、そのあいだ、メアリはミセス・

プールと一緒にパーフリートの中央広場を歩きまわり、あらゆるショーウィンドウをのぞきこんでいた——肉屋に並んだハム、パン屋のロールパン、婦人用装身具店のリボンや手袋。

「ジョーは、平穏通り(ピースフル・ロウ)なる通りに建てられた労働者向け住宅に母親と暮らしています」とホームズが報告した。「建築業者は、そんな名前でもつけておけば採石労働者のストライキを防げると思ったんでしょうな！　ミス・ジキル、万が一ミセス・プールの目をかいくぐってパブにいらした場合、けっして直接質問してはなりませんよ。それでは答は得られません。私はビールを一パイント注文して、精神科病院に行ってきたところだ、親戚をあそこに預けようかと思っている、と切り出したのです。でも病院には入れたくない気もするから、個人的に親戚の世話をしてくれるひとを探そうかとも思う、誰か病院の職員で個人の介護をしたいと思っている者はいないだろうか、とね。すると、ジョーをふくめ、何人かくびになったところだ、と教えてくれました。店の連中は彼の住所の書付けを押しつけんばかりで、私はできるだけ早くジョーに会いにいくと約束しました」

「見事なお手並みですね」とミセス・プールが言った。まあ！　わたしだってパブに入れたら、それくらいやってみせるわよ、とメアリは思った。心を病んでしまった父親がいるとか、兄がパーフリート精神科病院にいたときジョーがよくしてくれたとか言えたはず。どんな作りばなしでもできたわよ……何かを成し遂げることを邪魔するばかりの礼儀作法に、なんの意味があるというのだろう？

三人はいまいちど精神科病院の門を通らなければならなかった。気づかれてはいけないが——誰も見ていなかった。ピースフル・ロウは目抜き通りをはずれてすぐのところにある舗装道路で、道の両側に現代風の戸建の家が整然と並び、それぞの家の前に小さな庭があった。ジョー・アバーナシーの家は通りの最後にあった。舗装道はその先から白爪草（クローバー）と金鳳花（キンポウゲ）が密集する野原を縫う小道に変わっていた。数頭の牛がじろじろと三人を眺め、それからまた草をむしゃむしゃ食みはじめた。家を囲む庭では花に混じって野菜も育てられていた。泥の上で数羽の雌鶏が土を引っかき、建物の脇で女が洗濯物を干していた。

「失礼ですが」とホームズが言った。「ミセス・アバーナシーですか？」

「ええ、そうだけど」女はエプロンで手を拭きながら柵に近づいてきた。「で、旦那さんはどなただね？」特許薬か機械仕掛けの箒でも売りつける気かというように、いぶかしげな視線を向ける。

「シャーロック・ホームズです。ジョーに話があってきました」と探偵は答えた。そこで言葉を止めたが、女が名前に反応すると期待していたのなら、それは残念な結果に終わった。女はただうなずいて言った。

「いるかどうか見てくるよ」女は勝手口から入っていったが、ほどなく戻ってきた。

「あ、入ってもらえって。あいすいませんね。患者が脱走したからってくびになったもんで、ここんとこひとさまに会いたがらなくて。とくに新聞記者にはね、で、旦那さんはいかにも記者みたいだから」

「わたしはここで待ちますよ」とミセス・プールが言った。「お宅はリネンの手入れが行き届いていらっしゃるわね。こんな真っ白な枕カバーは見たことないですよ。どんな漂白剤をお使いですの？」

「ああ、ええっと、あたしは粉石鹸を手作りしてるんですよ、でもラベンダーの効能もあってね。乾かすときラベンダーの上に広げて……」ミセス・アバーナシーは気をよくしたようだ。

「鼻をへし折られましたよ、ミス・ジキル」なかなか道を開けようとしない雌鶏をよけて庭をよこぎりながら、ホームズは言った。「新聞記者みたいとはまったく！　しかしミセス・プールは得がたい御仁ですね。相手の気をそらす名人だ」

勝手口を入るとすぐ台所で、そこは染み一つなくぴかぴかだった。ジョーはテーブルに向かって新聞を読んでいた。二人が入ってくると、彼は目を上げた。

「おや、あなたでしたか、お嬢さん！　母がホームズさんとご婦人がたが来たと言ってましたが、まさかあなただったとは。またお目にかかれてうれしいですよ。レンフィールドの奴の脱走事件の記事を読んでいたところです。この件でくびになったことをご存じでしょう？　どうにか脱走を阻止できたはずだと言われたって、やっこさんが警察の護送馬車から逃げられるんなら、こっちはお手上げですよ。あいつは魔術師に違いない！」

「ふむ、それはどうかな」とホームズは言った。「誰かの協力があったのかもしれない。その件であなたに話をしにきたんですよ、レンフィールドに仲間がいたかたしかめるために」

「仲間ですって？　どんな仲間を言っておられるのかわかりませんが。奴はずっと病院に閉じ込められていたのです。まあ、定期的に脱走していたからには、脱走の手引きをする仲間を見つけたのかもしれません」

「セワード先生は、レンフィールドは正気を失う前は実業家だったと言っていました」とメアリ。「仕事仲間はいたかもしれないでしょう？　入院前から彼を知っていたひととか？　見舞客はありましたか？」

「いいえ、一人も来ませんでしたよ。元実業家とは初耳です。だから数字を書き留めていたんですね、帳簿をつけるみたいに。ほら、例の食べた蠅の数ですよ、そしてどれだけの命を蠅からもらったか。でもあれを実験と呼んで、長々と話していましたよ、蠅一匹がどれだけの命を与えてくれるかって。蠅からどれだけの生命を得られるか、蠅を蜘蛛に食わせてその蜘蛛を食べたらどれだけの生命を得られるか、そして蜘蛛を鳥に食わせた場合はどうか、なんて知りたがっていました。でも、蠅と蜘蛛以外のものは捕らせませんでした。蠅と蜘蛛だったら自分で捕まえられますからね。『彼らに見せてやる』とレンフィールドは言ったものです。『いつの日かな、ジョー、わたしのノートを見せたら彼らはわたしを連れ帰るはずだ。もう生命の秘密を否定できないからな』なんて。けど、誰が連れ帰るのか、生命の秘密だかなんだかを誰が否定するのかと訊き返すと、それを明かしたら彼らに消されるんだと言って、びくびくめそめそするばかりでした。でもそれもこれも奴が常軌を逸している証拠なのですよ、お嬢さん」

「ええ、でも常軌を逸した者にもそれなりの筋道があるものですけれどね」とメアリは言った。「ほかに何か、彼がよく言っていたことを覚えていませんか?」

「いいえ、これでぜんぶです。とにかく蠅と、蠅を食べる蜘蛛と、それから鳥、あと猫を欲しがっていましたね。一番の望みはそれでした。鳥を食わせるための猫。それから猫を食べる気だったんでしょうよ。猫から命を得るために」

別れ際、ホームズは半ばむりやりジョーに半クラウンを受け取らせた。「ありがとうございます」とジョーは言った。「もし何か思い出したら知らせます。レンフィールドの奴をつかまえたら、お手柔らかに扱ってほしいものですよ。あの女の人たちを殺したなんて信じられません。奴はいつだって心優しかった、蜘蛛と蠅以外には」

ホームズとメアリは考えにふけりながらジョーの家を出て歩きはじめた。「お二人ともひどく静かですね」ミセス・プールがミセス・アバーナシーからもらった自家製粉石鹸の作り方のメモをしまいこみながら言った。

「どう思われます——?」メアリはホームズのほうを見た。

「可能性は高いと思います」とホームズは言った。

「あなたがおっしゃったとおり、誰もがこのいまいましい協会に属しているようです。レンフィールドがかつて会員だったとして……」

「ほかの会員のことも知っているかもしれません」とメアリは言った。「元会員だったとしたら、セワード先生はそのことに気づいているはずですよね？　あの方自身が会員なのだから」

「あら、あのセワード先生というひとはどう見ても嘘つきですよ」とミセス・プールが言った。「嘘をついているのは、傍目にはわかるものです。まるで自分は地上に舞い降りた天使だとでも言いたげに、相手の目をじっとのぞきこんでくるんです。そして自分を疑うとは心外だとばかりに怒ってみせる」

「おそらく」とホームズが言った。「レンフィールドがかつて錬金術師協会の会員だと知っていたなら、セワードにはたしかに嘘をつく理由があったわけです」

一度も雨が降らない完璧な春の一日だった。鉄道駅まで歩きながら、メアリは自分たちが田舎の町に散策に来た三人連れなのだと想像した。パーフリートの戸建の家々や店先には陽射しが降り注ぎ、あちこちの庭に芥子(ケシ)の花や飛燕草(ヒエンソウ)の青い穂が見えた。でもすぐに、ホワイトチャペルの路地でみずからの血だまりのなかに倒れていたモリー・キーンの姿がよみがえった。だからといってこの日の楽しさは台無しにはならなかったけれど、メアリはまだまだ捜査すべき殺人事件があるのだ、と気を引き締めた。

14 ねじれた男

メアリはロンドンへ帰る列車のなかも、朝とおなじようになるのだろうかと心配した。ホームズさんはミセス・プールと家事のこまごましたことを話しつづけるのかしら？　しかしそれは杞憂に終わり、ホームズとメアリは車内で捜査についてじっくり話し合った。レンフィールドが女たちを殺したのでなかったとしたら、誰のしわざか？　証拠からは錬金術師協会の関係者が浮かび上がってくるが、それは誰なのか？　セワード医師の手紙から、医師が殺人事件について知らないことは明らかだった――それどころか医師は事件に驚愕していた。しかし一方、協会にさまざまな派閥があるらしいことも明らかになった。セワードおよびその友人たちと対立する一派の犯行だろうか？　だとしたら、それは誰なのか？　その一派はセワードの目をぬすんでレンフィールドに接触していたことになる。

「ということは」とメアリが言った。「わたしの父、ドットーレ・ラパチーニ、モロー博士、この三人はたがいに知り合いで、故人となった一派です。それからセワード先生と友人のヴァン・ヘルシング教授、彼らはプレンディックを知っていて、プレンディックはモロー博士と知り合いだった！　そしてレンフィールドがいて、彼はハイドと会っていたかもしれない。三つのグループがありますが、彼らは友なのでしょうか？　敵なのでしょうか？　グループ同士で結束していたのでしょうか？　そのうちどのグループが女性を殺しているのでしょう？　ベアトリーチェが言うには、おおむかしの実験、フランケンシュタインのモンスターが造られた百年前の実験とおなじ過程を踏んでいるようです。誰だか知らないけれど、なぜそれを再現しようとしているのかしら？」

「そして、これらすべてがマグダレン協会と関係しているのか否かという問題もあります」ホームズが言った。「被害者のうち四人が協会の元収容者だったことは、たんなる偶然でしょうか？　ミス・モローが何かつかんでいるでしょうか。お宅に戻ったら伝言が届いているかもしれませんね」

「ミスター・プレンディックはどうします？」メアリは訊いた。「彼を探して――追跡するべきでは？　ソーホーのディアボーン・ホテル。造作もなく見つかるでしょう」

「まあ、いけませんよ」とミセス・プールが言った。「お二人とも朝食のあと何も口にされていないことをお忘れのようですね。まずは家に帰るのです――もうじきお茶の時間ですよ。とにかく、伝言がないかたしかめるのでしょう？　そのあとで、いくらでも追跡したいものを追跡すればいいじゃありませんか」

だが三人がパーク・テラス十一番地に到着しても伝言は届いていなかった。駅で拾った馬車から降りたとたん、ミセス・プールが言った。「扉が開いてます」たしかに不注意な人間が閉めそこなったかのように、玄関の扉がほんのわずかだけ開いていた。

「ベアトリーチェ！　ジュスティーヌ！」家に入るとすぐにメアリは呼びかけた。声が廊下に反響する。返事はない。それから三人でいっせいに叫びはじめた。メアリの知るかぎり一度も声を叫んだことなどない、分別のあるミセス・プールまでもが。

ミセス・プール　もちろん叫んだことくらいありますよ。わたしだって人間です、そうでしょう？

ダイアナ　叱るのと叫ぶのは違うの。

返事はなかった。家はもぬけの殻だった――もちろん、ジュスティーヌの部屋に倒れている獣人をのぞいて。だがそれは死んでいたから、数には入らない。メアリはあわてて階段を駆け上がり、いきおいあまって獣人の体につまずきそうになった。そのとき、なぜベアトリーチェの返事がないかがわかった。絨毯の上の獣人を見て、メアリは恐怖より驚きに小さな悲鳴を上げた。それを聞きつけたミセス・プールとホームズが階段を上がってきた。メアリは獣人の死体を見つめたまま、入口に立ちすくんだ。獣人はぐしゃぐしゃになったベッドのカーテンに絡まるようにして横たわっていた――獣人かジュスティーヌか、誰かがベッドからそれを引きちぎったのだ。部屋じゅう惨憺たるありさまだった。椅子はひっくり返り、髭剃り台が倒され、鏡には蜘蛛の巣のようなひびが広がっている。置時計とこより入れがマントルピースから叩き落とされ、暖炉の前でこなごなになっている。

「まあなんてこと」とミセス・プールが言った。

「抵抗したんだわ」とメアリが言った。ほかになんて言えばいいかわからなかった。

「一目瞭然です」とホームズが言った。「男（マン）の顔をご覧なさい。男と呼んでやるのももったいないですが。毛深さと歯の形、大きさからすると、かつては熊だったのでしょう。ずさんな仕上がりです。ひょっとすると……まあ、今は推理するときではないな」

熊男の両頰には、真っ赤な両手でつかまれたような二つの傷があった。

「きっとベアトリーチェだわ」とメアリが言った。「触れると火傷すると言っていたもの」

ホームズはひっくり返った家具やもつれたカーテンを検分しながら部屋を一周した。「外に出て足跡を見てきます。いいえ、ミス・ジキル、いらしてはいけません」メアリは抗議しようと口を開きかけた。「ほかにも連中がひそんでいるかもしれません。どうかご了解を」

メアリは口を閉じたものの、いい気分ではなかった。

獣人がひそんでいるのなら、一人より二人いっしょのほうが安全ではないか。わたしは役に立てるはずじゃない？　だがホームズはすでに行ってしまった。メアリがそわそわしながら待っているあいだ、ミセス・プールは壊れたり傷ついたりしてしまったところを調べながら歩きまわっていた。「この置時計を見てください。奥様がこの家に嫁がれたとき、はるばるヨークシャーからもっていらしたものですよ。二十年以上ものあいだマントルピースの上に置かれていて、少々遅れがちだから、お嬢様が売らないでいるのをありがたいと思っていたんです。けれど、こうなったらもう時を刻むことはなさそうですね」

「そんなことより、ジュスティーヌやベアトリーチェのほうが大事じゃなくて？」メアリは言った。

「そりゃそうですとも」とミセス・プールは非難がましい声で言った。「けれどね、今はどうにもできないじゃありませんか？　わたしの母がよく言っていましたけれども、おのれのできることをなせ、あとは神の御手にゆだねよ、ですよ。場合によっては、ホームズさんの手にですけれど」

「私は神の力を僭称などしませんよ、ミセス・プール」ホームズが大股でふたたび寝室に入ってきた。「われらが死せる友もふくめて、五人の足跡がありました。三人はブーツを履き、二人は人間の履物にはおさまらない不恰好な足の持ち主でした。まるで足をひきずったみたいに、どの歩き方も不規則なのです。歩道のぬかるみには足跡がくっきりと残っています。五人でやってきて、四人で帰っていった。足跡は道の行き止まりで消えていますが、荷馬車を待たせていたのだと思われる。そのなかに、急き立てられてなかば引きずられたかのような跡がありました。はっきりした足跡ではないですが、ほかの者より小さな足です。おそらくご婦人の一人が引きずられ、もう一人が抱えていかれたのでしょう」

「ベアトリーチェが熊男を殺したに違いありません。でも五人相手では太刀打ちできなかったんだわ」とメアリは言った。「そしてジュスティーヌは弱っていて抵抗できなかった」

「まあ、ジュスティーヌさんもいささかなりとも戦ったと思いますよ」とホームズは言った。「さもなければ、これほどめちゃくちゃにはならなかったでしょう」

「警察に通報しなければ」とミセス・プールが言った。

「だめよ」メアリが止めた。「警察に信じてもらえるはずがないわ。なんて説明するつもり？　毒娘と身長六フィート越えの女性が獣人の集団にさらわれたから探してくれって？」

「ミス・ジキルの言うとおり」とホームズが言った。「レストレードの嘲笑を買うでしょう。ワトスンのところに遣いをやって、それから、プレンディックを探さなければいけません。すべての手がかりが、ミス・ラパチーニとミス・フランケンシュタインが獣人により誘拐されたことを示唆していて、さらにプレンディックは獣人の造り方を知っている。ここにいてくださいよ、ミセス・プール、誰かがわれわれを探しに戻ってくるかもしれない。それからミス・ジキルは……」

「わたしは留まりませんから」とメアリは言った。

「ご一緒します。適切であろうとなかろうと、ベアトリーチェとジュスティーヌに何があったのか突き止めたいのです」

「すぐご出発を、お嬢様」とミセス・プールは言った。「一人より二人のほうが知恵が出るって言いますからね。わたしは後片付けをしておきますよ」

「チャーリーが来たら」とホームズが言った。「ワトスンにこう伝えるよう言ってください。『ミス・ラパチーニとミス・フランケンシュタインが誘拐され、われわれはソーホー、ディアボーン・ホテルにプレンディックを探しにいく』と。プレンディックはただホテルの便箋を使っただけかもしれませんが、あそこか近くのホテルに泊まっているかもしれない。さあ行きましょう、ミス・ジキル。お茶を飲む暇はなかったが、悪党を休ませてはならぬと言いますからね——探偵だって同様です!」

二人はそろってソーホーへ向かった。出かける前に、ミセス・プールがメアリにティーケーキを手渡した。「何か召し上がらなくちゃいけませんよ、お嬢様。さもなきゃ気絶してしまいます。そんなことになったら、どうやってホームズさんのお力になるんですか?」メアリは雨外套のポケットに手付かずのティーケーキを突っ込むと、二人の娘たちのことを心配しながら足早に歩いた。二人ともどこにいるの? 無事かしら? 知り合ってほんの二日なのに、もう家族のように、おたがいに絆で結ばれているような気がしていた。

ベアトリーチェ　今もそうよ。

メアリ　それぞれぜんぜん違うのにね。

ベアトリーチェ　あるいは、だからこそね。

一方そのころキャサリンは、その午後を縫い物に費やしていた。ケイトは魔法のような仕事をした。〈ベルズ〉で無事につかまったケイトは、その場でキャサリンに化粧をほどこし髪型を整えた。「道具はここにぜんぶそろってるの」とケイトは言った。「モリーにあんなことが起きたあとじゃ、一人でなんて暮らせなくて。怖い夢ばかり見るし! だからこの宿に部屋を借りてるんだ、前の下宿屋の倍もするんだけどね。あんたは勇敢な人だね、ミス・モロー。あたしだったらたとえ百ポンド積まれたって、死んだ女の子たちがいた場所と知ったからにはあの協会に近づく気にはなれないわ。さ、これでどう?」キャサリンはケイトの部屋にかかったひび割れた鏡のなかの自分を見た。ケイトが顔と首におしろいをはたいたので、傷痕が隠れている。鏡のなかには、紅をさした唇と頬、ずいぶんと豊かな髪が映っている。もちろんすべて地毛ではない。うん、ばっちりだ。

当然ながら、マグダレン協会に着くとすぐに、ミセス・レイモンドに顔を洗い髪を直せときつく言いつけられた。キャサリンは口紅を拭った――ミセス・レイモンドにこの娘には救済が必要だと思わせたのだから、いい仕事をしてくれたものだ。だがおしろいはそのままにしておいた。これが地肌の色ということにしよう。「女優も使ってるおしろいなのよ」とケイトは言っていた。「あんた、ふつうの女よりちょっと浅黒いね？ でも、これがあれば大丈夫」おしろいを塗ると……じつに人間らしく見える。キャサリンは人間らしく見えるのがうれしかった。支度を終えると作業室へ向かった。

もしキャサリンに裁縫より嫌なものは何かと問えば、檻に閉じ込められ、船倉に収められ、何週間もそのまま船に乗せられて太平洋上を不気味な島をめざしていくこと、との答が返ってくるだろう。あるいは、その島で麻酔なしで動物から人間の女に改造されること、と答えるかもしれない。だがそれくらいのものだろう。縫い物にくらべたら、ロンドンの路上で鼠を食べたり、狼男に追いかけられたりするほうがずっとましなのである。

メアリ そこまで大仰に書く必要がある？

おまけに、彼女の不器用なことといったらない。手がもともとは動物の前足だったせいかもしれないが、シスター・マーガレットがミセス・レイモンドに報告したところによると、直線縫いすらろくにできないのだ。

「あの娘は見込みなしですわ。ティータオルの縁かがりをさせたのですが、これをご覧ください！ 何かほかのことをやらせたほうがいいかもしれません——当面は床のモップがけとか」新入りの娘の黄色の目は、シスター・マーガレットを落ち着かない気分にさせた。

「もう少ししたら、掃除班に入れるのも一案ね」とミセス・レイモンドは言った。「でも今はあなたが監視しておいてちょうだい。あの新入りは何かひっかかるのよ……」一瞬考え込んでから、かぶりを振った。

「いいえ、まだなんとも言えないわ。とにかく、彼女にはきつい仕事はさせたくありません。いきなり出ていかれたくないでしょう？　あの娘たちのように、路上のいやしい贅沢に戻らせたくないでしょう？　憐れなサリー・ヘイワードやアナ・ペティンギルのように。わたくしたちがここで与えてやるものの値打ちを理解してほしい——マグダレン協会の快適さと安全をね。それから、できるだけ早く作業服を用意してやりなさい。あの不見識な身なりでうろうろされては困ります」

ダイアナ　あいつらが何を言ったか、なんでわかるのさ？　実際に聞けたわけじゃないのに。
キャサリン　じつは聞けたのよ。人生初の偵察を試みたんだけれど、ミセス・レイモンドは院長室にいたの。扉のすぐ外から、なかの話が聞こえた。とにかく、こまごまとした内容を聞き取れたかどうかは問題じゃない。大事なのは、おもしろい物語になるかどうか。

その瞬間、キャサリンが何を考えていたにしても、マグダレン協会の快適さと安全についてではなかった。縫い糸がまたしてもプツンと切れてしまい、縫い直すはめになった。それはつまり、縫い目がゆるまないように重ねて縫い、なおかつあらたな縫い目が前の縫い目ときれいにつながるようにする、ということだ。

「なんで縫い物なんかしてるのかしら？」キャサリン

は訊いた。「なんだってみんなそろって縫い物しなくちゃいけないのかさっぱりわからないんだけど。魂が救われるような仕事って、ほかにないわけ？」

「シーッ！　いつシスター・マーガレットが戻ってきてもおかしくないんだから」と隣の席の娘が言った。その娘の名はドリスで、頬にはにきびがあった。まだ十五歳で、かなりぽっちゃりしている。ロンドンの通りに立ったことがあるかどうか、見た目ではわからない。メイフェアやメリルボーンで奉公する召使の娘と変わらないように見える。「わたしたちが縫っているリネンや衣類は慈善をおこなうご婦人がたが買い上げて、この協会の維持費に充てられるのよ」

キャサリンはその日自分が二枚目に縁かがりをしたゆがんだティータオルが協会の役に立つかしら、と思った。無理だろう。

「ひと月くらい前ここに友だちがいたの」とキャサリンは言った。「モリー・キーンっていうんだけど。知ってる？」

「モリーの知り合いなの？」キャサリンのもう片側に坐っていた娘が言った。痩せて顔色が悪く、目の下にはくまがある。名前はアグネスだったような気がする。

「へえ、驚いた。あんなことになるなんて恐ろしいわね？　ミセス・レイモンドが言っているとおり、罪の報いを受けるってああいうことなんだ」

「おしゃべりはやめなさい！」シスター・マーガレットが言った。足音なんて聞こえなかったのに、いつのまにかみんなの前に立って、くちびるをすぼめている。まるでふざけてライムをしゃぶってるみたいに。「怠惰なおしゃべりは悪魔の仕業です。スロックモートン牧師の説教集を朗読したいひとは？」

これだよ、問題なのは、とキャサリンは思った。アグネスがイエスがどうやって羊とヤギを分けたかに、スロックモートン牧師がその逸話からどんな教訓を導いたかをだらだら朗読していたが、それは聞き流した。

問題はこのろくでもない施設では話をする時間がちっともないってこと。一日じゅう、祈りと説教と作業ばっかり。

マグダレン協会に入りこむのは難しくなかった。ミセス・レイモンドはキャサリンを一瞥しただけで寝台をあてがった。しかし、きつい口調でこう言った。

「わたくしどもは、ここにいるすべての女性たちの改悛(かいしゅん)を望んでいます、おわかりでしょうね、ミス・モンゴメリー」

「もちろん、悔い改めます、かならず」とキャサリンは返答した。「受け入れてもらってどんなに感謝してるか。路上は恐ろしいし、じつのところあの水兵に割れた酒瓶を持って追いかけられたときにはもうこりごりだと思いましたね！　それから大家の女将が家賃の払いがたまってるから出てってくれなんて言い出したんです。家に帰ったって父ちゃんはもう入れちゃくれません——ほかのきょうだいの面汚しだからって。このとおり、着のみ着のまま無一文です。ここに置いてもらえてありがたく思ってるんです」

「まあ、ここでは身を慎むように」ミセス・レイモンドは眉をひそめながら言った。キャサリンはうなずいて、ミセス・レイモンドの部屋にある大型の革張りの本に署名した。キャサリンより前に来た娘たちが自分の名前を書き、あるいは誰かが代わりに書いてくれた名前の横に×印をつけていた。「キャサリン・モンゴメリー」、彼女はそう署名した。第一の任務はこの台帳を調べることだろう。マグダレン協会に滞在したことがある娘の名前がすべて記録されているはずだ。殺された娘たちの名があるか調べなくては。で、そのあとは？　キャサリンにはわからなかった。何をするにしても、みんなが寝静まる夜になるまで待たなくてはならない。それまでは、せっせと縫い物をしなくては。

ダイアナ　あたしもチャーリーも、通りの向かいの家んなかで待ちくたびれてたよ。ワトスンはへっちゃらみたいだった。なんか変わったことが書いてないかって、新聞をかたっぱしから読んでた。一度、エイヴベリー卿の動物園から盗まれた動物がいまだ行方不明だとかなんとか言ってたな。ひと月も調べてんのに見つからないんだって。「動物どもなんかを、なんで気にしなくちゃなんないの?」って訊いたんだ。でもあのひとが言うには、消えた動物は獣人造りに使われたかもしれないんだって。

キャサリン 縫い物もアグネスの説教集の朗読も聞いたりしなくてすんだんだからまだましよ! シスター・マーガレットはスロックモートン牧師による説教集をぜんぶもってた。なんでも前に一度会ったことがあるとか。あれは牧師にひそかに熱を上げてるわね。説教といったら、羊とヤギ、救われる者と地獄に落とされる者、片方は救われ、もう片方は永遠に呪われる、とかそんな話ばかり。あの牧師、ヤギに恨みでもあったのかな……何時間も聞かされてるうちに、シスターの喉を切り裂いてやりたくなったわ!

ジュスティーヌ 神について学ぶのはそれほど悪いことではないわ。パパがまだ生きているころに教えてくれた宗教的な教訓がなかったら、わたしはそれからの孤独な年月に耐えることはできなかったでしょうね。われらみなをみそなわす父なる神を信じると、安らかな気持ちになれるわよ。

キャサリン もう、勘弁してよ! 宗教なんて誰かがほかの誰かを支配する道具にすぎないよ。モローの島で、あたしはこの目で見たんだから。

ダイアナ キャサリンの言うとおり。あのろくでもない協会で育てられてたらと思うと……

ベアトリーチェ ねえ、この話は前にもしたでしょう。不毛よ。ジュスティーヌがあなたを説得することもないし、あなたがジュスティーヌを説得することもないの。キャット、物語に戻って。わたしたちの読者は神をめぐる議論には興味ないわ。

ようやく夕食のときを告げる鐘が鳴った。一日じゅう、不自然な姿勢で坐って不自然な作業をして無意味な話を聞かされていた……だいたい、ティータオルなんて使うひとがいるんだろうか？　もっと縫い物に慣れた娘たちは細かいひだがいっぱい寄った子ども用のスモックを縫っているけど、あれだって誰が必要とするんだろう？　子どもたちは要らないでしょうね。子どもっていうのは、動物か野蛮人みたいに裸で駆けまわるのが好きだから。それに、そのほうが健康にもずっといいし！

お茶の時間、キャサリンはマグダレン協会の食事には肉が出ないことに気づいた。植物質のほうが健康的である、とスロックモートン牧師が言っているせいだった――そんなばかげたはなし聞いたことがある？

キャサリンはテーブルに目を落とし、シスター・マーガレットが鼻高々とこれは野菜の煮込み（ラグー）ですと言ったものを見つめた。

「食べてないみたいだけど」隣の席のアグネスが話しかけてきた。「大丈夫？」

「断食することにしたの」とキャサリンは言った。「飢えが自分の罪を悔いることを思い出させてくれるだろうから」

「ああ、よくわかるわ！」とアグネス。「あたしもそんなふうに感じたものよ、自分の罪に安らぎと赦しを見出す前はね。じきにあなたにも訪れるわ」

キャサリンはアグネスの痩せたまじめそうな顔をじっと見て、この子はどんな味がするだろう、と思った。あいにくほとんど肉がついていない。ドリスのほうがおいしそうだ。

テーブルの向かいに坐っているせいぜい十二歳か十

三歳の娘がこちらをちらちら見てきたが、キャサリンがぎろっと睨みつけると、自分の皿に目を戻した。

夕食後は長い説教、さらに祈りの時間が続き、それからようやくマグダレン協会の収容者たちは解散と就寝を言い渡された。「あなたは大部屋には入りません」とシスター・マーガレットが言った。「アリスについていきなさい。これが作業服です、明日から着るのですよ、こちらが寝間着。洗い立てなので湿っているかもしれません。ドレスと下着の洗濯は週一回、シーツの洗濯は月一回。わからないことがあったら、アリスに教えてもらいなさい」

アリスというのは夕食のあいだじゅうテーブルの向こうからキャサリンをうかがっていた娘だった。「こっちです」アリスは言った。横目でちらちらとキャサリンを見てきたが、何も言わなかった。キャサリンはあとについて階段を三階まで上がった。小さめの部屋がいくつかあった。それぞれ二人部屋で、一つのベッドを二人で分け合うことになっていた。ベッドをのぞけば、部屋には整理箪笥と木製の椅子が一つずつあるきりだ。アリスと一緒に寝ることになる狭いベッドを見て、キャサリンはどうやったら夜中に忍び出せるだろうかと考えた。アリスはぐっすり眠る質かな？

「手伝いましょう、お嬢様」とアリスは言った。「ボタンのことです」

キャサリンが着ている服には大量のボタンがついていた。どうやってはずすか、考えもしなかった。

「ありがとう」とキャサリンは言った。「あたしのこと、お嬢様なんて呼ぶ必要ないわよ。キャサリンでいい」

「はい、お嬢様」アリスは背中の上のボタンから取りかかった。「わたし、前は召使だったんです。落ちぶれる前は。奥様が亡くなって召使を雇うお金がなくなったので、みんなお暇を出されました。きょうび、仕事を見つけるのは簡単なことじゃありません。しばらく道路掃除婦をやってたら、ある紳士がべつの奉仕活動についたら金を出すって言ってきたんです。わたし、断りました。その男がしつこくつきまとうのを見かねた親切なご婦人が、ここの住所が書いてある名刺をくれたんです。ここの暮らしはそう悪くないですよ、食事と説教に慣れれば」アリスは袖口のボタンをはずしはじめた。「このドレス、前の奥様が着ていた服を思い出します。よければ、どこで手に入れたか訊いてもいいですか?」

「うん?」キャサリンは言った。上の空だったのだ。アリスを起こさずにベッドを出て部屋から抜け出すにはどうしたらいいか考えていたのだ。

「このドレスです、お嬢様。どこで手に入れたんですか?」アリスはドレスをきちんとたたみ、椅子に置いた。朝になればシスター・マーガレットに取り上げられるに違いない。

「さあ」キャサリンは一瞬アリスを食べてしまおうかと思ったが、アリスのことは気に入った。それにボタンをはずすのをずいぶん手伝ってくれた。

アリス　そんなこと思ってただなんて!

キャサリン　あら、そう?　あの野菜のぐちゃぐちゃしたのを出されたあとじゃ、ミセス・レイモンドを丸呑みしたいくらいだったわ!　でもきっと肉が固いだろうなって……。

「通りに立つようになったとき、仲間がくれたような気がする。その子はもういらないけど、この服は紳士連中に受けがいいからって。つまり、レディみたいに見えるからって。男ってあたしたちがレディみたいに見えるのを好むのよね、それが疎ましくなるまでは」キャサリンはアリスが開けてくれた抽斗に下着をしまい、それから寝間着を着た。横になって薄くてごわごわした毛布をかけた。「あんたにこんな話を聞かせるのは早すぎるわね」

「あの紳士はそう思ってなかったですよ」アリスはベッドにもぐりこみながら言った。

「ふん、紳士か。あいつらに近寄らないに越したことはないわよ」とキャサリンは言った。「あいつらは一人残らずきまって若い娘の身を破滅させようとしてるのよ、どういう方法であれね。おやすみ……」

夕闇が迫ってきた。当然ながら、蠟燭なんてものは用意されていなかった。蠟燭なんて贅沢品を、ミセス・レイモンドやシスター・マーガレットが思いつくわけがない。キャサリンは目をつぶって横になっていた。何時間かたてば、部屋から忍び出て長い石造りの廊下を歩き、ミセス・レイモンドの院長室がある階に降りることができるだろう。明かりはついていないだろうがへっちゃらだ。猫は暗闇でも目が見えるのだ。

鼠の穴の前で寝たふりをする猫よろしく、身じろぎもせずに待った。そのうち、アリスの寝息が深くなっていき、かすかないびきのほかは、べつの部屋からも物音がしなくなった。ゆっくりと半月が空に昇る。いくらか明かりは射すようだけれど、たいしたものではない。キャサリンは誰にも姿を見られたくなかった。

月明かりのもと、アリスを起こさないようにゆっくりと身を起こし、部屋からそっと抜け出した。廊下の突き当たりにある窓の向こうに、海に浮かぶ小舟のような月が見えた。キャサリンは娘たちが眠る部屋の前を通りすぎ、それから二階まで降りた。朝に一度ミセス・レイモンドの部屋に入っていたが、マグダレン協会の石造りの廊下と木製の扉はどれも似たり寄ったりだったので、院長室の位置を記憶するのはたやすくなかった。ありがたいことに、ダイアナは建物の内部についてしっかり説明してくれ、ワトスンの新聞の隅っこに地図まで描いてくれた。ダイアナの指示が信用できるとしたら、院長室はこの廊下の突き当たりのはず……。

ダイアナ　信用できるに決まってるじゃん！　七年もあのクソ施設で暮らしてたんだ。院長室の場所なんてわかりきってる——あそこでシスター・マーガレットに杖で叩かれた。ミセス・レイモンドは絶対自分の手を汚さないんだ。そういうことはシスター・マーガレットにやらせてたね。あたしが歯向かって杖をへし折ってやった日まではね。それからは二度と叩かれなかった。

キャサリン　サスペンスを盛り上げてるのよ。あんたが信用できるかどうかわからないほうが、読者ははらはらするじゃない？　どっちにしても、あのときはあんたのことを信用していいのか不安だったけどね。今だってときどき不安になることがあるもん！

院長室はダイアナが説明したとおりの位置にあった。鍵はかかっていない。キャサリンは後ろ手に扉を閉め、室内を見まわした。夜間なので金襴（ブロケード）のカーテンは閉められている。薄暗いが、キャサリンにはこれくらい光があれば肘掛け椅子をよけるのに十分だ。ずいぶん坐り心地のよさそうな椅子で、娘たちが裁縫をする殺風景な作業場の木製のベンチとはくらべものにならない。キャサリンは分厚い絨毯の上を歩いた。冷たい石造りの廊下を歩いてきたあとだったから、裸足の足の裏がふかふかとやわらかく包み込まれるような気がした。

ミセス・レイモンドの机にたどり着く。よかった、台帳があった。カーテンを一枚引いて、そこに月の光が射すようにした。自分が署名したページを開き、名前の一覧に目を走らせた。何もない。それより前のページをめくってみる。あった、見覚えのある名前があった。

モリー・キーン

モリーは数週間前にマグダレン協会に入っていたのだ。なぜ出ていったのだろう？　キャサリンは一ページずつ遡ってめくっていった。殺されたほかの娘の名前も一覧のなかに不規則に散らばっていた。

ポーリン・ドラクロワ
スザンナ・ムーア
サリー・ジェーン・ヘイワード
アナ・ペティンギル

いずれもひと月以上前のものだ。ホームズが身元を明らかにできなかったポーリン・ドラクロワさえも、マグダレン協会の収容者（これ以上しっくりくる言葉はない）だった。いったいどういうことだろう？　もっと情報はないだろうか、そうだ、机のなかに手紙か何かしまわれているのでは？　一番上の抽斗を開けようとしたとき、キャサリンは廊下に足音が響くのに気づいた。こちらに近づいてくる。三組の足音。つかつかと迷いないもの、不規則なもの、そしてひきずるようなもの。いったい誰だろう？　しかしあれこれ考えている暇はない。身を隠せる場所は？　キャサリンは急いで台帳を閉じ、机の上に元どおりに戻し、窓のくぼみに滑り込んで目の前でカーテンを閉めた。建物の壁が厚いので、窓が深く造られている。キャサリンが隠れるのに十分なくぼみがあった。

ドアが開き、ガス・ランプが灯された。マッチを擦る音が聞こえた瞬間、カーテンの隅から光が差し込んできた。彼らの姿は見えないが、臭いを嗅ぎ分けることはできる。人間が二人、そして獣人が一頭だ。

「わたくしと話すときは、もう少し口を慎んでいただきたいわね」とミセス・レイモンドが言った。「ダイアナを連れていくことを許したのは、あの子にはさんざん手を焼いたからです。それにあなたには貸しがあるのですからね、ミスター・ハイド。こちらが提供した情報の報酬は、いったいいつお支払いいただけるのです？」

ハイド！　これがハイドなの？　てことは、まだ生きていたのね……じゃあ、メアリが間違っていたんだ。

「われわれはずっと良好な関係にありました、ミセス・レイモンド」まるで肺病やみのように、その声はしわがれて、かさかさしていた。紳士らしい教養を感じさせる話し方なのに、どこかしら背筋が寒くなってくるようなところがある。

メアリ　ほんとうに？　それとも雰囲気を出すためにおおげさに書いているの？

キャサリン　ほんとだって！　あの男の声にはほんとに……聞いててぞわぞわしてくる感じだった。それでいて必死なところもあって、憐れみも感じさせるのよ。

「良好な取引関係です」男は続けた。「仲間が準備し次第、すみやかにお支払いします」

「あなたのこともそうですし、そのお仲間とやらも信用できませんわ」とミセス・レイモンドは言った。

「その方が実在するとどうやってわかるんです？　十二人の女について、わたくしは情報を提供いたしました――彼女たちの容姿と居どころを。二度などは、わたくしみずから女に接触して、そちらがお望みのものを取り出せる場所に誘い込んだのですよ。百ポンドを要求します。それを受け取ったら、あなたの娘の居場所を教えましょう」

十二人の女！　レストレード警部が知っているのは五人だけ。つまりほかの七人は……遺体が発見されていないのだ。キャサリンはそのとき低いうなり声を聞いた。

「そちらに連れているあなたのお友だちなど、ちっとも怖くありませんよ。スピタルフィールズの路地でもっとひどいものを見てきましたからね」

「ダイアナの居場所はもう知っているんですよ、ミセス・レイモンド」ということは、狼男たちはスパイだったんだ！　なるほどそういうことか。そしてあのうなり声は……

「でも、まだあなたの手中にないようですわね。あの子をつかまえるのに苦労してらっしゃるの？　小娘一人に？　小娘一人にてこずるのなら、ミスター・ハイド、あなたもあなたの組織もたいしたものとは思えませんね」

「さよう、まだあの子を取り戻していません。そんな些末なことに関わっている暇はなかったのでね。しかし余裕さえできたら、難しいことなどありませんよ。われわれの組織はあなたには想像がつかないほど強力なのですよ、ミセス・レイモンド」

どうにかひと目でも見られないだろうか？　キャサリンはその目でハイドの姿を見たかった。自信ありげな口調だが、その裏側に恐怖の臭いが感じとれた。これがダイアナの父親なのね……そしてメアリの仮説が正しいとするなら、メアリの父親でもある。犯罪者ハイドは生きている。ちらっとでも見られないかしら？

「もちろんわたしの仲間は実在します。しかるべきときがきたら姿を現しますよ。そのあいだに、手が二つ必要なんです。繊細な手が——彼はそう特定して要求している。アナ・ペティンギルの手はがさがさに荒れていました。われわれにはレディの手が要るのです。また家庭教師がいいでしょうな。さもなければ侍女か」

キャサリンはゆっくりと窓の中心に歩み寄った。カーテンにほんの少しだけ隙間ができているのだ。よし、これで——だめだ、ミセス・レイモンドしか見えない。今のはなに？　床板が軋むような音、一瞬、キャサリンは自分がたててしまったのかと思った。しかしそれは部屋の向こう、扉の外から聞こえてきた。

ミセス・レイモンドも聞きつけた。扉をすばやく押し開け、外に立っていたものをつかんで部屋に引きずりこんだ。

アリスだ。

「おまえ、いったいいつからいたの？　わたしたちの話をどれだけ聞いたの？」ミセス・レイモンドはアリスの寝間着の襟をつかんだ。

「ぜんぶだと思います」不思議なことに、アリスは怯えていないようだ。ばかな子、とキャサリンは思った。恐怖がるべきなのに、ものすごく。

「ではここの子たちはわたしのことを嗅ぎまわっていたのね！　あなたのほかに何人いるの？」

「わたしだけです」とアリスは言った。「それに、嗅ぎまわってなんかいません。あのキャサリンっていう新入りのいびきがうるさくて、眠れなかったんです。だから部屋を出てここまで来たんです、何かひと口食べられないかと思って。夕飯は栄養ってものがないから。明かりが見えたんで、なんだろうと思ってやってきたんです」

ああ、あたしはアリスのことを見くびっていた。あの子のでまかせといったら、堂に入ったものじゃないの。でもなぜ？　アリスはあきらかにあたしを追ってきた。なのに、どうしてかばうようなまねをするんだろう？

「なら簡単だわ」とミセス・レイモンド。「おまえを処分すればいいだけのこと。つかまえて、ミスター・ハイド！　それから、何ものか知らないけれどあなたも！」

何が起きているの？　キャサリンはカーテンの隙間から、アリスが床に倒れ込み、そしてミセス・レイモンドの手のなかで何かが光るのが見えた。ナイフ？　ううん、見えた――皮下注射器だ。アリスは薬を打たれたのだろうか？　さっきアリスが話しているうちに、ここから飛び出すべきだった。二人で走って逃げ出せたうちに。こうなってしまったからには、待つのが最善の行動だった。

「このちびじゃそちらの役には立たないわね——厨房メイドみたいに手が赤くてがさがさしているもの」とミセス・レイモンドが言った。「それでも連れていっていただいたほうがいいでしょうね。ここに置いておくのは危険です。ほかの娘に話してしまいかねないわ。ご自由に処分してください」

「おい、運べ」とハイドが言った。黒い影がかがみこんでアリスを抱えた。そいつが立ち上がったとき、キャサリンにはそれが長身で毛深い獣人だとわかった。においからすると、熊男だ。本能は攻撃しろといっているが、ここで姿をあらわせばつかまってしまうだろう。熊を相手に戦えるだろうか？　だめそうだ。その獣人はぶざまに縫い合わされた醜いしろものだった。モローはたしかに残酷だったかもしれないが、少なくとも美的な観点にも気を配って自分の創造物を仕上げようとしていた。その点、ここ数日見た創造物は獣人としても醜悪なのだ。

熊男が退出する段になってようやくキャサリンはハイドの姿を見ることができた。小柄な男で、キャサリンよりも背が低いのはたしかだった。ぱっと見は奇形に見えるが、それはたんに背中を丸めておかしなすり足で歩くせいだ。背筋をしゃんとすれば、恰好よく見えたかもしれない——顔には陰険さと狡猾さだけでなく、どこかひとを惹きつけるものがある。だが、あのなんともいえない笑みを浮かべているかぎり、ほとんどの女は寄りつかないだろう。

「われわれが必要としているもの、検討していただけますよう、ミセス・レイモンド」とハイドは言った。「手です、レディの手。明晩、報酬をもってまたうかがいます」

「だと結構ですけれどね」とミセス・レイモンドが言

った。「報酬をいただくまで手のことはお約束できません！　甘く見ないでくださいよ、ミスター・ハイド」ガス・ランプを弱くしながら、ハイドとともに部屋を出ていった。やがて錠のなかで鍵がまわる音が聞こえた。キャサリンはミセス・レイモンドの院長室に閉じ込められてしまった。

メアリ　アリス、なぜキャサリンのあとをつけたの？　彼女がどこに行くか興味があっただけ？

アリス　あっはい、たしかに興味はあったですけど、そんなに気にしてたわけじゃないんです、お嬢様。ジキルの奥様のドレスです。ひと目見てわかったんです。ミセス・プールが手一杯のときに、わたしが脇の下をかがったドレスでした。奥様が発作を起こしたときに引き裂いてしまったんです。だから、「なんでこのひとはジキルの奥様のドレスを着ているんだろう？」って思って。そりゃあ売り払ったってことも考えられますけど、よっぽど切羽詰まらないかぎり、お嬢様が奥様の衣類を売るとは思えなかったんです。あのひとが盗んだのかもしれない、でもなんとなく、それは違うって思いました。わたしは泥棒ってものをよく知ってますけど、このひとは泥棒じゃないってわかったんです。それから、ミセス・レイモンドの部屋でカーテンの裏に隠れてるのを見つけて。カーテンの隙間からこちらをうかがっているのがわかりました。このひとが悪人かどうかわからないけど、ミセス・レイモンドが悪人だってのは間違いない。それにあの小男——ハイドと背の高い毛深い男、あのひとらもまっとうじゃないって。だから、わたしは選択したんです。

メアリ　正しい選択だったわ、よくやってくれたわね。

アリス　ありがとうございます、お嬢様。

キャサリンは振り向いて窓を調べた。外開きで簡単に鍵が開く。掛け金をまわせばいいだけだ。しばらくようすをうかがった。男が二人いる。一人は洗濯袋のようなものを運んでいる。ハイドと熊男に違いない。そしてうしろを歩く女性はミセス・レイモンドだ。三人で中庭をよこぎり、ミセス・レイモンドが正門から二人を出した。彼女は門に錠をおろすと建物のほうに引き返した。

院長室に戻るつもりだろうか？　ガス・ランプは暗くされたが完全に消されてはいないから、戻るのかもしれない。キャサリンは急いで窓を押し開け、建物の正面をおおう蔦をよじのぼり、できるかぎり窓を閉めた。掛け金をかけ直すのは無理だけど、ミセス・レイモンドは気づかないだろうし、気づいたとしても掃除係の娘がうっかり忘れたのだと思うだろう。どうかちぎれませんようにと願いながら、キャサリンは蔦をつたって降りた——ダイアナは蔦を登り降りすると言っていたけれど、あの子はキャサリンより軽い。おまけに石畳の中庭まで、ここから二階分を降りていかなければならない。

蔦は持ちこたえた。ブーツを履いてくればよかったと思いながら、キャサリンは冷たい石畳に降りた。ブーツを履いていたら廊下に靴音が響いただろう。誰も正面窓から見ていないことを祈りながら、中庭をすばやくよこぎった。出入門があるけど、ミセス・レイモンドが錠をおろしてしまった。どうやったら出られるだろう？　石塀は飛び越えるには高すぎるし、よじ登る蔦もない。

「おーい」ひそひそ声がした。門の向こう側にいるダイアナだ。「さあ、錠をこじ開けといた。あの壁を這い降りるんなら寝間着は脱いどくべきだったね。まるで幽霊みたいだよ！　一マイル先からでも見えちゃう」

「ま、そのときは幽霊だと思われるだけでしょ」とキャサリンは言った。「ハイドと獣人――奴らは右に向かったわ！　袋のなかに女の子が入ってるの」

「それって、あたしの父さんのこと？」ダイアナが言った。「父さんが生きてんの？　わかってたら、もっとよく見といたのに。両方獣人だと思っちゃった。ワトスンがずっと見張ってて、あいつらが出てくるのに気づいたんだ。そしたらあんたが窓から出てきた。ワトスンとチャーリーにはあとをつけてくれ、あとでこっちも追いつくからって言っといた。においで奴らをつけられるんだろ？」

そう、キャサリンは四人のにおいを嗅ぎつけることができた――ワトスンのパイプ煙草、ハイドのコロン、熊男の胸が悪くなるような体臭。驚いたことに、チャーリーは石鹸のにおいがした。

「これ着て」とダイアナが言った。「ワトスンの上着。あんたが寒いといけないからって置いてった。父さんは生きてるのか。じゃあミス・メアリが間違ってたんだ――べつに驚かないけど。母さんはいつだって父さんは何事にも抜け目ないって言ってたもん。生きてたのに一度もあたしに会いにこなかったんだ。とんだクソ野郎だ」

上着はキャサリンには大きすぎたが、ありがたかった。少なくとも寝間着姿は隠せる。残りは――まあ、裸足でくるぶしもむきだしだけれど。猫に靴なんて要らないのよ、キャサリンは自分に言い聞かせた。「行こう」とダイアナに言った。「奴らはあっちよ」

二人の娘は通りを駆け出し、ロンドンの夜の迷路へと入っていった。

15　ソーホーの街路

メアリとホームズは、ソーホーにある下宿屋の向かいの狭い通りで待っていた。下宿屋は荒れ果てたみすぼらしい建物で、鎧戸はななめに垂れ下がり、全体にだらしない雰囲気が漂っている。周辺そのものが期待できそうにない印象だった。頭上には物干し綱がひっかけてあり、ロンドンの汚れた空気の中でシュミーズや肌着を乾かしている。横丁にはごみが山積みになっていた。この三十分というもの、近くの庭で犬が思い出したように遠吠えしている。それなのに、ここは夕方もっと早い時刻にミスター・プレンディックのことを問い合わせた、お上品なディアボーン・ホテルからそう遠くないのだ。一刻を争う以上、直接的な方法を取るべきだということで二人は合意し、レストレード警部の署名が入った、必要な調査をすべて許可するという手紙を、ホームズが経営者に見せた。陽気な赤ら顔で、凝った口髭をたくわえた経営者は、はい、ミスター・プレンディックはこちらで定期的に召し上がりますよ、いつも夕食の提供が始まるころおいでになります、と答えた。その晩もディアボーンで食べてくれることを期待して、二人は経営者の事務所で待ち受けた。

　そしてプレンディックは時計のように正確だった。七時きっかりに入ってきたのだ。ホームズとメアリはできるだけ目立たないよう羊歯（シダ）の植木鉢の陰に坐り、《パンチ》を読むふりをしながら、プレンディックがひとりでホテルの食堂で食事をするのを観察した。じかに見られたら誰なのか気づかれるだろうか？　それは疑わしい。今朝あの精神科病院で鉢合わせしそうになったときにも、こちらを見はしなかった。よほど動転していたにちがいない。それでも、慎重に行動するに越したことはない。夕食後、プレンディックは勘定を済ませて正面の出入口へ向かい、入口ホールのスタンドから帽子と傘を回収した。二人はあとをつけたが、常に一ブロックほど距離をあけておくようにした。最終的に、プレンディックはこの通りへまがって、あの下宿屋に入ったのだ。

まだそこの二階の部屋にいる。ときたま影が窓をよぎるのが見えた。人影を見分けるのは意外に簡単だ、とメアリは気づいた。

「ただ正面からぶつかるわけにはいかないんですか？」ついにメアリは訊ねた。「何時間も待っているのに、何も起こらないんですよ」ベアトリーチェとジュスティーヌはどこ？　何があったの？　キャサリンとダイアナはどうしてる？　なぜワトスンは連絡をよこさないの？　みんなのことを心配せずにはいられなかった。

「何か起こるでしょう」ホームズが言った。「ミス・フランケンシュタインとミス・ラパチーニは誘拐された。ホワイトチャペルにいた娘たちを殺し、獣人を造り出した者が誰であれ、それで事情が変わった。プレンディックが関わっていたのなら、呼び出しを受けるはずだ。そうでなければこちらの役には立たないので、最初からやり直さざるを得ない。しかし、あのときプレンディックがドクター・セワードに抗議していたにしろ、私は彼が関係していると思いますね。病院の廊下でわれわれを追い越したとき、彼の顔に浮かんでいたのは、不当な非難を受けたという怒りではなかった。恐怖でした。待った、あそこに――あれはなんだ？」

それは通りをゆっくりと駆けていく奇妙な小男だった。ダイアナぐらいの背丈に見えたが、両腕が通常より長く、まるで指の関節を地面につけて前進を補助しているかのように、背中を丸めて走っている。

「獣人」メアリは口にした。獣人はそれぞれ異なっているが、このころになると、全員に共通するものが見て取れた。いびつな感じ、どこか非人間的なところがあるという印象を与える点だ。ようやく何かが起こりはじめている。

獣人は下宿屋の入口で止まり、まっすぐに立つと、呼び鈴を鳴らした。ドアを開けたのは建物に似合いのだらしない女だった。あきらかに女主人か、何かの使用人だろう。女が下がると獣人は戸口を抜け、暗い廊下の奥へ姿を消した。

その背後でドアが閉まる。メアリとホームズは待ち受けた。さて、何が起きる？　ふたたびプレンディックの影がちらりと窓に映った。それから、ガス燈が暗くなった。数分後、正面玄関から二人が——プレンディックと獣人が現れた。右にまがって通りを進み出す。

「急いで」とホームズ。「なるべく距離を置いて、しかし見失わないようにあとをつけましょう」

二人は足をひきずって歩く獣人とプレンディックをできるだけ目立たないように追い、ソーホーの狭い街路を抜けていった。大きな道路沿いにはガス燈があったが、細い通りの多くは暗く、道を照らしているのは窓からの明かりだけだ。プレンディックは人通りの少ない道、店がまばらで歩行者もめったにいない道を進んでいた。メアリはありがたかった。それはつまり、こちらの存在に気づく人が少ないということだ。家々の屋根越しに月が見える。煙突の上空にかかっているところは、半分ぴかぴかで半分黒くなった一シリング銀貨を思わせた。

ここがどこなのかはわからなかった。見覚えのあるものはないし、追跡中はホームズに訊くこともできない。家に傘を置いてきて本当によかった。この状況では邪魔になっただろう。雨が降ったらそのまま濡れておこう。三回プレンディックを見失いそうになったものの、そのつどまた発見した。前日雨が降っていなかったら、完全に巻かれていたにちがいない。見失うたびにホームズが正しい方向を示す足跡を見つけたのだ。プレンディックの足跡はとりたてて特徴的ではなかった――紳士がよく買う既製の銘柄のブーツを履いていたからだ。しかし、隣を歩いている獣人の足跡は暗がりの灯台のように目立っていた。しばらくすると、メアリでも泥だらけの敷石に残るほかの足跡と見分けがつくようになった。

人けのない長い通りで、二人は姿を見られないよう壁のくぼみに隠れて待つはめになった。

「どこに行くつもりかわかった気がするな」ホームズが言った。

「どこ?」メアリは訊ねた。「それに、どうしてわかるんです?」

「論理的な推論によって。彼が獣人を造っているのなら、その行為が知られない場所でやっているはずです。動物の存在をあれこれ言われない場所、色黒で毛深く足をひきずっている男たちが、怪物ではなく外国の船乗りとして扱われるようなところで」

「波止場ね!」とメアリ。「邪悪と不道徳の中心だと聞いたことがありますわ。もちろん、そう言ったのはミセス・プールですし、あの人はメイフェアでもおなじことを言うでしょうけれど。あの人の判断をどこまで信じていいかよくわからないんです」

「この場合、さほど的を外してはいませんね」とホームズ。「行きましょう、あの二人はもうすぐ通りの突き当たりに行き着きそうだ。私の考えが正しければ南へまがる」

「わたしたち、東へ向かっていたんですか?」メアリは問いかけた。「どこにいるのかまるでわからなくなってしまったわ」

「ああ、テムズ川の臭いがしませんか? いままでほとんどずっと川と並行して歩いていたんですよ」

もちろんだ。メアリは鼻をつく悪臭に気づかなかったか、気づいていても当然のこととして意識の端にあり、手がかりにしていなかった自分を責めた。これを教訓にしよう——まず忘れそうにない教訓だ。

「角をまがった。行きますよ！」

メアリはホームズのあとについて通りを走っていった。足がずきずきしたが、そんなことはどうでもいい。ジュスティーヌとベアトリーチェを見つけなくては。

前方でプレンディックと獣人が川のほうへ折れた地点をまがる。この通りは両側に倉庫が並んでいた。プレンディックが左側の二番目の扉を叩く。音が反響するのが聞こえた。扉が開き、一瞬、長方形の光が差す。それから男と獣をのみこんで閉じてしまい、通りはふたたび暗くなった。

メアリとホームズは物陰から離れないようにして近づいた。ここには街燈がなかったが、道幅が広くなり、狭い横丁には届かなかった月明かりに照らされている。倉庫を見るには十分だ。プレンディックが迎え入れられた倉庫は、煉瓦造りの二階建てだった。荷馬車を入れるためと思われる巨大な扉と、今しがたプレンディックが叩いた小さな扉がついている。大扉の上には、暗闇でも浮かびあがる白いペンキで**オルダニー海運**という名称が書かれていた。二階にはいくつか窓があり、どれも暗い。一階の窓はひとつしかなく、明かりが灯っていた。

「何が起きているのか見てみますか？」メアリはホームズの反応を待たず、明かりのついた窓ににじり寄った。鎧戸は閉じていたが、ひどく古びて鎧板が数枚朽ち果てており、窓自体が数カ所割れていた。室内、少なくともその一部がはっきりと視界に入る。目にしたものにぎょっとして、激しい身振りでホームズに合図した。すぐあとに続いたホームズは真後ろにおり、やはりそのおぞましい光景をのぞきこんだ。血管の中でメアリの血が冷たくなった。

キャサリン　今度は脚色しすぎかな？

メアリ　いいえ、あれは本当に血が冷たくなったもの。現実にそうなったわけじゃないのよ、人体の中で血が冷たくなることはないから。でも、喩（たと）えとしてはあのときわたしが感じたことを正確に伝えてるわ。

キャサリン　もう、勘弁してよ！

ホームズでさえ「なんということだ（ディア・ゴッド）」と小声でつぶやいた。

メアリ　本当にそう言ったのよ。はっきり覚えてるわ。

その部屋が以前オルダニー海運の事務所として使われていたのは間違いない。天井につるした石油ランプが部屋の中央を照らしているが、室内の大半は陰になっていた。壁には棚が並んでいる。おそらく前には小型の小包類を収納していたのだろう。今では大きな瓶がずらりと置いてあり、メアリは王立外科医学院を連想した。瓶の中に浸してあるのは体の一部だった。手、脚、胴体。完璧に保存された頭部。それが目を閉じて保存液に浮かんでいる。だが、五人の娘の分より数が多いのではないだろうか？　頭が三つは目に入るし、さまざまな四肢ときたら数を確認したくないほどだ。一方の壁沿いに大きな檻があった。たぶん以前は貴重品を保管していたのだろう。いまやそこには獣人が収容されていた。二人、いや三人か、例の背を丸めたいびつな格好で棚のそばに立っているが、ここからは檻の一部しか見えない。部屋の中央、石油ランプの下には手術台らしきものがあった。プレンディックと二人の獣人がその台を囲んでいる――プレンディックを連れてきた足をひきずる猫背の獣人と、どうやら熊に似ている長身で毛深い獣人だ。

手術台にはジュスティーヌがまだ白いナイトガウン

姿のまま横たわっていた。手首と足首が台にくくりつけられており、落ち着いて天井を見上げていた。

ジュスティーヌ　わたしは死を待ちながら主にお会いする準備をしていたの。

「相手は三人いるわ」メアリはホームズにささやいた。「助けられると思いますか？　あの獣人は強そうだわ」

「あれで全部のはずがない」とささやきが戻ってくる。「室内の見えないところに何がある？　もう少し見守りましょう。行動に出る前にもっと確認する必要がありそうだ」

「おい、プレンディック？　できるのか」メアリに聞こえた声は低く耳ざわりだった。今まで耳にしたことのない声だ。

「さあ」プレンディックは言った。「脳を取り除くのはさじ加減の難しい手術だ。モローならできただろうが、私はモローではない。この娘に取り返しのつかない損傷を与えてしまうかもしれない」

「畜生めが！　やるんだ、そして成功させろ、さもないと素手で絞め上げてくれるぞ！」

影——人の影——が大股で室内をよこぎった。どういうことになるかはっきり教えてやる、と言わんばかりに両手を突き出している。その姿を見てメアリは息をのんだ。見たこともないほど大きな男で、七フィートはあるだろう。だがいちばん印象に残ったのは背の高さではない。肩幅の広さや腕と脚の太さ、サーカスの最強の怪力男を思わせるたくましさだった。ワイシャツ姿で肘まで袖をめくりあげ、前腕にくっきりと青い血管が浮かびあがっている。そのうえ顔色の蒼白さ、黒い剛毛、憤怒の表情をたたえて血走った黒い目……これほどおそろしげな人物は見たことがなかった。

「私を殺したところで、きみの望む女を造る役には立たないぞ」プレンディックは言った。なぜあんなに冷静でいられるのだろう？ やけになっているのか、それとも疲れ切っているからか。げっそりして見えるのはたしかだ。「彼女の脳を交換してみてもいい。ともかくそのほうが女をまるごと造り出すより簡単だろう。もともときみの常軌を逸した計画はそちらだったわけだが」

「口のききかたには気をつけろ、さもないと舌を引っこ抜くぞ！ おまえが話せようが話せまいが、俺のために女を造ることは可能だからな——むしろ話せないほうが一緒にいて楽しめるだろう」

プレンディックは床に視線を落として言った。「わかった。きみの好きなときに始めよう」

「俺をどこまで追い込んだかわかるか、ジュスティーヌ？」巨人はその姿を見下ろした。「最後に一度、機会をやろう。愛していると言え、喜んで俺のもとに戻ってくると。そうすれば命を助けてやる」

「あなたのことはぜったいに愛せないわ」ジュスティーヌの声ははるか遠くから話しているようだった。「わたしは死を歓迎するし、あなたと生きるくらいなら進んで死ぬほうを選ぶわ、アダム」

巨人は腹を立ててわめいた。獣人が入れられている檻を振り向くなり、ばかでかい拳を柵に叩きつける。獣人全員が恐怖と怒りの叫びをあげた。足をひきずっている獣人がぎょっとしたように飛び上がり、金切り声を発したが、熊男は無言でみじろぎもせず立っていた。

「ならいい！ プレンディック、処置にかかれ。おまえの脳をあそこの娘、あの家庭教師の脳と入れ替えれば、白紙状態になって俺が教えることをなんでも受け入れるさ。そうなったら俺がおまえのフランケンシュタインだ、あいつではなく——俺たち両方を造り出したあのいまいましい父親ではなくてな！」

巨人は棚から広口瓶を取った。その中で保存液に浮かんでいたのは脳、人間の脳だった。「これが見えるか、ジュスティーヌ？　おまえの代わりになるものだ！　脳だぞ——」広口瓶を見て名前が書いてあるラベルを確認する。「——スザンナ・ムーアのな。その体は生き続けるが、おまえは——おまえである何もかもが——いなくなるんだ！」

ジュスティーヌは落ち着いて広口瓶の中の脳を見やると言った。「覚悟はできてるわ」

巨人がうなり声をあげて広口瓶を渡すと、プレンディックは手術台の脇にある台車の上に置いた。依然として冷静に言う。「エーテルが作用するのに時間が必要だ。普通の女なら数分だが、彼女は普通の女ではない。意識を失わせるか殺してしまうか用量がわからないのでね。実験してみなければ」ジュスティーヌを見下ろして声をかけた。「すまない」

ジュスティーヌはそちらを見なかった。代わりに瞼を閉じて唱えた。「天にましますわれらの父よ（ノトルペールキエオシュ）、願わくは御名の尊まれんことを（クトンノームスワサンクティフィエ）、御国の来たらんことを（クトレーニュヴィエンヌ）、御旨の天に行わるる如く地にも行われんことを（クタヴォロンテスワフェットシュルラテールコムオシエル）……」

プレンディックは台車からスポンジらしきものを取ると、一本の瓶の口にあてがい、瓶をひっくり返して中の薬品で濡らした。それからスポンジでジュスティーヌの鼻と口を覆う。ジュスティーヌが祈り続けていたとしても、聞き取れなくなった。

巨人が言った。「新しい脳が白紙状態で、俺が望むとおりに影響を与えられると確信があるのか？」

「いや、むろん確信などないとも」とプレンディック。「それはフランケンシュタインの理論だ。しかし、きみが記憶を失っても、その過程で基本の人格が残ったことは明白だと思われる。きみはフランケンシュタインが生き返らせる前の男だ——絞首台で見つけた犯罪者の復元の見込みがないほど腐敗した部分に、ほかの死体の一部を組み合わせたものだ。ここにいるのがまだ基本的にはフランケンシュタインの慎み深い召使ジュスティーヌ・モーリッツであるのとおなじように。きみがスザンナ・ムーアの脳に何を見出すのか、私は知らないのでね。何も保証はできない。とくに、不十分なもので不可能なことをしろと求められているこの状況ではな。私は生物学者であって外科医ではない」

「おまえは言われたとおりにするんだ、さもないと、どんなふうにモローのことをくそいまいましい錬金術師協会に密告したかばらすぞ。モローを殺した女を愛人にしたと知られたら、あいつらに生かしておいてもらえると思うか？　このつぎ良心の呵責を覚えたときには、プレンディック、他人に立ち聞きされそうなところでアヘンを吸うのはやめておくんだな」

「あのイタリア人の娘を確認してきたぞ」あの声！　メアリは姿勢を変え、うっかりホームズを肘で押しのけてしまった。声の主が見えた——保管室への入口に立っている、ねじれた体の小男。メアリは息をのんで玉石の上に坐り込み、煉瓦の壁に背中を押しつけた。

「どうしました？」ホームズが問いかけた。

「あれはハイドです。わたしが子どものころとまったくおなじように見えるわ。でも、そんなはずはないのに。あの男は死んだわ。父は死んだのよ」

「しっ！　あたしに聞かせてよ！」暗がりから聞き覚えのある声がささやきかけた。

メアリはぎょっとして振り返った。かたわらにキャサリンがしゃがんでいた。

「いったいどうやって——」

「あたしは猫よ。しばらくここにいて耳をすましてたの。ほら、静かにして！」

「……毒が効くには時間がかかるが、密室ならすぐにたまるはずだ。娘は一時間以内に死ぬだろう」

「おまえが自分で殺したほうが早いんじゃないのか？」巨人がいらいらと言った。

「きみとちがって私は殺人者ではない」とハイド。

「それにあの娘には痕が残らないだろう。きみがぶち殺したせいでスコットランド・ヤードに追跡されることになったのを忘れるな。あの間抜けを説得して自供させたあとでさえ、きみは別の脳をほしがった——もっと新鮮なものをと言ってな！　きみの行動のせいで、われわれはたえず発見される危険にさらされているのだ」

「ふん、だったらおまえにはプレンディックを手伝う時間があるな」巨人は言った。

「私は化学者だ、外科医ではない。もっとも、フランケンシュタインがきみに造ってやる女は、出発がね。プレンディックが彼女を造り出した技術は評価できる材料がなんであろうと、あれほどみごとなできばえにはなるまい」

「信頼してくれてありがたい」プレンディックが皮肉っぽく言った。「ひょっとすると、きみは化学者としてエーテルのことで手を貸せるかもしれないな。目下のところろうまくいっていないようなのでね」


ハイドは頭をさげた。ばかにしたようないびつな礼だった。

「俺のまわりは無能な連中ばかりだ！」巨人が怒鳴ったので、檻の中の獣人たちがふたたび歩きまわって声をあげた。

「もう十分見たと思うわ」メアリはささやいた。ずっとこの光景に釘づけになっていたが、いまこそ行動を起こすときだ。ハイドについては——いまあの男のことは考えられない。「あいつらがエーテルの件を解決してジュスティーヌの脳みそを切り取りださないうちに、ジュスティーヌとベアトリーチェを助け出さないと！」

「アリスもね」キャサリンが言った。

「アリスって誰？」メアリは訊ねたが、キャサリンはただついてくるようにと二人に手を振ってから、まるで——そう、猫のように軽やかに走って暗い道を渡った。向かい側で、二つの倉庫に挟まれた横丁にするりと入っていく。暗闇の中でかろうじて、そこにダイアナとチャーリーとワトスンが立っているのが見えた。

「誰を見つけたか見てよ！」キャサリンが言う。

「ホームズ！　やあ、会えてよかったよ」とワトスン。

「きみがどうしているかと思っていたんだ」

「うまくいっている、と思う。総合的に考えると」

「ふざけんな」とダイアナ。「いいから何を見たか教えてよ。あと、次はあたしも行くからね。置いていかれるなんてまっぴら！」

　倉庫の事務所で何を目にしたか、メアリは横丁で説明した――棚に並んだ瓶、手術台、ジュスティーヌの窮地。「それに、誰かが毒を盛られているけれど、場所がわからないんです。ベアトリーチェに毒を盛ろうとしてるのかしら？　そんなことどうやって？　でもそれはどうでもいいわ――なるべく早く二人を助け出さないと」

「そのアダムというのは誰だい？」ワトスンが訊いた。

「そいつが連中のリーダーで、このいかれた事件の主犯のようだが」

「推測がつかないか？」とホームズ。「ヴィクター・フランケンシュタインが最初に造り出した怪物だ」

「だが、その怪物は死んだぞ」とワトスン。「メアリ・シェリーの記述にそう書かれていた」

「そうそう、書かれたものは全部ほんとのことだしね」とダイアナ。「あんたがこのシャーロックについて書いたくだらない話みたいに」

「言い合いをしてる暇はないわ」メアリは口を出した。「誰がベアトリーチェを助けに行く？　あの倉庫のどこかに閉じ込められて（ロックト・アップ）いるのよ」

「あんたが言ってるのが錠前（ロック）なら、あたしが外せるけど」とダイアナ。

「おれが一緒に行って守ってやるよ」とチャーリー。

「守ってもらう必要なんかないし」

「ありがとう、チャーリー。そうしたら、あとのみんなはジュスティーヌが完全に意識を失う前に助け出さないと」メアリはこれから救助に向かおうという一同をぐるりと見まわした。暗くてろくに顔も見えない。

「わたしたち四人に対して向こうは五人——ハイド、プレンディック、怪物のアダム、熊男、それからあの足をひきずっている小さいの……」

「オランウータン男だな、私の考えちがいでなければ」とホームズ。「あの連中は——きっと——エイヴベリー卿の動物園から盗まれ、人間、あるいは人間に似たものに変えられた動物たちでしょう。熊一頭と豚一頭は死んでいる。つまり残っているのは——ふむ、もし私が彼の一覧表をきちんと覚えているとすれば、あの檻にしっかり鍵がかかっていることを祈りますよ。時間があれば計画を立てられるが——あの部屋になだれこんで不意打ちに賭けるというのは、とうてい賢明な行動とは言えない」

「わかってます」とメアリ。「でも、ほかにどんな選択肢が？　わたしたちの友人があの中にいるんです。ジュスティーヌにどれだけ時間が残っているか誰にもわからないわ」

「もちろん突入するわ」とキャサリン。「さっさと行こう！」

「ミス・ジキルの言うとおりだ」とワトスン。「今は自分たちの安全を考えてためらっている場合じゃない。もっとも、あなたがたご婦人があの倉庫に入ると思うと……」

「わたしたちを思いとどまらせることはできませんわ、ワトスンさん」メアリは反駁した。この言い方で効果があるだろうか？　そうでなくては。

「あなたがたが武器もなしに入っていくと思うと……と言おうとしていたんですよ。だが、私は自分の連発拳銃しか持っていない。ホームズ？」

「自分のはある」とホームズ。「きみのはとっておいたほうがいい。ぼくのをミス・ジキルかミス・モローに渡そう。ぼくは自分の拳で戦うさ。バリツの心得があるんだ、覚えているだろう。誤解していますよ、ミス・ジキル。むろんミス・フランケンシュタインを危険な状況に置き去りにしろと提案するつもりはありません」
「あなたの連発拳銃は要りませんわ、ホームズさん」メアリは言った。ハンドバッグから父の連発拳銃を取り出す。紳士がひそかに持ち歩けるような小型の武器だ。ミスター・ハイドとして出かけるときのために買ったのだろうか。そのハイドは生きている……つまり父も生きているということだ。

ミセス・プール　ずっと連発拳銃を持ち歩いていたんですか？

メアリ　ソーホーに出かける前にハンドバッグに入れたの。ワトスンさんが連発拳銃を持ち歩くなら、わたしもホームズさんに同行するとき持っていくべきだと思ったから。いつ拳銃が役に立つかわからないもの。

ミセス・プール　実に分別がありますよ、お嬢様。

メアリ　ハンドバッグはあの横丁に置いてくるはめになったし、あとで取りに行くのも忘れたの。少なくとも、残りのお金と家の鍵をウェストバンドに押し込んでくるのは思い出したわ。ダイアナの言うとおりね――女性の服装は実際、冒険するようにできてないのよ。

ダイアナ　だから言ったでしょ。

「あたしも武器は要らないわ」とキャサリン。「自分が武器だから。この手で男をひとり殺したのを忘れないでよ――それと歯でね！」
「それなら、ついてきてもらいましょう」ホームズが言った。「まず私が入ります。あいつらは犯罪者だし、思い出してもらいたいんですが、私はこの件でレストレードとスコットランド・ヤードの代理を務めています。公式に法を代表しているんですよ」

倉庫の大小の扉はどちらも鍵がかかっていたが、ダイアナがどうやらメアリのヘアピンらしきもので小さいほうの錠をこじ開けた。襟の下に刺してあったのだ。

「このぐらい七つのときにはできたから！」と、後ろに立っていたホームズにささやく。そして用心深く扉を押し開けた。その向こうは倉庫の端から端まで続いている暗い廊下だった。突き当たりに窓がひとつあり、そこからちらちらと月光が差し込んで、二階に上っていく錬鉄の螺旋（らせん）階段を照らしている。ホームズは連発拳銃を手にダイアナの脇を通り抜けた。そのあとにメアリが、それから残りの四人がひとりずつ、できるかぎり音を立てずに続き、やがて全員が廊下に立った。最後尾にいたワトスンが入口の扉を背後で閉める。廊下の左側にドアの輪郭が見えた――もっと広い荷積みの場所に通じているのだろう。右側にはドアが三つあり、いちばん手前のドアの下に明るい光の筋ができていた。そこから数人の声がぼそぼそと響いてくる。あれがジュスティーヌの囚われている部屋のドアにちがいない。

メアリはささやいた。「ダイアナ、あっちの別のドアを試してみて！　ベアトリーチェがあの部屋のどれかにいて、自由の身にできたら、二人ともこっちを手伝えるかもしれないでしょ。もしいなければ二階へ行ってみて。わたしたちはあなたたち抜きで入らなきゃ。待っている時間はないもの」

「わかった」とダイアナ。「行こう、チャーリー」

そういうわけで、また物語を二つに分けなければならない。廊下を進むダイアナを追うほうと、メアリやキャサリンととどまるほうだ。

キャサリン　ダイアナの視点でなんか書けない。
メアリ　もちろん書けるわよ。あなたは作家でしょ。なんだって書けるわ。ただ自分のなかのダイアナを見つければいいのよ。

キャサリン 自分のなかにダイアナなんていないもの。

ダイアナ へん！ そんなわけないじゃん。誰だって自分のなかにダイアナがいるんだから。

ダイアナの思考は混乱しきっていた。とはいえ、前からそういう状態なので、別に目新しいことでもない。そのとき頭の中で響いていた独白は次のようなものだった。（あそこにいたのは父さんだったあのくそったれ赤ん坊のころからお目にかかってないじゃあ結局生きてたんだ母さんはどう思ったかななんでメアリはあたしのこと子ども扱いするんだろもう十四なのにさ鍵をこじ開けるのもよじ登るのもほかの子がすることはなんだってできるんだから人に毒を吐いたり喉を食いちぎったりするの以外はねでもあたしは人並みに頭がいいしお茶を飲んだのはずいぶん前だけどこれから何か食べるものは手に入るのかな？）

メアリ はいはい、言いたいことはわかったわ！ ダイアナをいじめるのはやめて話を進めて。

ダイアナはたちまち二番目と三番目のドアの鍵を開けた。ベアトリーチェはどちらの部屋にもいなかった。そこは**オルダニー海運**というラベルつきの木箱で一杯だった。二階を見る必要がある。ダイアナはメアリに手を振り、階段の上を指さして行き先を示した。救出はダイアナ抜きで進めなければならないだろう。メアリは手を振り返した。

ダイアナは螺旋階段を上っていき、チャーリーがあとに続いた。「あの鍵開け、ものすごく上手だったなあ、お嬢さん？」二階に到達したときに言う。

ダイアナは関心を向けられて苛立つと同時に喜んだ。

うれしかったのは自分の腕前にふさわしい賛辞だからで、いらいらしたのは、もちろん上手に決まっているからだ。自分はダイアナ・ハイドではないか？　鍵開けも掏摸も、壁をよじ登って窓から出入りするのも、昔から得意だった。もっと有利な機会が訪れなかったら、いつか泥棒になってもいいかもしれない、とよく思っていたものだ。

ダイアナ　まだそうなるかもしれないし！

二階のドアは左側にしかなかった——それは当然、下の階では右側になる。廊下の突き当たりにまた窓があり、今度は通りを見渡せた。鎧戸がないか、開けてあるか、どちらかだ。やっとあたりが見えるぐらいの月明かりがそこから差している。またもや入口が三つあった。

最初の部屋は空っぽだった。二番目のドアの鍵を開けようとしたとき、廊下の先にあるドアからかすかなうめき声が聞こえた。ダイアナはできるだけ静かに三番目のドアへ駆けつけ、鍵をこじ開けた。その部屋には窓がひとつあり、月光が室内を照らしていた。奥の隅にベアトリーチェが坐っている。手首と足首をまとめてロープで縛ってあり、口の上に布切れがくくりつけられていた。その向かい側の窓の下に、眠っているかのようにうめきながらわずかに体を動かしている少女が横たわっていた。

そして、床越しにほかの音も響いてきた。階下で誰かが怒鳴っているのだ。何が起こっているにしろ、下で始まったらしい。

ダイアナは部屋に踏み込んだものの、即座にまた出た。まるで室内にすばらしい庭園があるかのように、甘い香りがふわりと追いかけてくる。

「これを吸い込んじゃだめ！」とチャーリーに言い渡す。「ベアトリーチェの毒だから。ねえ、ハンカチを持ってる?」

チャーリーは粗末な大判のハンカチをズボンのポケットからひっぱりだし、ダイアナに渡した。

「窓を開けて」ダイアナは廊下の突き当たりの窓を指差して言った。チャーリーがうなずき、走って開けに行く。実に気分がいいものだ、何かをするように言いつけたとき、誰かがそのまま実行してくれるのは——反論せずにね!

ダイアナはハンカチで口を覆い、部屋に駆け込むと、窓の錆びた掛け金を開けようとした。その作業には数分かかり、とうとう両手を使えるようにハンカチを落とすはめになった。空気がなんとも甘くかぐわしい。腰をおろしてその香りを吸い込み、この庭園にいつまでもとどまっていたいという思いで頭が一杯になる。最後にぐいとひっぱって掛け金を外し、窓ガラスを外に押し開いた。新鮮な空気だ! ダイアナは深々と呼吸した。

床の少女をつかみ、両腕を彼女の胸にまわして、なんとか窓まで持ち上げる。少女は重くなかったが、穀物袋のようにぐんにゃりしていた。

「がんばれ、息をして!」ダイアナは声をかけた。少女はほとんど呼吸していなかったものの、まだ死んでいなかった。新鮮な空気を吸い込んだとたん、咳き込みだす——体がゆれるほど激しい苦しそうな空咳だった。支えているのは難しかったが、ダイアナは少女の体を窓の下枠に立てかけて押さえ、頭を窓の外に出してやった。

「おれはどうしたらいい、お嬢さん?」チャーリーが訊ねる。もうささやく必要はなかった。一階からわめき声が聞こえ、続いて派手な破壊音がした。何が起こっているのだろう? とはいえ、首をひねっている時間はなかった。

「ベアトリーチェを助けて」ダイアナは指示した。

少女を窓枠に立てかけたまま、首をめぐらす——チャーリーがポケットからナイフを出して、ベアトリーチェの口元の布切れや手首と足首のロープを切っていた。

「ああ、あなたに会えて本当によかったわ！」ベアトリーチェが言った。「急いで、これ以上この部屋に毒を撒き散らさないように、わたしを廊下に出して！

そこのかわいそうな子……」

「おれによりかかって、お嬢さん」チャーリーが手を差し出して言った。

「だめよ、わたしがさわると火傷になるから」ベアトリーチェは自分で壁にすがって立ち上がり、よろよろとチャーリーを通り越してドアに向かった。

少女は窓から身を乗り出して、外の空気を肺に吸い込んでいた。

「おいでよ」とダイアナ。「すぐ大丈夫になるから。あんたを下に連れていかなきゃ。歩ける？」少女はうなずいた。

「チャーリー！」ダイアナは呼んだ。「この子を倉庫の外に連れ出せる？」

「もちろん」とチャーリー。「そら、お嬢さん。おれによりかかればここから出してやるから。階段を降りて正面のドアまでいかないと。わかるかい？」

少女はまた弱々しくうなずいた。

「あたしが先に行く」とダイアナ。「下がどうなってるかわからないし」

一階からはぼそぼそ話す声が聞こえたが、ちょうどドアのところにたどりついたとき、銃声が響いた。

「何が起こっているの？　メアリとキャサリンはどこ？」ベアトリーチェが訊ねた。

「下」とダイアナ。「あのけだものどもを——獣人って言うつもりだった——造ったやつが、ジュスティーヌに手術をしようとしてるの。脳みそを取り出して入れ替えるんだって。二人とも下でワトスンとホームズと一緒。あっちは銃を持ってるから。きっと誰かを撃

ったんだ。行こう、チャーリーが連れ出してくれるよ
——あたしは向こうを助けに行かなきゃ」
「わたしも行くわ」ベアトリーチェが言った。
ダイアナはうなずいた。ベアトリーチェと廊下を走っていく。二人のブーツがカツカツと床を鳴らし、続いて金属の階段をカンカン響かせた。だが、今は音を立てることなどかまってられない。階段の下に達すると、ダイアナは上を見た。チャーリーは隣でふらついている少女を支えている。「誰もいないよ！」ダイアナは呼びかけた。廊下は無人だった。何が起きているにしろ、廊下の突き当たりの事務所で起こっているのだ。事務所のドアは開いていた。長方形の光が床に伸びている。
「聞いて！」とベアトリーチェ。「あれは何？」聞こえてきたのは、動物園がそっくり解放されたかのようなすさまじい音だった。耳ざわりな叫び声、金切り声、咆哮。それから、また銃声だ！　たがいに不安のこもった目で顔を見合わせると、長方形の光に駆け寄った。

ダイアナ　あたしの目には不安なんかなかった！

ベアトリーチェ　まあ、わたしの目には間違いなく不安がこもっていたわ。

開いたドア越しに二人を迎えたのは、戦慄すべき光景だった。本当に動物園が解放されたのだ。檻の扉のところに立っているのは、あのいかれたレンフィールドだ。獣人は檻の外に出ている——ひとりをのぞいて。その獣人はまだ閉じた扉の奥で、行ったり来たりしていた。

ダイアナはさっと室内を見まわした。メアリとホームズは連発拳銃を構えて片隅に立ち、ワトスンを守っている。床に横たわったワトスンの肩には赤い染みが広がっていた。そばに狼男が倒れて死んでいる。ほんの数フィート先、メアリの前にもうひとり倒れており、

まだ生きているものの、死にかけているのはあきらかだった。狼男が慈悲を乞うように片手を上げる。だが、もはや立つことも、床の上で体をひきずることさえできなくなっていた。狼の脳も人間の脳も、死が迫っていることを知っているのだ。狼男は頭をもたげて遠吠えした。別の一角にはキャサリンが立って、今にも気を失いそうな様子で壁にもたれているジュスティーヌをかばっている。どうやって縄を外して手術台から離れたんだろう？　熊男と豚男が両方ともその前にうずくまり、飛びかかろうとしていた。プレンディックとハイドはまだ手術台のかたわらに立っているが、オランウータン男は台の下に潜んでいる。プレンディックは台をつかんで体を支えていた。ハイドは武器よろしく外科用メスを前に構えている。部屋の向こう側、かつてオルダニー海運の経営者が坐って帳簿をつけていたにちがいない机の隣に、片手を胸元に抱えた巨人アダムが立っていた。机の上にランプがあり、その明かりでシャツが赤く染まっているのが見える。しかし、赤く濡れたシャツよりおそろしいのはその顔だった。憤怒にゆがみ、片方のこめかみから流れ落ちる血をのぞいては死体のように蒼白い。

「俺に勝てると思うのか？　この俺、アダム・フランケンシュタインに？」巨人は叫んだ。狼男が断末魔の叫びのように頭をそらして吠えた。ほかの獣人たちも応えて金切り声をあげた——異様な騒音がロンドンの夜のしじまに響き渡った。

16 倉庫の中へ

ダイアナとチャーリーが階段を駆け上がっているとき、ホームズとメアリと残りの面々はジュスティーヌを囚われの身から救い出す準備を整えていた。ホームズは事務所のドアを開くなり踏み込んで言った。「これまでだ、紳士諸君。両手を頭の上に上げ、ミス・フランケンシュタインから離れろ。われわれは武装していて、銃を撃つ用意がある」ランプの光が連発拳銃の銃身にきらりと反射した。

プレンディックとハイドは二人ともぎょっとして顔を上げた。プレンディックがエーテルのスポンジを持ったまま両手を上げる。続いてハイドもそれにならった。ちょうど最初の切り込みを入れようとしていた外科用メスを片手に握っている。甲高い声が空気を裂いた。部屋の片隅にいかれたレンフィールドがうずくまっている。獣人が閉じ込められている檻の脇だ。なるほど、ここに来ていたのか！　叫び声を聞いて、檻の中の獣人たちが落ち着きなく歩きまわった。例外は奥の壁際で暗がりに寝そべっている獣人だけだ。いったい何人いるのだろう？　メアリはホームズのすぐ後ろにいたが、肩越しにはほとんど何も見えなかった。ことの成り行きに当惑したかのように、手術台の隣に立っていた熊男がうなった。オランウータン男は床に指の節をつけたまま飛び跳ねた。身動きひとつしていないのはアダム・フランケンシュタインだけだ。死体めいた顔でにやりと笑う様子は、身の毛のよだつ光景だった。メアリは身震いした。

「さて、さて」とアダムは言った。「お目にかかれてうれしいぞ、ミスター・ホームズ。いつかは顔を合わせるだろうと思っていた。もっとも、これほど早くな

るとは考えていなかったがな。どうやって俺たちを見つけ出した？」外国風の抑揚があったものの、英国の発音で話している

　ホームズが前に出た。メアリ、ワトスン、キャサリンは続いて部屋に入り、ホームズの両側に広がった。メアリが連発拳銃を構える。訓練用の標的以外のものに狙いをつけたのはこれがはじめてだ。いざというときに使えるだろうか？　もちろんよ、と自分に言い聞かせる。ほかにどうしようもないもの。室内はむっとしてかび臭かった。獣人から来ているにちがいない。鼻をハンカチで覆えたらいいのに。

「キャサリン！」プレンディックが驚愕して見やった。「いったいどうして……」

「いったいどうして、あなたが置き去りにして死なせようとした島からあたしが逃げ出せたかって？」とキャサリン。「ジュスティーヌを解放してよ」

「で、そうしなければ？」ハイドがその耳ざわりなしゃがれ声で言った。「そのときはどうするのかね、ミス・モロー？　それがあんたの本当の名前だろう？　ピューマ女の？」

「そのときはおまえたち全員を射殺して、自力で彼女を解放するさ」とワトスン。「おそらくそちらにとっては、先に銃撃を受けずに縄を解くほうが楽だろうな」

「ミス・モローの指示に従うことを勧める」ホームズが言った。「われわれは犯罪者を撃つことを躊躇しない」

　手術台の上でジュスティーヌがうめいた。エーテルの影響を払いのけようというかのように、頭を右へ左へと動かす。獣人が檻の前面に集まってきた――奥の壁に寝そべっているのだけは別だ。みな好奇心と疑いのこもった目つきで見物している。いまや三人いるのが見えた。ジュスティーヌが殺した相手に似ている別の豚男。それから――犬のような？　いや、狼だ。キ

ャサリンとダイアナを狩り立てた狼男たちだった。

「キャット、私は決してそういうつもりでは……」プレンディックが言いはじめた。

「ここにくるとは頭がおかしいのか、ミスター・ホームズ？」アダムが共謀者を無視して言った。「そのおもちゃで武装しただけのあんたとドクター・ワトスンが？　しかも引き連れてきたのがその二人の――レディ、本当にレディならという話だが、かなり疑わしいな。レディは銃を持ち歩いたり脅してきたりしないものだ。俺たちはあんたらより一枚上手だ。降参すべきなのはそっちのほうさ。それが論理的というものだし、ミスター・ホームズ、あんたは論理を信じているんだろう。俺はもう何年も、ドクター・ワトスンが語るあんたの手柄を追いかけてきた。故郷スイスのアルプスにある、一世紀近くわが家と呼んできた城の廃墟で、郵便で送られたものを受け取っていたのさ。あんたのやり方は知っている。なかなかみごとだ、ただしそいつは計算機のやり方だがな――測定して観察し、それから推理する。あんたは実際よりよく見せかけた自動人形みたいなものだ。はたして創造力を持つ者のやり方を理解できるかな。本物の犯罪者はいつでもあんたの手を逃れてしまうだろう。なにしろあんたには理解できないことをやってのけるからな――予想外のことを！

「ぼくだったらワトスンがぼくについて書いたことはさほど信用しないね」とホームズ。「彼は誇張しがちだ」一発銃を撃つ。弾は事務所の反対側の壁に当たった。メアリはその音にぎょっとして飛び上がった。オランウータン男が叫び声をあげ、手術台の下で走りまわる。獣人たちが吠え立てて檻の柵を揺さぶりはじめた。プレンディックはびくびくとジュスティーヌの片方の手首の縄を解いた。

「間抜け！　何を考えてる！」アダムが怒鳴った。

「壁に一発弾を撃ち込まれたぐらいで降参する気にな

るだと？　おまえは思っていたよりもっと臆病なやつだな、プレンディック。全員その場を動くな。それからプレンディック、おまえがそいつの縄を解いたら、素手で頭をもぎとってやる。その女は俺のものだ。俺のために造られた女だし、二度と手放すつもりはない」

「ミスター・プレンディック、こちらの指示どおりにしてもらおう。さもないと謹んで撃たせていただく」とホームズ。「神の創造物を奪ってこんな怪物どもに変えるような人間には、生きる価値がない」

キャサリン　あれは言う必要がなかったわ。怪物？

メアリ　あなたのことを言うつもりじゃなかったと思うわ、キャット。

キャサリン　それでも余計な発言よ。失礼だし。

ダイアナ　さっさと話を進めてよ。あたしが入ってくる部分を聞きたいの。そこがいちばんいい場面なんだから……

「アダム、このまま解放してやれないのか」プレンディックが言った。「なぜ彼女が必要なんだ。なぜとくに彼女が？　われわれは当初の計画に戻ればいい。別の女を造るほうがよくはないか？」

「ほかの女などいない！　どうして誰かを送って殺(や)らせるんじゃなく、俺があの女どもを自分で殺したと思っている？　その女に似ているかどうか確かめる必要があったからだ！　あの目、あの手……俺にとってほかの女などいない。そいつは一度逃げ出した。こうして見つけた以上、二度と逃がすものか」

「へえ、でも逃げるけどね！」とキャサリン。「今ちょうど逃げてるから！」

　メアリは手術台を見た――空っぽだ！　プレンディックはどうしたらいいかわからないという顔で二、三歩下がっていたが、ハイドはまだ台の脇に立っていた。
ジュスティーヌはどこに？　キャサリンの隣に立って壁によりかかり、きちんと呼吸しようと努めている。だが、立っていることに変わりはない。どうやって手術台から離れたのだろう？

ジュスティーヌ　エーテルのスポンジがなくなったら、また息ができるようになったの。だから実際の状態より意識が混濁しているふりをしたのよ。そのあと、片方の手首が自由になってることに気がついたわ。手をのばしてもう片方の縄もほどいたの。誰もわたしに注意してなかったし――みんなアダムを見てたから。ただ――ハイドがちらっとこっちを見た気がするわ。でも言葉でも行動でも教えるようなことは何もしなかった。足首の縄はもう解けていたの。どうやったのかわからないけど、ハイドがかがみこんでオランウータン男に何か言ってるのを見たのは覚えてるわ。体が解放されたあと、転がって手術台からおりて、キャサリンのところまでがんばって歩いたの。エーテルで気持ち悪くて立つのもやっとだった。そのあいだじゅう、アダムに見られたらって気が気じゃなかったわ。でも、今振り返って思うと、ハイドがあいだに立ちふさがっていたみたい。もしかして……

メアリ　もしかして、よね。わたしもすごく疑ってるの。

アダムが激怒してわめき、ジュスティーヌに飛びかかった。銃声が一度、続いてもう一度響く。ホームズだ――いやワトスン、むしろその両方だった。二人ともアダムを撃ったので、そのシャツの胸で赤い染みが下へ広がっていった。アダムはあとずさって片手を胸に当て、その手が赤くなったのを驚いたように見た。

一瞬、部屋は檻の中の獣人が立てる音をのぞいて静まり返った。それからアダムが顔を上げてにやりと笑い、ジュスティーヌに向かって動き出した。さっきほどの勢いはなく、見るからに苦しそうだったが、どんなものだろうと前進を阻むことはできないと言わんばかりだった。

「おまえは俺のものだ、この先いつまでもな。わかっているはずだ、ジュスティーヌ。心の中ではわかっているんだ。おまえは自分でも知らずに俺を愛している――俺がおまえを愛しているようにな。いまここへこい、そうすればこんなことにはけりがつく。おまえの友人も無事で、これ以上女が殺されることもない。あの殺人はおまえのせいだぞ、なあ。俺はおまえのために、おまえだけのために殺したんだ。だが、今ここにくるなら、俺を愛しているなら、何もかも元どおりだ」

メアリは連発拳銃を持ち上げ、慎重に相手の額に狙いを定め、発砲した。反動で衝撃を受ける――くるとわかっていても不意を打たれ、もう少しでドアの枠に背中を叩きつけられるところだった。

アダムはうなり声をあげて膝をついた。顔を血が伝い落ち、こめかみから片目に流れ込む。それを手の付け根で拭うと、片頰に血がこびりつき、いっそうおそろしげな顔つきになった。メアリを睨みつけて問いただす。「いったいきさまは誰だ、小娘?」

「わたしはメアリ・ジキルよ」メアリは答えた。「止まりなさい、でないとまた撃つわ」

アダムは頭をそらして笑った。「ジキルの娘か! いいや、そいつは笑える! 聞いたか、ハイド? ジキルの娘だ、おもちゃの銃を持ってな……」笑い声が咆哮に変わり、狼男たちが声を合わせて吠えた。豚男が檻の柵を揺さぶった。

メアリは連発拳銃を構え、また狙いをつけた。

「やめてくれ!」それは獣人の檻のそばに立っている

レンフィールドだった。「その人はわたしに命をくれると約束したんだ！　行儀よくしていれば山ほど、好きなだけ命をくれると。わたしは行儀よくしていました、ご主人！　わたしはあの娘たちを殺したと言った。あなたが命令したことは全部言いましたよ、だからさっさと命をください」

レンフィールドは檻のほうを向いた。

「あいつは何をしているんだ？」ワトスンが訊ねた。部屋のそちらの隅は薄暗かった――石油ランプからは遠すぎ、机の上のランプもそこまで光が届かない。

「あいつが鍵を持ってる！」キャサリンが叫んだ。ほかのみんなに見えないものが見えたのだが、結果は誰の目にもあきらかだった。たちまち檻の扉がガシャンと金属音を立てて開き、獣人どもが出てきたのだ――片隅のひとりをのぞいて。

狼男たちはまっすぐこちらに向かってきた。人間ではあるが、狼でもあった――口を開け、鋭い歯をむいて舌を突き出し、よだれを垂らしている。メアリは二発目を撃とうと気を引き締めた。

だが、先に発砲したのはワトスンだった。狼男のひとりがクンクン鳴きながら床に倒れる。二人目がワトスンに飛びつき、医師の肩に牙を食い込ませた。ワトスンは悲鳴をあげた――その声にメアリはぞっとした。ホームズが二人目の狼男の前に立ちはだかる。苦痛にわめくアダムにまだ照準を合わせたままだった。メアリはホームズの腕の陰に頭を引っ込めた。室内は騒音と人々の動きで大混乱に陥っており、最初の発砲のせいで腕がずきずきした。それでも、なんとか狙いをつけてふたたび発砲する。その先は狼男の脇腹だった。相手はひと声吠え、よろめいて倒れた。ワトスンがふらふらと下がって壁にもたれ、ずるずると坐り込んで両膝を立てる。メアリはそちらへ這っていった。上着の肩が破れて垂れ下がっているが、なお悪いのはその下の皮膚が裂けていることだ。袖から血がしたたっている。さわるのがこわいほどだったが、何かしなければならない。何を？

「どうしたらいいか教えてください、ドクター」と声をかけた。ワトスンがあまりに蒼ざめているので、気絶するのではないかと不安だった。スカートの裾をひっぱられたのを感じ、視線を下げる。狼男だった。死んではいないが、どう見ても死にかけている。狼の双眸でこちらを見て訴えかけてきた。動物と同様、死を理解していないのだ。狼男は頭を持ち上げて遠吠えした。一瞬、憐れになった。だが、ここから即刻連れ出さなければ、ワトスンは出血多量で死んでしまう。今集中しなければならないのはそのことだ。

背後で音が聞こえた。また獣人が？　まさかこれ以上いるはずがない。メアリは振り向いた――後ろの入口に立っていたのは、ダイアナとベアトリーチェだった。感謝します、と考えたものの、誰に感謝しているのかわからなかった――神か、ダイアナか、それとも両方なのか。

「俺に勝てると思うのか？　この俺、アダム・フランケンシュタインに？」振り返ると、アダムがよろめきながら進んできていた。顔からだらだらと血を流し、またもやジュスティーヌに向かっている。「プレンディックが造った憐れな連中は殺せるさ。ひとり残らずな。だが、それでも俺が残っているぞ！　それにおまえもだ、ジュスティーヌ。俺のものになるよう造られたのだと理解しろ！　おまえは永久に俺のものだ。俺を捨てて生きる姿を見るくらいなら、この手で殺したほうがましだ」

「それ以上近づいてごらん、喉を引き裂いてやる！」それはキャサリンだった。ワトスンの上着の前を開けたまま、寝間着姿でジュスティーヌの前に立ち、金切り声で叫ぶ。それは荒々しく野生じみた、山に棲むピューマの音、人間とは思えないようなおそろしい響きだった。

ベアトリーチェ　本当にそうだったわ！　あんなの聞いたことがなかったもの。

「けだものども！　そいつを連れてこい！」アダムが叫んだ。豚男がキャサリンに飛びかかる一方、熊男が向きを変えてのしのしとホームズに近づき、いびつな形の手を伸ばす。ホームズはふたたび発砲した――その弾は額に命中し、熊男はむしろとまどったような表情でよろよろと前に出て、探偵の足元に崩れ落ちた。

キャサリンが豚男に躍りかかった。まだ獲物を離さないピューマのままであるかのように両手両足で取り押さえ、耳に噛みつく。豚男は苦痛にわめき、左へ右へと突進して振り落とそうとした。キャサリンはしっかりしがみついたものの、片足をつかまれて床に投げつけられた。豚男がその上に覆いかぶさって口を開き、喉を狙って噛み切ろうとする。キャサリンは押さえつけられたまま身をよじって暴れた。皮膚に熱い息が感じられ、その悪臭が鼻に届く。

そのとき、頭上から二本の手が伸びて豚男の顔をつかみ、両目に親指をかけたのが見えた。顔を上げると、美しい顔を険しくしたベアトリーチェが目に入った。豚男が痛みに大声をあげた。立ち上がってキャサリンと同様にベアトリーチェを振り落とそうとしたが、今は目が見えなくなっている。振りまわした腕がベアトリーチェにぶつかって、抱擁するかのようにぐっと抱え込んだ。ベアトリーチェはもがき、空気を求めてあえいだ。「助けて！」と弱々しく呼びかける。まだ床に倒れているキャサリンをよけてダイアナが近づき、飛び込む隙をうかがった。ここぞという瞬間を待ち、待ち、待ち……そして、豚男の背中にナイフを突き立てる。

ベアトリーチェ　どうしてナイフがわたしの背中

に刺さらないってわかったの？　あの獣とワルツでも踊っているみたいにぐるぐるまわっていたのに。

ダイアナ　わからなかった。人生じゃ、ときどき危険を冒さなきゃならないんだよ。

ベアトリーチェ　ありがとう……と思うわ。少なくともわたしは刺されなかったし。大事なのはそのことなんでしょうね。

豚男は吠え立ててベアトリーチェを離したが、ナイフが小さすぎてたいした傷にはならなかった。ぱっと振り返り、臭いをたどってダイアナのほうを向くと、腕を激しく振りまわしながらのしのしと近づいてくる。ダイアナはあとずさったものの、もうドアの近くにはいなかった。隙を見つけようとして一周したので、今は部屋の角に向かって後退していたのだ。すぐに身動きが取れなくなるだろう。いきなり豚男の咽喉で光がきらりと反射した。豚男はがくりと膝をつき、床に突っ伏した。背後には外科用メスを手にしたハイドが立っていた。

「おまえがダイアナだろうな」と言う。

「こんちは、父さん」ダイアナは応じた。「はじめまして、かな」

「裏切り者！」アダムが吠えた。「おまえが英国を出たあと、誰が拾ってやったと思っている？　警察に指名手配されて、頼る先もなくヨーロッパじゅうをさまよっていたときに？　避難場所と身の安全と、実験を続けられる研究室をやったのは誰だ？　俺だぞ！　これがその返礼なのか！」

「きみは正気を失っている、アダム」ハイドは言った。豚男は一度うめくと、死んでダイアナの足元に横たわった。頸動脈から床に血が流れ出る。「われわれが英国に行くのは、私を追い出し、きみを会員として認めなかった協会に挑戦するためだと言ったな。覚えているかね？　きみはヴァン・ヘルシング一派を懲らしめたがっていた。プレンディックを迎えてわれわれが獣人を造りはじめたときには、私もそのことを信じていた。それからきみは女を集め出した――なんのために？　もっと実験するためだと言ったな。ジュスティーヌが生きていると伝えたとたん、彼女をさらってきみのもとに連れていくことがすべてになってしまった。最初からきみの個人的な欲望にすぎなかったのだ。もううんざりだ！」

「よくも言ったな！　このドブネズミ、猿、俺に拾われたごみ屑が！　よくも俺を侮辱できたものだ！」アダムはいまや最後の獣人――暗がりにいる獣人しか残っていない檻を振り返った。「出ろ！」と命じる。「さあ、出てくるんだ！」つかつかと檻に歩み寄ると、脇の壁に下がっていたものを取り上げる――黒く長い鞭だ。それを振り下ろし、柵に当ててガシャガシャと鳴らす。ひとり残った獣人が檻の扉に向かって歩きはじめた。

　メアリはまだワトスンのかたわらに膝をつき、肩から流れる血を止めようとしていたが、あっと叫んだ。幼いころ、のちにあの礼儀正しいミセス・プールとなった子守のメイドから教わった古い詩が頭をよぎる――虎よ、虎よ、あかあかと燃える。虎男は形質変化の過程をたどりはじめていたが、まだ半分人間で半分虎のままだった。頭はなんとなく人間らしく、前足は手に似た形になりかけている。ぎこちなく這いつくばって歩いており、尻尾はない。一連の手術でついた傷痕が赤く腫れていた。

　アダムに向かって喉の奥で低くうなったものの、鞭を目にしてホームズのほうへ向き直り、身をかがめて今にも跳ね上がろうとする。ホームズは連発拳銃を構えた。急に室内が静まり返り、かすかなすすり泣きの音だけが響いた。まだ鍵を持ったまま檻のそばの隅にうずくまっているレンフィールドの泣き声だ、とメアリは気づいた。虎男が探偵を顎で嚙み砕く前に銃弾が阻止してくれるか？

キャサリンがホームズの前に進み出た。虎男に向かって飛びかかるつもりだろうか。そんなことをしたら死んでしまう！　相手の半分にもならない体格で、動物の体が持つ力にかなうはずがない。メアリが「やめて！」と叫ぼうとしたとき、キャサリンがワトスンの上着を肩から落とすと、寝間着を頭から脱ぎ捨て、真っ裸で全員の前に立った。

「あたしを見て」と告げる。虎男はなおも跳ね上がる前の低い体勢を保っていたが、動くことなく視線を向けた。キャサリンの褐色の肌には、未知の目的地の地図さながらに多くの傷痕が筋となって走っていた。

「においを嗅いで。あたしも同じよ、兄さん。鞭でご主人に体を変えられたの。だけどあたしがどうしたかわかる、兄さん？　あれだけの苦痛を受けたお返しに殺してやったの。それがあたしのやったこと。あいつに向かっていって喉に食らいついてやった。あの男は神様じゃなくてただの人間だったから、信じられないぐらい簡単に死んだわ。あたしの言うことがわかる、兄さん？」

虎男は大きな黄色い瞳でキャサリンを見た。それから、あたかもうなずきかけているかのように黒い縞の残る頭を下げた。咆哮とともに向き直り、アダムに飛びかかる。

メアリは呼吸を再開してようやく息が止まっていたことに気づいた。虎男がキャサリンを襲うのではないかとおそろしくてたまらなかったのだ……。

キャサリン　あたしはこわがってなかったわ。あれはきょうだいだったもの。たとえ攻撃されてたとしても、それこそふさわしい死に方じゃない。

ダイアナ　もう、気取るのはやめてよ。あんたはいつもそういうこと言うんだから。まるで自分の小説のなかにいるみたいにさ。

キャサリン　まあともかく、感じる暇もないほどあっというまに死んでたでしょうよ！　ほかにどうしてたらよかったの？　あたしは本能的に行動しただけ。ちょっと考えたりしてたら、今ごろみんな死んでたかもよ。

虎男はアダムの胸に前足をかけてのしかかった。アダムは後ろによろめいて机にぶつかったが、倒れなかった。虎男が顔に飛びついたが、アダムはその顎を殴りつけた——一回、二回。虎男はひと声吠えて片側に倒れ、強く体を打ちつけた。ぐらついて方向感覚を失い、頭を振る。前足が当たっていたアダムの胸の部分は、シャツが裂けて血の筋がついていた。「レンフィールド、鍵を！」アダムは叫んだ。

「そうすれば命をくれますか？　たくさんの命を、ご主人？」

「ああ、好きなだけな！　とにかく鍵を投げろ、畜生め！」

レンフィールドは空中に鍵束を放った。それがランプの光を受けて銀色の弧を描いたのを、耳ざわりな金属音とともにアダムが受け止める。そして机の奥に踏み込み、椅子を押しのけた。

「気をつけろ！」プレンディックが叫んだ。「あの抽斗には銃が入っている。獣人がいたから鍵をかけてあったんだ」

虎男はもう一度体を震わせると、前足を机にかけて上に飛び乗り、アダムと味方のあいだに立ちはだかった。机はオルダニー海運の積み荷の領収書や請求書と思われる紙の山で一杯だった。虎男がその中で動くにつれ、山が崩れて紙切れがひらひらと舞った。虎男は歯をむいてうなり、アダムの顔を張り飛ばした。頭がのけぞり、頬に赤く長いみみず腫れが浮き上がる。虎男は後脚で立ってふたたび殴ろうとした。

「ダイアナ！　あなたのナイフをちょうだい！」メアリは声をあげた。

「どうして？」部屋の奥の危険な立ちまわりから目を離さず、ダイアナが問いかける。

「包帯を切る必要があるの！　そうしたらあなたはジュスティーヌをここから連れ出さないと」

「はあ？　なんであたし？」

「ほかのみんなは武器を持ってて、あなたは持ってないからよ」とメアリ。「お願いだから、今度だけは言われたとおりにして！　ジュスティーヌを待ち合わせ場所に連れていってちょうだい」

「どの待ち合わせ場所？」

「通りの向かい！　わたしたちみんなが会った横丁よ。いいからあそこに連れていって」

「もう、わかったよ。あたしはぜったい楽しいことに入れてもらえないんだから」

「ワトスンはどうしている？」ホームズが一瞬視線を落として訊ねた。

「よくありません」メアリは答えた。「なるべく早くここから出さないと」ペチコートから綿布を細長く切り取り、できるだけうまくワトスンの肩に巻きつけたが、噛み傷は深くひどい状態だった。すぐにこの倉庫から連れ出さなければ、出血多量で死ぬだろう。

アダムは自分も獣であるかのように歯をむいてうなり返し、ふたたび虎男の横っ面を殴りつけた。虎男はどしんと倒れ、紙が机の上から床へぱらぱらと落ちた。わずかな時間を稼いだアダムは、その隙に抽斗の鍵を開け、連発拳銃を取り出した。手の中で金属が冷たい光を放つ。

ホームズが狙いをつけたが、ふたたび虎男が立ちあがって割り込んだ。咆哮をあげ、続いてもう一度吠え立てる。アダムが発砲し、弾をまっすぐ口の中に撃ち込んだのだ。虎男は盛大に紙を巻き上げ、後ろ向きに床に落ちた。倒れながら、最後の足がかりを求めて前足を伸ばす。片足がひっかかってランプが横倒しになり、机の上を転がった。

「いいや、そうはいくか！」アダムがダイアナに向かって怒鳴った。「そいつはどこにも連れていかせんぞ！」

メアリは一瞬ちらりと振り返った。ありがたい——ジュスティーヌが事務所のドアから姿を消すのが見えた。アダムはどう反応するだろう？

当人は連発拳銃を構えたまま机の奥に立っていた。机にも床にも紙が散らばっていて、いまや——「燃えてる！」キャサリンが叫んだ。

ランプから油がこぼれて机に広がる。突然机の上にめらめらと炎が上がった。アダムが後退し、炎を避けようとするかのように両手を上げた。

「ここから出ないと！」ベアトリーチェが言った。「あの瓶の中の化学薬品には引火性があるわ」

「今すぐ出ろ、全員だ！」とホームズ。「メアリ、ワトスンを支えられるか？」

「手伝ってもらえるなら」メアリは言った。「キャサリンじゃないとだめよ。ワトスンさんは弱りすぎてて ベアトリーチェの毒を吸い込ませるわけにはいかないわ」

「私が手伝おう」ハイドが口を挟んだ。メアリは驚いてそちらを見た。なぜ手を貸そうと申し出ているのだろう？ 見逃してもらうために決まっている……。

「あんたはあたしほど力がないでしょ」キャサリンがばかにしたように言った。ワトスンの脇の下に肩を入れる。メアリが反対側に肩を入れ、二人で体を持ち上げた。ホームズはまだアダムに連発拳銃の照準を合わせて立っている。机の炎とそこから上がる煙にかき消され、アダムの姿はほとんど見えなくなっていた。

床の紙にも火がついた。レンフィールドが沸騰したやかんよろしく甲高い声でわめきたてている。手術台の下から何かが飛び出してきた——オランウータン男だ。ホームズのほうへ走ってくる。探偵が反応するより先に獣の本性に立ち返り、四足でホームズとドアの枠の隙間をすりぬけると、外へ出ていった。

「あれはほっといてもいい」とホームズ。「だが、あなたがたは行くべきだ！ 私が残って最後まで見届けます」

四人はホームズの背後の空間を通ってぞろぞろと部屋を出た。まずベアトリーチェ、次にワトスンを両脇で支えたメアリとキャサリン。ハイドがあとに続こうとしたが、「そういうわけにはいかない」とホームズが制止した。「ぼくが出るまできみはここから出さないよ」部屋を出ていきながら、メアリは後ろに目をやった。ホームズが連発拳銃を上げ、天井から下がっている石油ランプを撃った。容器が砕け、石油が床に飛び散る。一瞬のうちにそこも火の海になった。

そのとき、炎に包まれたアダムが机の奥から飛び出し、部屋をよこぎってくるのが見えた。ホームズの弾はあと何発残っているのだろう？ 数は覚えていない……。

しかし、残って助けるわけにはいかなかった。ワトスンを外へ、涼しい夜の空気の中へ連れ出さなければ。ベアトリーチェのあとからキャサリンと廊下を進み、よろよろと戸口から出る。二人に挟まれたワトスンの足を敷石の上にひきずりつつ、通りを渡った。横丁ではジュスティーヌ、チャーリーと一緒にダイアナが待っていた。そして――

「アリス！」メアリは叫んだ。「一体全体ここで何をしてるの？」

キャサリンと力を合わせて、ワトスンの体をなるべくそっと下ろし、倉庫の煉瓦の壁によりかからせる。ワトスンはうめいており、ほとんど意識がなかった。

「あの子はマグダレン協会からきたんだけど」とキャサリン。「どうして知ってるの？」

「うちの厨房メイドだったのよ、それが理由」とメアリリ。「アリス、いったい何をして――」

「見て！」ベアトリーチェが言った。一階の窓越しに、倉庫の事務所が猛火に包まれているのが見えた。そしてすぐに二階の窓も同様になった。炎が倉庫の屋根まで立ち昇っている。ホームズはどこだろう？　メアリはやきもきして建物をながめた。

「忘れないで、怪我した人がいるのよ」ベアトリーチェが釘をさす。

「もちろん」大丈夫だろう。そのはずだ。シャーロック・ホームズはアダム・フランケンシュタインに負けたりしない……そうではないか？　あたりまえよ、と自分に言い聞かせる。そしてチャーリーのほうを向いた。「何かドクター・ワトスンを病院に運ぶ手段を見つけられる？　今すぐ診てもらわないといけないの。辻馬車か、荷馬車みたいな」メアリはワトスンの肩の包帯を点検した。すでに血が染み通っている。

「見てくるよ、お嬢さん」とチャーリー。「もっとも辻馬車は街のこのへんにはこねえし、こんな夜遅くどこで荷馬車が見つかるかわかんねえけどさ」

「一緒に行くよ」とダイアナ。「ここでうろうろ待ってるよりましだし！」メアリが止める間もなく、チャーリーを追って暗がりに入っていく。

「まったくあの子ったら！　言われたとおりにすることを学ぶ日がくるのかしら？」メアリは敷石の上で可能なかぎりワトスンを居心地よくしてやろうとした。ワトスンはまたうめき声をあげ、頭を前後に揺らした――傷ついた虎男を連想させる。ホームズはもう倉庫から出てきただろうか？　メアリは断固として手近の問題に気持ちを引き戻した。

「誰かに火がついてるわ！」ジュスティーヌが言った。「ほら――窓の向こう。あれはあいつ？　あれは――アダム？」倉庫の事務所の中で、全身火だるまになった巨体がよろめいた。いまや炎はあまりにも高くあかあかと燃え盛り、窓の外、屋根の上へと噴き上がって、この横丁まで照らし出している。

「きっとそうよ」とキャサリン。「あんなに背の高いやつがほかにいる？」

銃声が二回鳴り響いた――誰が撃ったのだろう？　それからホームズが建物から駆け出してきた。ハイドがすぐあとに続いている。ホームズを見てメアリは安堵の溜息をついた。だがハイドは――一瞬、火の中で死んでくれてもよかったのに、と思った。こんな考えは間違っている、自分にふさわしくない。あれは父親なのだ……いや、その事実を受け入れる心境にはなれない。今はまだ。

横丁にたどりつくと、ハイドは燃えている倉庫を振り返った。「フランケンシュタインの造り出したものさえ、あれほどの大火を逃れることはできないのだろうな」と言う。「待て、何のつもりだ？」

ホームズに一組の手錠をかけられたのだ。「エドワード・ハイド、ダンヴァーズ・カリュー卿の殺人容疑で逮捕する。きみをスコットランド・ヤードに連行するのが実に楽しみだ」

ハイドは犬のように歯をむいてから、頭をそらして笑った。「うまいことやったな、ミスター・ホームズ。あんたが法廷で自分が正しいことを証明するのを見るのが実に楽しみだ」

「きみが絞首刑になったら残念に思うよ、ミスター・ハイド」

「待って、プレンディックはどこ？」キャサリンが訊ねた。「脱出したの？　まだあの中？」

メアリ　あなたがあの人を探しになかへ駆け戻るんじゃないかって心配したわ！
キャサリン　まさか。まあ、実は一瞬考えたけど。だって、あいつとちがってあたしは人を見殺しにしたりしないもの。

「わかりません」とホームズ。「火事の混乱にまぎれて建物の裏へ走っていって、窓から逃げた可能性はある」

「プレンディックは昔から臆病だった」とハイド。「臆病で、想像力に欠けた二流の科学者だ。あれだけのことを教えてやったモローは愚かだったな」

「あたしたちの意見が一致するとしたら、たぶんそれだけね」とキャサリン。

「あれはあの人じゃない？」ベアトリーチェが問いかけた。

黒い影が道を渡ってこちらへ走ってきた。「置いていかないでくれ！　死にたくない！　死にたくない！」レンフィールドが必死に両手を振る。

「大丈夫だ、死ぬことはない」とホームズ。「とにかく一緒にきたまえ——おとなしくだぞ、いいか——そうすれば無事家に連れ帰ってやる」

「わたしの蠅たちのところへ？」レンフィールドは両手をこすりあわせて訊いた。

「そうよ、蠅たちのところへ」メアリが応じる。「大きくてまるまるとした汁気たっぷりのね。ただわたしたちと一緒にくる必要があるの」

「困ったことに手錠を切らしているのでね」ホームズが付け加えた。

「ああ、行儀よく一緒に行きますとも！　いい子にしますよ、ねえ！」レンフィールドは心配そうにほほえんだ。この男は信用できないわ、とメアリは思った。それでも今のところは信用するしかない。こちらで考えていたより、この事件にもっと深く関わっているのはたしかだ——殺人とではないとしても、錬金術師協会（ソシエテ・デザルキミスト）会と。父は、というよりハイドは、どうやって実行してもいない殺人を自白するように説得したのだろう？　そもそも、なぜレンフィールドを？　レンフィールドと協会、またハイドとのつながりは何なのか？　だが、今は質問している場合ではなかった。

倉庫の屋根が大きな音を立てて崩落した。燃えている破片がベアトリーチェの囚われていた二階に落ちていくのが見える。通りはもはや暗くなかった。いまや炎が敷石にちらちらと光を投げかけ、ロンドンの夜を照らし出している。横丁にいても熱気が感じられ、死んだ獣人たちが話しているかのような轟音が耳に届いた。

「移動しなくては」ホームズが言った。「ワトスンのためでもあるし、当局に火事だと知らせる必要もある。この地域全体に広がりかねない」

「見つけた！」ダイアナの声が闇の中から飛んできた。燃え盛る炎の明かりの中にその姿が浮かび、チャーリーが続いた。「波止場に汽船がいて、船長が上流に連れてってくれるって。起こしたらぎゃんぎゃん言って、愛のためだろうが金のためだろうがぜったい船には乗せないって息巻いてたけどね。でも金ならあんたたちが山ほど持ってるって言っといたから、持ってるといいけど。金を見るまでボイラーに火を焚かないって船長は言ってる」

「王立病院に連れていってもらえばいいわ！　あそこならこんな傷でも治療できる設備があるはずよ」メアリは言った。ワトスンをすぐ病院に連れていけさえしたら……。

「これ以上出血したら、ドクター・ワトスンは病院までもたないわ」とベアトリーチェ。「傷を焼かないと」

「どうやって？」キャサリンが訊ねた。「金属を熱するならあの火があるけど、危険すぎて近づけないし。どんなに高温で燃えてるか、ここにいてもわかる」そう言っているとき、二階が崩れて一階に焼け落ちた。火が燃え尽きるころには建物は骨組みだけになっているだろう。

「わたしならできるわ」ベアトリーチェが袖をまくった。「メアリ、その包帯を取って。どうせ替えなきゃいけないし——血が染み通っているもの」

「化学火傷か。きみは実に頭がいいな、ミス・ラパチーニ」ハイドが言った。

ベアトリーチェは見下すような目を向けた。「あなたはわたしを人殺しにするつもりだったのよ」ベアトリーチェがこんなに軽蔑をこめた口調で話せるとは思ってもみなかった。

メアリ　それに、あれ以来あんなふうにしゃべってるのは聞いたことがないわ。

ダイアナ　そりゃそうでしょ、うちのベアトリーチェはいつだってものすごくお行儀がいいし！

メアリ　誰かとちがってね。

メアリはできるだけ早く包帯を外し、切り傷がどんなに深いか、これだけの血が何を意味するか考えまいとした。固まった血に覆われてはいるものの、肩がむきだしになると、ベアトリーチェはそこに触れた——指の先でそうっと、そうっと。さわった部分では乾いた血が泡立って消え、皮膚が焼けた。それでも火で消毒したかのように清潔になっている。メアリはペチコートをまた切り取り、肩に包帯を巻いた。

「上出来だ。あなたはいい看護婦になるでしょうね、ミス・ジキル」ホームズが言った。メアリは褒められて赤くなり、暗くてホームズに見えないことにほっとした。「さあ、ワトスンを病院に連れていかなくては。チャーリー、最寄りの消防署を探して消防隊に警告できるか？」

「できるに決まってるでしょ」とダイアナ。「左にまがってもう一度左にまがれば、波止場に行く道があるから。汽船の名前は宵の明星（ヘスペルス）——側面に書いてあるよ」

「だめよ！　あなたはここにいなさい——」メアリは言ったが、すでに遅かった。チャーリーとダイアナは暗がりに消えてしまった。「ばか、ばか、ばか！」
「へえ、気取り屋さんが悪態をついてる」とキャサリン。「そんなのこの耳で聞くとは思わなかった！」
「あの子があんなふうに行動し続けてたら、もっとたくさん聞くことになるわ」とメアリ。

ダイアナ　あたしはそうしてるしね！　ねえ、あんたはもうちょっと悪態をついたほうがいいんじゃないの……。
メアリ　もっとほかに生産的なことはできないの？　たとえば、そうね、毒を飲むとか？

「私がワトスンを持ち上げましょう、誰かに反対側を支えてもらえるなら」とホームズ。
「そんな必要はないわ」ジュスティーヌが言った。「もうエーテルから回復したから。わたしひとりで運べるわ」

なんとも奇妙な行列だった！　唯一夜目がきくので、裸の上にホームズのフロックコートを羽織ったキャサリンが先頭に立った。月が水辺まで通りを明るく照らしていたが、このあたりの倉庫は古く、通りもきちんと補修されていない。でこぼこした石やごみのかけらに簡単につまずいた。キャサリンに続いて、ジュスティーヌが大きな枕でも担ぐように易々とワトスンを運んでいく。その後ろを手錠つきのハイドを連れたホームズが歩き、ハイドの隣にベアトリーチェがいる。逃げようとしたらキャサリンが嚙みつくかベアトリーチェが息を吹きかけるぞ、と警告してあったのだ。ハイドはどちらの選択肢もありがたくなさそうだった。それからメアリとアリスが続き、最後尾にようやく、暗闇に取り残されるのを恐れたレンフィールドがくっついていた。

17 テムズ川の汽船

暗い中でさえ、アリスが両腕で自分を抱き締めているのが見えた。メアリは雨外套を脱いで少女の肩にかけてやった。「ほら、袖に腕を通して前のボタンをはめなさい。寝間着じゃ寒すぎるわ。どうしてマグダレン協会に行き着くことになったの？　家族のところへ戻るつもりだったのかと思っていたわ……どこかの田舎でしょう？　教えてもらってないと思うけど」

「お嬢様とミセス・プールに嘘をついてたって言ったら怒りますか、お嬢様？　田舎に家族なんかいないんです、慈善学校だけです。母ちゃんはあたしがほんの赤ん坊のころ孤児院に置いてったんです。きっと自分で面倒が見れなかったんじゃないかな。字を覚えられるぐらい大きくなると、スピタルフィールズの貧しい子どものための学校に送られました。あたしはロンドンの外に行ったことが一度もないんです」

「でも、乳しぼりや卵集めをしたって話してくれたのに！」アリスが――内気で物静かなアリスが――嘘をついたと信じることは難しかった。しかもミセス・プールに。いや、メアリ自身でさえあの家政婦に嘘をつく勇気などなかったはずだ。

ミセス・プール　わたしが許してやったのはわかってるんですよ。アリスはいい子ですし、もう二度としませんよ。

アリス　ありがとうございます、ミセス・プール。

「はい、ほかの子のひとりが田舎から来てたんで」とアリス。「学校には生徒が二種類いたんです。親がお金を払ってる子たち、ただそれはちょっとしかいなかったけど。あと親がいなくて、寄付でまかなわれてる子です。あたしはそっちの、慈善を受けてる子のほうでした。あたしの友だちがお金を払ってる子のひとりで――父親が払ってたんです、母親が死んで継母(ままはは)にきらわれてたんで。二人で一緒のベッドに寝てて、あたしが夜眠れないと、農場の暮らしのことを話してくれました。ものすごく家を恋しがってて！」

「でも、どうしてわたしたちに嘘をついたの？」一行は川辺にやってきていた。月明かりがテムズ川を照らし出しており、波止場に係留されている船の中にヘスペルスがあった。船首と船尾にランタンが灯っており、船首に白いペンキで船の名前が記されているのが見えた。小型の汽艇で、すでに煙突から煙が出ている――結局、船長はこちらの言い分を信じることにしたにちがいない。

「おーい、きみ！」ホームズが呼びかけた。「乗船してもいいかな、船長？」

「おう、それだけの金があると見せられりゃあな」荒々しい声が叫び返した。船長がランタンの光の中に出てくる。メアリがまさに汽船の船長として思い描くような人物だった。ごま塩頭に毛糸のセーター、頭にはハンチング帽をかぶっている。「ひとり一ポンドだ、それだけよこせ。俺の数え方が間違ってなければ、計算には自信があるがな、あんたらは九人いる。つまりきっかり九ポンドだ」

「九ポンド！」メアリは声をあげた。法外な金額だ！

「おうよ、それだけもらうぜ、お嬢さん。たぶん払うことになるようだな、その旦那はあんまり具合がよくなさそうだ。何をしたんだ、飲み過ぎかい？　それにあんたらは何なんだ、サーカスの芸人か？　まあ知ったこっちゃねえがな。世の中にはいろんなやつがいるもんだ。世の中ってのはまったく妙なところだとあんたらが思うような連中がこの波止場にはいるぜ」

「今五ポンド渡そう、残りは王立病院に着いてからだ」とホームズ。「この男は怪我をしている――なるべく早く医者に診せなければならないのでね。金は払うと約束する」

「おう、それで、手錠をかけた男をひっぱって、ろくに服も着てないような尻軽女どもをぞろぞろ連れてるあんたは誰だ？　あんた自身が犯罪者じゃねえとどうしてわかる？」

尻軽女！　まあ、周囲を見まわせば、たしかにきちんとした格好とは言いがたい、と認めざるを得なかった。少なくともアリスは寝間着の上に雨外套を羽織っている。しかし、キャサリンはホームズのフロックコートの下から素足を突き出していた。

「私はシャーロック・ホームズで、この男をスコットランド・ヤードに連行するところだ」

「ミスター・ホームズ！　それを信じろってのか？　だったら、俺が何も教えなくても俺のことをなんでも言えるはずだな」船長は疑わしげだった。「何か言ってみてくれ、ミスター・ホームズ。俺についてあんたが知るはずのねえことならなんでもいい」

普段は表情の読みにくいホームズだったが、今はランタンの明かりでもすっかり苛立っていることが見て取れた。「きみの頭文字はG・Mだ。パイプを吸っていて、好きな煙草はオールドヴァージニアン、実際にわれわれが近づいたときパイプを吸っていた。きみは船乗りだが、肩に銃弾を受けて負傷した。そこで海上生活をあきらめ、川船の船長になった。奥方は良心的なご婦人で、きみが酒を飲み過ぎるのを叱っている。これで私の身元を証明するには十分かな、船長？　友人のドクター・ワトスンは重傷を負っているのでね」

船長は驚嘆してホームズを見た。「いや、魔法みてえだな！　俺はジョージ・マッジで、あんたが言ったことは全部そのとおりだ、うちのやつのことまでな。あいつは俺みてえなどうしようもねえ男にはもったいねえのさ。日曜の夕方に二人であのドクター・ワトスンの話を読むのが好きでなあ！　あんたがた二人――と連れのかたがた――を上流へ運ばせてもらうのは光栄だよ。船に乗ってくれ、ミスター・ホームズ！　ボイラーを動かしてるマイクに言ってこねえとな。本物のあんただとは信じねえだろうよ！」

これほど疲れていなければ、メアリは大笑いしていただろう。マッジ船長は次にホームズにサインしてくれと頼むにちがいない！　なんという夜だろう。恐怖と悲劇とばかばかしさが全部いっしょくたになっている。もはやどう反応したらいいかさっぱりわからない。

汽艇は小型で二十人ほどの乗客しか収容できない大きさだった。普通の状況なら、川を上る日帰り旅行のために雇われる遊覧船なのだろう。ジュスティーヌがワトスンを船尾に運び、ベンチのひとつに寝かせた。ベアトリーチェがホームズがハイドを連れて続いた。メアリも追いかけようとしたが……。

「ううん、あたしは前のほうに乗りたい」キャサリンが言った。「水の上にいるだけでも嫌なのに。せめて煙突から出てくるしろものじゃなくて、新鮮な空気を吸わせてよ」

「あなたが水を嫌いだなんて知らなかったわ」とメアリ。

「水を好きな猫なんているの？」キャサリンは先に立って煙突を通り越し、船首に行った。メアリはとくに煙が気にならなかったが、猫の嗅覚を持つキャサリンにとって、あの悪臭はすさまじいにちがいない。

キャサリン　そうそう。ロンドンの臭いはたいていひどいの。ビリングズゲートの市場の外にあるごみの山は別だけど。あれはおいしそうな魚の頭の臭いがする……。

そういうわけで、メアリはハイドの近くに坐らずにすんでほっとしながらキャサリンについていった。いつかは向き合わなければならないだろうが、まだ無理だ。アリスはメアリについてきた。そこで三人は前向きの席に落ち着いた。たぶん楽しみたい客が自分の向かう先を見られるようになっているのだろう。レンフィールドはどちらへ行くべきか決められずに立ちつくしていたが、最終的にホームズやハイドと坐ろうと船尾へ向かった。あのいかれた男がこちらに腰をおろさなくて本当によかった。頭を悩ませることがもうひとつ減ったのだ。ともかくしばらくのあいだは。

全員が席に腰かけると、マッジがもやい綱を解いた。一同は岸から離れて進み出し、暗いなか蒸気機関でテムズ川を遡っていった。これまで一度も船に乗ったことがなかったわ、とメアリは考えた。どんどん増えていく未経験の事柄に、また新たな項目が付け足された。木の座席は硬く、空気は冷たく、船首にあるランタンの周囲には闇が広がっている。巨大なホタルが夜の奥へ導いていくように思われた。まわりじゅうで船べりを叩く水音が聞こえた。足の下はいつもあんなに安定していたのに、いまや左右に揺れている。まるで不確実性そのものの上に浮かんでいるかのようだった。

ベアトリーチェ　それはすてきな表現ね、キャサリン。

キャサリン　ありがとう。自分でもけっこう気に入ってるの。評論家が最近言ってるみたいに〝安っぽい大衆小説〟を書いてるかもしれないけど、あたしだって象徴主義で書けるんだから……。

メアリの横に座っていたキャサリンが、腕にさわって身を寄せてきた。「大丈夫？」

「たぶんね。わからないわ。だめかもしれない。なにしろ、死んだ父がまた現れたのはこれがはじめてなのよ、そうでしょ？」メアリはアリスに聞こえないように小声で言った。アリスに心配されることだけは避けたい。

「きっと平気」キャサリンが腕をぎゅっと握り締めた——キャサリンからくるものとしては意外な行動だった。今まではあんなに超然として独立心が強かったのに。「みんな大丈夫よ。アダムは死んだし、獣人は処分したし、ワトスンは病院に連れていくし」

「ええ、わかってるわ」もっと確信のこもった声を出せればいいのに、とメアリは願った。暗闇と川の動きと、その動きが自分の人生の——全員の人生の不確実性を反映しているせいだ。「でも、あなたはどうなの？　プレンディックは……」

キャサリンは暗がりを見渡した。「あいつが生きてるってあなたに聞いたときから、また会うことになるってわかってた」つかのま黙ってから付け足す。「前とちがって見えた。もっと老けて、白髪まじりになって。話をする機会もなかったわ。あの火で死んだとしたら、二度と話さないかもね。まあ、海で生き延びたんだったら、どんなことも生き延びそうだけど。でもハイドは……その、あなたのお父さんでしょ。話をしなきゃだめよ、わかってると思うけど。せめて錬金術師協会のことは訊かなきゃ。少なくとも情報が必要だもの」

「お腹すいた」急にアリスが言った。「すみません、お嬢様。言わないほうがよかったかもしれないんですけど、そう思ったらそのまま口から出ちゃったんです。きっとあの倉庫で死にそうになったからです。誰だってあんなことがあったらお腹がすきますよ、ぜったい」

メアリは静寂をかき乱さないよう低い声で笑った。別に誰かが気にするわけではないだろうが、船内の静けさと水音の存在感が強すぎて、あまり大声を出すと冒瀆しているかのような気がしたのだ。どうしようもなかった——今晩心配しなければならないことが山ほどあるのに、明日はどうなるか、あさっては、と案じていたとは。アリスがいてよかった。ともかくその問題には解決策がある。

「ごめんなさい、アリス。今は何もないの、家に帰ればすぐミセス・プールが——あら、そういえば何か持ってたわ！」さっき雨外套のポケットに突っ込んだティーケーキ——あれはまだあるだろうか？「ポケットを探ってみて——いいえ、逆のほうよ。ええ、何かさわった？」

アリスがオペラハット並みに平たくなったティーケーキをひっぱりだした。

「まあ、今はそれで我慢しないとね。少なくとも、くる途中で落ちはしなかったわ！」

アリスは長持ちさせようとちびちびケーキをかじった。船尾からぼそぼそと声が聞こえる。あれはホームズの声だ——間違いない。それから、もっと荒っぽい、船長の声らしき響き。何を話しているのだろう？

「嘘をついてごめんなさい、お嬢様」アリスが言った。「ほら、慈善学校の校長先生は、お嬢様やミセス・プールみたいに優しい人でも学のある人でもなかったんです。学校に慈善を受けてる子がいるのを嫌がってて——でも学校が寄付金をもらえるように理事会がそういう子を受け入れさせたんで。孤児なんて誰もほしがらないよって校長先生はいつも言ってました。だから、あたしが厨房メイドになれるかってお嬢様のお家へ送られたとき、農場で育ったってミセス・プールに言ったんです。友だちが家を恋しがってて、いっぱいその話をしてくれたから、乳しぼりや卵集めや、干し草を刈り取って畑に積み上げたときどんな臭いがするかって話ができたし。ほんとは干し草畑なんか一度も見たことないのに。すいません、お嬢様。あたしはあのときたった十で、そんなことしちゃいけないって知らなかったんです」

「謝る必要はないわ。わたしはあなたが無事で、一緒に帰れることにほっとしているだけよ！　でも、どうしてマグダレン協会に行くことになったのか教えてちょうだい」

「それに、なんであたしのあとをつけてたの？」キャサリンが訊ねた。「そのせいでハイドに捕まったんだから。あたしがミセス・レイモンドの事務所で机を調べてたら、あのばばあとハイドが入ってきてさ。そこで女の子たちの話を始めて――アダムが殺して体の一部を奪った子たちの名前をハイドに教えたのは、ミセス・レイモンドだったのよ。そのあと二人が物音を聞きつけて――アリスがドアの外にいたの。なんであのドアの外に立ってたわけ？」

「あの、こういうことなんです。メアリお嬢様からクビにされたとき、あたしは行く場所がなくて。しばらく辻を掃いてみたんですけど、大きい男の子にその辻と自分で買ったほうきを取られちゃったんです。メアリお嬢様がお給料でくれたお金はなくなりかけてたし。戸口で寝ようとしたけど、警察にどこかへ行けって言われて、ほとんど夜じゅう歩いてることになりそうだったから。すぐ食べ物も買えなくなるだろうし。だから思ったんです。誰にも頼れないとき、孤児は誰に頼ったらいい？　そりゃもちろん神様です、本に書いてあるみたいに。ミセス・プールはあんなのたった一ペニーの安っぽい本だって言って、あたしが読むのをいやがったけど。それで教会に行ったら、牧師様があたしの魂の状態と、道端で暮らしてたら罪を犯しそうで心配なのかって訊いてきたから、はいって答えました――罪を犯すぐらいならテムズ川に身を投げるけど。ただそれも別の罪なんですよね。牧師様はパンフレットをくれて、マグダレン協会のことを教えてくれたんです。ミセス・レイモンドには、男の人につきまとわれたって言うように気をつけました。お腹が減ってるだけだって言ったら置いてもらえないかもしれないと思って。そうしたら、ミセス・レイモンドはあの大きんだから。

ダイアナ　アリスってば、冒険心ってものがない

アリス　まったくそのとおりです、お嬢様。

「会ったときにはまだマグダレン協会の服を着てなかったですよね」アリスは続けた。「みんなが着なきゃいけないあのいやな灰色のウール！　あれはあなたがミセス・レイモンドの事務所から出てきたときでした。あたしは這いつくばって床を拭いてて、あなたが歩いて通ったときよく見たんです、そっちは気がつかなかったけど。あたしが思ったのは、あの人が着てる服はよく知ってるものだ――あれはジキル奥様の服でした、奥様が安らかにお眠りになりますように。奥様のラベンダー色の茶会服で、洗濯屋のミセス・パーヴィスが洗うのを何度も手伝ったことがあります。それで、どうしてその服をあの人が着てるのか調べたいって思ったんです。だから裁縫室に入ったときにあなたをよくい本に署名しろって言ったんです。その嘘はあなたにも言いました、お嬢様」とキャサリンに話しかける。

「そのことはほんとにすみません。あのときはメアリお嬢様のお友だちだって知らなかったから。そういうわけで、あそこに一週間いて、きちんと食事と寝床をもらいました。もっとも、あなたと会ったときにはものすごく退屈してましたけど」

ダイアナ　だから言ったでしょ、われらが退屈の女王様……それと殺人のね！　殺人のほうはそんなに退屈じゃなさそう。

アリス　あたしは退屈のほうがいいです、言わせてもらうなら。自分がもう少しで殺されるとこだったんで。いくらでもちくちくするウールを着て、ゆですぎたものを食べて、眠くなるようなお説教を聞きますよ、そうすれば毒を飲まされずにすむんだったら。

見て、夕食で向かいの席に坐りました。あたしのベッドで一緒に眠れないかどうかもシスター・マーガレットに訊いてみました。いつも別の使用人と寝てたから、夜淋しいんだって言って。それも嘘でした。それから、あなたが夜起きたとき、あとをつけたんです」

「なるほどね、それでいろいろ説明がつくわ」キャサリンが言った。おもしろがるような声音だ。ランタンの光でかろうじて、キャサリンがほほえんでいるのが見えた。「嘘をついたことは褒めないとね——とっても上手にできるみたいだし」

「いえ、すごく嫌なんです、お嬢様」とアリス。「でも一度始めると止められないみたいで。朝に卵を集めたら手の中でどんなにあったかかったかとか、畑の矢車菊とか、二人の兄弟とか、ぺらぺらしゃべり続けちゃって。農場がどんなに恋しいかなんて、辻馬車の馬よりもロンドンから遠く離れたことがないのに!」

「まあアリス、わたしが知ってさえいたら!」メアリは言った。「お給料は払えなかったとしても、せめて住むところはあったでしょうに」

「ミセス・プールには話せなかったんです、お嬢様。あれだけひどい嘘をついたあとじゃ」

「どっちにしろ、一緒にうちに帰って話すことになるわ。そのあとは、あなたをどうしたらいいか考えつくまでパーク・テラスにいるのよ」

「うち」とキャサリン。「それってけっこういい響きね——うち」その概念を信じているかどうか自信がなさそうだった。

たしかにいい響きね、とメアリは思った。知らず知らずそう考えるようになっていたのだ——パーク・テラスの家がうちになるのだと。ダイアナとベアトリーチェと、キャサリンとジュスティーヌと、この先はアリスにとってもだ。みんなで一緒に暮らし、もうサーカスに加わったりフリークショーで演じたりするために出かけていくこともなくなる。ほかのみんなはそんなふうになるとはまったく考えていないかもしれないが。

船尾では違う会話がおこなわれていた。

「きみの頭文字は、上着の袖口にたくしこんであるハンカチについている。パイプはきみの胸ポケットだ——柄が見えるし、きみは煙草の煙の臭いがする。上着の胸元に灰がついていることと、その独特の香りを合わせれば、好みの煙草がオールドヴァージニアンだとすぐに特定できる。知っているかもしれないが、ぼくは煙草の灰の種類による違いとそれぞれの見分け方について研究論文を書いていてね。きみの日焼けした顔は熱帯の気候で何年も過ごした男のもので、軍人らしい姿勢をしており、とくに首のあたりがそれらしいから、兵士だった可能性がある。だが、もやい綱の結び方は疑いようもなく船乗り式だ。たとえ部下がやったにしろ、きみが教えて監督したはずだからな。ぼくの推定では、十中八九南洋で帆船に乗っていたが、そろそろ落ち着こうとロンドンに戻ってきた男だろう。そうした男がテムズ川を上ったり下ったりする汽船を走らせるのは簡単だし、理にかなってもいる。きみはおそらく古傷のせいで左腕をぎこちなく動かしているし、時計の鎖に弾丸がついているのは、まさにその肩から抜き取った弾丸にちがいない。きみの鼻と頬は酒飲みらしく赤らんでいて、ズボンの片膝には継ぎが当たっている——分厚い布で、ぐるりと注意深く端をかがってある。きみの良心的で、間違いなくつましい奥方の登場だ。そんな奥方ならパブでの夜に反対するだろうし、叱るのを遠慮したりしそうにない」

「ああ、なるほど、そういうふうに説明されると、あたりまえな気がするな」とマッジ。

「当然だ、いったん説明されればいつでもあたりまえに思われる」ホームズは苛立たしげな声だったが、マッジにほとんど注意を払っていないのがベアトリーチェには見て取れた。ワトスンのことを案じているのだ。

「ドクター・ワトスンの額に手を当ててみて」ジュスティーヌに声をかける。「どんな感じ？」

「熱いわ。熱すぎると思う」ワトスンの頭はその膝に乗っていた。ジュスティーヌは相手が巣の中の雛であるかのように優しく抱えている。どんなものでもこんなふうに抱えるのだ――ジュスティーヌほど力が強いと、世界はおそろしく壊れやすいものだった。

「そうじゃないかと心配していたの」ベアトリーチェは言った。「熱が出てきています、ホームズさん。わたしの薬があれば熱を下げて感染と闘えるのですけれど――でも、手元には何もなくて。病院に必要なものがあればいいと願うしかありませんわ。ロンドンの医学知識の状況といったら、そう、とうてい世界一大きな都市に期待するようなものではありませんから」

「できるだけ急いで送る」とマッジ。「マイクにボイラーを焚くよう言ってから、こっちに戻らせてあんたに会わせてやろう。あんただとは信じねえだろうよ、旦那。なんて夜だ！　俺たちが下流にきたのは、メイフェアのクラブから出てきたばかりの酔っぱらった紳士がたがスラム街の見物に行きたがったからさ。いわゆる本物のロンドンってやつを見たいってな。だが、もう何時間も前に戻ってくるはずだった。とうに殺されてなけりゃ、アヘン窟で夢を見てるんだろうよ。ここまで連れてくるのを承知した自分のばかさ加減を呪っていたが、おかげであんたがたに会えた。人生ってのは奇妙なもんだな。どこかで紙を見つけてきたら、サインをくれるか、ミスター・ホームズ？」

　もちろん、船長がチェルシーまで可能なかぎり早く連れていってくれれば、どんなものにでも喜んでサインする、とホームズは請け合った。

　マッジはボイラーを点検しに行き、一同は無言で坐っていた――探偵、殺人犯、女巨人、毒娘、そして今晩死ぬかもしれない男。

　船首ではメアリとキャサリンとアリスも黙り込んで

いた。暗闇の中で船が川を遡っていくあいだ、われらがヒロインたちは何を考えていたのだろう？

ダイアナ　今度こそほんとに三文小説（ペニー・ドレッドフル）みたい！　だいたい船尾で何が起きてたかどうしてわかるわけ、前のほうに坐ってたくせに？

キャサリン　ベアトリーチェに訊いたから。あんたとちがってベアトリーチェは記憶力抜群だからね。

ベアトリーチェ　お願いだから話の邪魔をしないで。わたしたちみんなが何を考えていたか知りたいの。自分が思っていたことは覚えてるわ……。

ベアトリーチェは発熱した男の顔を観察した。傷を十分に消毒しただろうか？　熱が出たなら感染しているにちがいない。間に合って食い止められるだろうか。イタリアにある父の庭園を思った。あそこで育てた薬草なら感染を阻止できるが、英国のどこで見つかるだろう？　イタリアの日差しとパドゥアを囲む丘、葡萄園やイチジクとオリーブの木が並ぶ果樹園を思い出す。常にじめじめと寒いこの街とはなんと異なっていることだろう。また暖かくなることがあるのだろうか？

かつては愛と喜びを望んだが、失ってしまった。もはや人生にそういうものを期待してはいない。いま求めているのは自由だけだ。それさえあれば十分だった。

キャサリンは、自分が造られた島から出るときに乗った別の船のことを思い出していた。こちらが何を期待されているか、船長と水夫たちがキャサリンの行動のどこに驚いているかを手がかりに、どう振る舞うかを推測して、見たこともないのに英国人女性のふりをした。学ぶのは早かった。索具に登らないこと、ナイフだけでなくフォークとスプーンで食べること、太陽の熱で気が遠くなると同意し、日陰の席を受け入れること。自分の言動で普通でないことがあれば、難破した際の心的外傷（トラウマ）で記憶を失い、無人島で自活しなければならなかったせいだと説明した。それから、リマで買ってもらった白い木綿の服をまとい、日差しをさえぎるパラソルを持って、ジェフリー・ティベット卿の被後見人として英国まで長い航海をした。ジェフリー卿はキャサリンになかば恋していたが、認めたがらなかった。カーゾン通りにある自宅の玄関前の階段で妻に紹介されたとき、眉をひそめて「どうぞ入って」と言った声が正反対の意味をこめているように響いたのも不思議はない。そのあとは、ごみをあさって生きている野良猫よろしくロンドンの道端で物乞いをした。あの生活に戻らなければならないのだろうか？　それともこれは新しい暮らしが待っているということだろうか、ここにいる……ほかのモンスターたちと、そう、結局のところみんなモンスターなのだから。

メアリは、船尾に坐っている手錠をかけられた男のことを考えていた。せせら笑うような顔とねじれた体の小男——あれが本当に背の高い立派なドクター・ジキルなのだろうか。研究室の椅子に娘をちょこんと坐らせて、さまざまな化学薬品に反応して色を変えるブンゼンバーナーの炎を見せてくれた父なのだろうか？　あの男は注意深くうなずいてみせる以外、二人の関係を認めようとしなかった。そのしぐさはどうとでも受け取れただろうが、なぜか意味があるという気がした——やりすぎること、行動に出て拒絶されることを恐れているというような。拒絶するでしょうね、とメアリは考えた。わたしを裏切ったことは許せても、お母様を裏切ったのは——絶対に許さない。ダイアナは父親として受け入れるかもしれないが、メアリは決して認めないだろう。

ジュスティーヌは、もしジュスティーヌ以外の人物だったら、その日のできごとに思いをはせていたはずだ。どうやって獣人に誘拐され、これほど長いあいだ、残酷で病的な愛情を向けてきた存在のもとへ連れていかれたか。ホームズとワトスンとほかの女性たちにどう救出されたかということを考えていただろう。しかし、ジュスティーヌはジュスティーヌだった。アダムの悩める魂がようやく安らぎか忘却を得られる、天国のような永眠の地はあるのだろうか、と思っていたのだ。それに、おそらくゲーテから何か引用していただろう……。

ジュスティーヌ 実際そうだったわ。魂についてのゲーテの考えが頭にあったの。太陽に似てるのよ。夜には消えるように見えるけど、それはただほかのところで光を振り撒いてるだけで、夜が明けると戻ってくるでしょう。見えなくても存在しないわけじゃないわ。人間の魂もそうよ。信仰を持つ者は目に見えようが見えまいが魂が不滅だと知っているの――神様と同じように。

ダイアナ どうでもいいけど。話に戻ってもらえる? ここがおもしろいとこなんだから。

はるか遠く、街の向こう側で、ダイアナは少年のふりをして重要な行動に出ていた。チャーリーと火事を見て、これ以上建物が燃える前に知らせたほうがいいと思った、と消防署長に伝えていたのだ。

ダイアナ ほらね? 必要なときにはあたしになりきって書いたって何の問題もないじゃん。

キャサリン どうしても必要なときならね!

「おまえらいたずら小僧どもが自分でつけたんだろう!」消防署長は顔をしかめて見下ろした。「二人とも逮捕させるべきだな。そもそも波止場あたりで何をしていた?」

「ちがいますよ、旦那」ダイアナは言った。「いや、おれたちゃ小銭をもらえねえかと思って紳士の旦那を追いかけてたんでさ。金は持ってるみてえだったし、おふくろが言ってる悪の巣窟ってとこのどれかに行くんじゃねえかと思って。小銭ぐらい気にしねえでくれそうだったし。けど、旦那はその倉庫に入ってった。そこで別の旦那が待ってて、お互いに怒鳴りあって大喧嘩を始めたんでさ。『あんな真似をして、殺してやるぞ、プレンディック！』ってもうひとりの旦那が怒鳴って殴りつけて、そしたらプレンディックって名前のやつが殴り返して、ぐるぐるまわりながらレスラーみたいに取っ組み合って、いやあ、すげえ喧嘩だった！　けど、それから二人がランプの上に転んで倒しちまったんで、たちまち部屋じゅうに火がついちまった。『子どものための聖書』の地獄の絵みてえにさ。そんなふうに始まったんですよ、旦那」

「それで、どうやっておまえたちがそれを全部見たんだ、その紳士のあとをつけたわけでなければ？」

「そりゃ、窓から見たんでさ。あんなすげえ騒ぎを見逃したくなかったんで。そのあとプレンディックって旦那が走って出てきて、もうひとりの旦那はただそこに寝そべってて、あっという間に建物が二階まで燃え上がっちまった！　だから署長さんに知らせにきたんですよ。もしかして、こんなに立派な市民のおれたちにお駄賃をくれませんかね？」

「おまえらにやるもんなぞ何もない！　紳士のあとをつけて何をたくらんでいたかわかっているぞ。どうせ掏摸でも働こうと目論んでいたんだろうが。やっていたら今ごろ牢屋行きだ。よし、消防士どもを呼び出せ、ジェンセン。波止場のそばで火事が起きている。もっとも、たいしてできることはないがな。あそこの古い倉庫はどのみち軒並み崩れそうになっていたんだ。おまえら二人はさっさと出ていけ。いつか両方とも絞首台でぶらぶらしてるところを見てやる。いい厄介払いだ」

ダイアナとチャーリーは消防署から消防士が出てく

るのをながめた。馬が荷馬車を引き、制服姿の男たちが街燈の光に金属の帽子をきらめかせている。それから二人はソーホーへ戻っていった。キャベツを山積みにした荷馬車に乗せてもらわなかったら、何時間もかかるところだった。コヴェント・ガーデンの市場へ向かうにちがいない、とダイアナは思った。その点では正しかった。

ダイアナ　いつもどおりね。

もちろん荷馬車の馭者の許可を取ったりはしていない。ダイアナはただ荷馬車の後部をつかんで体を引き上げ、キャベツのあいだによじ登って、馭者に見つからないようしゃがみこんだのだ。チャーリーも続いて荷馬車に乗り込み、縁に足をひっかけて側面に倒れ込んだが、馭者は音を聞かず、振り向きもしなかった。たとえ振り返ったとしても、薄暗い光で何が見えただろう？　二人の服はたちまちキャベツ臭くなったが、汚れて疲れ切っていたのでほとんど気にならなかった。

コヴェント・ガーデンに到着する直前に、二人は荷馬車からこっそり抜け出した。露店はまだ開いていなかったが、すでに行商人が農産物を積み上げていた。冬を越した蕪と玉葱、早蒔きのレタスとサヤエンドウ、温室栽培のイチゴ、温暖な気候の場所から船で運ばれてきたピーマンや茄子。市場を歩いて通り抜け、露店のあいだの狭い路地をたどっているとき、ロンドン市街の建物群の上に薄い黄色の太陽が昇った。急に花売り娘たちが呼びかけはじめる。「お花はいかが！　田舎からきたばっかりのきれいな花だよ！」

狭い路地をあとにしてふたたび見慣れたソーホーの街路にきたとき、チャーリーが言った。「なあダイアナ、あんたほどすげえ嘘つきははじめてだよ」

「でしょ？」ダイアナはポケットに手を入れてリンゴをひとつ取り出した。「かなり腕のいい泥棒でもあるんだけどね。もしあたしたちが日曜学校の散歩であそこにいるって言ったら、ぜったい信じてもらえなかったよ。人はいつだっていちばん悪いことを信じたがるんだから」リンゴをひと口かじってチャーリーに渡す。「ほら、半分こにしよ。でもあんまり大きくかじらないでよ、でなきゃ全部あたしのにしちゃうから！」

パーク・テラスに着くころには日が高くなっていた。ダイアナは呼び鈴を鳴らした。ミセス・プールが玄関に出てきて声をあげた。「まあ、あなたなの！　二人ともひどい格好！　何をしてきたの、煙突掃除？　まあ入って、二人とも、朝食をおあがりなさいよ。それからメアリお嬢さんがどこにいるか教えてちょうだいな、きのうからまるっきりお目にかかってないんですからね。ほんとに心配してたんですよ、あのお嬢さんがたがみんな無事だといいけれどねえ！」

18　パーク・テラスに戻って

「ドクター・ワトスンはどんな具合ですか？」メアリは訪問者用の木のベンチのひとつから立ち上がって訊ねた。今晩は硬いベンチに腰をおろす夜らしい。とはいえ、少なくとも全員がここにたどりついたし、マッジ船長は結局五ポンドしか請求しなかった。「なにせあんただからな、ミスター・ホームズ」と言ったものだ。「今夜テムズ川を遡って誰を運んだか、うちのやつに話すのが待ち遠しいぜ。シャーロック・ホームズご当人と、サーカスの芸人の一団とはな！　まず信じやしねえだろうな」

「回復はするだろうが、またあの腕を使えるようになるまでしばらくかかると医者は言っています」ホームズは言った。「ミス・ラパチーニがあの医者と話してくださって感謝していますよ。私の医学的知識は、残念ながらこうした場合には専門化しすぎていましてね。それにむろん、診察室まで運んでくださったミス・フランケンシュタインにも」さっき自分とベアトリーチェのあとからワトスンを抱えて階段を上ったジュスティーヌに一礼する。三人は一時間近く姿を現さず、そのあいだほかのみんなは下で待っていた。メアリは眠り込んだアリスを肩にもたれさせたままベンチに腰かけ、ハイドは手すりのひとつに手錠でつながれ、キャサリンはいらいらと歩きまわった。レンフィールドは片隅にうずくまり、蠅のことをぶつぶつ言っていた。一度ハイドが何か言おうとするかのようにこちらを向いたが、メアリは下を向いて腕時計の時間を確認していたから、いかにもその行動に没頭しているかのようにねじを巻いた。話したいとはまったく思わない、今は。

「あんなのなんでもありませんよ、ホームズさん」とジュスティーヌ。獣人を素手で絞め殺せる女性にとって、男一人を抱えて階段を上ることなどなんでもないのかもしれない。

「ええ、時間はかかるでしょうけれど、練習すれば元どおり使えるようになるわ」ベアトリーチェが言った。診察室にいるあいだつけていた外科手術用のマスクと手袋を外す。呼気で空気を汚したくなかったのだ。

「ホームズさん、ここが病院だとあなたがおっしゃったとき、医療施設だろうと思いましたわ。予想していませんでした――退役軍人の慈善施設だとは」

「そう、王立病院は一世紀以上のあいだ、戦争で負傷した軍人に家を提供してきました」とホームズ。「ここで残りの人生を安らかに過ごせるのです。こうした傷がロンドンで治療できるとしたらここだろうとわかっていたので。もちろん、ワトスン自身、アフガン戦争に従軍しましたから」

「ミスター・ホームズ！　ミスター・ホームズ！」銀

髪をなびかせた男が廊下を走って近づいてきた。「ここであなたにお会いできてどんなにうれしいか、お伝えせずにお帰りいただくわけにはいきませんぞ。ドクター・ワトスンもです。むろん彼が怪我をしたことは喜んでおりませんがね。いやとんでもない。私は病院の事務長でして、もし何かわれわれにできることがありましたら……」ホームズに頭を下げてから、程度はさまざまだが、そろってまともな服を着ていない女性たちを驚いた目で見る。

「ワトスンの面倒を見ていただけますか」とホームズ。「ご尽力に心から感謝します。やがて完全に回復する、とこちらの先生が請け合ってくれました。その保証をのぞけば、目下必要なのは辻馬車か四輪馬車ですね、危険な犯罪者をスコットランド・ヤードに連れていくために。いや、むしろ貸し馬車を二台かな、この若いご婦人がたも帰途につけるように」

「もっと何かお手伝いできることがありますか、ホームズさん?」メアリは訊いた。ほんとうはさっきホームズやベアトリーチェやジュスティーヌと一緒に上に行きたかった。だがハイドやレンフィールドを残しておくわけにはいかず、キャサリンと廊下で待っていたのだ。動けずにただ坐って待つのはもどかしかった。アリスの枕になるよりできることがあったはずだ。

「ミス・フランケンシュタインとミス・ラパチーニをあなたの住まいに連れていけますか?」ホームズが訊ねた。「二人とも長い夜を過ごしましたから。私はハイドとレンフィールドをスコットランド・ヤードに連行しなければならないので。ミス・モロー、あなたに同行していただければ、きっとあの連中はおとなしくしているでしょう」

なぜキャサリンがスコットランド・ヤードに行くのに、メアリはパーク・テラスへ戻ることになるのだろう? 不公平だ。ハイドとレンフィールドの見張りなら負けずにできるのに。キャサリンの歯はなくとも、まだ連発拳銃がある……。

アリスを肘でつつくと、厨房メイドは眠そうに目を開けた。「もう朝食を作る時間ですか、ミセス・プール？」とあくびしながら問いかける。それからあたりを見まわし、いきなり夜のできごとを思い出したかのように「ああ！」と言った。メアリは立ち上がって痛む肩をさすった。

ホームズが肘に手をかけてきた――その動作に度肝を抜かれ、メアリはもう少しで飛びすさるところだった。ホームズは身を寄せて小声で言った。「ほかの人たちを脅かしたくないのですよ、ミス・ジキル。みな敵を倒したと信じているが、プレンディックが逃げ出したのかどうかも、どこへ行ったのかもわかりません。われわれは彼が造り出した獣人は死んだと信じているが、断定はできない。ひとりは混乱にまぎれて逃げ出したはずです。こちらにはほかに共謀者がいるのかどうかさえわからない。ハイドに訊ねてみましたが、口を開こうとしませんでした。外はまだ危険だ。あなたなら、彼女たちに危害を加えられないよう守れると信じています――ミス・ラパチーニとミス・フランケンシュタイン、それに……あの娘はあなたの使用人ですね？」興味深げにアリスを見やる。「なるべく早くミス・モローと戻ります。それから、いわば再招集ができるでしょう。ミス・フランケンシュタインはわれわれに話したこと以上に知っていると思う――彼女の話を聞く必要があります」

「わかりました、ホームズさん」メアリは答えた。

「たぶんちょうど運賃分ぐらいお金が残っていると思いますわ」家に帰されるのは残念だったが、たしかにそのとおりだ。ベアトリーチェとジュスティーヌを無事パーク・テラスに連れ戻さなければ。ホームズはメアリの腕を取り、内密の話をしてくれた……どう考えていいか判然としなかったものの、それは新しい経験で、心地よかった。

事務長自身がロイヤル・ホスピタル・ロードで馬車が待っていると伝えてくれ、一同はそろって外へ出た。一台目の踏み段に乗る直前、ハイドがこちらを振り返って言った。「メアリ……」直接話しかけられたのははじめてだった。

　メアリは相手を見た。過去の不摂生と悪意の痕跡がにじんでいなければ魅力的だったかもしれない顔を持つ、体のねじれた男。その態度は……ためらいがちで、ほとんど訴えるようだった。

　顔をそむける。今ここでこの男と話したくはない。ひょっとしたらあとで、ダンヴァーズ・カリュー卿の殺害容疑で起訴されてからだったら。もしかしたら、裁判と絞首刑の前に牢屋へ面会に行くかもしれない。そうしたら訊いてみよう……何を？　なぜあんな実験をしたのか。今までずっとどこにいたのか。どうして母にも自分にも、ダイアナにさえも、あんなひどい扱いができたのか。

「少なくとも……」あのしゃがれ声が続けた。「少なくともアーネスティンが死ぬ前にはもう一度会えた」

　アーネスティンに会えた？　いつ母と会ったのだろう？　メアリは振り向いたが、ハイドはすでに馬車の中でレンフィールドと向き合っており、そのあとからキャサリンが踏み段を上っていくところだった。「またうちでね」キャサリンは言い、馬車の扉を引き寄せて閉めた。ホームズもすでに反対側から馬車に入っていた。「待って！」とメアリが声を出す前に馭者が「急げ！」と叫び、馬車はガタガタと敷石をよこぎって走り去った。

　メアリはじっと見送った。窓辺の顔、母が死ぬ前にわめいていた顔。あれはハイドの顔だったのだろうか？

「メアリ、大丈夫？」ベアトリーチェが言った。「まるで幽霊（ファンタスマ）でも見たみたいな顔をしてるわ」

　みんなメアリを待っている——ベアトリーチェとジ

ュスティーヌとアリスがしげしげとこちらを見ていた。なんと言ったらいいかわからない。あれだけ何年もたってから、母が突然窓に映るハイドを目にしたとしたら――どんな結果をもたらしただろう？　十中八九、そのせいで死んだのだろう。窓は二階にあった。だったらどうやって――いや、ダイアナがよじ登るのを見たことがある。ハイドも登れるにちがいない。あの最後の数週間の母を覚えている。意識が混濁し、わめき散らしていた。それから急激な衰弱だ。髪が枕の上に広がって……もうそれ以上のことは考えられない。今はだめだ。みんなを連れてパーク・テラスに帰らなくては。

「いらっしゃい」とメアリ。「うちに帰りましょう」

キャサリン　あたしをうらやましがる必要なんかなかったのに。あの洟垂れネズミをスコットランド・ヤードに連れていくことほどつまんないことなんて思いつかないし。

ダイアナ　あんたが話してるのはあたしの父さんのことなんだけど。それに、そう、あんたが父さんのことどう感じてるか知ってるよ、へそまがりのメアリ。だからってあいつがあたしたちの父親だって事実は変わらないから。

キャサリン　あたしが言ったのはレンフィールドのこと。永遠の命だの、それをどんなふうに約束されたかだのって延々としゃべって、そのあいだじゅうこっそりハイドをちらちら見てたわ。ハイドは無視してた――あたしたち全員を無視してたの。ホームズは錬金術師協会について質問してみてた。誰が関係してる？　どこに本部がある？　協会の計画は？　でも、ハイドは窓の外を見てただけだったわ。それで今度はレンフィールドに訊いてみたら、そっちは自分の蠅とか蜘蛛とかの話を始めて。ようやくスコットランド・ヤードに着いたの。ホームズが降りていったら、いきなりどこからともなく巡査がわらわら出てきてね。ひとりがレストレード警部に知らせに走ってったわ。レンフィールドとハイドは手錠のまま連れていかれて、ホームズはレストレードとしばらく話してた。そのあとまた馬車に乗り込んで、二人でパーク・テラスに向かったわけ。ホームズはできるだけ早くジュスティーヌと話したいって言ってた。それでおしまい。かなり期待外れで、ぜんぜん冒険なんかじゃなかったわ。しかも、あんたたちは先に朝ごはんを食べてたし。

「なんでこんなに遅かったのさ?」ダイアナが訊ねた。また別のメアリのナイトガウンを着て、応接間のソファに寝そべっている。あと何枚残っているだろう? 濡れた髪をとかしつけてあるのは、間違いなくミセス・プールの働きだ。ダイアナが体を起こすと、ソファの横になっていた部分にじっとり染みが残っていた。

「珍しく清潔に見えるわ」とメアリ。

「あの鬼ばばが朝ごはんの前に体を洗わせたんだもの。チャーリーにも洗わせるとこだったけど、あっちはすごい勢いでここから逃げ出したからね。責めたりしないけど、あいつはなんにも食べ物がもらえなかったよ」

「ああ、ポケットにちょっと入れてやりましたよ」とミセス・プール。「あなたが口を閉じるまで水の中に押さえつけておくべきでしたよ。新聞売りみたいな格好で四六時中ロンドンじゅうを走りまわってるなんて! いったいそれが若いご婦人の振る舞いですか? あらまあ、そこにいるのはうちのアリスじゃないの?」

「はい、そうです」アリスが答えた。

「話せば長くなるの」とメアリ。「とにかく今はみんな食べ物がいると思うわ――たぶんベアトリーチェは別としてね！」そこではじめて、お腹がぺこぺこだと気づいた。

「わたしにはお茶だけお願いします……」ベアトリーチェが言いはじめたとき、森で木が倒れるようなどさっという音を立てて、ジュスティーヌが絨毯に倒れ込んだ。ちょうど二日前の晩、豚男が横たわっていた場所だ。

「ジュスティーヌ！」ベアトリーチェが声をあげた。ジュスティーヌの脇に膝をつき、体に触れずに観察する。「また気を失ったようね。一晩じゅうあんなにしっかりしていたけれど、いつ負担が響いてくるかと思っていたの。ミセス・プール、炭酸アンモニウムを持ってきてもらえる？　それと、もしブランデーがあれば……」

　ジュスティーヌが意識を取り戻したあとでさえ、ダイアナは少々多すぎるぐらい気付け薬を嗅がせ、メアリは小さなグラスからブランデーを少しずつ飲ませた。手を貸して二階に連れていくのは二人がかりだった。かつてドクター・ジキルの寝室だった場所だ。もうジュスティーヌの寝室と言うべきだろう。ベアトリーチェが後ろからついてきた。

ジュスティーヌ　また気絶したなんてはずかしい！　だってわたしは女巨人で怪力女なのに……。
ベアトリーチェ　力があるかどうかじゃないのよ。説明したでしょう――あれは血圧と、フランケンシュタインがあなたを造った方法の問題なの。誰にだって弱点はあるわ。

　二人はジュスティーヌをベッドに寝かせた。「わたしがそばにいるわ、ねえ」ベアトリーチェが言う。「ミセス・プールが何か食べるものを持ってきてくれるかしら？　それにあなたは寝ないと……」

「まだだめよ」とジュスティーヌ。「わたしとできるだけ早く話したいってホームズさんが言ってたの。アダムについて知っていることを全部教えてほしいんですって。でも、あなたたちはみんな朝食をとるべきよ。わたしのそばにいる必要はないから、ベアトリーチェ」

「ばかなこと言わないで。もちろんいるわ」

「どっちみち食べないんだしね」とダイアナ。「でもあたしはまだお腹がすいてる」

「あなたはもう朝ごはんを食べたでしょ」メアリは言った。ベアトリーチェとジュスティーヌのほうを向く。「あなたたち二人に何か持ってくるようミセス・プールに頼むわ」この部屋に残るべきだろうか？　なんといってもここは自分の家なのだ。いや、みんなの家でもある。ベアトリーチェにいてもらおう——ひとりで何もかも引き受ける必要はない。メアリはほっとするのを感じた。今は責任を分担できる人がいる。

ダイアナと二人で居間に入っていくと、もうアリスが卵とバタートーストの朝食をとっており、腹ぺこといった様子でがつがつのみこんでいた。

アリス　腹ぺこだったんです。

「ちょっと、あたしがあんなふうに食べたらミセス・プールはがみがみ言うじゃない！」とダイアナ。

「アリスはいい子ですよ、あなたはぜんぜんちがいますがね」ポット入りのお茶とトーストをもうひと山載せたトレイを持って居間に入ってきたミセス・プールが言った。「メアリお嬢様、どうか空腹のせいで倒れてしまわれる前に坐って食べてくださいませ。ほら、もっとお茶をお持ちしましたし、テーブルの上にミルクと砂糖、お皿にバターがあります。もう少しでオレンジマーマレードを忘れるところでしたよ。きのう新しい瓶を買ったんです。誰かさんが底なしの胃袋を持っているようでしたからね。卵を一個焼きましょうか、お嬢様?」

「あたしには?」ダイアナが訊ねた。「卵もうひとつ食べてもいいな」椅子のひとつに坐り、両脚をナイトガウンの下に引き寄せて、椅子のクッションに素足を載せる。

「まるでもう二個も平らげてないみたいな言い方!」とミセス・プール。「もっとほしければトーストをどうぞ。それに猿みたいな坐り方はよしてくださいよ」

ダイアナはフォークを山のてっぺんのトーストに突き刺し、自分の皿に移すと、気前よくバターをつけてから、その上にマーマレードを分厚く塗り広げた。

「わたしにはトーストだけお願い」メアリは言った。空腹ではあったが、卵と考えると胃がむかむかする。カップにお茶を注いで外側に指をまわすと、ぬくもりがありがたかった。最後にこのテーブルに坐ってからどのぐらいたつだろう? きのう? わずか一日ということがありうるだろうか? まるで時間の流れが異なっていたようだ。そして今ここにいる。レースのカーテン越しに朝日の差し込む、同じ部屋の同じテーブルに戻ってきたのだ。それはまったくちがう光景に見えた。

「それで?」ミセス・プールが部屋から立ち去ったあと、ダイアナが言った。「あいつと話したの?」

「誰と?」メアリは母が花嫁としてロンドンにやってきたときに購入した、鳥と花模様がついたミントンの砂糖入れから角砂糖を二つ加え、お茶をすすった。そう、これこそまさに必要なものだ。

「父さんに決まってるでしょ」とダイアナ。「ひと言でも話した? 何か訊いたの?」

「いいえ」とメアリ。「あの人がちゃんと牢屋に入ったら話をするわ」そこで訊く——何を? 壁をよじ登って窓からのぞいたか? 母を殺したか? 故意であろうとなかろうと、たいして問題ではない。アーネスティン・ジキルは死んで聖メリルボーン教会の墓地に横たわっているのだ。

「もう、ほんとにばかなんだから!」とダイアナ。「なんで話せるときに話しておかないわけ? あたしがそこにいればよかった。なんでもかんでも訊いてみたのに。たとえば十四年間どこにいたかとか。ずっとアダムと一緒だったわけじゃぜったいにないよ。あちこち旅行して冒険してたに決まってる。それなのにそのことを訊きもしなかったなんて!」

メアリはティーカップをダイアナに投げつけたい衝動にかられた。「第一に、あの人はあなたの父親かもしれないけど、間違いなくわたしの父親じゃないわ。うちの父はあなたの父親に体と人生を支配されたとき死んだの。第二に、あの人の冒険がなんだろうと、知りたい気は毛頭ないわ。わたしが知りたいのは、お金の行方と、どうして見捨てることができたのか……」母を。自分を。まだダイアナに内心の疑いを教えたくはなかった。結局のところ、殺されたのはダイアナの母親ではない。母が死ぬのを見守り、墓穴の脇に立って、母の棺が地面の穴に下ろされていくのを見つめたのはメアリだ。ティーカップをぐっと握り締める。それから自分に言い聞かせた。ダイアナの母親は貧困のうちに死に、世話をしてもらうどころかまともに埋葬さえしてもらえなかったのだ。ティーカップを壊してしまうのではないかと恐れて、テーブルに戻した。

「第三に、わたしの家でわたしのことをばかなんて言わせないわ」

「あたしは好きなように呼ぶよ」とダイアナ。「それに、あいつはあたしの父親なのと同じぐらいあんたの父親でもあるんだから、姉さん。あんたの大事なドクター・ジキルがハイドに変わったとき、ただ消え失せたとでも思ってるの? まだそこにいるんだよ。ずっといたの。見かけはちがうかもしれないけど、ハイドはあいつが自分のことを呼ぶ別の名前ってだけ」今にもテーブルを飛び越えてメアリに襲いかかりそうな勢いでバターナイフをつかむ。

アリスは興味をそそられながらも不安げに、二人をかわるがわる見つめた。この居間で喧嘩が始まるのだろうか。

ちょうどそのとき、玄関の呼び鈴が鳴った。「あれはキャサリンとホームズさんだわ」とメアリ。「こんなに早く戻ってくると思わなかった！　そんなに長くスコットランド・ヤードにいなかったみたいね」ハイドは警察に拘留されて置いてこられたのだろうか？　そうにちがいない。

一拍置いて、うろたえたミセス・プールを従えたホームズが居間にすたすたと入ってきた。

ミセス・プール　それでよかったですとも。あのかたが来て事態を収めなかったら、あなたたち二人が何をしていたことか。

ダイアナ　メアリにはよかったんでしょ！　あたしがあのナイフを投げつけなくてすんだんだから。

キャサリン　あんたにとってよかったってことでしょ。どうしてあんたが腹を立てたとき、あたしたちが誰も気づかないと思うの？　あんたはいつも怒るけど、春の雨みたいに通りすぎちゃうわ。でもメアリが怒るときには……

ダイアナ　メアリが怒るときには、あそこに坐ってこっちをじっと見るだけ。しゃべりもしないじゃん。

キャサリン　そのあと何をするかが問題なの。レオポルド伯爵のことを思い出しなさいよ。メアリが銃で撃つなんて思いもよらなかったでしょ。

メアリ　撃たれたのは自業自得よ。それにわたしは怒らないわ。自分の友人たちに失礼な振る舞いをされるのが嫌いなだけよ。

［著者としては、この発言に対して全員が鼻を鳴らした、と指摘する義務があると感じる］

「ミス・フランケンシュタインはどこに?」ホームズが室内を見まわして言った。

「二階です」とメアリ。「また気を失ったんです——見た目ほど強くないんですよ。動揺させないでくださいね」

「申し訳ない」とホームズ。「ひどい態度でした」

「そのとおりね」その後ろからミセス・プールをよけて居間にすべりこんだキャサリンが言った。「ジュスティーヌの健康を危険にさらすのは許さないわ、ホームズさん。うっかりだとしてもね。ジュスティーヌは強いけど感じやすいの、とくに精神的な負担に対しては。ときどき心臓が動かなくなるのよ。一度死んで生き返ったんだって思い出して。普通の女の人みたいに扱うわけにいかないの。ミセス・プール、燻製の魚はある?」

「まさにそのことを訊こうと思っていたのですよ」とホームズ。「あなたの許可があればですが、ミス・モロー、そしてあなたのも、ミス・ジキル。あなたがたがどれだけお互いを大切に思っているかは見てわかる。話してもいいでしょうか、もし私が——どうも調査を進める際に陥りがちな、そっけない態度を控えるなら?」

あまりに遺憾そうだったので、メアリは気の毒になった。ホームズは失礼な態度を取るつもりではなかったのだ。ただ——まあ、あの人はシャーロック・ホームズで、これからもずっとそのままだろう。それ以外の振る舞いかたは期待できない。

「ジュスティーヌは横になっています」メアリは言った。「でも、話す気はあるんです。あなたが二階へ行くなら大丈夫じゃないかしら。本人に降りてきてもらうのは気が進みません。キャサリン、どう思う?」

「正直に? 休ませてあげてほしいけど、話をするまで寝ない気がする。それに、あのことについては話す必要があると思う。じゃないと忘れられないんじゃないかな。ジュスティーヌはそういう質だから。だけど、燻製の魚かソーセージはないの？」

ホームズはうなずいた。「では、もしまじめなミセス・プールがそんな異例の行動を容認してくれるなら、寝室まで行ってそこで話しましょう」

「わたしも一緒に行きます」とメアリ。「ほとんど食べ終わったので」

「これは見逃せないね！」ダイアナが言い、口にトーストを押し込んだ。

「だって、全員が上がっていくわけにはいかないわ」メアリは不機嫌に言った。「サーカスか何かじゃないんだから」

「ホームズさんが怪力男のアトラスで？」その発想をおもしろがっているかのように、カップにお茶を注ぎながらキャサリンが言った。「もちろんあたしも上に行くわ。質問の流れでジュスティーヌをびっくりさせないように確認するためだけにでもね！ミルク入れはどこ？」

アリスが渡した。

「あなたも一緒に来る？」メアリはアリスに笑いかけて訊ねた。ゆうべあれだけのことがあったあとで、アリスに疎外感を味わってほしくなかったのだ。

「あたしはただの厨房メイドですから、お嬢様」アリスは雀のようにぴょこぴょこ首を横に振って答えた。「もう冒険はたくさんです。ここを片付けてから、ミスター・ホームズとミス・モローに何かお持ちしますよ。お二人も朝食がいるだろうって思ってるんです」

そこで、多すぎてジュスティーヌに負担をかけるのではないかというメアリの心配にもかかわらず、四人はぞろぞろと二階へ上がった。先頭にメアリ、その後ろにホームズとキャサリン、ダイアナがついていく。

ジュスティーヌはベッドで上体を起こしており、蒼ざめて疲れている様子だったが、落ち着いて見えた。

ベアトリーチェがベッドの脇の椅子に腰かけ、好んでいるらしい例の緑色のどろどろを飲んでいる。ジュスティーヌはトレイに載せたトーストと深皿に入れた野菜スープを受け取っていたが、手を触れていなかった。

一同が入っていくと、ベアトリーチェが窓のほうへあとずさり、下を細く開けて空気を入れた。

「ホームズさん」ジュスティーヌが言った。「お待ちしてたのがわかるでしょう。アダム・フランケンシュタインについて知っていることを何でも話してほしいとおっしゃってましたね。残念ですけど、すごく少ないんです。ゆうべまで百年近く会っていませんでしたから。あの人について知っていることから考えても、あんな残虐な真似ができるとは思っていませんでした。女性を切り刻むなんて！　昔から乱暴でしたけど衝動的で、狡猾ではなかったんです。想像もつきませんでした……」

ホームズはベッドの端に腰かけ、ジュスティーヌの長く白い腕を取った。「許してください、ミス・フランケンシュタイン。あなたを苦しませるつもりはないが、なぜわれわれがすべてを知らなければならないかおわかりのはずです。アダムとハイドとプレンディックはみな、あの秘密めいた錬金術師協会に関わっている。ただしちがう形でだろうと私は思っていますが。プレンディックはまだ会員らしいし、ハイドは追放されており、アダムは一度も入会したことがない。そしてレンフィールドは——あの男のつながりは何なのか？　なぜハイドは殺人の罪を着せるのにあいつを選んだのか？　この事件がどんなに複雑になってきたかわかるでしょう。レンフィールドが役に立つ情報をよこすとは思えない——正気を失いすぎている。ハイドはニューゲート監獄でしばらく過ごせば話すかもしれません。ハイドが起訴されて投獄されたあと、面会できるよう手配しました。それまでのあいだ、どんな追加情報でも手に入れれば、錬金術師協会への糸口になるかもしれない」

ジュスティーヌはうなずいた。「わたしの知っていることは何でもお話しします」

「それからホームズさん、ジュスティーヌに読むものを探していたとき、本棚でこれを見つけたんです」ベアトリーチェがサイドテーブルから本を一冊取り上げて渡した。その肩越しに、緑の表紙に金文字で記された題名が見えた。

フランケンシュタイン
——現代のプロメテウスの伝記

「わたしたちの中で、これを読んだのはドクター・ワトスンとわたしだけだと思います。父はこれがアダムの創造と死についての正確な記録だと信じていました。今では少なくとも部分的に嘘だとわかっています——ジュスティーヌは殺されていませんし、アダムは造り主を北極海まで追いかけてそこで死んだりしませんでした。どうしてシェリー夫人が情報を偽ったのかは知りません。それでも、みんなこの本は読むべきだと思いますわ」

「あたしは読んだけど」とキャサリン。「モローの島にあったから。それでジュスティーヌを探さなきゃいけないってわかったの」

「ふむ、できるだけ早く読むとしよう」ホームズが口絵を観察しながら言った。「北極海での追跡——なかなかいい犯罪小説らしく聞こえるな。内容がどこまで信用できるか、ミス・フランケンシュタインが教えてくれるでしょう」

キャサリン　まあ、あれはぜんぜん犯罪小説なんかじゃないけどね。あの人はすごく上手な作家なんだから。
ダイアナ　どうして自分の話を邪魔するわけ？

「自分では一度も読んだことがないんです」とジュスティーヌ。「でも、わたしの話をするから、聞いて判断できるでしょう。みんな坐ったらどうかしら……」

ホームズがうなずき、もうひとつの椅子に腰をおろした。メアリとキャサリンはベッドの足側に坐った。ダイアナはずうずうしくベッドにどっかりあがりこみ、ジュスティーヌの隣にあぐらをかくと、寝る前のおはなしでも聞くように頬杖をついた。

ちょうどジュスティーヌが語りはじめようとしたとき、ホームズにトーストと卵の皿、キャサリンに燻製の魚の皿を載せたトレイをアリスが運んできた。メアリとキャサリンの空になったティーカップをトレイに集めてから、またドアのほうへ向かう。

ジュスティーヌは枕にもたれて坐り、サイドテーブルのグラスから水を一口すすって言った。「前置きなしでよければ、最初から始めます――まあ、言ってみればわたしの最初だけど」アリスが足を止め、ドアから半分出かかったところで枠によりかかって立った。やっぱり聞かずにはいられないという様子だった。

19 ジュスティーヌの物語

　パパの手術台の上で目覚める前のことは覚えていないけれど、わずかな記憶はあります。未亡人だった母にとって、わたしは食べさせなくてはならないもうひとつの口でしかなかったこと。暖炉のそばで揺り椅子にすわった母を、兄や姉妹と囲んでいたこと。母は色あせた黒いドレスを着て、首に白いレースのスカーフ（フィシュー）を巻き、年齢よりも老けて見えました。ジュネーヴ湖畔にあるフランケンシュタイン家の屋敷は、灰色の石壁に囲まれ、山頂を常に雪に覆われた山々に見下ろされていました。春は、そんな山の斜面で野の花を摘み、みんなで冠を作ってかぶったものです。メイドや厨房メイド、太った年配の調理人まで。ただし、気位の高い家政婦だけはかぶろうとしませんでした。わたしに死刑を宣告した法廷のことも覚えています。ジュネーヴの陪審員たちの顔——白い鬘（かつら）の下の真面目くさった顔——が、まるで虫けらを、地上でもっとも卑しい生き物を見るような目で、わたしを見ていたことも。

　最初の子ども時代のことも、フランケンシュタイン家でどんなふうに成長したのかも覚えていません。

　でも、パパがわたしの生い立ちを話してくれました——アリスとそう変わらない年齢でフランケンシュタイン家に召使としてやってきたこと、家族の一員としてよくしてもらったこと、パパのお母さまに愛されたこと、子どもの頃からフランケンシュタイン家で暮らしていたパパの従姉妹のエリザベスに、ほとんど姉妹のようにかわいがられたこと。わたしはフランケンシュタイン家のぼうやたちの子守として教育され、最初はパパの弟のアーネストを、次に末っ子のウィリアムをお世話しました。長男だったパパのヴィクターはすでに学校に通っていて、じきに大学進学のため家を離れることになっていました。彼はわたしのことを幸せ者と言ったそうです。いつも笑っていて、金色の髪とローザンヌの夏の空のような瞳をしているから。彼はわたしにそう言ったというけれど、わたしは覚えていないんです。

ある日、ウィリアムが森のなかで絞殺死体となって発見されました。屋敷が捜索され、ウィリアムが身に着けていたロケット——なかに母親の写真が入っていました——がわたしの衣類のなかから見つかったんです。わたしはウィリアム殺害の罪に問われました。ウィリアムが生まれた頃からお世話をしてきたわたしが、ずっと彼を大切にしてきたこのわたしが。

ウィリアムを殺害したのはアダムでした。森で彼と会ったアダムが、ウィリアムに醜い鬼と呼ばれてかっとなってやったことだったんです。のちに、アダムはすべてをわたしのパパに打ち明け、ウィリアムの殺害と、彼のロケットを私のエプロンのポケットに入れておいたことを認めました。アダムには、ウィリアムの死とわたしの死の両方に責任があります。けれど、陪審員はアダムの存在を知らず、わたしは死刑を宣告されて、絞首刑になりました。

キャサリン　フランケンシュタイン氏は陪審員たちに話すべきだったわね。

ジュスティーヌ　そのことは前に話し合ったでしょ。一介の大学生の彼が、死体から人間を造って命を吹きこんだなんてことを、どうやって彼らに納得させられたっていうの？　信じてもらえるわけないじゃない。

キャサリン　何か方法を見つけるべきだったわ。フランケンシュタイン家はその地方で最も有力で、最も裕福な一族のひとつだったんだから。一族であなたを守るべきだった。

ジュスティーヌ　でも、みんな、わたしがやったと信じていたのよ。真実を知っていたのは、パパだけ。それに忘れないでちょうだい、わたしが自白したの。そんなことするべきじゃなかったけど、司祭さまがおっしゃったの、罪を自白することでしか神さまのお赦しは得られないって。お赦しがなければ、天国に入ることも、神さまの前に立つこともできなくなるって思った。神さまなら、わたしが山に咲くブルーベルと同じくらい潔白であることをご存じのはず。今ならわかるわ、神さまは慈悲深い方で、ちゃんとわかってくださるって。でも、あの頃のわたしはまだほんの十七で、すっかり怯えていたんだもの。

キャサリン　最悪の父親コンテストの優勝者は誰かしら？　フランケンシュタイン、ラパチーニ、ジキル、それともモロー？

わたしの絞首刑が終わった夜、アダムはわたしのパパのところに脅しに来ました。わたしの死体で怪物（モンスター）を――彼のような怪物を――造らなければ、フランケンシュタイン家の人間をひとりずつ殺していく、と。

メアリ　なぜあなただったの、ジュスティーヌ？　どうして彼は、ほかでもないあなたを望んだの？

ダイアナ　そりゃあ、都合のいい死体だったからだよ。だってほら、死にたてほやほやだったし。

メアリ　あなたってほんと最悪ね、自分でもわかってるでしょ？

ダイアナ　はあ？　本当のことじゃん。

パパの話では、ウィリアムが殺された日、アダムはわたしを見かけたらしいんです。ウィリアム探しで疲れ果てていたわたしは、納屋の干し草の山で眠りこんでいました。そのとき、アダムがわたしのエプロンにロケットを忍ばせたんです。彼はわたしのことを、きっと……魅力的と思ったんじゃないかしら。

　それで、わたしのパパはこれ――わたしを生き返らせて、アダムの花嫁にすること――に同意しました。ただし、ジュネーヴでじゃない。イングランドで開発された新しい手術法のことを耳にしていたパパは、イングランドへ出かけ、王立外科医学院で学ぶことになっていました。その後は、誰にも邪魔されずに仕事のできる人里離れた土地へ行くつもりでした。パパはわたしの体のパーツを保存して、トランクに詰めたんです――パパ曰く、じつに巧妙にやってのけたそうです。といっても、わたしはもちろん、こういうことはまったく覚えていません。

　覚えているのは、目覚めたときのこと。水のなかから出てくるような感覚でした。水中を上へ上へと進んでいて、このまま水面にたどりつけずに溺れてしまうと思ったとき、初めて息をしました。ゼイゼイ息をしながら、闇雲に周囲を見回しました。月のような光があったけれど、それは手術台を照らすランタンでした。パパが最初にかけてくれた言葉は、「ジュスティーヌ、目が覚めたかい？」でした。

　痛かった、ものすごく痛かった。〈ロレンゾの驚異と歓喜のサーカス〉にいた頃、わたしはキャサリンとこのことを話し合いました。ふたりとも、造られた生き物（クリーチャー）です。だから、キャサリンがわたしを見つけたとき、わたしたちはすぐわかり合えたんでしょう。彼女は「あの痛みを覚えてる？」と言い、わたしは「忘れられるわけないじゃない」と答えました。でも、痛みはもう治っています。

「歩けるかい？」パパは訊ねました。

　わたしは幼子のようなおぼつかない足取りで、パパが用意してくれた寝室へ歩いていきました。そこで一週間、藁（わら）を詰めたマットレスの上に横たわり、半分目覚め、半分熱に浮かされた夢のなかですごしたんです。

ある日目を開けると、陽射しが金色で、下では海の激しい波が絶え間なく岩にぶつかっていました。小鳥や虫の鳴き声が聞こえました。熱は下がり、わたしは生きていました。

「とても心配したんだよ」のちに、彼は言いました。「また、おまえを失ってしまうんじゃないかと思った」これでわかるでしょう、彼はわたしを気にかけてくれていた。愛してくれた……

わたしが彼のことを父親と思ったのは、ほかに父親の記憶がなかったからです。ジュスティーヌ・モーリッツの父親は、彼女が小さいときに亡くなっています。わたしにふたたび命を――今の人生を――あたえてくれたのは、フランケンシュタイン氏でした。わたしはいろいろなことを学ばなくてはなりませんでした。歩くこと、フォークとスプーンで食事をすること、易しい単語から始めて、やがて文章を読むこと。こういうことすべてを、パパは丁寧に辛抱強く教えてくれました。パパがわたしのために持ってきてくれた大人用のドレスは、わたしの体には合いませんでした。わたしを造るとき、関節を伸ばさなくてはならず、必然的に前より大きくなってしまったんです。パパは経験を積んだ外科医ではなく、ただの大学生でした。モロー博士のような腕はなかったんです。

最初の頃は、パパの服を着るしかなかったけれど、彼のズボンはわたしには短すぎました。でも、ドレスのボディスを切り取って新たにウェストバンドを縫いつければ、十分穿けるスカートができることに気づいたんです。わたしが使った針と糸は、パパがわたしを縫い合わせるのに使ったものと同じ……。そのスカートの上に、パパのシャツを着て、サッシュを締めれば、ちゃんと見苦しくない格好に見えました。

ゆっくり、少しずつ、わたしは学んでいきました。数カ月のあいだ、人里離れたところにある石壁に囲まれた低い藁葺屋根のコテージで、わたしたちは穏やかに暮らしました。週に一度、パパはボートでメインランドというところへ出かけます。わたしたちはオークニー諸島にある島のひとつにいたからだと、わたしはのちに知りました。メインランド（本土）という名前だけれど、そこもオークニー諸島のなかにある島のひとつで、いちばん大きいところでした。わたしたちがいたのは、もっと小さい島のひとつです。パパは週に一度、食べ物を持って帰ってきました――小麦粉、砂糖、わたしたちの石壁に囲まれた家庭菜園では採れないものや、同じ島に住む数少ない貧しい農民からは入手できないものを。誰にもわずらわされることのない暮らしで、わたしは羊にしか姿を見られたことがありませんでした。それと、一度、羊飼いの少年に遠くから見られただけです。

　慎ましい日々でした――お粥（ポリッジ）の朝食をとってから、丘か磯辺を散歩して、それからわたしの体の動きを良くするためにボール遊びをしたりします。そのあとは、お勉強。パパはたいそういろんなことを教えてくれました！　たぶん、わたしを教育したいという欲求と同じくらい、ひどい退屈から抜けだしたい気持ちがあったんでしょう。ジュスティーヌ・モーリッツだった頃のわたしは、ただの召使で、おとぎばなしを読むことと両手の指で足りる程度の足し算しかできませんでした。でもジュスティーヌ・フランケンシュタインとなったわたしは、アリストテレスの本を読んだり、若きウェルテルの悩みについて意見を言ったりするんです。パパは二つのトランクを持ってきていました――ひとつはわたしが入っていたトランクで、もうひとつは本を詰めこんだトランク。わたしはたちまち本を読みつくし、気に入った本をふたたび読み始めました。

　わたしには、こんなことは長くは続かないとわかっていました。パパもそう言っていました。パパには婚約者のエリザベスが待っていましたし、大学の勉強のため、インゴルシュタットにもどらなければならなかったから。でも若かった——体はそうでなかったとしても、心は若かった——わたしは、そういうことはあまり考えませんでした。崖の上に建つ風にさらされた石造りのコテージと、ちっぽけな家庭菜園と、休むことを知らない永遠の海が、わたしの世界でした。

ジュスティーヌ　それ、素敵ね。休むことを知らない永遠の海っていうところ。ありがとう、キャサリン。あなたはわたしの話を、本人よりずっと雄弁に語ってくれる。

キャサリン　実際、ジュスティーヌが書いたんだってば。あなたは自分が思ってるより、文章を書くのがうまいのよ。

ジュスティーヌ　まあ、絶対にそんなことないわ！　そもそも、英語はわたしの母語じゃないし。もしフランス語で書けたら……

キャサリン　あなたってこの件に関して、ベアトリーチェと同じくらいうるさいのね。あなたの英語は何の問題もない。ただ、現代の読者にとっては、ちょっとミルトンっぽく聞こえるかもしれないけど。

そんなある日、彼が現れたんです。あの怪物（モンスター）、アダムが。わたしたちはコテージのある崖のてっぺんで、日向に坐っていました。わたしはスケッチをしていました——細かい運動神経の働きをよくするために、パパが描き方を教えてくれたんです。彼は解剖学のスケッチ用に鉛筆とノートを持ってきていたので、わたしはそれを使って、蝶やいたるところに咲くお花を描きました。スケッチはわたしのお気に入りの趣味となり、周囲に広がる自然の驚異を記録する手段になりました。すると、わたしには正確に捉える目と優れた描写力があることがわかったんです。これもやっぱり、わたしのなかのジュスティーヌ・モーリッツの持っていた力なのか、ジュスティーヌ・フランケンシュタインの力なのかはわかりません。

パパは草の上に坐って、プルタルコスの『対比列伝』を拾い読みしていました。すると突然、野獣の咆哮のような声が聞こえたんです。

「まったく、こんなところにいたのか、俺を苦しめる男め！　裏切り者！　よくも日向ぼっこなんかしていられるな、こっちが闇と絶望のなかで生きているときに！」アダムでした。でも今になってみれば、パパは彼にルシファーと名付けるべきだったと思います。アダムの尊大さと激しい怒りは、まさに悪魔そのものでした。

パパは立ち上がって、よろよろと後ずさりました。わたしは悲鳴を上げました。彼が落ちてしまうと思ったんです。わたしたちは崖の縁に近いところに坐っていて、入り江の向こうのべつの島と下に打ち寄せる波が見下ろせました。でも、パパはどうにか踏みとどまってくれました。そこに立ち、青空を背にした彼の姿は忘れません。実際はわたしより一フィート背の低かった彼が、目の前にそびえ立っていました。

「おまえに彼女は渡さない」それがパパの口から最初に出た言葉でした。

「渡さないだと？」とアダム。「彼女は俺のものだ。貴様は俺に命じられ、俺のために彼女を造ったんじゃないか。それが今になって、俺には渡せないだと？　忘れてるんじゃねえだろうなあ、フランケンシュタイン――貴様の家族の命は俺の手中にあるんだぞ。俺はウィリアムを殺した――アーネストも殺してやろうか、貴様の愛するエリザベスも？」

「だめだ、やめてくれ」パパは両手で頭を抱えました。「ちょっと考えさせてくれ、考える時間をくれ……」

「そんな時間は、とっくに使い果たしている」それから、アダムはわたしに言いました。「そこのおまえ。一緒に来い。おまえは俺のために造られたんだ。俺の友人兼花嫁にするためにな。どこか人のいない土地へ行こう。そこで、一緒に惨めに暮らそう」
「わたしはあなたとは違う。わたしはジュスティーヌ。理性的な生き物(クリーチャー)で、自分の行動は自分で決められる。人のいない土地へ行く気なんてないわ。ましてや、惨めな暮らしをするつもりなんて毛頭ない。あなたが誰かは想像がつくわ——パパが、わたしの前にも生き物(クリーチャー)を造ったと言っていたもの。それも不格好で悪いやつを。あなたがその生き物(クリーチャー)なんでしょ？　そして今、わたしのことを、あなたの命令で造らせたなんて言っている。それは本当かもしれないけれど、わたしの生まれる前にパパがあなたとした約束なんて、わたしには関係ない。わたしは筋の通った考え方ができる。だから自由なのよ。ムッシュー・ルソーがそう言っている。あなたはさっきの脅しで、すでにわたしにふさわしい人物じゃないことを証明した。あなたについていくつもりなどないわ」

アダムは驚きの目でわたしを見つめました。「貴様は彼女に教育を授け、彼女と一緒に書物を読んだり議論したりしていたのか。俺には一切しなかったくせに！　これで貴様の冷酷さがよくわかった、フランケンシュタイン！　貴様が彼女を造ったのは、俺を馬鹿にし、俺のものになるはずだった恋人と一緒に俺を嘲(あざけ)るためだったんだな。しかも、彼女を俺には永久に近づけないつもりだったんだ！　貴様は俺を息子として扱うのを拒否し、彼女は俺を連れ合いにするのを拒んだ。貴様の指示だろ、間違いない！」アダムがパパに飛びかかりました。わたしは二人のあいだに入り、アダムの攻撃を阻もうとしたけれど、彼のほうが強かった。彼はわたしのことを、まるで藁でできているかのように軽々と押しのけたんです。そのとき、彼の両手がパパの喉をつかむのが見えました。わたしはまた悲鳴を上げ、アダムの背中と腕を拳骨でなぐりつけたけれど、無駄でした。パパの顔が赤くなったかと思うと、体がぐったりしたんです。もう、パパを救うために私にできることは何もない。わたしはこの世界に自分より強い人間はいないと思っています。でも、アダムは人間ではありませんでした。普通の人間とは違います。彼にはルシファーの力がありました。あっというまに、パパは自分の造ったおぞましい生き物（クリーチャー）に絞め殺され、死体となって横たわっていました。アダムはパパを持ち上げると、石でも投げるように、下で激しく波打つ海にパパの体を投げこみました。それが、わたしのパパ、ヴィクター・フランケンシュタインを見た最後です。

　アダムが振り向いて言いました。「おまえの家に連れていけ」わたしは彼を連れてコテージを目指し、崖を少し下りました。そこなら、小さな丘が家を風から多少は守ってくれるんです。

　こうして、わたしの人生のある時期――考えたくもない時期――が始まりました。数カ月のあいだ、わたしたちは夫婦として暮らしました。わたしは彼に命じられたことをしました――家事をこなし、食事を用意しました。じきに食料が尽きました。お金はあったけれど、どちらもボートでメインランドへ行くことはできません。アダムはいかに残酷で恐ろしい目に遭ったかを、わたしに話しました。子どもたちでさえ、彼に石をぶつけてきたと言うんです。彼は、メインランドへ行ったりすれば、ふたりとも同じ目に遭うと確信していました。そこで、彼は丘で食べられるものを探し歩き、ハーブや植物の根、ときには群れから盗んできた羊を丸ごと一頭持って帰ってきたりしました。

　彼はパパの書物のなかにあった地図帳を眺め、わたしたちの行くべきところを考えてすごしました。南米大陸の原野？　まだ白人を見たことのない人たちのいるアフリカのどこか？　北極？　彼は穏やかに暮らせる場所、わたしたちの子どもを育てていける場所を望んでいました――彼は子どもを欲しがっていたんです。

それは不可能なことを、彼は知りませんでした。わたしの体を組み立てるとき、パパは世間一般にヒステリーを起こす原因と考えられていた器官を取り除いていたんです。たぶん、過剰な警戒心からでしょう。わたしはほかの女性とほぼ変わらないけれど——子どもを産むことはできないんです。わたしは怖くてアダムに真実を言えず、彼の計画を受け入れるふりをしました。ほかに、どうすればよかったのでしょう？　彼はわたしより強いうえに、ずっとわたしを見張っていたんですよ。

アダムはわたしに彼を愛させようと努力しました。できるかぎりの努力をしたと思います。夜になると、わたしたちは暖炉のそばに坐り、彼がいろんな話をしました——哲学、歴史、文学。実際、もし彼がパパを殺した犯人でも、わたしを捕らえている人でもなかったら、わたしは彼に惹かれていたかもしれません。アダムはパパと同じくらい知的でした。ひょっとしたら、パパ以上かも。彼とはたくさんの話題について話すことができました。こうした会話を通して、わたしは大いに学びました。でも火が燃え尽きる頃になると、彼は決まって「もう遅い時間だ、ジュスティーヌ。ベッドにおいで」と言うんです。そこでわたしは、自分が自由な女性ではないことを思い出すのでした。

もし彼が食べ物を探しに出かけているあいだに出ていけば、彼が追ってくるのはわかっていました。彼にとってわたしは彼にとって唯一の同類であり——連れ合いなのです。必要とあらば、地の果てまで追ってくるでしょう。

「俺たちは夫婦だ」彼はわたしによくそう言ったものです。

「神さまが認めてくださったわけじゃない。神父さまに夫婦として祝福していただくまでは、夫婦じゃないわ」わたしがそう言い返すと、彼は自由思想家や急進的な人のように、宗教に怒りをぶつけました。

夜、かつてはパパが寝ていたベッドで、アダムの横に寝ているとき、わたしは崖から身を投げることを考えました。そもそも、わたしはすでに死んでいます。神さまはわたしを罰しないのではないでしょうか？ でもそのとき、こう思ったんです。もしも、わたしがまだジュスティーヌ・モーリッツで、不滅の魂を持っているとしたら？ その魂はわたし自身のものではなく、神さまのもので、いつか真の造物主のもとへもどるのだとしたら？ やっぱりだめ、自殺するわけにはいかないわ。自分がまだ神さまの創造物だと信じているうちは、できない。

それから、こうも思いました。アダムを殺すべきかもしれない。彼はすでにウィリアムとパパを殺しました。しかも、ジュスティーヌ・モーリッツがしたように、けっして法廷に立つことはないんです。ひょっとしたら、彼の裁判官と死刑執行人になることが、わたしの務めなのかもしれません。けれど、たとえ彼の怪力に勝つ方法が見つかったとしても、わたしには勇気がありませんでした。天井の隅に巣を張った蜘蛛を殺すことすらできないんです。わたしは生きているあいだ、何も殺したことはなかったし、死んでからの人生でも、やっぱりそんなことはできません。

ある晩、彼はパパの椅子に坐って、わたしが夕食の支度をするのを待っていました。パパはメインランドからウィスキーのボトルを何本か持ってきていました。夕食のあと、パパはウィスキーを一杯飲むのが習慣で、消化を助けるのだと言っていました。わたし自身はウィスキーをぞっとする飲み物だと思っていたけれど、ジュスティーヌ・モーリッツの頃でさえ、お酒の味はけっして好きになれませんでした。アダムはウィスキーボトルを見つけ、お酒を飲むようになりました。最初は夕食のあとに、やがて昼間にも。その夜、彼は琥珀色の液体をすでに数杯飲んでいました。それで気が大きくなり、ついに二人でアフリカへ行くと決心したんです。わたしたちの並外れた怪力なら、白人にとって危険な内陸のジャングルや砂漠も横断できます。わたしたちなら、今までヨーロッパ人が誰も目にしたことのないものを見られるでしょう。きっと、野蛮な未開人はわたしたちを神と崇めることでしょう。彼は一日中その話をしては、一緒にアフリカに行きたいかと、わたしに訊ねました。そこで人間より優れた新たな人類の祖先になろうと言うのです。その遠い楽園で、わたしは彼のイヴとなり、いずれ、わたしたちの子どもたちがヨーロッパにもどり、文明人を支配することになるでしょう。文明人は科学技術を使う生活で、すっかり軟弱で自信過剰になっているはずです。わたしはイエスと答えました。もちろん、わたしもそんな可能性に興奮していました。わたしは彼を怒らせないよう、機嫌を損ねないよう、彼に賛成しました。

わたしは小鍋にラードとジャガイモを入れて火にかけ、大きな木の匙(さじ)でかき混ぜていました。小鍋は火の上に渡した焼き網に直接置きます。ジャガイモを焦がさないように気をつけながら、〝ええ、アフリカへ行って、新しい人類の祖先になりましょう〟と答えたものの、そんな上の空の同意では彼は満足しなかったのでしょう。急に、わたしの隣にやってきました。「おまえは俺を愛するようになるよな?」彼はウィスキーのにおいがしました。「ジュスティーヌ、俺を見ろ。いずれ俺を愛すると言え」

わたしは驚いて彼を見上げました。こんなことを訊かれるのは、初めてだったんです。彼を愛してなどいない——顔を見るのもいや。その瞬間、彼はわたしの顔に真意を見たのでしょう。怒鳴り声を上げて、わたしの喉元をつかみました。「おまえに俺を愛させてやる! 俺を愛さないのなら、死ね」

わたしは空気を求めてあえぎました。狂気の沙汰だわ。わたしたちは世界中でふたりしかいない生き物なのに、わたしを殺すというの? わたしを、彼が俺のイヴと呼ぶわたしを、連れ合いであり、未来の子どもたちの母親であるこのわたしを?

ところが彼は激しい怒りに駆られ、ウィスキーで判断力が鈍っていました。わたしの喉をつかむ彼の手が、じわじわと締まっていきます。わたしの手はまだ小鍋の柄を握っていました。わたしは小鍋を彼のほうへ振り、熱いラードとジャガイモを彼の顔にぶちまけたんです。彼は叫んで、わたしの喉を放しました。よろよろと後ずさり、自分の目をかきむしりました。わたしは彼に持ち直す隙をあたえませんでした――そんなことをすれば、確実に殺されます。わたしは小鍋を勢いよく振り、彼の側頭部に叩きつけました。何度も何度も小鍋を振りかぶって彼の頭のあたりを叩くうちに、彼はふらつく足で後ろに下がり、やがて片膝をつきました。痛みに苦しみながら、大声でわめき、まだ見ようとしています。わたしはひたすら、殴りつづけました。彼はとても強靭で、倒すには無数の殴打が必要でした。やがてついに、彼は倒れて動かなくなりました。

本当に彼を殺したのか、ただ気絶させただけなのかはわからなかったけれど、彼が動かなくなったとたん、わたしは小鍋を放って逃げだしました。コテージを出て、海岸まで下りていったんです。そこには、パパのボートが満潮時の水位より高いところに引き上げてあります。わたしはボートを持ち上げ、海まで運ぶと、できるだけ遠くへ押しやりました。そしてボートに乗りこみ、漕ぎ始めたんです。今までそんなことはしたことがなかったから、櫂と水の浮力を調整するのに少し手間取りました。それでもパパが漕ぐところを見たことがあったので、見よう見まねで漕いでみました。ゆっくりと、でも着実に島から離れ、南のスコットランド沿岸へ向かったんです。たどり着けなかったらどうしようと不安でした。海流でボートが流されてしまうかもしれません。わたしは自分の運命を神さまに委ね、神さまがこのボートを導いてくださることを祈りました。もし神さまがわたしに海の上で命を落とすことをお望みだとしても、それは神さまの特権です。そうなれば、少なくとも、わたしはアダムの手で命を奪われずにすみます。

夜になりました。でも、パパから星のことを教わっていたので、常に南に向かって漕ぎつづけました。太陽が昇る頃には、ボートは岩だらけの海岸にたどりつき、わたしは岩に激突せずにすんだことに感謝の祈りをささやきました。どこに着いたかはわからなかったけれど、ボートを岩に引き上げ、いちばん高いところ──短い草の生えた小高い丘──に登りました。そこで周囲を見回しました。目の届くかぎり、何もない。いっぽうは海で、反対側は不毛な丘。海岸沿いに歩いていくほかはありません。そうすれば、いずれどこかの漁村に行き着くかもしれない。西へ向かうと、海岸線は南へ伸びていたので、わたしは同時に南と西へ向かって歩いていきました。左側では強い風が音を立てて丘を吹き荒れ、右側では波が砕けていました。

三日間歩いたところで、入り江の奥に引っこんだ小さな村に行き当たりました。漁業を生業とした村らしく、港に漁船がつながれていました。今なら、そこがかろうじて村と呼べるような小さな集落だったとわかるけれど、当時のわたしにとっては、それまで目にしたなかでいちばん大きな集落でした。

わたしはひどく空腹でした。三日間、昼間はずっと、夜もほとんど歩きどおしで、岩の割れ目を見つけては、そこで体を丸めて最小限の睡眠をとっていたんです。わたしは食べ物なしで長時間歩くことができます──それでも、ほかの生き物と同じように空腹のつらさは感じます。わたしは灌木に生っていたベリーを食べました──この体質にはどんなベリーも毒にはなりません。海岸に打ち上げられていたムール貝や巻貝を、生で食べました。もしアダムが追ってきているとしたら、火を焚いて居場所を知らせるようなことはしたくなかったんです。

その村の人にどういう扱いを受けるかは、知っていました。アダムから、人々がわたしたちのような存在をどう扱うか聞いていたからです。子どもたちでさえ、アダムに石を投げ、怪物とはやしたてて、恐怖心から彼を追い出したといいます。けれどそこにはパン屋があって、まだ朝だったせいか、焼き立てのパンの香りが漂っていました。その香りが、ジュスティーヌ・モーリッツだった頃の遠い記憶を呼び覚ましたんです。ジュネーヴのお屋敷の広い厨房のオーヴンから焼き立てのパンを籠に盛り、自分の母親の家へ持っていく記憶。わたしはパンの味を想像しながら、思いました——村人たちに殺されたらどうするの？　ひょっとしたら、死ぬのは当然の報いかもしれない。わたしのしたことへの報いではなく——あれは間違っていなかったと思います——わたしという存在への報い。これが、空腹と疲れが心にもたらす作用です。最後には、自己保存の本能さえ薄れてくるのです。

わたしはその村に入っていきました。服は泥と海水でごわつき、髪はもつれて鳥の巣のようになっていました。最初にわたしを見かけたのは、朝の漁からもどって魚のはらわたを抜いたり、網を繕ったりしていた漁師たちです。目の前に亡霊でも現れたかのように、わたしをまじまじと見つめました。次に、村の広場でボールを蹴っていた少年がわたしを見て、大声で遊び仲間を呼びました。少年たちはたがいに叫んでいたけれど、それは恐怖のせいでも、憎悪のせいでもありませんでした。そうではなく……興奮の叫び。しかも、少し楽しそうですらあります。わたしは興味を引かれて彼らを見ました。

漁師が数人、漁船から離れてわたしのほうへ歩いてきます。ああ——わたしは思いました——石を投げられるんだわ。なのに、背を向けて立ち去ることができないんです。わたしにとっては、パパ以外に初めて見る男性たちでした。ここに残って、パン屋から漂ってくる焼き立てパンの美味しそうな香りを嗅いでいたい。

漁師のひとり――粗末な身なりをして、太陽と潮風で赤い顔をした男――がわたしの前に立ちました。

「ところで、あんたは何者だ？　見世物になる人間か何かか？」

でも、わたしには彼が何と言っているのかわかりませんでした。パパが教えてくれたのはフランス語だけだったんです。フランス語はパパの母語であり、ジュスティーヌ・モーリッツの言語です。

「すみませんが、あなたのおっしゃっていることがわかりません（パルドン・ムッシュー・ジュ・ヌ・コンプラン・パ・ス・ク・ヴ・ディット）)」わたしは言いました。「疲れて、お腹がすいています（ジュ・スイ・ファティゲ・エ・アファメ）。どうか、パンを少し頂けないでしょうか（エ・ジュ・ブリ・ク・ヴ・ピュイッシエ・ム・ドネ・アン・プー・ドゥ・パン）」少しのパン、それが世界中の何よりもほしいものでした。

「ありゃあ、外国人だぞ」べつの漁師が言いました。

「女巨人（ジャイアンテス）だ！」ボールを持った少年が言いました。「お祭りで見たやつとおんなじだけど、もっと背が高い。いったい、どれくらい強いんだろう？」少年は腕まくりをすると、両の拳を握り、力こぶを作って見せました。まるで、自分が怪力男みたいに。「あんたって強いのか、女巨人（ジャイアンテス）？」

女巨人（ジャイアンテス）……ラ・ジェアント。ここの人々はわたしを恐れていませんでした。わたしは、彼らにとって、おとぎばなしから出てきたような存在なのです。わたしも腕まくりをして、少年に筋肉を見せてあげました。わたしの筋肉は大したことありません。腕は当時も、今と同じくらいほっそりしていました。少年はがっかりしたようでした。わたしはにっこり笑って、広場の端にあった手押し車を頭の上まで持ち上げて見せました。人を強くするのは盛り上がった筋肉じゃないのよ――そう少年に言いたかったんです。

少年は喜んで声を上げて笑い、ほかの少年たちは手を叩き、さらに漁師たちも手を叩きました。そして、もっと何か持ち上げて見せてくれと言うんです――帆柱(マスト)用に切り出された丸太、ずいぶんと大きな豚。彼らの大声と笑い声を聞いて、店主たちが店から出てきました――肉屋兼食料品店の主人、パン屋はエプロンをつけたまま。わたしはたちまち村人たちに囲まれました。みんな、わたしの怪力を見たがっています。ひとりがわたしの足元にコインを投げると、すぐにほかにもコインが飛んできました。多くはなく、二、三枚。石畳にチャリンチャリンと音を立てます。わたしはコインを拾い集めて、スカートのポケットにしまいました。だんだん疲れてきました。なにしろ、歩きどおしでほとんど眠っていなかったんです。わたしはおしまいの合図に、お辞儀をしました。村人は拍手をしてそれぞれ去っていったけれど、パン屋の女将さんが店に駆けもどって、笑顔でパンを一斤(きん)持ってきてくれました。首を横に振って、お代は要らないと示してくれます。わたしはフランス語で感謝したけれど、女将さんはわかってくれたと思います。

広場を出るとき、パンのほとんどを小脇に抱え、残りは口に入れて、パン屋の窓に映る自分を見ました。それまで、自分の姿を見たことはありませんでした。パパのコテージには鏡がなかったし、湖や池、水たまりのそばすら通りかかったことはなく、自分の姿が映るほど静かな水面は見たことがなかったんです。わたしは自分の姿を見つめました。その姿は……普通。女性より背は高いけれど、恐ろしいところはありません。人間として通用する、と思いました。

ほっとしました。アダムを見たでしょう――あのおぞましい顔を。ひとつひとつのパーツはハンサムなのに、顔全体を見るとどうにも恐ろしい――パパは彼を造るとき、死んで何日かたった死体の数々からまだ腐っていない部分を利用したんです。アダムはわたしと違って、保存状態がよくありませんでした。しかもパパはまだ若く、経験も少なかったんです。わたしはもう、ジュスティーヌ・モーリッツと名乗っていたかわいい少女ではないけれど、怪物でもありません。

わたしは海岸に沿って南へ歩きつづけました。草地や牧草地で、風雨をしのげそうな場所――木の下、納屋や羊飼いの小屋――を見つけて睡眠をとりました。ときどき、通りがかりの村で足を止めました。ある村で、ボートに防水用のタールを塗っている男を見かけ、わたしは身ぶりで刷毛を貸してほしいと頼みました。割れた板に、黒い文字でこう書きます――〝おなきょじん　つやいおな〟。村の人々が言っていた言葉です。町の中心で看板をかかげると――看板はだんだん大きくなっていきました――コインをもらえ、それでパンとチーズと玉葱を買うことができました。この頃には、帆布製の袋、男物の靴、コインを集める古びた帽子を手に入れていました。それでも移動を続けました。アダムに見つかってしまうのではないか、いろんな町で芸をしている〝女巨人〟の噂をアダムが聞きつけるのではないか、といつも怯えていたんです。たぶん、わたしはアダムを殺しました――でも、彼は間違いなく死んだと自分に言い聞かせても、心のどこかで疑っているんです。無事でいたければ、アダムを見た人々が本能的に逃げ出したり攻撃したりしたという事実を心に留めておくしかありません。

自分ではわかっていなかったけれど、イングランド南部のコーンウォールへ向かっていました。ある晩、わたしが町の広場で怪力の芸を見せていると、ひとりの男が酒場から千鳥足で出てきて、わたしに挑戦してきたんです。男は酔っていて、取っ組み合いでわたしより強いところを見せたいといいます。まったく、わたしを何だと思っているんでしょう？　女性、といっても男性より強い女性はいません。わたしは男の言うことを、ある程度、理解できました――イングランド人たちとの出会いを通して英語を学んでいたけれど、誰もがそれぞれ異なるアクセントで話している気がしました。けれど、のちにウェールズ語だと分かった言葉に関しては、まったく理解できませんでした。少しのあいだ、べつの国にさまよいこんでしまったのか……と思ったほどです。

この男がわたしに挑戦しようとしているのはあきらかで、わたしは断りの意味をこめて手を横に振りました。彼と取っ組み合うつもりはなかったんです。「ノン、ノン」はっきりそう言ったと思います。でも、彼の仲間がぞろぞろ酒場から出てきて、わたしを取り囲みました。すると、彼が飛びかかってきて……。

よろけながら突進してくる男の前から、わたしはさっと脇へよけるつもりでした。ところが彼が近づいてくると、その姿がアダムにしか見えなくなったんです。両手を伸ばして近づいてくるアダム。彼はアダムではないし、怪物（モンスター）でもない、ただの人間――だからわたしは手を伸ばして、彼の喉頸（のどくび）をつかみ、首をへし折りました。彼は仲間の目の前で崩れ落ち、仲間は何が起こったのかわからずに呆然としていました。人垣に切れ目を見つけ、わたしはそこから飛び出しました。看板も帽子も石畳の上に残したまま。ひたすら走りました。これから何が起こるのか、人間の正義とはどんなものかは知っています。わたしは一度、絞首刑になったわよね？　また殺人の罪で裁かれるのはいや。人を殺したのだから当然の報いだとは思うけれど。今回は、無実の罪じゃない。

キャサリン　あれは正当防衛ってことくらい、あなたはちゃんと知ってるじゃない。

ジュスティーヌ　でも、これはわたしの物語よ。わたしが知っているように、感じているように表現するわ。心のなかでは、自分が殺人者だとわかっているもの。

その夜、わたしは死にたくなりました。

自首するのは怖かったけれど、自分に神さまの裁きが下ることを祈っていました。夜通し走り、どこへ続いているのかも知らない道をたどって、凶悪な罪を犯した町から遠ざかりました。頭上では、細い月が雲から見え隠れしていて、木々がわたしの行く手に鉄格子のような影を落としていました。

ダイアナ もう、勘弁してよ！ 象徴的表現はカットット、カット。

牢獄の鉄格子のよう！ 道は次第に細くなって、ついに小道としか呼べないほどになり、やがて草地を進んでいくと、牧草の刈り株に脚を引っかかれました。あたりが暗くなってきて——雲が月を覆い隠し、もう方向を判断する手がかりがなくなってしまいました。草地は岩の多い地面に変わり、足首をくじきそうになります。ほとんど気づかないうちに、雨が降り始めていました。雨粒がぽつりぽつりと髪をかすめたかと思うと、そのうち空が割れたかのような土砂降りになりました。草地に立って空を見上げると、雨がわたしの肩と腕を流れ、服をびしょびしょにしていきます。そのときそこで、神さまに祈りました——どうかわたしに神の雷(いかずち)を。それこそが神さまの力で、わたしは死の報いを受けるべきでした。

ところが、わたしは神の雷に打たれることはありませんでした。

どこへ向かっているのかもわからないまま、暗闇をとぼとぼと歩き続けるだけ。わたしは歩き続けました。壁は見えませんでした——わたしはただそこに入っていきました。それから両手で冷たいぬるぬるする石に触れながら、壁ぞいに手探りで進んだんです。ようやく手が何かに触れました——木の扉です。扉には取っ手があり、ひねってみると回りました。そうしてなかに入りました。ぐしょ濡れのブーツが音を立てるので、わたしはブーツを脱ぎ、慎重に手探りで歩いていきました。ここはどこ？　納屋か何か？

柔らかいものを踏んでいくと――やがて膝に硬いものが当たりました。ごつんと何かにぶつかって、わたしは痛みに声を上げました。その声がこだまするのです。まるで広い空間にいるみたい。じゃあ、きっと納屋だわ。周囲を探ってみると、布に覆われた寝床のようなものがあります。それ以上のことはできませんでした。明かりがないので、闇雲に歩き回るしかありません。朝、わたしがここにいるのを見つけた人に、牢獄へ連れていかれるかもしれない――雨に濡れて疲れ切っていたわたしには、もうどうでもよいことでした。極度の疲労にべそをかきながら、わたしは寝床にしがみついて倒れこみました。そして、その夜の恐怖と戦慄に神経が高ぶって、きっと気を失ってしまったんでしょう。

翌朝、目覚めたわたしは、周囲を見て驚きました。いくつもの窓から陽射しが入ってきます。そこは大きな部屋でした。フランケンシュタイン家の屋敷にあった部屋と同じくらい豪華です。床を覆うのは、くすんだ深みのある色の絨毯。壁には昔の服装に身を包んだ男女の肖像画や、本が――何百冊も――びっしりと並んだ本棚。陽射しが本の背表紙に書かれた金の題字に反射しています。昨夜わたしが倒れこんでいた寝床は、ビロード張りのソファで、膝をぶつけたのは、象牙と異国の木材で象嵌（ぞうがん）細工を施したローテーブルでした。ここは裕福な家庭の図書室――ジュスティーヌ・モーリッツが知っていました。けれど、どこもかしこも、あまり手入れが行き届いていません。絨毯は虫に食われているし、本と家具は埃をかぶっていました。窓辺につるされたカーテンは色あせ、部屋の隅には蜘蛛の巣が張っています。わたしが転がりこんだと思っていた納屋は、大きな家だったんです――豪華だけれど、完全に放置されたお屋敷。

わたしは驚いて屋敷のなかを歩き回りました。裸足で床を歩くと冷たい。どこも同じ状態――埃をかぶって朽ちかけていました。かなりあとになって、ここが貴族の一家の邸宅だとわかりました。老いた伯爵が亡くなったとき、その息子が財産を相続したものの、借金がかさんでこの屋敷で暮らせなくなったか、屋敷を維持できなくなったのでしょう。けれど限嗣相続（相続の順位を定め、不動産等の財産が売却や贈与で分割されることを防ぐ制度）のため、売ることもできない。屋敷、そのなかにあるもの、周囲の不動産は売れないまま、自動的に次の相続人に引き継がれたんです。息子はアフリカへ農場経営に行ってしまい、その息子はかの地に留まり、イングランドにもどってくることはありませんでした。こうして、屋敷は虫と蜘蛛に残されたのです。

それと、わたしに。

わたしにはこの世界で行くところもなければ、つながりのある人もいません。自分をアダムの伴侶だと思ったこともありません。その朝、わたしは箒を見つけ、装飾やシャンデリアから蜘蛛の巣を払いました。敷物は外に持ち出し、本来の宝石のような色彩が見えてくるまで叩きました。テーブルと椅子は柔らかい布で拭き、あとで蜜蠟を見つけて元のようにピカピカにしてあげると約束しました。窓は、配膳室で見つけたホワイトビネガーで磨きます。最後に、本の埃を払いました。ジュスティーヌ・モーリッツならそうしたでしょう。自分がメイドだったことは覚えています。パパが哲学や文学を教えてくれる前、世界でいちばんよく知っていたことは、掃除でした。上等のリンネルの洗い方、銀器の磨き方、広いお屋敷を整える方法。わたしの脳は忘れてしまったかもしれないけれど、手は覚えています。メイドの部屋のひとつを、自分の部屋にしました。厚かましくなりたくはなかったから。掃除をすませると、家の裏にある井戸でたらいに水を入れ、自分の服と体を洗いました。数週間ぶりにすっかり清潔になって、ほっとしたものです。

　けれど空腹なのに、食べ物がありません。屋敷に残されていたものは、ずっと昔に食べられていました。糞が落ちていたから、たぶん鼠の仕業でしょう。そこで、外へ出かけました。二階の窓から、屋敷を取り囲む生け垣の向こうに、低い壁をめぐらせた庭が見えました。行ってみると、家庭菜園でした。広いけれど、手入れはされていません。かつては屋敷で使う野菜をすべて作っていた菜園で、今でも雑草のなかに野菜がまぎれています。その向こうは果樹園で、そこも潮風から果実を守るために壁がめぐらせてありました。どんな果物が栽培されていたのかはわかりません。わたしには林檎と梨とマルメロの区別もつかないんです。でも、ジュスティーヌ・モーリッツはその果物がいつか食べ頃になることを覚えていました。次第に、ここにはわたしに十分な食べ物があることがわかってきました。今ならアスパラガスとレタスがあるし、もう少しすれば、キャベツとカリフラワーとズッキーニが採れます。今から菜園の手入れをすれば、秋にはたっぷりの野菜を収穫できるでしょう。冬に備えて、すでに育ちかけているキャベツを蓄えることもできます。

　その屋敷は海岸を見下ろす高い断崖の上に建っていたけれど、岩場まで細い道が伸びていました。わたしは岩場でムール貝や巻貝を見つけました。それらが食べられることは、もう知っています。そのうち、魚を捕まえる方法を探そう——漁師が網で魚を獲るのを見たことがあったし、網ならあの屋敷のどこかにあるはずです。海辺の岩場に立って、空腹を和らげるために持ってきたアスパラガスとブロッコリーの新芽を食べました。よし、ここなら生きていける。食べ物と水と、夜の寝床が見つかったし、放置された本でいっぱいの図書室もある。これ以上、必要なものなんてある？

　完全にひとりきりでした。屋根裏には鼠と梟（フクロウ）がいるけれど、かまわない。ここはわたしのエデンの園で、わたしはイヴ。ここは楽園だと思いました。

　当時の話はやめておきましょう。話すことがないから。めぐる季節を、菜園の世話をしたり、テニスのネットだったものを使って魚を獲ったり、図書室で本を読んだりしてすごしました。そこは教養のある人の図書室だったので、わたしは哲学者や偉大な詩人の書いた書物を読みました。独学で英語とラテン語、それからギリシャ語も少し学びました。かつては女性の寝室だったところで、鉛筆と絵具を見つけたので、使いきるまでスケッチをして色を塗って楽しんだりもしました。ときどき蜜蜂の巣を見つけると、一部を蜜蜂から拝借しました。蜜蜂の針では、わたしは傷つきません。いつも泥棒をしているような気分になったけれど、その蜜の甘いことといったら！　あるとき、野良猫がふらりとやってきてからは、生まれた子猫たちも一緒にずっとそこで暮らし、鼠が増えるのを抑えてくれました。

　屋敷の周囲から離れることは滅多にありませんでした。知らなかったけれど、屋敷は広大な地所に建っていて、野兎を追う密猟者以外に人が侵入してくることはありませんでした。たまにそんな罠を見つけたときは、壊してやりました。本当に誰か来たりはしないかしら、とわたしは思いました。ほかに誰もいないのなら、管理人とか？　いざというとき逃げられるように、荷物はいつも袋に詰めておきました。けれど、ずっと誰も来ませんでした。わたしは素朴で幸福な生活を送りました。でもパパや、自分の同類、話し相手が恋しかった。必要なものはすべてそろっていたけれど、友だちだけはいなかったんです。

　わたしの知らないうちに、海辺をさまようコーンウォールの女巨人の伝説が生まれていました。たぶん、岩場で食べ物を探しているところを目撃されたのでしょう。こうして、キャサリンがわたしを見つけてくれたんです。

ある日――あれは夏の終わりだったと思います、瓜（うり）が重そうに蔓（つる）に生っていたから――見上げると、菜園を囲む低い壁にひとりの女性が坐っていました。帽子も靴も身に着けず、簡素な麻のワンピースを着て、横に麦わら帽子を置いています。ずっと前からそうしていたかのように、奇妙な黄色い目で、じっとわたしを見ていました。

　自分の同類に会うのはずいぶん久しぶりだったので、わたしは後ずさって悲鳴を上げてしまいました。それは鳥の鳴き声――ときどき頭上を旋回している隼（ハヤブサ）の声――のように響きました。最後にしゃべってから、いったいどれくらいたっていたのでしょう？

「怖がらないで」女性は英語で言うと、ドレスの襟を開いたんです。いちばん上のボタンがはずされていました。「見て。あたしも造られたの。あたしも、怪物（モンスター）なのよ。あたしは怪物（モンストルム・スム）」

キャサリン　あたしの言葉が通じるかも、わからなかった。ジュスティーヌがフランス語かドイツ語しか話さなかったらどうしようって思ってた。でも、傷痕を見せればわかるんじゃないかと思ったの。彼女がどんな人物かってことは、想像するしかなかったわ。あたしは〈ロレンゾの驚異と歓喜のサーカス〉でコーンウォールじゅうを回っていたんだけど、ある日、ひとりの男がロレンゾにこう言ったの。「〈コーンウォールの女巨人（ジャイアンテス）〉を入れるべきだって。ひと儲けできるぞ！」そして、海辺に百年間住んでいるという女巨人の話をした。ロレンゾはただの噂話と思ってた――なにしろ、百歳だもの。でも、あたしはこう思い始めたの。モローはフランケンシュタインの実験のことを話していた。ヴィクター・フランケンシュタインはイングランドへ――まぎれもなくイングランドへ――女の怪物を造りに行っていた。でも、その目的は達成できなかった。自分の造った男の怪物と女の怪物が子どもを産むのを恐れ、彼は女の怪物をばらばらにして海に投げ捨ててしまったから。それが、シェリー夫人から聞いた話だった。

メアリ　それが嘘ばっかりだったわけ。

キャサリン　そうなの、だからコーンウォールの女巨人の話を聞いたとき、正確な情報じゃないかもしれないと疑い始めたの。それにしても、シェリー夫人はなぜ嘘をついたのかしら、メアリ？

メアリ　フランケンシュタインを守るため。錬金術師協会（ソシエテ・デザルキミスト）を守るため。

キャサリン　そうじゃないと思う。あたしが思うに……

ジュスティーヌ　お願いだから、わたしの話を最後まで語らせてくれない？

わたしには、この猫女（キャットウーマン）に差し出せる食べ物がありませんでした。彼女はわたしの正体を推測して、探し出したんでしょう。当時のわたしは野菜と海で拾ったものしか食べていませんでした。注意を引くのを恐れて、料理すらしていなかったんです。ところが、彼女は食べることに興味はありませんでした。興味があるのは、話を聞くことだったんです。

「それ以来、あなたはずっとここに住んでいるのね」

わたしがこれまでのいきさつを――お粗末なものだけれど――話したあと、彼女はそう言いました。

「ええ」わたしはたくさん話したせいで、喉に痛みを感じていました。

「ひとりで、ずっと」

「ええ、でも、それほど長くは感じないわ。本があるし、菜園もあって……」

「ジュスティーヌ、あなたは百年近くもこの家で暮らしているのよ」

　わたしは驚きました。そんなに長い年月がたっていたなんて。時計も、カレンダーも、持っていませんでした。日々の経過は記録していません。わたしは歳を取らないし、死ぬこともできそうにない。たくさんの冬が来て去っていったのは知っていたけれど……。「知らなかった」わたしは初めて、寂しいという感情を覚えました。ジュスティーヌ・モーリッツの知っていたものは、もう何もないのです。

「永久にここにいることはできないわ」彼女は言いました。「ひとつには、世界は変化している。十九世紀は終わろうとしてるのよ。ここにいると、そんなことは感じないでしょうけど、街はだんだん大きくなっていて、街の人口はどんどん増えてる。じきに、どこにでも人が現れるようになるわ、ここだって同じ。しかも、この家は売れてしまったのよ。見世物小屋の人たちがそう話してるのを聞いたの。現在の相続人はアフリカ育ちの女性で、コーヒー農園で財を築いたんですって。彼女は限嗣相続の破棄を求めて裁判を起こし、勝訴した。世間では、もう限嗣相続はあまり好まれないの。この土地は開発されるでしょう――屋敷は大きなホテルになって、周囲には海辺のコテージが建つわね。今は、海辺に繰り出すのが大好きな連中がいるのよ。どうしてなのか、あたしには想像もつかないけど。もうひとつの理由は、一生ひとりで生きていくわけにはいかないから。そんなの、まともじゃない。そんな……長い年月をひとりぼっちで生きていきたい人なんて、いないわ。それに、あたしにはたまたま友だちが必要なの。おまけに、うちのサーカス団には女巨人がいない」

こうして、わたしは孤独な隠遁生活を送っていた家を出たんです。そして〈ロレンゾの驚異と歓喜のサーカス〉に加わりました。そのあとは……みなさん知ってのとおり。

20 アテナ・クラブ

　ジュスティーヌが話を終えると部屋は静まり返った。ただしもちろん、ダイアナがジュスティーヌのトーストの最後の一枚をもぐもぐする音だけは聞こえていた。このばか娘！　とメアリは思った――まったく、ダイアナがそばにいるせいで、メアリの言葉遣いは悪くなる一方だ。ジュスティーヌにはあとでちゃんとした朝食を食べてもらわなくては。

　とうとうホームズが口を開いた。「それで、その屋敷には誰ひとりやってこなかったんですか、百年ものあいだ？　それはちょっと……解せない話だな。そういう限嗣相続財産と、そこから生じる問題については、いろいろ小耳に挟んでいます。とりわけ大法官裁判所の管轄になった場合の問題はね。それにしても、誰か管理人がいたはずでは？」

「ほんとうに、ひとりもやってきませんでした」とジュスティーヌ。「あ、いえ、一度だけ、男の子がやってきました。わたしがあそこで暮らして――半世紀ほどたったころでしょうか。その子は女巨人を探しにきたんです。あの海岸に住んでいたのは貧しい農民たちで――伝説が真実かどうかなんて気にしていませんでした。父親や祖父が女巨人の話をしていた、それだけで十分で――聞かされた話をそのまままくり返していたんです。農民たちの頭にあるのは、ただ生きていくことだけでした。ですがあの子は――あの子は違いました。自分の目で真偽をたしかめたいと思っていたんです。男の子と言いましたけど、もう大人になりかけていました。十七か、十八くらいでしょうか。それでも、その倍の歳の大人より成熟していました」

　ホームズは腑に落ちない顔をした。「その少年は、その地所と何か関わりがあったのですか」

「わたしの知る限りでは、ありませんでした。海岸に沿って来たと言っていました。学校が休みのあいだ、このあたりの村に滞在しているのだと。貝殻を集めたり、骨や陶器のかけらを掘り出したりするような子でした。探求心が旺盛で、とりわけその地方の地質に興味を持っていました。わたしは書庫を見せてやって、どれでも好きな本を読んでいいと言いました。あの子は週に一、二度訪ねてきました。わたしが英語を学ぶのを手伝ってくれて、少しだけラテン語でおしゃべりもしました。わたしたちは……友だちになりました。でもある日、もうここには来られないとあの子は言いました。ぼくの散歩が長すぎるのを宿の女将が怪しく思っている、あなたの身に危険が及ぶといけないと。こうしてあの子は来なくなりましたが、誰にもわたしのことはしゃべらないと約束してくれました」

「その少年は、あなたの身の上について訊ねましたか。あなたが何者で、どうやって作られたのかと」ホームズの口ぶりは——疑いを含んでいた。何か勘ぐっているようだった。

「あの子に訊かれた覚えはありませんが、わたしのほうから話しました……」ジュスティーヌはふと何かに思い当たったように身を乗り出した。「錬金術師協会のことを」

「その少年が協会の一員だったということはありませんか」とホームズ。

「さあ、わかりません。でも、あの子は若すぎましたから——違うんじゃないでしょうか」

「フランケンシュタインは若くしてアダムを生み出した」キャサリンが言った。「でも、ジュスティーヌはその子が誰だか知ってるんだよね？——ほら、名前を教えてくれたじゃない。ウィリアムなんとかって」

「ええ。ウィリアム・ペンゲリー。わたしはウィルと呼んでいました。たまに、あの子といてとくに楽しいときは、ギョームと。あそこにいた歳月の中で、あの子はたったひとりの友だちでした。もちろん猫たちもいましたけど……」

「ミス・フランケンシュタイン！」ホームズは見るからに愕然としていた。「地質学者のウィリアム・ペンゲリー？　ケント洞窟を発掘し、アッシャー大司教の説に反して地球は六千歳ではありえないと証明した、あのペンゲリーですか？」

「じゃあ、あの子をご存じなんですか？　まあ、もう一度、あの子と話せるかもしれないんですね！　話せたらどんなにうれしいでしょう」ジュスティーヌは蒼白い顔に弱々しいほほえみを浮かべた。ふたりの友情を楽しく思い出しているように。

「彼と話す！　いいえ、ペンゲリーは数年前に亡くなりました。高齢でしたよ。私は個人的な知り合いではありませんが、科学と帰納的推理法に興味のある人間なら誰でも彼をよく知っていました。ペンゲリーは王立協会（ロイヤル・ソサエティ）のりっぱな会員でした。錬金術師協会などと関わりがあったはずがない。それでも、ペンゲリーがそこに現れたことには理由があるはずです。偶然ではありえない。この事件は一部が解決し始めたかと思うと、ますます謎が深まってきますね」

「それじゃ、あの子がわたしの友だちではなかったとおっしゃるんですか？」ジュスティーヌは言った。彼女がこんなに寂しそうな顔をするのをメアリは見たことがなかった。

「もちろん友だちだったよ」とキャサリン。「今の話を聞くと、たしかに――その子は単なる村の少年じゃなかったようだけど。それでも、友だちじゃなかったってことにはならない」

「兄のマイクロフトは王立協会に知り合いがいます。ひょっとすると、協会の人間からペンゲリーのことをもっと聞かせてもらえるかもしれません」とホームズ。「われわれが謎をひとつ解いたのは間違いありません

──ホワイトチャペルの連続殺人の犯人とその動機はあきらかになりました。今度は錬金術師協会の謎を解かなくては。それはどういう組織で、誰が会員なのか。今でも違法な活動を──とくにイングランドで──続けているのか。とはいえ、なるべく早く戻るとレストレードに約束したんです。モリー・キーン殺害の罪でハイドを起訴するための情報だけ与えて別れてきてしまった」ホームズは不安と焦りを顔に浮かべて立ち上がった。「ミス・ジキル、そろそろお暇してよければ、住まいに戻ってミセス・ハドスンに食事と別のコートを出してもらいます。私のコートはまだミス・モローが着ていますからね。それから辻馬車を拾ってスコットランド・ヤードに引き返します。レストレードに伝えることが山ほどあるんだが、どれだけ信じてもらえることか！ レストレードは百歳の巨人だの、獣人だのを信じるタイプではないんです。そんなものはおとぎばなしだとはねつけて、もっとありふれた説明を求めるでしょう──アダムは狂人で、この一件のもっと奇天烈な部分はホームズの想像力が生み出した作りばなしだとか。なにしろ付き合いが長いから、レストレードの考えそうなことは見当がつくんです。それからエイヴベリー卿にも連絡しなくては──動物たちは戻ってきませんと。ことによるとオランウータン男は、火事から逃れたとしたら古巣に向かっているかもしれないが」

「ええ、どうぞお仕事に戻ってください、ホームズさん」とメアリ。「次にお目にかかれるのは……」いつだろう。

「明日はどうです？ むろんワトスンの容態もお伝えしますよ。ですが──みなさんは少し休息をとらなくては。大変な夜を過ごされたのだから」

メアリはうなずいた。ええ、大変な夜だった。でも同時にわくわくした──それは否定できない。これからもまた、こんな夜を過ごしたいだろうか。ホームズさんと一緒に容疑者を尾行してロンドンをよこぎり、謎を解決していく。でもまあ、今夜は御免だわ——そこははっきりしている！

ホームズは頭を下げて「では、またあした」と挨拶し、すたすたと二、三歩で部屋から出ていった。ホームズが傍らを通ると、アリスは自分がどこにいるか思い出したようにびくっとし、彼に続いて外に出た。まだ朝食のトレイを抱えたままだった。

階下でミセス・プールの話し声がして、玄関の扉が閉まった。そのあとは沈黙が流れた。

メアリはふいに、みんなが自分を見ていると気がついた——ジュスティーヌは枕にもたれ、ダイアナはベッドであぐらをかき、キャサリンは猫に似たポーズでしゃがみ込んでいる。ベアトリーチェは窓辺の椅子に腰かけている。四人ともメアリが口を開くのを待っていた。

「で？」とダイアナ。「これからどうすんの？」

まったく、それが問題だった。自分が言いたいことはわかっているが、みんなは賛成してくれるだろうか。たしかめるには訊くしかなかった。「みんなには、この家にとどまってほしいの。わたしは家族を——父も母も失った……」ハイドはもちろん数に入らない。「わたしたちはみんな、家族を亡くしたわけでしょう？　ダイアナには誰もいない。ベアトリーチェはまだイタリアに親戚がいるかもしれないけど」——ベアトリーチェはかぶりを振った——「ジュスティーヌの知り合いはとっくに亡くなってしまった。キャットは——キャットには少なくとも人間の家族はいなかった。わたしたちがお互いの家族になれたらいいと思うの。どっちにしろ、解かなきゃいけない謎がまだ残っているしね。ホームズさんが言ったように、ホワイトチャペル連続殺人の犯人はわかったけど、錬金術師協会についてはほとんどわかっていない。わたしたちの父親はどんな実験をしていたの？　何を証明しようとしていたの？　生物的変成突然変異に関わりがあるのはわかってる。でも、論文は……ほら、会員は集まって論文を発表し合っていたのよね？　ベアトリーチェやキャサリンについて、ジュスティーヌについての論文もあるのかしら。機関誌は発行されているの？　協会には機関誌がつきものじゃない？　ベアトリーチェ、あなた、何か機関誌のことを話してなかった？　わたしたちの知らないことはまだたくさんある。協会がホワイトチャペルの連続殺人に直接の責任がないのはあきらかだと思う。わたしの父は協会から追放されていたし、今でも会員であるプレンディックは自分の活動を協会に隠していた。アダムは科学者というより、実験の成果じゃない？　それにアダムはあいつらが――誰だか知らないけど――自分を仲間に入れてくれないと言っていた。それでも、協会は容認していた……その、怪物を、若い女性の怪物を生み出すことを。協会は今もそんな活動を続けているのかしら。だとしたら、止めなくちゃいけない。もうじきお金がなくなるから、どうやって暮らしていったらいいかわからないけど。それでも、わたしたちはみんなここにいて、なんとかやっていくべきだと思う」

これで言いたいことは言ってしまった。メアリはみんながどう思うかと反応を待った。

ジュスティーヌはうなずいた。「ええ、協会のしていることは止めなくては。簡単ではないと思うけど。メアリの言うとおりよ――いっしょにこの謎を解かなくちゃね。わたしたちは――姉妹のようなものじゃない？　わたしは奉公に出されたとき、それから死んでよみがえったとき、実の姉妹を失くしてしまった。また姉妹ができたらうれしいわ」

「あんたはそうかもしれないけど」ダイアナがうんざりした顔で言った。「あたしは姉さんがひとりいるだけで十分めんどくさいの。それと、毒吐き娘はどうなるの？　あの倉庫で何があったか、あたしはこの目で見たんだよ！　みんなそろって寝てるあいだに死んじまおうっての？」

「あれはベアトリーチェが悪いんじゃないでしょ！」とメアリ。

「いいえ、ダイアナの言うとおりよ」とベアトリーチェ。「わたしはこれからもずっと危険な存在だわ。わたしがここに残るとすれば、あなたたちが毒に当たらないように実験室に引きこもっていなくちゃね。たしかに錬金術師協会のしていることは止めなくちゃいけない。だけど、ほんとうにわたしにここに残ってほしいの？」

「いいや」とダイアナが言い、「ええ」「ええ、もちろん」とメアリとジュスティーヌが声をそろえた。

「キャサリンは？」まだ彼女が何も言っていないと気づいてメアリは訊いた。

「どうかなあ」とキャサリン。「あたしたち、どうしても喧嘩になると思う。ダイアナがひとを罵ってまわるとか、そういうことを言ってるんじゃないよ。それは数のうちに入らない。あたしが言いたいのは、あたしたち全員が頑固者で、自分のやり方を通そうとするってこと。まあ、ジュスティーヌは別かもしれないけど。彼女はすごく強いから、優しくなるしかないんだ。でも、あたしたちが顔を突き合わせてたら、穏やかな暮らしなんて望めないよ」

「わかってる」とメアリ。「でも、家族って喧嘩するものでしょう？　とにかく、わたしたちはばらばらでいるより、いっしょにいるほうが強いと思う」

「かもね」キャサリンは顔をしかめた。「でもさ、あたしはピューマだよ。あなたのお父さんの書斎にあった『エンサイクロペディア・ブリタニカ』によれば、ピューマは孤独好きでひとに心を許さない。うん、協会が今でも——あたしたちみたいなのを作ってるとしたら、止めなくちゃいけない。でも、自分が誰かの姉妹になりたいかどうかはわからない」

「だけどキャットは今までずっと、わたしの妹みたいなものだった」ジュスティーヌが優しく言った。

キャサリンはただ首を横に振った。「考えてみなくちゃ」

「全員が考えてみるべきかもね」とメアリ。「少し休みましょう。みんな休まなくちゃ。それから改めて話し合うというのはどう？　ミセス・プールにお願いすれば、ちゃんとしたお茶を出してくれると思う。サンドウィッチとケーキもね。もちろんソーセージも」キャサリンを見て言う。「それからおいしい緑のべとべとも」ベアトリーチェのために付け加える。

ダイアナが指を口に突っ込んで吐く真似をした。おそらくベアトリーチェの食べ物の好みへのコメントなのだろう。

「あのね」メアリは淡々と告げた。「ベアトリーチェの毒なんか必要ないかもしれない。だってわたし、あなたが寝てるあいだに枕で窒息させること、真剣に考えてるのよ。ちょっとのあいだ静かにさせるために」

いきなりジュスティーヌが笑い出し、戸惑ったように口に手を当てて笑いを抑えようとした。だがそのとき、ベアトリーチェも笑い出した――いかにもベアトリーチェらしい上品で音楽的な笑い声だった。キャサリンはのけぞって遠慮なく大笑いしている。メアリはきょとんとしたが、次の瞬間自分も笑い出し、脇腹が痛くなるまで止めることができなかった。最後に笑ったのは……ええと、いつだったかしら。苦しかったが解放感があった。まるで胸の中で鍵が回って、そこにあることも知らなかった錠を開けてくれたみたいに。

「やってみなって！」ダイアナがぷんぷんして言った。「とにかくもう、あたしの部屋に戻るよ。まさか忘れてないと思うけど、あたしは倉庫から毒吐き娘を助け出したんだよ。長い夜だった」ダイアナは大口を開けてあくびすると、ジュスティーヌのトーストの残りを口に詰め込んで部屋から出ていった。つんとすまして、片方の頬にマーマレードの汚れをつけ、髪の濡れた素足の公爵夫人のように。

「あたしの部屋ですって！」とメアリ。「あの部屋、いつあの子のものになったの？」

「たった今だと思う」ベアトリーチェが目から涙を拭いながら言った。「だってあなた、みんなにとどまってほしいと言ったじゃない――ダイアナも含めて。ともあれ、わたしたちも部屋に引き取ったほうがいいわね。ここにいたらジュスティーヌが休めないから」

みんなが部屋を出る前に、メアリはジュスティーヌを説き伏せて野菜スープをぜんぶ飲ませた。それからトレイを厨房に下げ、必要なものを買うお金は十分残っているかとミセス・プールにたしかめた。

今のところ間に合っていますよ、とミセス・プールは答えた。倹約してますからね。ですが、もうじき税金を払わなくちゃいけませんし、きっとダイアナが何もかも食いつぶしてしまいますよ。メアリはふたたび預金残高を頭に浮かべた。四十一ポンド十二シリング。それだけで七人がどうやって食べていくのだろう――わたし、ダイアナ、ベアトリーチェ、キャサリン、ジュスティーヌ、それにアリスとミセス・プール。いえ、ベアトリーチェはほとんど食べないから六人。たぶん緑のべとべとは安上がりなはず――。だけど疲労が激しすぎて今は食費のことなど考えられなかった。

メアリは二階の自分の部屋に戻った。途中でジュスティーヌの様子をたしかめた。ジュスティーヌはぐっすり眠っていて、六フィートを超える体には短すぎる毛布の下でかすかにいびきをかいていた。キャサリンの部屋のドアは閉まっていたが、彼女も眠っているのだろう。ダイアナはまだ起きていた。メアリの子どものころのベッドに寝転んで膝を立て、本をそこにもたせかけていた。「あっち行け」ダイアナは舌を突き出した。メアリは入っていって、幼いころ母親にしてもらったようにダイアナの額にキスをした。どうしてこんなことしたのかしら。よくわからないけど――たぶん本能的なものね。驚いたことに、ダイアナはメアリを殴ったりせず、不愉快なキスを拭うように額をこすって、「気色悪っ！」とだけ言った。

ダイアナ　気色悪かったもん。今でも気色悪い。

メアリ　でも、わたしをぶたなかったわね。わたしがキスしても絶対ぶたないわね。

ダイアナ　あれって何か意味あんの？　ないでしょ？　だからだよ。

キャサリン　相手をぶたないってのが、ダイアナの愛情表現だよね。

メアリはベッドに横になった。ちょっと横になるだけ……すぐに起きてナイトガウンに着替えるわ。あと一分したら……その一分が過ぎるころにはメアリは眠りに落ちていた。

ダイアナは眠りたくなかった。メアリが眠れと言ったから、意地でも眠らないつもりだった。自分の部屋に入ると床に坐って本棚をながめた。メアリが子どものころ読んだ本に違いない。『御伽英国史』――絶対に退屈なやつ。『詩的な夢想』――誰がこんな題つけたんだろ。『不思議の国のアリス』――これはちょっとまし。棚からその本を出してベッドに入った。うん、なかなかいい。じきにダイアナは兎の穴を落ちていき、自分の心の中と同じくらい混沌とした国にやってきた。そこではコーカスレースが開かれ、チェシャ猫がにやにや笑いを残して姿を消し、マッドハッターがお茶会を開いていた。ダイアナはハートの女王がとくに気に入った。

ダイアナ　ね？　やろうと思えばあたしの視点からだって上手に書けるじゃん。

キャサリンは自分の部屋に入ってドアを閉めた。ひとりになりたかったのだ。あたしは孤独好きでひとに心を許さない、でしょ？　ミセス・ジキルのものだった部屋には、繊細で女らしい雰囲気が漂っていた。青いシルクのカーテンは、ベッドの上の青いシルクの掛け布団とマッチしている。細いマホガニーの脚がついた家具は今にもダンスを踊り出しそうだ。キャサリンはぜんぶに爪を立てたくなった。レディ・ティベットの家を思い出してしまうのだ。ゆうべ——千年前のように思える——からずっと着ていたホームズのフロックコートを脱いだ。あたしが着るもの何かあるよね？箪笥の中からドロワーズと刺繍入りのシュミーズをひっぱり出した。まあこれでいいか。

窓を開けた。眼下には母屋と実験室を隔てる庭があった。ベアトリーチェはあの実験室でたぶん眠っているのだろう。キャサリンは目を上げた。三階まで続く排水管が手を伸ばせば届くところに走っている。どのくらい頑丈だろう。あたしの体重を支えてくれるだろうか。

窓から這い出して排水管をよじ登った。彼女の体重を支えるくらい丈夫だったが、三階の浴室——いや、たぶん洗面台つきトイレのところで途切れていた。でも排水管が尽きる場所から窓枠に手が届けば、そしてそこから屋根の雨樋に手が届けば……ほどなくキャサリンは屋根の上で通風管に囲まれていた。よく晴れた日で——ロンドンにしてはだが——家々の屋根を見渡すことができた。ロンドンは果てしなく広がっているように見えた。

キャサリンは向きを変えて屋根をよこぎった。こういう高い場所に立つと野蛮なよろこびを覚えた。モローの手で女（ウーマン）に変えられる前、アンデスの崖の上で感じていたはずのよろこびを。ある方角を見ると、狭苦しい通りや路地が連なっていて、別の方角にはリージェンツ・パークがあり、緑の木々の頂が風に揺れている。人生ってなんておかしなものだろう！　キャサリンはアルゼンチンの山地で生まれ、モローの島で生まれ直した。今はここ、世界一大きな街の真ん中にいる。

この街のどこかにエドワード・プレンディックがいる。いつかまた会えるだろう。そしたら喉を引き裂いてやる。

ダイアナ　これだよ。なのにみんな、あたしのこと乱暴だって！

キャサリン　あたしが乱暴でも当然でしょ。あたしはピューマなんだよ、忘れたの？

ダイアナ　あんた、忘れさせてくれないじゃん。

だけど今は……ここにいたほうがいいだろうか。あたしはどこにだって行ける、どんな環境でも生きられる。でもジュスティーヌには家が必要だ。少なくとも今はこの家でいいだろう。結局のところ、サーカスで親しい仲間ができたのはうれしかった。たぶんあたしのなかの人間の部分、モローが生み出した部分がそう感じるのだろう。見世物に出ていたあたしとジュスティーヌに何が起きたか、ロレンゾに伝えなくては。ロレンゾはいつもあたしによくしてくれたから、教えてやるべきだ——何もかも伝えなくてもいいけれど、せめてあたしたちが新しい家を見つけたことくらいは。

それからあたしたちは新しい生活を始める。ある意味、サーカスでの暮らしとそんなに変わらないだろう。サーカスにも、パーク・テラスの家にもモンスターたちがいる……。

キャサリン　はいはい、メアリ、あなたがこの言葉をどう思うかはわかってる。でも使うのをやめる気はないの。だからごたごた言って物語を混乱させるのはやめてもらえる？

ゆうべの冒険のあとでも、キャサリンはほかの娘ほど疲れてはいなかった――なにしろ夜行性なのだ。だが彼女にも休息は必要だった。キャサリンは排水管を伝って降り、窓から部屋に入り、青いシルクの布団の下で丸くなって眠りに落ちた。アンデスの斜面で鹿を狩る夢を見てぴくっとしながら。

ジュスティーヌ　わたしはキャサリンの書くものが好き。ドラマチックだわ――ところどころドラマチックすぎるかもしれないけど。読んでるとキャサリンの見たものが見えて、キャサリンの感じたことを感じられるの。モロー博士の手で変身させられた動物としてのキャサリンのね。上手な語り口だと思うわ。

キャサリン　ありがと！　あなたたちの誰かがこの本書きたかったら、ぜひやってみてよ。

ベアトリーチェは眠っていなかった。かつては実験室で、その前には公開手術室だった部屋を見まわした。ええ、これなら使えそう。ガラスの円天井からは光がたっぷり入ってくる。むかし学生たちが坐って手術の実演や解剖を見守っていた机に植物を並べればいい。この実験室は屋内温室にできる。植物の一部は有毒なものにしよう――メアリは許してくれるかしら。どうでしょうね。

ベアトリーチェは階段を上って事務所に入った。ずっと昔、この部屋で何があったのだろう。ドクター・ジキルはどうやって自らの死を偽装し、ハイドとして逃亡したのだろう。

その部屋には一点の汚れもなかった。置いてある家具は机と椅子、今は空のガラス張りの戸棚が二つ、最初にここに来た夜、彼女が眠ったソファくらいだった。片隅に姿見があった。この鏡は何年も前に何を映したのだろう――ジキルがハイドに変身する場面だろうか。ベアトリーチェは鏡の奥をのぞき込んだが、映っているのは自分の姿だけ――妖しいほど美しい女性の姿だけだった。

ベアトリーチェ　キャサリン、わたしが自分のことをそんなふうに思ってないのは知ってるでしょう。

キャサリン　だって、ほかのみんなはそう思ってるし。あのさ、あなたのその謙遜ぶり、すごくいらいらするんだけど。あと、婦人参政権と衣服改革への熱狂ぶりね。だめだめ、こんなとこで参政権運動の重要性とか、きつすぎるコルセットの紐の危険性とか語り出さないでよ。

ダイアナ　これって例の、モンスターが鏡をのぞく場面なわけ？

ゆうべは人生でもっとも恐ろしい夜のひとつだった。

またひとを殺すところだったのだ――今度は子どもを。二度とそんなことをしてはいけない。ここなら他人から離れて引きこもっていられる。それにひょっとすると、わたしの作る薬でひとを癒せるかもしれない――自分がもたらしてきた死を、わずかなりとも償えるかもしれない。

ベアトリーチェはソファに横になって毛布をひっぱり上げた。もうくたくただ……寝不足のせいではなく、ジョヴァンニが死んで以来ずっと感じてきた絶望のせいで。ここでなら見つけられるかもしれない……幸福は無理でも、安らぎを。

ベアトリーチェは目をつぶって花々が見る夢を見た。

ベアトリーチェ　とても詩的だけど、花は夢なんか見ないわ。花には大脳皮質がないもの。

キャサリン　ねえ、頼むから、ロマンチックなヒロインを演じてくれない？　メアリは理性的すぎるし、ダイアナは衝動的すぎるし、ジュスティーヌは背が高すぎるんだから。

ベアトリーチェ　だってわたしはロマンチックなヒロインじゃないわ。科学者よ。

メアリが目を覚ましたときは、すでに暗くなりかけていた。腕時計に目を落としたが、自分の手もよく見えなかった。一日中寝てたんだわ！　しかも服を着たままで。

階下で話し声が聞こえ、メアリはつかのま頭が混乱して、イーニッドとアダムズ看護婦の声だと思った。それからこの一週間の出来事を思い出した。何もかもほんとうに起きたことなのだろうか。そうに決まってる――あんなこと空想できるはずないもの。毒を持つ娘に獣人にアダム・フランケンシュタインなんて。

ほかに誰が起きてるんだろう。

目をこすりながら階下に行くと、みんな起きていた。応接間にはガス・ランプがついていて、暖炉には火がおこしてあった。キャサリン、ジュスティーヌ、ダイアナはティーテーブルを囲み、予想どおりそこにはケーキとサンドウィッチが載っていた。ベアトリーチェは今も三人から離れて窓辺に坐っている。

「起こしたくなかったんだ」とキャサリン。「計画を立ててたの」

「どんな計画？」みんなこの家に残ってくれるんだろうか。それともサーカスに戻ることを話し合っていた？　ベアトリーチェもサーカスの余興に出れば十分稼げるだろう。メアリはここ一週間のどんな願いより強く、みんながとどまってくれるようにと願った。あれだけのことを共に経験したのだから、この家で一緒に暮らしたかった。

そのときアリスが応接間に入ってきた。手にしたグラスに入っているのは……何か緑色のものだ。「ミセス・プールに言われて持ってきました、お嬢様」とべアトリーチェに飲み物を手渡す。「ミセス・プールもすぐに来るそうです」

「ありがとう、アリス」とベアトリーチェ。「わたしはあなたを毒殺するところだったのに。どんなに謝っても足りないわ――」

「いいえ、お嬢様のせいじゃありません。縛られててどうしようもなかったんですから」

ベアトリーチェは飲み物を口に含んでにっこりした。

「ミセス・プールは天才ね。申し分のない味よ。そう伝えてくれる、アリス？　それと――わたしがここにとどまるとしたら、ここがわたしの家になるとしたら、わたしのことは名前で呼んでちょうだい。堅苦しいのは好きじゃないから」

「はい、お嬢……ベアトリーチェさん」とアリス。「下がっていいでしょうか……」そしてアリスは出ていった。瞬きする暇も与えず家の木造部分に引っ込んでしまう鼠のように。

「わたしのこと、怖がってないといいんだけど」ベアトリーチェは緑のどろどろを一口飲んだ。ミセス・プールはいったいあれに何を入れたんだろう。雑草スープのように見えるけど。「なにしろわたし、あの子を殺すところだったんだもの」

「いいえ、アリスは引っ込み思案なだけ」とメアリ。「この家に来たときからそうだった。おとなしいアリスがゆうべみたいに勇敢なところを見せるなんて、思ってもみなかったわ。それで……わたしが入ってくる前、何を話してたの？　ここに残ってくれるの？」

「もちろん残るわよ」キャサリンが当然のことのように言った。サンドウィッチをつまんで目を落とし、「クレソン。豚の餌」と言ってジュスティーヌに渡した。「ハムはどれ」

そのとき、ミセス・プールがティーポットを持って入ってきた。

メアリ　ミセス・プール、あなたいつだってお茶を持って入ってくるわよね。

ミセス・プール　結構なことですよ。そうでないと、お嬢様たちときたら、遊びまわってばかりで食事をとろうともしないんですから。

アリスがティーカップとお茶道具を載せたトレイを持ってついてきて、カップをテーブルに並べた。ミセス・プールがそこへお茶を注いでいった。

「ミセス・プール、ちょっとだけ坐ってくれる？」とメアリ。「アリスも坐って、わたしのお茶を飲んでちょうだい。わたしはすぐに別のをもらうから。ふたりに訊きたいことがあるの」

ミセス・プールは空いていた肘掛け椅子に坐った。アリスはいかにも気が進まなそうにメアリのティーカップを手に取った。まるで中身がベアトリーチェの毒だというように。

「おやまあ、アリス、頼むから坐ってちょうだい。でないとお茶をこぼしますよ」とミセス・プール。「このお屋敷では、とことん現代的（モダン）な流儀でやっていくようですね。ジキル奥様が生きてらしたらどう思われることか。奥様は秩序や作法については厳格な考えをお持ちでした。でもまあ、みなさん少なくとも一晩はこの家で何事もなく過ごしましたね」

アリスはミセス・プールの椅子のそばの絨毯に腰を下ろして、お茶をちびちびと飲んだ。

「訊きたいのはこういうこと」とメアリ。「わたしたちがこの家で一緒に暮らすとしたらどう思う？　ダイアナとベアトリーチェとキャサリンとジュスティーヌにそうしてほしいと頼んだの。アリスにも頼みたいわ。だけどこの家は、わたしの家であるのと同じくらい、ミセス・プールの家でもあるでしょう？　わたしより長くこの家で暮らしてきたんだもの。だから意見を聞きたいの」

ミセス・プールは値踏みするように娘たちを見つめてかぶりを振った。「みなさんはきっと、悩みの種になるでしょうね。とくにその子は」とダイアナのほうを顎で指した。ダイアナはサンドウィッチを二ついっぺんに手に取ったところだった。「ですが、みなさんはもうこの家の住人です。ひとつだけお願いするとしたら、何をやっているのかちゃんと教えてください。さらわれたんじゃないか、殺されたんじゃないかと心配しなくて済むように！」

「わたしたち、家事の手助けができると思うわ、ミセス・プール」とベアトリーチェ。「ケーキを召し上がれ。きっとおいしいと思うの」

「なんでわかるのさ？」とダイアナ。「食べないくせに」

「ええ、家事については拝見してから信じるとしましょう。ですがケーキはひと切れ頂戴しますよ。あのオーヴンにケーキを焼かせるのは金属に対する精神力の勝利でしたからね。この歳になっても新しい技は身につけられると、あのオーヴンが証明してますよ！」ミセス・プールは自分のためにケーキを分厚く切った。

「アリスは？」とメアリ。「ここにいてくれる？　新しい勤め先を見つけるまでじゃなくて、あなたが望む限り長く」

アリスはこくりとうなずいた。「はい、お嬢様。冒険に出なくてもいいなら。あと、死ななくて済むなら」

メアリはほほえんだ。「わたしたちの最初の冒険は、生計を立てる方法を見つけることね。何か仕事を見つけないと、お金がもうじきなくなってしまうの」

ベアトリーチェはどろどろを飲み干した。「ごちそうさま、ミセス・プール。とても元気が出たわ。メアリが降りてくる前に話してたんだけど、わたしたち、それぞれの特技や能力に合った仕事を見つければいいと思う。もしも許してもらえたら、わたしは薬草を育てるわ。実験室には天窓があるから薬草を育てるのにうってつけなの。見たところ王立病院にはごく限られた薬種しかなかった。王立外科医学院でさえ、わたしの父が植物から作っていた薬をぜんぶは持っていなかった。みんなで頭をひねれば、生活費を稼ぐ方法、家の維持費や食費を払っていく方法が見つかると思う」

メアリ たしかに見つかったわね。ベアトリーチェの薬は売れ続けている。キャサリンの本のおかげで印税も入ってくる。ジュスティーヌの絵もだんだん人気が出てきた。ライラックと少女の絵で水道代が払えるわ。

ダイアナ 『ライラックの季（とき）』って、題がサイアク。

ジュスティーヌ でも人気なのよ。みんな幸せな絵が見たいんだわ。わたしは花を描くのが得意だし……。

キャサリン ジュスティーヌにうるさくしないの。彼女は好きなものを描けばいいんだし、少なくともあなたより稼いでるんだから。

ダイアナ 有名な女優になったら、あんたたちみんなを合わせたよりたくさん稼いでやる。見てなって！

メアリ でも今は寄席に出てるだけじゃない。だからあんまり偉そうにしないで。それにまだ賛成したわけじゃないのよ！　上品な仕事じゃないし、あなたはまだ学校に通う歳なんだから。

ダイアナ 上品なんてクソくらえ！　それに学校なんて……

キャサリン ここで物語と、ダイアナの罵倒の続きを中断して、読者のみなさんにお報せします。あたしの最初の二作、『アスタルテの謎』と『リック・チェンバースの冒険』は、書店や駅でたった一シリングで販売中。シリーズの三作目『リック・チェンバースとアスタルテ』はクリスマスシーズンに発売されます。続刊は『金星のリック・チェンバース』になる予定。出版社が『リック・チェンバースと運命の洞窟』もしくは全然別のタイトルにしなければね。目下のところ五作目を執筆中で、このモンスター的小説にこれほど時間をとられなければ、ずっと早く進行するはず！

メアリ　読者は物語の途中に広告が入るのをいやがるんじゃない？

キャサリン　余計なお世話。あたしの読者はこれから出る作品のことがわかればうれしいのよ。

これがアテナ・クラブの最初の会合だった。ああ、そのときはそういう名前ではなかったけれど。数カ月たってから、ジュスティーヌがその名前を提案した。ギリシャ・ローマ神話を覚えている読者なら、すぐにその意味に気がつくはずだ。アテナは父親であるゼウスの頭から生まれてきた。わたしたちにアテナの知恵はないけれど、胡散臭い親子関係はアテナと同じだ。

ともあれ、その夜がクラブのほんとうのスタートだった。わたしたちはみんなで応接間に坐ってお茶を飲み、昨夜何があったか話してミセス・プールをぞっとさせた。そしてこれから何をするか、錬金術師協会をどうやって調査するか話し合った。実際的なことは、翌日また話し合うことになった。どうやって暮らしを立てるか、みんながベアトリーチェの毒にやられたり、ミセス・プールにダイアナを絞殺させたりせずに、どうやって同居していくか。だけどクラブが現実になったのは、わたしたちがそれを意識したのは、あのときだった。

今ではパーク・テラス十一番地の玄関に近づいていくと、呼び鈴の紐のすぐ上に「アテナ・クラブ」という真鍮の表札が掛けてある。それがわたしたちのこと。とても排他的なクラブ。モンスターのための。

メアリ　わたしたちはモンスターじゃないけどね。

ダイアナ　よく言うよ。

　翌日は日曜日だったので、わたしたちはキャサリンを除いて教会に出かけた。キャサリンは宗教なんてペテンだ、嘘っぱちだと言っている。父なる神が天におわして、善良な者は祝福し、邪悪な者は罰すると信じてるなんて、あなたたちみんな大間抜けだと。そんな神様、あの島のモローみたいだと。

「キャサリンが行かないのに、なんであたしは行かなきゃならないの」とダイアナ。

「あなたはまだ子どもで、きちんと育てられるべきですからね」ミセス・プールがわたしたちに手袋や帽子を渡しながら言った。メアリはどうにかして、全員の分の手袋と帽子を見つけ出していた。

「だって、あたしは十四だし、キャサリンはまだ十歳だよ。ほら、人間になったときから数えたら」

「猫だったときの歳も勘定に入れなくちゃ」とキャサリン。「あたしはピューマとしてはとっくに独り立ちしてて、雄とつがえる歳だった」

メアリ　変身したあとはどうなの？　人間と同じだと考えていい？　今ではふつうの速さで歳をとっていくの？　つまり、人間の女性として。

キャサリン　さあね。ピューマは野生だと十五年くらいしか生きられない。十五歳で死ぬってかなり怖いと思わない？　でもあたしにはわからない。モローにもわかってなかったと思う――というか、人間化のそういう影響は気にしてなかったと思う。獣人を生み出したら、あとは放置してたからね。モローが興味を持ってたのは、創造行為そのものだった。だから、ようすを見るしかないんじゃない？　どうせ自分の寿命を知ってる人間なんていないんだし。ジュスティーヌだって、まさか一世紀近く生きるとは予想してなかったはず。まあ……人生ってそんなものだから、その中で精一杯やってくしかないってわけ。

メアリ、ダイアナ、アリスは聖メリルボーン教会に行き、カトリック教徒のベアトリーチェとジュスティーヌはスパニッシュ・プレイスを渡って聖ジェームズ教会に向かった。ミセス・プールは午後の礼拝に出席するとのことだった。キャサリンは自分の部屋できちんと坐って帳面を開き、書き始めた。「アスタルテを目にして生き延び、その経験を語れる者はひとりしかいない――わたしこと、イングランド人リック・チェンバースだ」うん、とキャサリンは思った。いい感じ。

メアリがダイアナとアリスを連れて戻り、ベアトリーチェとジュスティーヌが一緒に帰宅するころには、ミセス・プールが日曜日の昼食を用意してくれていた。そこで全員が食堂の大きなテーブルを囲んだ。居間のテーブルは小さすぎたからだ。居間はわたしたちがクラブの会合を開き、戦略を練る部屋になるだろう。だけどその日、わたしたちはハムのクリーム煮（キャサリンとダイアナ）、カリフラワーのスープ（ジュスティーヌとメアリ）、何かしんなりしたもの（ベアトリーチェ）を食べながら計画を立てた。どうやって一緒に暮らしていくか、どうやって生計を立てるか。みんなお金を稼ぐ方法を思いついた。ベアトリーチェは薬を売り、ジュスティーヌは絵を描いてみる。キャサリンは小説を書くつもりだった。ダイアナは女優になりたいと言ったが、だめよ、とメアリが反対した。女優なんて上品な仕事じゃないし、いずれにしろあなたは学校に行かなくちゃ。アリスもね。「わたしはただのメイドでいたいんです、お嬢様」とアリスは言った。「わたし、死ぬところでしたよね。お嬢様さえよろしければ、二度と死にそうな目には遭いたくありません」アリスも厨房ではなく、ここで一緒に食べなさいとメアリが誘ったのだ（アリスはハムをついばむように食べていた）。

「どっちにしろ、学費を払う余裕はないわね。それにダイアナを学校に入れたら大変なことになりそうだし」とメアリ。「だからダイアナとアリスには、わたしたちが家で勉強を教えます。ベアトリーチェは科学を、キャサリンは文学を、ジュスティーヌはフランス語とラテン語を教えられるわ。わたしは歴史がなかなか得意だったの。だけど――わたしはどうやってお金を稼ごうかしら。芸術的な才能はないし、売り子かタイピストならできそうだけど、どこの仲介所も当たってしまって……」

「私の助手になるというのはどうです」

わたしたちはみんな、男性の声にびくっとして顔を上げた。食堂の入口にシャーロック・ホームズが立っていた。

「申し訳ございません、お嬢様」とミセス・プール。「お取り次ぎするまでお待ちいただけなくて。もうさっさとこちらへ……」

「失礼、ミセス・プール」とホームズ。「緊急の報せがありましてね。ハイドが脱獄しました」

「ニューゲートから？」メアリは仰天した顔だった。無理もない。

「まさにニューゲートの奥からです。厳重に監視されていたのは間違いありません。今朝、錠が破られ、囚人が消えているのを所長が発見しました。ハイドはこの家の誰かと接触を図っていませんか？」

わたしたちはかぶりを振った。

「まさかレンフィールドも逃げ出したんじゃ？」とメアリ。「だとしたら、ちょっとひどすぎるわ」

「いいえ」とホームズ。「今朝、電報を打ってたしかめました。ジョー・アバーナシーによればしっかり監禁されています。ジョーは病院に再雇用されたそうです。私がジョーを訪ねたことをドクター・セワードが耳にして、ジョーに目を光らせておきたいと思ったのでしょう。きのうの午後、レンフィールドは連続殺人の共犯者ではないとレストレードに説明したあと、セワードのもとに奴を連れて帰ったら、あのりっぱな医者は私たちふたりを疑いの目で見ていましたよ。今朝レンフィールドは拘束衣を着せられて病室にいました。逃げたのはハイドだけです。レストレードが港に警告を出しましたから、見つかれば逮捕されるでしょう。とはいえ、最初のときは逃げおおせたわけだから、もう当分ミスター・ハイドに会うことはなさそうです」

「お気の毒に」ホームズは気遣うようにメアリを見た。「さぞかしショックでしょう。ハイドにいろいろ訊ねたいと思っていたのだから。しかもハイドがいなくては、報奨金を求めることもできない」

「プレンディックはどうなりました?」ジュスティーヌが訊いた。キャサリンは目を逸らした。プレンディックに関する情報があっても知りたくはなかった。ジュスティーヌがキャサリンのために訊いてくれているのはわかっていたけれど。

「レストレードは奴の下宿にも見張りをつけていますが、プレンディックに少しでも分別があれば——あると思いますが——下宿には戻らないでしょうね。奴のしたことは法的には犯罪ではないが——法律書には、獣人の創造を禁じる法令など載っていません——それでも奴は錬金術師協会に自分の活動を嗅ぎつけられたくないでしょう。あきらかにドクター・セワードには隠していましたから。セワードがプレンディックと連続殺人の関わりを疑って彼を呼び出したとき、プレンディックはまったく知らないと否定しました。エドワード・ハイドやアダム・フランケンシュタインのような輩と関わりがあると、協会には知られたくないはずです」

「プレンディックは逃げたんだよ、間違いない」とキャサリン。「腰抜けだからね。昔からずっと腰抜けだった」

「さてと、それじゃ」とホームズ。「状況を整理しましょうか。アダム・フランケンシュタインは死に、獣人たちも始末したが、ハイドとプレンディックはいまだ逃亡中。あのオランウータン男も逃げたかもしれないが——注意していろとレストレードに言っておきましょう。今のところミセス・レイモンドを告発するのは難しいかもしれません。彼女の関与を示す直接の証拠はありませんからね。ハイドが彼女の罪を証言してくれると期待していたんだが。それでも、彼女を見張るようにレストレードには言ってありますし、むろん彼はハイドの捜索も続けるでしょう。殺人犯が——できれば檻の中に——いなくては、ホワイトチャペルの連続殺人を解決したという名声は得られませんからね」

「でも、ホームズさん」とメアリ。「あのふたりが逃げただけでなく、錬金術師協会そのものの存在もあります。協会のやり方は謎めいていて悪辣です。ホワイトチャペルの連続殺人は解決したかもしれませんが、この協会の謎は残っています。会員は誰で、何をしているんでしょう。ベアトリーチェやキャサリンを生み出したような実験を続けているんでしょうか。この謎はまだ解かれていません」

メアリ　わたしたちに筋道だった話し方をさせてくれてうれしいわ。実際にはもちろん、「あいつは捕まると思います？」とか「スイスに戻ったんだ」とか「ハムをもっともらえる？　まだお腹がすいてるの」とか、めちゃくちゃだったのに。

「そのとおり」とホームズ。「私も協会のことは忘れていません。協会はイングランドで活動してきました……どのくらい前からかな。ここロンドンでも——少なくともジキルが実験をおこなっているあいだは活動していました。ロンドンは私の街です。そこに秘密組織があるとしたら、何をやっているのか知っておきたい」厳しい顔だった。

「ところで、さっき助手におっしゃいましたよね。どういう意味だったんですか」メアリはそう訊くのが怖いくらいだった。まさか、もうひとりのワトスンになれってことじゃないわよね。ホームズさんと一緒に謎を解いて、探偵として。いいえ、探偵助手としてイングランドじゅうを旅することを求められてるわけじゃ……だけど、どうかしら。結局のところ、わたしはホワイトチャペルの連続殺人の解決を手伝ったわけだし……。

「書類を整理してくれるひとが必要なんです。今のところとんでもない状態なのはご覧になったでしょう。むろん何がどこにあるか、私にはわかっていますが、あなたのように明晰で論理的な頭脳を持ったひとに整理方法を考えてもらって、記録を探しやすくしてほしいんですよ。事務仕事ですが、あなたは働き口を探していて、私はそれを提供できる。興味がありますか、ミス・ジキル。週に二ポンド払います」

　メアリはスープスプーンを皿の横に置いた。スプーンをきちんとまっすぐにしてから傍らでナプキンを畳んだ。わたしたちはすでにメアリをよく知っていたから――少なくとも、キャサリンはすでに彼女をよく知っていたから――彼女ががっかりしていて、それを表に出すまいとしているのがわかった。

ジュスティーヌ　わたしにもわかったわ。
ベアトリーチェ　わたしも。
ダイアナ　メアリっていつもそうだと思ってた。なにしろメアリだもん。いつだってそうじゃない？

「ええ、ありがとうございます。週に二ポンドいただければ、とても助かります。いつから始めればいいですか」

「できれば今日から」とホームズ。「スコットランド・ヤードのレストレードのところに戻らなくてはいけないので一緒に来てください。一時的なワトスン役としてメモをとってほしいんです。ワトスンが入院したせいで、信頼できる秘書がいなくなってしまったのでね。むろんワトスンは自分のことをそんなふうに思っていないが、彼のメモは役に立つことが多いんです。彼の物語のメロドラマ的要素になってしまう前はね。食事が済んでいたら……来てもらえますか」

「もちろんです」とメアリ。スコットランド・ヤード！　そう、明日はベイカー街221Bから出られないかもしれないけど、少なくとも今日は興味深い場所に出かけられるのだ。

「ドクター・ワトスンの容態はいかがですか」ベアトリーチェが訊いた。

「今朝はだいぶいいようです」とホームズ。「レストレードに会う前、朝一番に見舞いにいってきました。よろしければ面会できますよ。ただし一度にふたりまでにしておいてください。気を悪くしないでほしいのですが、あなたがた全員に来てもらったら……負担がかかりそうなのでね。とりわけ、今はかなり弱ってますから」

「お見舞いにいきたいわ」とベアトリーチェ。

「あたしも行く」とキャサリン。「警護役として」

「ありがとう、キャット。もちろん一緒に来てもらえたらうれしいわ。でも、自分の身は自分で守れます」ベアトリーチェはプライドが傷ついたという顔をしていた。

「あなたを守るためじゃなくて、英国市民をあなたから守るためよ。とくにあなたの毒がもっと弱くなるまではね。新聞の見出しがもう目に浮かぶわ。『イタリア美女、ロンドンっ子を毒殺！』売り子が街じゅうでその見出しをがなり立てるでしょうね……」

「あたしは？」とダイアナ。「あたしもどっか行くか、何かしたい！　なんであたしは何もできないのさ」

「ダイアナはわたしと家にいてくれる？」とジュスティーヌ。「わたしはまだ本調子じゃないし、万一何か危険なことがあったら——たとえばハイドが戻ってくるとか——自分の身も、ミセス・プールやアリスの身も守れるかどうかわからない。あなたみたいに賢くて、よく気のつくひとにそばにいてほしいの」

「ふうん。まあ、いてほしいって言うんなら、家にいてもいいかな」ダイアナは肩をすくめたが、クリームの中にはまり込んだ猫のようにうれしそうな顔をしていた。

　メアリはジュスティーヌの策略に賛成かどうかわからなかった。ああいう褒め言葉はダイアナのためにならない。だけどああ言っておけば、ダイアナは少なくとも、外に出かけるひとに許しもなくついていったりしないだろう。

「さて、それじゃ」とホームズ。「めいめいの用事に出かけるとしましょうか。ミス・ジキル、準備はいいですか」

「ええ」とメアリ。「出かけられます」テーブルから立ち、椅子を下げた。「行きましょう」これから冒険にいくのだ。しかも最後の冒険ではないかもしれない。

メアリ　もちろん最後じゃなかった。あれからいろんなことが起きたわよね！

キャサリン　うん。だけど、ラストでは少しくらいサスペンスを高めとかなくちゃ。

メアリ　あのあと起きたことは？　ほら、すぐあとに。みんないたじゃない。

「ちょっと待ってください、ホームズさん」メアリは言った。「傘を忘れました」

ふたりはすでにパーク・テラス十一番地の――アテナ・クラブの――玄関の外にいた。ロンドンは晩春で、つまり今にも雨が降りそうだった。メアリはたしかに傘を忘れていた――付け加えなかったが、わざとだった。知る必要があったからだ。

ホームズはうなずき、メアリはなかへ駆け戻った。キャサリンとベアトリーチェはコートを着込んでいた。元はメアリのコートだが、今では彼女たちのコートだ。ジュスティーヌとダイアナは玄関ホールでふたりを見送ろうとしていた。ホームズが戻ってきて話を聞くといけないので、メアリは急いで言った。「ダイアナ、倉庫で錠を破るのに使ったピンはどこ？　たぶんわたしの鏡台からくすねたハットピン」

ダイアナはぽかんとしてメアリを見た。「ハットピンって？」

「わたしの言ってること、ちゃんとわかってるくせに。ほんとのこと話して」

「何言ってるんだかさっぱりだよ」ダイアナは目を見開き、まったく身に覚えがないという顔でかぶりを振った。要するに、嘘をついているということだ。わたしたちはすでにダイアナのことが、お互いのことがわかり始めていた。お互いについて、他人にはわからないようなことを見抜くことができた。家族とはそういうものだ。

「あいつに渡したんでしょう」メアリは責めるように言った。

「だって、あたしたちの父さんだよ。あんたは認めたくないかもしれないけど」ダイアナは腕を組んで拗(す)ねた顔になった。

「やっぱり！　そうだと思った。ニューゲートから脱獄したと聞いてすぐ、何を使って錠を開けたのかと思ったの。看守の目から隠せるほど小さい何か。チャーリーと走っていく前、もう手錠をかけられてたあいつにそっと渡したのね。犯罪者が刑務所から逃げ出したのはあなたの責任よ。世間のひとにとって、ひょっとするとわたしたち全員にとって危険な男が今も野放しになってるのはあなたの責任よ。気づいてなかったの？——モリー・キーンが握ってたのはあいつの懐中時計飾りなのよ。アダムは協会の一員じゃなかった。アダムはモリーを殺したかもしれない。でもわたしたちの——あなたの——父親も彼女の死に同じくらい責任がある。モリーの脳を——メスで——切り取ったのはたぶんハイドだわ！　あなた、自分が何をしたか、わかってないの？」メアリは傘立てから傘を取った。ダイアナをそれで突き刺しそうな勢いだった。それにあいつは、お母様に死をもたらしたのかもしれない、とは続けなかった。そのことは話題にしたくなかった——今のところは。その代わり、今の話には無関係に思えたが、こう付け加えた。「ダンヴァーズ・カリュー卿の殺害犯を見つけた報奨金がもらえる見込みさえなくなったのも、あなたのせいですからね」

「あたしたちの父さんなんだよ」ダイアナは絶対に反省しないという顔をしていた。ダイアナはよくそういう顔をすると、今ではみんなわかっている。

メアリは一瞬ダイアナを睨みつけ、レディがかんかんに怒ったときの音を立てた（低いうなり声の一種だ）。傘を剣のようにつかむと、メアリは雨模様の午後のロンドンへ出ていった。

メアリ　ホームズさんが辻馬車の中でなんて言ったと思う？「ミス・ジキル、あなたがたが何か隠してるのはわかってますよ。あなたがたの秘密を調べるつもりはありません。錬金術師協会の謎を解くのに必要なこと以外はね。あなたがたの秘密は私からも守られています」ですって。

ベアトリーチェ　ホームズさんってやっぱり紳士なのね。

キャサリン　あたしたちが話さなかった内容くらい、とっくにお見通しだったってことでしょ。なにしろあのシャーロック・ホームズなんだから。それに、自分は信用できるってメアリにわかってほしかったのよ。だってほら、あのひとメアリにつきまとってるじゃない？　記録を整理する助手なんてほんとに必要だったと思う？　あのひとはメアリを手元に置いておきたかったの、ただそうしたかっただけ。理由はひとつきりじゃないと思うな。

メアリ　どうしてわたしを手元に置きたがるの？　ともかく、ホームズさんの記録は完全にぐちゃぐちゃだったわ。わたしが考案した整理方法を使って……

キャサリン　ねえ、勘弁して。

21　オーストリアからの手紙

八月だった。わたしたちがパーク・テラス十一番地で同居すると決めた夜から三カ月後だ。わたしたちは空気の淀んだロンドンの街路に吹く風をちょっとでも入れようと窓を開けて応接間に坐っていた。週に一度のアテナ・クラブの会合が始まるところだ。

応接間は三カ月前とは様子が違っていた。ジュスティーヌが中を黄色く塗り、壁のてっぺん、天井のすぐそばに花をぐるっと描いた。ベアトリーチェのアイデアだ。彼女の主張によれば、わたしたちは前世紀の暗闇とくすんだ色合いから脱するべきで——美と光を手にするべきなのだ。それにベアトリーチェは花が好きだった。そこでわたしたちは壁を黄色と緑と青にして、家具はインド製の布で張り替え、炉棚には日本製の磁器を飾った。ベアトリーチェが教会の慈善市で安く買ってきたものだ。その費用についてはメアリと口論になったが、ベアトリーチェはほかの誰よりもお金を稼いでいるのだから、彼女がそうしたいなら、布や磁器に少しくらいお金を使うのはフェアな話だった。それにわたしたちはたしかに、彼女の好みが気に入っていた。だからベアトリーチェには自由に部屋を飾らせ、労働運動、唯美主義、合理的衣類を支持しろと彼女がみんなを説得するのも気にしなかった。わたしたちは世間と違う格好をしなくても十分目立ってるとメアリは言い返した。でもそんなメアリは自転車を買い、ミセス・プールを呆れさせた。この三カ月でわたしたち家族にはいろいろ変化があった。ジュスティーヌは口数が多くなったが、話すのはたいていてい人生の意味についてだ。彼女が〝ルソー〟とか〝カント〟とか言い出すと、みんな耳を塞いでしまうことが多い。驚いたことに、ジュスティーヌの話にいちばん耳を傾けるのはダイアナだ。ときにはジュスティーヌの本まで読もうとしているが、彼女がソファの上で、『判断力批判』を寝心地の悪い枕にして丸くなっているのを、わたしたちは目撃した。三階の召使部屋を区切る壁は取り払ってしまい、ジュスティーヌがそのスペースをアトリエとして使っている。三階全体にテレビン油の臭いが漂っている。ジュスティーヌはとりわけ花と、子どもと、田園風景を描くのが好きだ。キャサリンは処女長篇に取り組んでいて、すでに短篇がふたつ《リッピンコット・マンスリー・マガジン》に掲載された。昼間はよく、彼女のタイプライターのカタカタカタッという音が聞こえてくる。ベアトリーチェの薬草は実験室じゅうに生い茂り、テーブルや壁面を覆っている。ジュスティーヌを除いて、わたしたちはそこに短時間しかとどまらない。空気そのものが有毒になったからだ。そこにいると目がかすんできて、やがて倒れて死んでしまう。だけどジュスティーヌはどんなものにも傷つけられないので、いつでも好きなときにベアトリーチェを訪ねていく。

平日の朝、メアリは公園をよこぎってシャーロック・ホームズの手伝いにいく。いくつかの謎を解決するのにも関わって大いに満足している。《ストランド》に掲載された、ドクター・ジョン・ワトスン著「失われた指事件」には「魅力的な容姿の若い女性」として登場までしている。怪我がほぼ完治したワトスンが、ベアトリーチェに密かな想いを寄せているのではないかと、わたしたちは心配している。報われるかどうかはわからない。

ベアトリーチェ　ばかなこと言わないで。あのひとはずっと、いいお友だちにすぎないのよ。

ダイアナはあいかわらず、わたしたちみんなを悩ませている。わたしたちはベアトリーチェの調合薬を使って彼女に毒を盛ることを検討している。いえ、本気ではないけれど——ダイアナがまたあたしのタイプライターを勝手に使って、リボンをぐしゃぐしゃにしたら、あの子の喉笛を食いちぎるから見てらっしゃい、とキャサリンは息巻いている。

ダイアナ　やってごらんよ！　小説書くのは大変だって、いっつも文句ばかり言ってさ、あれにはムカついたよ。今だってそうじゃん、作家先生。

キャサリン　最初のは大変だったの！　この話と同じくらい……。

アリスはあいかわらず、わたしは一介のメイドで、残念ながら冒険にはこれっぽっちも興味がありません、と言っているが、とりわけラテン語の上達が著しい。ベアトリーチェに迫るくらいだ。そしてミセス・プールはあいかわらずミセス・プールだ。たぶん永遠に変わらないだろう。

メアリ　ミセス・プールは昔からずっと変わらないの。今もまだ、これまでと同じミセス・プールよ。というか、ますますミセス・プールよ。

ハイドがニューゲートから脱獄して以来、彼の消息を聞くこともなければ、彼から連絡が来たこともない。たぶん大陸に渡ったのだろう。向こうでなら、必要とあらば何年でも潜伏していられる。プレンディックも消えてしまった。レストレードにとってはショックなことに、ホワイトチャペルの連続殺人は今も未解決と考えられていて、識者たちが真相を推理した論文を発表している――どれも間違いだけど。わたしたちは錬金術師協会の調査を続けているが、今のところ満足できるほどの成果はない。調査は進行中だ。

その日は土曜日、クラブの正式な会合の日だった。わたしたちはみんなソファか肘掛け椅子に坐っていたが、ダイアナだけは床であぐらをかいていた。ベアトリーチェすら窓辺ではなく肘掛け椅子に腰かけていた。今では毒が弱くなってきたからだ。

ダイアナ　今だって十分毒があるよ！

メアリが司会だった。クラブの正式な代表者はいないが、会合はいつも彼女が取り仕切っている。なにしろ話を整理して、わたしたちが一斉にしゃべらないようにするのは、メアリがいちばん上手なのだ。例によって最初の議題は財政状況だった。今週わたしたちはいくら稼いだだろう。

メアリ：二ポンド。

ジュスティーヌ：注文された肖像画を描いて十ポンド。これは通常の収入とは異なるから、二度目があると思ってはいけない。だけど彼女が描いた絵が二枚、ソーホーの画廊に置いてもらえた。

ベアトリーチェ：五ポンド七シリング。

キャサリン：ゼロ。今書いている小説の前金はすでに受け取ったし、雑誌に作品が売れてもいない。

ダイアナ：今のところゼロ。女優になりたいとメアリを説得中。アルハンブラ劇場に出るのを許してさえくれたら……うん、そこじゃ女の子が脚を見せてるよ。だから何？ わたしたちはダイアナの演説に十分を割り当て、メアリの「だめ」に一分を割り当てた。

合計すると一週間に十七ポンド七シリング。悪くない。最初のころよりずっといい。七人が食べていき、大きな屋敷を維持していくのは並大抵のことではない。でもわたしたちはなんとかやっている。

議題その二。錬金術師協会について何が判明したか。ときどき大英図書館の閲覧室で執筆しているキャサリンは、十八世紀の文書に協会が言及されているのを見つけた。協会は当時、今ほど秘密主義ではなく、多くの著名なイングランド人が会員だったが、今のところ、どんな実験をしていたか――していたとすれば――という情報は見つかっていない。キャサリンは調査を続けるつもりだ。メアリはドクター・セワードがまだパーフリートにいると報告した。セワードを見張ってくれているジョーによれば、あの医者はまたウィーンに行く予定だったそうだが、旅行はぎりぎりのところで中止になった。なぜセワードは旅行を取りやめたのだろう。わたしたちにはわからない。これほど何もわからないのはもどかしい限りだ。今のところほぼ成果がないことへの不満に十分間。ベアトリーチェが、わたしたちの調査がゆっくりとしか進まないのも当然ねと発言した。

議題その三。ミセス・プールが裏庭に棲み着いた迷子の子猫を二匹発見した。どんな名前をつけるべきだろう。アルファとオメガという名前が提案され、満場一致で可決された。この家に子猫が！　ミセス・プールは、猫を置いてやる理由はただひとつ、ゆくゆく鼠を捕ってくれるからですと主張している。

　議題その四。メアリが言った。「きのうこの手紙を受け取ったの。みんな覚えてるかしら、世界にただひとり、わたしたちを引き合わせた出来事を話せる相手がいると言ったでしょう？　かつての家庭教師のミス・マリーよ。何カ月か前に、彼女が引っ越したとは知らずに手紙を書いたの。わたしの手紙はあちこち転送されたみたいだけど、とうとう彼女の手元に届いて、返事がかえってきたというわけ。みんなにも内容を聞いてもらったほうがいいと思う」

　わたしたちは、どういう手紙だろうと思いながら待った。大事な手紙でなければ、メアリはその話をしたりしないはずだから。メアリは読み始めた。

親愛なるメアリ

　お返事を書くのがこんなに遅くなってごめんなさい。住所を見ればおわかりのとおり、もうイングランドの学校では教えていないの。今は時間が足りなくて、ウィーンにいる理由はとても説明しきれません。なにしろわたしも波瀾万丈の、たまに波瀾万丈すぎて困るほどの生活を送っていたのです。その話は奇妙なことに、ある意味あなたの話とも重なっています。同封した手紙を読めば、もっとよくわかってもらえるかもしれません。この手紙を書いたひと（親友の娘さんです）を、自分で助けられる立場ならそうしているのですが、わたしはすぐにでもウィーンを発たねばなりません。あなた宛てにお願いの手紙を書いたら転送してあげると彼女には伝えました——今のところわたしにできるのはそれが精一杯です。あなたが彼女を助けてくれることを願っています——心から願っています。言葉が足りなくてごめんなさい。時間ができたらもっと詳しい手紙を書きます。今も、これからも、あなたのことを思っています（それからもう、ミス・マリーとは呼ばなくていいのよ）。

ミナ

「で？」とキャサリン。「同封されてた手紙って？」

メアリは一枚目の手紙に包まれていた二枚目の紙を見つめた。それをどうすべきか、決めようとしているように見えたが、実のところすでに心は決まっていた。でなければ手紙を会合に持ってきていたはずがない。メアリは読み始めた。

親愛なるミス・ジキル

共通の友人のミス・マリーが、あなたのお名前と、アテナ・クラブのことを教えてくれました。あなたはわたしをご存じないでしょうが、不躾ながら、まことに不躾ながら、苦境に陥っているわたしを助けてくださるようお願いいたします。わたしはプロフェッサー・エイブラハム・ヴァン・ヘルシングの娘です。父はイングランドおよび欧州のいくつかの主要大学と関わりのある医者で研究者です。錬金術師協会という組織の有力な一員でもあります。ミス・マリーによれば、あなたはこの協会をご存じとのこと、そしてあなたとお仲間は協会の活動に気づいてらっしゃるとのことですね。わたしは自分の意思に反して、またときには知らないうちに、父がおこなっている実験の被験者にされています。結果として、わたしは……変化しつつあります。それが恐ろしいのです。ただひとり、わたしを守ってくれるはずの母は精神科病院に監禁されています。わたしはまだ成人ではなく、自分の財産もなければ、頼りにできる友もいません。どうしたらいいかわからないのです。できることなら、どうかわたしをお助けください、お願いいたします。

ルシンダ・ヴァン・ヘルシング

ウィーン　オーストリア

しばらくみんな黙っていた。それから「オーストリアってどこ？」とダイアナが訊いた。

「まだあいつらがモンスターを作ってるのか知りたいと、あたしたちは思ってた」とキャサリン。「答が出たみたいね。錬金術師協会は、少なくとも一部の会員は、今でも若い女性で実験をしている。ルシンダ・ヴァン・ヘルシングはどんなことをされてるか書いてないけど……」

「彼女にもわからないのかもしれない」とジュスティーヌ。「そのプロフェッサー・ヴァン・ヘルシングという男を止めなくては。そんな実験を続けさせてはいけないわ。ドイツ語は少ししか話せないけど、すぐに覚えられると思う」

「オーストリアはスイスの近くよ」とベアトリーチェ。「体を治す方法を見つけようと思って、少しウィーンに滞在したことがあるの。向こうじゃ夜はもう冷え込んできてるはず。昼間はロンドンより暖かくて晴れてるんだけど。セーターとウールのコートを荷物に入れなくちゃ」

「ホームズさんに少しお休みをもらわないと」とメアリ。「しばらくは助手なしでもやっていけると思う。でもこういうことは慌ててやっちゃいけないわ。念入りに計画を立てないとね。誰か地図帳を知らない？」

「リック・チェンバースの逃走ルートを考えるのに使ってた」とキャサリン。「食堂に持っていくわ。五分後に食堂で」

「あたしに留守番させないよね」とダイアナ。「いっだって留守番させるんだから」

こうしてわたしたちはマホガニーの大テーブルを囲んだ。メアリ、ダイアナ、ベアトリーチェ、キャサリン、ジュスティーヌ。旅行のルートを決め、費用を計算し、アテナ・クラブのこれからの冒険の計画を立てた。

作者の註記　メアリは聞く耳を持たないけど、結局のところこの話を書いてるのはあたしなんだから（しょっちゅう邪魔は入るけど）、シェリー夫人――やっぱりメアリという名前だった――と、彼女の代表作『フランケンシュタイン――現代のプロメテウスの伝記』について、少し書き添えておこうと思う。あたしたち作家は結束しなくちゃ。片方がとっくに死んでる場合でも。

（冒険にだけ興味のある方は、ここから先は飛ばして、あたしの別の本を読みたいかもしれないわね。どうぞそうしてください）

メアリはあの本を嘘のかたまりと呼んで、シェリー夫人は設立間もない錬金術師協会を守るためにあれを書いたんだと非難してる。たしかにシェリー夫人は協会についてひと言も触れていない。夫人の書きぶりだと、フランケンシュタインは指導者もなくひとりで研究してたことになる。でもそうじゃなかった。どのみち現代の読者の大半は、ワトスンのように、あの本をフィクションだと思ってるけど、実際は違うし、あの本はぜんぶが嘘というわけでもない。ジュスティーヌから教えてもらったんだけど、ヴィクター・フランケンシュタインの物語の最初のほうは、だいたい正確なんだって。ただしシェリー夫人は、フランケンシュタインがインゴルシュタットの大学の学生だったころ、化学の教授に誘われて錬金術師協会に入会したことを述べていない。あたしたちはヴィクター・フランケンシュタインとアドルフ・ヴァルトマンの名前を二つともブダペストに残る協会の記録で発見した（あたしたちがどうやってその記録を見たかについては、この〈アテナ・クラブの冒険〉シリーズの二作目を読んでね）。

メアリ　あら、頭いいわね。これなら二作目が読みたくなるわ。

シェリー夫人が書いてるとおり、フランケンシュタインはアダムを生み出した。そのあとジュスティーヌを生み出した。そしてそこから、『伝記』はメアリの言う嘘のかたまりになる。その物語は北極地方をよこぎるメロドラマ的で信じがたい追跡劇で幕を閉じる。フランケンシュタインが〝復讐〟のために自分の生み出した怪物を追いかけるってわけ。まじめな話、あたしでもあれよりはリアリティのあるフィクションが書けると思う！　読んだことのあるひとは、最後の何章かがそれまでの章とは全然違うと気がついたはず。そこまでの章は、会話を一言一句正確に記述し、フランケンシュタインの実験も細かく描写していた。

シェリー夫人の動機を理解するには、たった十九歳で『伝記』を書き始めたメアリ・ウルストンクラフト・シェリーという複雑な女性を理解しなくちゃいけない。彼女の母親は『女性の権利の擁護』を書き、錬金術師協会の数少ない女性会員のひとりだったメアリ・ウルストンクラフト。母親はメアリが幼いころ亡くなったけど、メアリが母親と自分を重ね合わせ、母親の書いたものをよく読んでいたことはわかっている。メアリの父親、急進的政治学者のウィリアム・ゴドウィンもやっぱり協会の一員だった。メアリ自身は協会に加わらなかった――理由はわからない。メアリの夫、詩人のパーシー・シェリーは会員だったし、バイロン卿も、その友人のドクター・ジョン・ポリドリも会員だった。どうやら十九世紀初頭には、あの協会の会員であることが流行の最先端だったみたい。当時の協会はあとでそうなったように秘密主義じゃなくて、シェリーやバイロンのような男を魅了する程度にいかがわしいだけだった。

さてここで、シェリー夫人が『伝記』を書き始めた一八一六年の夏、ディオダティ荘に集まった面々を考えてみて。パーシー・シェリー、バイロン卿、ジョン・ポリドリ、メアリの義妹でバイロンの子を妊娠中のクレア・クレアモント。夏の半ばには、ポリドリの友人のアーネスト・フランケンシュタイン――ヴィクターの弟であり、フランケンシュタイン家で唯一生き残っていた人物が加わった。スイスにしては珍しくじめじめした夏で、別荘のひとびとは雨に降り籠められていた。時間潰しのために物語を披露し合って、そのときシェリー夫人はヴィクターの人生の細かい点をアーネスト自身から聞くことになった。協会の記録の中には、アーネストから当時の会長への手紙も残ってたから、ここに一部を記しておくわね。

「ムッシュー・ル・シュヴァリエ、とても信じられないと思いますが、化け物は自らわたしのもとに来て、兄がスコットランドで亡くなったと伝えました。怪物は自身の下劣な悪行（わたしは躊躇なく父殺しと呼びました）を満足げに伝え、未来永劫、フランケンシュタイン家の全員にこの手で復讐すると誓いました。そして兄が軽率にも怪物のために作ってやった女怪物にも復讐すると。彼女はすでに死んでしまったのではないかとわたしは告げました。溺死しなかったとしても、雨露もしのげず、飢えて死んだのではないかと。実際、わたしは彼女の消息を耳にしていません。耳にしていたら、手ずから滅ぼしてやるところです。あのように忌まわしいものが地上を歩くことを許されてはいけません。兄がアダムを生み出しただけでも十分おぞましいのに、男より強く賢いイヴを生み出そうとするとは。そんなこと、断じて許されてはなりませんし、ヴァルトマンが知っていたとしたら、心得違いをした不幸な兄に協会の激しい怒りを味わわせていたはずです」

　アーネストは兄がどうやって死んだか知っていたの。ジュスティーヌのことも。秘密を誓った協会の会員たちや、信頼される会員の娘であるメアリ・シェリーといったひとびとに囲まれて、アーネストは真相を語ったんだと思う。それならなぜ、シェリー夫人はあんな本を書いて、真相を知っていながら嘘をついたんだろう。

　協会から目を逸らすため、というのもあったと思う。アダムがヨーロッパに現れたとしても、彼を作ったのは孤独な大学生で、すでに怪物を生み出した報いを受けていると見なされるはず。アダムが錬金術師協会と結びつけられることはない。

メアリ　だからわたし、そう言ったじゃない。

　だけどシェリー夫人はもうひとつのこともやった。『伝記』の中でジュスティーヌは生み出されなかった。フランケンシュタインは、女怪物を作るのは危険すぎると判断して、ばらばらの体を海に投げ込んでしまう。

　なぜシェリー夫人は錬金術師協会に入らなかったんだろう。それは彼女がメアリ・ウルストンクラフトの娘で、バイロン卿がすでに飽きた愛人として扱っていたクレア・クレアモントの義姉だったから。バイロン卿はその後、クレアの娘のアレグラを捨て、アレグラはイタリアの修道院で死んでしまう。シェリー夫人は真実を知っていた——フランケンシュタインは女怪物を作り、女怪物は逃げ出したと。だけどシェリー夫人はその事実を隠した。女怪物のことを知っていて、できるだけのことをしてやった——ジュスティーヌというもうひとりの女性のために。シェリー夫人は彼女を物語から消し去ったの。

メアリ　それってただの推測にすぎないわよね。

キャサリン　でもこれが真相に違いないわ。シェリー夫人はジュスティーヌ・モーリッツのことを思いやりたっぷりに書いてるでしょ。

あの夏、メアリ・シェリーはたった十九歳だった。すでに名のある詩人だったパーシーと駆け落ちして家を出ていた。彼女は高名でスキャンダラスなバイロン卿の別荘に滞在し、教養も影響力もある男たちに囲まれていた。そんな男たちの中で、メアリ・シェリーは革新的なことをやってのけた。ジュスティーヌが自分の物語を紡ぐことを許したの。

ジュスティーヌ　それがほんとうだと思いたいわ。メアリ・シェリーも彼女なりの形で、わたしの姉妹だったんだと……。

あたしはこの本を書きながらときどき思ってた。メアリ・シェリーはあたしたちとその冒険のことを、そしてもちろんこの本のことをどう思うだろうって。彼女は本の欠点には目をつぶって（ええ、メアリ、すこーし欠点があるのはわかってるから。そんなに驚いたふりしないでよ）、世の中で精一杯やっていこうとする女たちの――たとえ怪物だとしても、どこにでもいる女たちと同じようにね――正確な描写として褒めてくれるんじゃないかな。ときどき、あたしの部屋にメアリ・シェリーが坐ってるところを想像するの。あたしが書いてると、窓辺の椅子に腰かけて――タイプライターを使えば鵞ペンよりずっと速く書けることにびっくりしてる。あたしがどう書いたらいいかわからないとき、言葉が浮かんでこなくて帳面をじっと睨んでるとき、彼女はいつも励ましの言葉をかけてくれる。ひとりの作家からもうひとりの作家へ。誓って言うけど、ときどきメアリ・シェリーの落とす影が見える……。そういうときは、まるで彼女がほんとうにそこにいるように、椅子に向かって軽く頭を下げて、それから執筆に戻るの。

謝辞

この小説を書くきっかけとなったのは、博士論文を執筆しているときに抱いていた疑問でした——十九世紀の物語に登場する多くのマッド・サイエンティストたちは、なぜ女性のモンスターを創造し、あるいは創造しはじめ、しかしいずれ破壊してしまうのだろう？　博士論文のなかではその問いに答える機会がなかったので、こうしてべつの方法で答を出してみようと思ったのです。

たくさんのすばらしい方々が力を貸してくれなければ、この小説は存在しなかったでしょう。わたしの博士論文の、それぞれ第一、第二査読者を務めてくれた、ジョン・ポール・リケルメ、ジュリア・プレヴィット・ブラウンに感謝します。モンスターについて書かせてくれ、そのときすでに作家へと変成しつつあった大学院生に我慢づよく付き合ってくれました。この長篇はもともと「マッド・サイエンティストの娘たち」という短篇小説でした。その作品を購入して編集し、《ストレンジ・ホライズンズ》誌に掲載してくれたカレン・マイスナー、そして、アンソロジー *The Mad Scientist's Guide to World Domination* に再収録してくれたジョン・ジョゼフ・アダムズにも感謝します。

長篇版を書きはじめると、アレクサンドラ・ダンカンとネイサン・バリンググラッドが冒頭の三章の初期の原稿をワークショップ形式で読んでくれました。エレン・カシュナー、デリア・シャーマン、キャサリン・M・ヴァレンテ、C・S・E・クーニーがその三章の新たなヴァージョンを読んでコメントしてくれ、わたしが創りあげたキャラクターがどんな人物なのか、その先の物語をどんなふうに書いていけばいいのかを示してくれました。原稿全体を書きあげると、ハッディル・コプリー＝ウッズが寛大にもそれを読んでくれました。かれらの鋭く、正直で、洞察にみちたフィードバックがなければ、このような完成を見ることはなかったでしょう。かれらの助言に心から感謝しています。執筆の過程では、リサーチのために二度、イギリスを訪れました。その際、ロンドンのすてきな家に滞在させてくれた、ファラ・メンデルソンとエドワード・ジェイムズに感謝を。二人が提案してくれたたくさんの資料を、実際に物語に役立てることになりました。また、テリ・ウィンドリングが彼女の住むデヴォン州の美しい場所に案内してくれたおかげで、ジュスティーヌがさまよい歩いた田園地帯の雰囲気をつかむことができました。そして、ラテン語への翻訳の手ほどきをしてくれたジョイ・マルシャンにも心から感謝します。

わたしのエージェントであるバリー・ゴールドブラッドは、当初からこのプロジェクトに興味をもってくれました。第一稿を書くずっと前から、この作品について彼と相談しはじめていました。わたしとわたしの作品を信じてくれ、それが実現するまで辛抱づよく待ってくれて、どうもありがとう。編集者のナヴァ・ウルフが、原稿がいっそう力あるものになりそうな箇所をすべて見抜いてくれたことにも感謝します。また、みなさまのお手もとにあるこの本を創り上げてくれたサーガ・プレスのチームの面々、ブリジット・マドスン、タティアーナ・ロザリア、クリスタ・ヴォッセンにも感謝を。ケイト・フォレスターが想像よりはるかに完璧な表紙イラストを描いてくれたことも、とてもありがたいことでした。

最後に、わたしの疑念をふりはらってくれたケンドリック・ゴスへ、ありがとう。そして何より、提出前の完成原稿をまっさきに読んでくれ、わたしのモンスター・ガールズのことが好きだと言ってくれたオフィーリア・ゴスへ、ありがとう。この本は彼女のために書きました。どのようなかたちであれこの作品を読んで意見を聞かせてくれた方々のおかげで、ずっとよいものに仕上げることができました。誤りや不備は、もちろんわたしの責任です。

訳者あとがき

アメリカのSF／ファンタジイ作家、シオドラ・ゴスの待望のデビュー長篇、〈アテナ・クラブの驚くべき冒険〉三部作の第一巻目です。「ドラ」の愛称でコミュニティの仲間に愛されている作家は、英文学研究者として大学で教鞭を執りながら旺盛な創作活動をつづけています。本作は《SFマガジン》二〇一二年七月号の〈ネオ・スチームパンク特集〉で紹介された短篇「マッド・サイエンティストの娘たち」をもとにしたもので、産業革命期の空想科学小説の名作の数々を下敷きに、さらにはシャーロック・ホームズまでもが登場する、楽しさが盛りだくさんの物語となっています。ヴィクトリア朝時代のロンドンを舞台にくりひろげられる古典のマッシュアップとはいえ、あぶない科学者（マッド・サイエンティスト）の娘たちは、大胆不敵で才気煥発。古典では実験台、被造物、薄幸の脇役としてしか描かれてこなかった彼女たちが、ここではいきいきと本領を発揮しています。それぞれ父親の行き過ぎた探究心によって生み出され、苦難や抑圧を強いられてきた娘たちが出会い、シスターフッドを培っていくさまには、こちらまで励まされるような気持ちになります。

　また、娘たちの物語を、仲間の一人で作家の顔をもつキャサリンが執筆している、というメタ的な構造になっている点も本作の特徴です。いわばワトスンがホームズの事件簿を執筆しているというドイル卿の手法の踏襲ではありますが、折にふれ挿入される娘たちのかけあいは、脱線あり、ダメ出しあり、ぶっちゃけ話あり、ときにはいわゆる「第四の壁」を超えてくることさえあります。謎解きにアクションに原典の名場面さがしと、読みどころはいくつもありますが、この〝現代的(モダン)で怪物的(モンスター)〟な語り口もぜひお楽しみいただければと思います。

　この作品は当初、前述の〈ネオ・スチームパンク特集〉を監修された翻訳家の小川隆先生との共訳でお届けする予定でした。昨年、先生が急逝され、それが叶わなかったことが残念でなりませんが、急遽、すばらしい先輩がたのお力をお借りすることができました。鈴木「1〜14章、献辞・題辞・謝辞」の心づよい共訳者となってくださった、原島文世さん「15〜18章」、大谷真弓さん「19章」、市田泉さん「20・21章」、とりまとめにあたってくださった早川書房の梅田麻莉絵さんに、この場を借りてお礼申し上げます。

　最後に、すてきな作品を書きつづけてくれるドラに感謝を。このたびの日本語訳についてもとてもよろこんでくれ、あたたかな励ましのメッセージを送ってくれました。そして、筆者に小説と翻訳の楽しさを教えてくださった小川隆先生に、心より感謝いたします。

二〇二〇年四月　　鈴木潤

解説

作家・翻訳家
北原尚彦

舞台はヴィクトリア朝のロンドン。父はおらず、母を亡くして途方に暮れている二十一歳の若き女性……というと、なんだかお涙頂戴な古臭い物語のように聞こえる。だがその名前を知れば、風向きが変わってくる。彼女の名はメアリ・ジキル。あのジキル博士の娘なのだ。しかも、殺人犯ハイドに関する情報を得て探偵のところへ相談に行くのだが、その探偵というのがシャーロック・ホームズ。さらにメアリのもとへひとり、またひとりと集まってくるのがハイドの娘、モロー博士の娘、フランケンシュタインの娘、ラパチーニの娘。彼女らは危険に直面しつつも、力を合わせてにぎやかに冒険し、〈錬金術師協会〉の謎を追う――こんな話が、面白くならないはずがない。それが本書『メアリ・ジキルとマッド・サイエンティストの娘たち』なのである。

作中の設定上では、この作品を書いているのは後に小説家になったモロー博士の娘。だがところどころでその原稿を読んだ仲間たちから物言い（というかツッコミ）が入って、そこがまた実に楽しい。

背景となるヴィクトリア朝は、十九世紀にヴィクトリア女王が英国を統治していた時代（一八三七〜一九〇一）。英国は前世紀に始まった産業革命もあって科学技術を発展させ、工業力や輸送力、経済力を得て、世界各地に植民地を持ち〝日の沈まぬ国〟とまで呼ばれた。だが貧富の差は激しく、また科学と迷信が入り混じった、両極と混沌の時代だった。女性たちの権利がまだまだ認められず、男性に比べるとはなはだしく不平等だった。財産権においても女性は圧倒的に不利で、メアリもまたそんな中で悪戦苦闘している。

本作は、かようなヴィクトリア朝に花開いた大衆文学の、様々なキャラクターが大集合。その点においては、キム・ニューマンの〈ドラキュラ紀元〉シリーズや『モリアーティ秘録』と同趣向である。集合してチームを作る、という点においてはアラン・ムーア原作のコミック『リーグ・オブ・エクストラオーディナリー・ジェントルメン』の方が近いだろう。そのメンバーが女性ばかりである、という点ではシャーロック・ホームズ物「ボヘミアの醜聞」のアイリーン・アドラーを中心にしたラヴィ・ティドハー原作のコミック*Irene*が更に近い。

キャラクターたちの元ネタは有名作ばかりだとはいえ、一応説明しておこう。

主人公メアリ・ジキルは、ジキル博士の娘。その原典はロバート・L・スティーヴンソン（一八五〇〜一八九四）作『ジキル博士とハイド氏』（一八八六）だ。ジキル博士は善良なことで知られる高名な医者だったが、なぜか邪悪なハイド氏と付き合いがあることが判明するのだ。

ダイアナ・ハイドは、そのハイド氏の娘。荒々しく凶悪なハイドの血を継いだためか、ダイアナも乱暴極まりない。このハイド氏が「果たしてどうなったか」は、本作のストーリーにも密接に関わってくる。

本作を執筆している（という体の）キャサリンは、モロー博士の娘。その原典はＨ・Ｇ・ウエルズ（一八六六～一九四六）作『モロー博士の島』（一八九六）である。これは南洋の孤島に難破した男がモロー博士と出会い、博士が行なっていた動物を人間化する生物学実験を目撃するという物語。

ジュスティーヌは、フランケンシュタイン博士の娘。メアリー・シェリー（一七九七～一八五一）作『フランケンシュタイン』（一八一八）が原典。人間の生命の神秘に取り憑かれた男が死体を繋ぎ合わせて作り出した人造人間の物語。念のため言っておくと、〝フランケンシュタイン〟は人造人間ではなく、その創造者の名前だ。この作品のみやや古く、ヴィクトリア朝以前に書かれたものである。現在では、ＳＦの元祖として認識されている。

ベアトリーチェは、ナサニエル・ホーソーン（一八〇四～一八六四）作の短篇「ラパチーニの娘」（一八四四）が原典。これはジョヴァンニという青年がラパチーニ教授の美しい娘に恋焦がれるが、彼女は父親の実験により身体に毒を帯びていた、という話。同作は、創元推理文庫の『怪奇小説傑作集３　英米編Ⅲ』で簡単に読むことができる。

また、途中からはレンフィールドやセワード医師といった人物たちが登場する。彼らはブラム・ストーカー『吸血鬼ドラキュラ』のサブキャラクターなのである。ドラキュラそのものではなく、彼らを出すあたりがなかなかニクい。

メアリたちを手助けするのは、ロンドンの名探偵――シャーロック・ホームズ！　アーサー・コナン・ドイル（一八五九～一九三〇）の小説の主人公である。一八八七年に『緋色の研究』で初登場。一九二七年の「ショスコム荘」まで長篇・短篇あわせて六十篇が発表された。帽子、インヴァネス・ケープ、パイプなどのイメージとともに、もはや〝探偵〟のアイコンとすら化している。他作家による二次創作（パロディ、パスティーシュ）は数え切れないほどだ。

シャーロック・ホームズをメインにせず、脇のキャラクターとして配する場合は、そのさじ加減が難しい。ほんのチョイ役だったり、原作とは違う人物造形になっていたりすることもある。だが本作では添え物ではなくてしっかり活躍するし、それでいて主役たちを食ってはいないし、人物像も原典からかけ離れてはいない。非常にバランスがよく、結果としてシャーロッキアンにも強くお勧めできる作品になっている。ホームズの相棒ワトスンも活躍するし、レストレード警部やハドスン夫人も登場。

ホームズは二次創作の中で、実在・創作上を問わず様々なキャラクターと共演・対決している。ローレン・D・エスルマンには『シャーロック・ホームズ対ドラキュラ　あるいは血まみれ伯爵の冒険』という長篇があり、その続篇 ***Dr. Jekyll and Mr. Holmes***（残念なことに未訳）ではジキル博士と対決している。

ジャン＝ピエール・ノーグレット『ハイド氏の奇妙な犯罪』もホームズ×ハイドなクロスオーバー・パスティーシュ。近年の作品だとガイ・アダムス『シャーロック・ホームズ　恐怖！獣人モロー軍団』では、ホームズがモロー博士の獣人と対決している。
モロー博士といえば。実はわたしもヴィクトリアンな怪奇幻想譚を幾つか発表しているのだけれど、『死美人辻馬車』収録の「蜜月旅行」が、『モロー博士の島』の後日譚として書いたもの。その中でネコ科の動物を獣人化した女性キャラクターを出しており、期せずして本作と附合していたことに驚かされた。

本書を読むに当たっては、原典となる作品を読んでいないと楽しめない、ということはない。必要な部分は、作中で語ってくれる（改変されている場合もある）。ただ、それら原典をまっさらな状態で読む楽しみを削がれたくない、という方は、先に読んでおいた方がいいだろう。

本作はジャンル的には、主にヴィクトリア朝をベースとした世界観に架空のテクノロジーや歴史改変などが導入された〝スチームパンク〟に分類されるだろう。とはいえ蒸気機関の過度の発達により我々の歴史以上に技術が進展しているとか、全く異なるエネルギー源が存在するということはないようだ。本作で空想の翼が広げられているのは、錬金術というか人体改造に関する医学的部分であり、これがメインテーマともなっている。

作者について。シオドラ・ゴス（一九六八〜）は、ハンガリーのブダペストに生まれ、子供時代にアメリカへ移住。ヴァージニア大学で文学士号、ハーバード・ロー・スクールで法務博士号、ボストン大学で英文学修士号及び博士号を取得した才媛である。現在はボストンに在住し、ボストン大学で文学を教えている。英国の古典文学に造詣が深く、幻想的な作風を得意とする小説にもそれが現われている。二〇〇二年に短篇“The Rose in Twelve Petals”でデビュー。二〇〇八年には短篇「アボラ山の歌」で世界幻想文学大賞を受賞。二〇一八年には本書『メアリ・ジキルとマッド・サイエンティストの娘たち』でローカス賞（第一長篇部門）を受賞したほか、ネビュラ賞、世界幻想文学大賞でも候補になった。

小説家であるのみならず詩人でもあり、二〇〇四年と二〇一七年には優れたSF、ファンタジイ、またはホラーの詩に与えられるライスリング賞を受賞している。

これまでに発表している長篇は以下の通り。

The Strange Case of the Alchemist's Daughter（2017）（本書）
European Travel for the Monstrous Gentlewoman（2018）
The Sinister Mystery of the Mesmerizing Girl（2019）

これらはいずれも〈アテナ・クラブの驚くべき冒険〉シリーズで、三部作として完結した。他には短篇集や詩集が数冊あり、アンソロジーも編集している。

その作品は十以上の言語に翻訳されている。単行本の邦訳は本書が初だが、短篇はこれまでに幾つか邦訳されてきた。

「アボラ山の歌」（市田泉訳／〈SFマガジン〉二〇〇九年十二月号）は、コールリッジの詩にまつわる物語。

「マッド・サイエンティストの娘たち」（鈴木潤訳／〈ＳＦマガジン〉二〇一二年七月号）は、本書の元になった短篇。こちらではもうひとり「ヘレン」という女性が登場するが、アーサー・マッケン「パンの大神」（創元推理文庫『怪奇小説傑作集１　英米編Ｉ』所収）のキャラクターである。

「クリストファー・レイヴン」（鈴木潤訳／〈ＳＦマガジン〉二〇一三年二月号）は、ヴィクトリア朝の女子寄宿学校で起こった怪異奇譚。

「ビューティフル・ボーイズ」（鈴木潤訳／〈ＳＦマガジン〉二〇一五年十二月号）は、アメリカの魅力的な若い男性はエイリアンであるという作品。「エイリアンが繁殖のために美女に化けて地球に潜入している」というパターンの裏返し。

〈アテナ・クラブの驚くべき冒険〉にはシリーズ第二作と第三作もある。是非とも日本語で読みたいので、読者諸氏にも応援をお願いしたい。

A HAYAKAWA SCIENCE FICTION SERIES No. 5048

鈴木　潤（すずき　じゅん）
神戸市外国語大学英米学科卒
英米文学翻訳家

原島文世（はらしま　ふみよ）
早稲田大学第一文学部卒
英米文学翻訳家

大谷真弓（おおたに　まゆみ）
愛知県立大学外国語学部フランス学科卒
英米文学翻訳家

市田　泉（いちだ　いづみ）
お茶の水女子大学文教育学部卒
英米文学翻訳家

この本の型は，縦18.4センチ，横10.6センチのポケット・ブック判です．

〔メアリ・ジキルと
マッド・サイエンティストの娘（むすめ）たち〕

2020年7月25日初版発行　　2024年3月15日再版発行

著者　シオドラ・ゴス
訳者　鈴木　潤・他
発行者　早川　浩
印刷所　三松堂株式会社
表紙印刷　株式会社文化カラー印刷
製本所　株式会社明光社

発行所　株式会社　早川書房
東京都千代田区神田多町2-2
電話　03-3252-3111
振替　00160-3-47799
https://www.hayakawa-online.co.jp

（乱丁・落丁本は小社制作部宛お送り下さい
送料小社負担にてお取りかえいたします）

ISBN978-4-15-335048-9 C0297
Printed and bound in Japan

ケン・リュウ＝編
劉慈欣・他＝著
月の光
現代中国SFアンソロジー
Broken Stars
A HAYAKAWA
SCIENCE FICTION SERIES